D1937563

DER BESUCH

HILA BLUM
DER BESUCH

ROMAN

Aus dem Hebräischen
von Mirjam Pressler

BERLIN VERLAG

Katholische öffentliche Bücherei
St. Familia
Riedstr. 5
63486 Bruchköbel
ausgeschieden
2015/15

FSC
www.fsc.org
MIX
Papier aus verantwortungsvollen Quellen
FSC® C014889

2. Auflage 2014
Die Originalausgabe erschien 2011 unter dem Titel *Ha-bikur*
bei Kinneret Zmora-Bitan Dvir, Or Yehuda
© 2011 Hila Blum
Für die deutsche Ausgabe
© Berlin Verlag in der Piper Verlag GmbH, Berlin 2014
Alle Rechte vorbehalten
Umschlaggestaltung: ZERO Werbeagentur, München
Typografie: Birgit Thiel, Berlin
Gesetzt aus der Garamond von Fagott, Ffm
Druck & Bindung: Pustet, Regensburg
Printed in Germany
ISBN 978-3-8270-1194-7

www.berlinverlag.de

Für Tom und für Jonathan

Inhalt

FÜNFTER TEIL

SECHSTER TEIL

SIEBTER TEIL

»Immer ist ein Kind da, das nicht nur sehen,
sondern auch wahrnehmen kann. Das stille Kind.«

Anne Enright,
Das Familientreffen

Davor

Es gibt Dinge, die können nur in den schmalen Spalten der Nachlässigkeit geschehen, der Unaufmerksamkeit, in einem Wirbel aus Trägheit und Licht. Plötzlich entspringen sie der Phantasie und landen im gelebten Leben.

Erklärungen werden erst später gesucht. Die Augen der Sprecher sind feucht, sie glänzen mit falschem Feuer wie die Edelsteine in Kinderschmuck. Sie behaupten alle glühend, gefühlsbetont, jeder auf seine persönliche Art, dass sie nicht wussten, was sie taten, dass sie es nicht bis zum Ende durchdacht hätten. Sie hätten zu ihrer Zeit nur eine Seite weiterblättern können. Jetzt können sie nur eine Seite zurückblättern. Sie bitten um Milde, um Erbarmen, um eine zweite Chance. Sie bieten Reue. Sie verbreiten um sich herum Trauer wie Zahlungsmittel.

Das ist es, was sie sagen: Es geschah, als man noch blauäugig war. Als man eine Bergbahn noch für eine passende Metapher für Gefahr hielt. Als man das Vertrauen, das einem die Welt schenkte, wegwarf, wie man Ballast von einem sinkenden Boot wirft. Es sei nur einmal geschehen und es werde nie wieder geschehen.

Erster Teil

Nachtsicht

Es ist die Woche des Denis Bukinow, des vermissten Jungen. Sein Bild erscheint in allen Zeitungen: ein Lächeln mit einem fehlenden oberen Schneidezahn, ordentlich zur Seite gekämmtem Haar, einem Blick, der Beifall erwartet.

Manchmal kann man auf den Fotos von Vermissten schon Vorzeichen erkennen. Keine ermutigenden Vorzeichen. Es kann etwas in ihrem Blick sein, an der Art, wie sie nicht direkt in die Kamera schauen, sondern weiter weg, an ihr vorbei. Oder es ist etwas in ihrem Lächeln: eine verlegene Flüchtigkeit, ein Mangel an Bereitschaft, auf dem Leben zu bestehen. Aber nicht auf dem Foto von Denis Bukinow. Er sieht ganz lebendig aus, mit klaren Plänen für die Zukunft.

Nili denkt, dass man ihn noch finden wird. Nati nicht. Sie streiten sich beim Abendessen darüber: eine kurze Diskussion, verwirrt durch die Hitze. Fast ohne Schwung. Die alten Vorwürfe – seine arrogante Nüchternheit, ihr grundloser Optimismus. Einfach elend. Über einen Jungen, den sie nicht einmal kennen. Danach, ausgestreckt auf dem Sofa, starren sie in den Fernseher, ohne etwas zu sagen.

Sie erinnern sich nicht an eine solche Hitze, ganz bestimmt nicht in Jerusalem, eine Dauerhitze, die nicht zwischen Tag und Nacht unterscheidet. Sie erinnern sich nicht an eine ähnliche Geschichte: Ein sechsjähriger Junge verlässt die Schule mit offenen Schnürsenkeln und kommt nicht zu Hause an (der Hausmeister hatte ihn wegen der Schnürsenkel ermahnt, stand in den Zeitungen). Nili kommt es eigentlich vor, als habe sie im Lauf der Jahre von anderen solchen Kindern gehört, es hat noch andere Fälle gegeben. Aber sie erinnert sich nicht genau.

Und dann, mitten in das alles, platzt das Klingeln des Telefons. Ein Anruf aus Paris, zu später Stunde. Von Jesaja Duclos.

Ein kurzer Wortwechsel. Duclos sagt: »Nati Schoenfeler? Hier Duclos.« Mit seiner prahlerischen Stimme, die dröhnend aus dem Hörer schallt. *Hier Duclos.* Als würden sie immer wieder mal spätabends miteinander telefonieren.

Nati braucht länger als den Bruchteil einer Sekunde, um zu verstehen. Um sich zu erinnern. Zu erschrecken. Er sagt: »Duclos? Was für eine Überraschung!«

Und dann, ohne jedes Zögern, verkündet Duclos: Er komme morgen für ein paar Tage nach Israel, geschäftlich, er wolle sich mit ihnen treffen.

Alles Mögliche passiert in diesem Sommer. Es ist der Sommer der nicht so fernen Katastrophen, einer Kette seltsamer Unfälle. Zwei Wochen zuvor, auf der Straße links hinter dem Lebensmittelgeschäft, ist der vierte Stock eines Wohnhauses eingestürzt. Es war eine Party: Die Leute tanzen, der Fußboden erzittert, und dann öffnet der Fußboden sein Maul und bläst einen Staubpilz in den Himmel.

Das Sterben hat eine tiefe, heisere Stimme, wenn es in einem verborgenen Zimmer stattfindet, aber öffentlich wird es zu einem Schrei. Und nach dem Schrei gibt es einen Moment außerhalb der Zeit, einen kurzen Moment der Stille.

Später sieht man im Fernsehen Bilder: ein Regen aus Kalk und Putz und flackernden Glühbirnen. Beine von Menschen, von Tischen, Tischdecken voller Blutflecken.

Fast jeden Tag sterben Menschen auf den Straßen. Sprengstoff wird in Rohre geblasen, Bomben werden gebastelt. Das Dach eines Cafés hebt sich in die Luft, salutiert dem Himmel, ein Autobus bricht auseinander, ein Auto wird beschossen. Und dieser Junge, Denis Bukinow, läuft immer weiter mit offenen Schnürsenkeln herum, die ganze Woche lang, läuft und kommt nicht zu Hause an. Und die Hitze.

Und dann – das Telefon.

Eine Falte erscheint auf Nilis Stirn. Was soll das? Duclos? Plötzlich soll man sich treffen? Ein Anruf, nach neun Jahren? Ohne dass er sagt, worum es geht? Wozu?

Nati entschuldigt sich. Nein, er entschuldigt sich nicht direkt. Ist es etwa seine Schuld? Es ist doch nur Zufall, dass er das Gespräch angenommen hat. Und wenn es Nili gewesen wäre, was hätte sie gesagt? *Nein danke, kein Interesse*? Das heißt, *Danke, aber ersparen Sie uns das Vergnügen*? Nun denn, sie werden sich übermorgen um acht Uhr zum Abendessen treffen, im Restaurant des *King David*, dort wird er wohnen.

»Vielleicht«, fragt Nili, »erwartet er, dass wir ihn zu uns nach Hause einladen?«

Nati zuckt mit den Schultern. »Ich verstehe nichts von diesen Dingen«, sagt er.

Er steckt sich eine Zigarette an, die zweite, seit er den Hörer aufgelegt hat, und lehnt sich zurück. In den letzten Jahren gab es Zeiten, in denen er sich Zigaretten zugeteilt, und andere, in denen er es nicht getan hat. Jetzt – er weiß es noch nicht – fängt wieder eine Zeit des Nichtzuteilens an. Er raucht und wartet darauf, dass Nili etwas sagt. Wenn sie fortfährt, ihm Dinge anzuhängen, so kann er das auch. Seine Sinne sind geschärft.

Er gebe zu, sagt er, wenn Duclos jetzt anriefe, würde er sich ganz anders verhalten. Aber auch so habe er seine Sache nicht schlecht gemacht, Nili könne sagen, was sie wolle.

Im Alter von vierundvierzig, sechs Jahre älter als Nili, hat Nataniel Schoenfeler ein paar feste Vorrechte, zum Beispiel kann er entscheiden, welche Mängel und welche Vorzüge er hat. Und er besitzt das Recht, seine Lebenserfahrung ins Feld zu führen.

Seit einigen Jahren joggt er fast jeden Abend, alles hat sich gefestigt. Er regt sich schon nicht mehr darüber auf, dass sich sein Haar lichtet, und er hat sogar gelernt, seine Ohren zu lieben, die ihm selbständiger und absonderlicher denn je aus dem Spiegel entgegenschauen.

Eigentlich gefällt ihm die Idee immer besser: Der Dicke will sich also mit ihnen treffen. Er denkt, das könnte ganz lustig werden. Warum nicht? Aber da ist die ganze Zeit auch das Gefühl, das sich kurz nach dem Telefonat eingestellt hat: als verberge sich etwas. Was will er von ihnen? Und Nili, die ihn so anschaut. Woran ist er schuld?

Besonders jetzt, da die Mädchen nicht da sind, um das Haus mit Lärm zu erfüllen.

Sie haben Duclos nur einmal getroffen. Dabei ist das Wort *getroffen* wirklich übertrieben. Vielleicht sollte man eher sagen, sie sind ihm und seiner Frau begegnet, anlässlich einer ärgerlichen Begebenheit, bei der sie die Verlierer waren. Es war am Ende ihres Urlaubs in Paris, vor neun Jahren, und dieser Duclos, das muss man zu seinen Gunsten sagen, half ihnen aus der Klemme, doch zugleich ließ er es sie spüren, dass sie Hilfe brauchten. Und seine Frau, mit ihren braunen Haaren und den braunen Schultern, mit dem angeberischen Namen – Pauline Marielle Duclos, ein Name wie aus einer Werbung –, stand daneben und betrachtete sie wie Schoßhündchen.

Man muss zugeben: Nachdem es passiert war, nachdem Nati und Nili schon wieder in Jerusalem waren, erzählten sie anderen mit außerordentlichem Vergnügen davon. Es war ihre Lieblingsgeschichte aus dem Parisurlaub, die Tausendundeine-Nacht-Erzählung, die Touristen am Zoll vorbeischmuggeln, ein Skalp am Gürtel. Und ab und zu haben sie, in stillschweigendem Einverständnis, die Version ausgeschmückt. Ein Detail da, ein anderes dort. Sie übertrieben Duclos' lärmende Stimme, schoben ihm eine Zigarre in den Mundwinkel, verwandelten ihn in ein echtes Schwein mit polierten Schuhen und einer goldenen Uhr. Sie kreierten eine vollendete Geschichte.

Und dann das. Plötzlich ruft Duclos an, beruft sich auf eine Einladung, die vor neun Jahren ausgesprochen wurde, die überhaupt nur ein Lippenbekenntnis war. Plötzlich ein einziger Anruf – und ihre Erinnerungsmaschinerie bleibt mit einem verwirrenden Schlag stehen, dann hört man ein heiseres Rasseln der Zahnräder, bevor sie sich rückwärts zu drehen beginnt.

Nein, Duclos war kein Zigarre rauchendes Schwein mit polierten Schuhen. Er war ein Fuchs und lebte fern jeder Zeichentrickwelt. Und das war nicht nur eine lächerliche Unannehmlichkeit gewesen, dort in Paris, sondern eine echte Notlage. Alles andere als die amüsante Geschichte, zu der sie später, erst nach ihrem Ende, geworden war.

Aber ist sie überhaupt zu Ende?

Es ist schwer, vom Sofa aufzustehen. Vielleicht will Nili deshalb manchmal auf dem Sofa schlafen. Es ist ein bequemes Sofa, stabil, genau in der Mitte der Wohnung. Allein schlafen, von Zeit zu Zeit.

Sie steht auf. Erneut ein Gefühl von Dreidimensionalität und Wirklichkeit. Dann ist alles wieder in Ordnung.

Aber in der Nacht wird das Fehlen der Mädchen spürbar.

Fünf Zimmer, vier davon leer. Der Dachboden darüber schwarz. Im Schlafzimmer der Eltern vögeln Nati und Nili, und das Haus bewegt sich zu einer Seite, wie ein Schiff.

Um halb acht steht Nati auf. Am Morgen muss er immer husten und läuft gebückt zum Badezimmer. Nili kommt es vor, als könne er diese Hustenanfälle stoppen, wenn er nur wollte. Sie ist überzeugt, dass dies seine Methode ist, sein Selbstmitleid zum Ausdruck zu bringen. Sie haben es schon einmal geschafft, mit den Zigaretten aufzuhören, alle beide, als Nili schwanger war, aber nach dem, was an Pessach in einer Mondnacht mit Asia passiert ist, hat Nati wieder angefangen zu rauchen. Die langen Neonröhrennächte im Krankenhaus füllten sich mit Kaffeetassen, die als provisorische Aschenbecher dienten. Laute Atemgeräusche drangen aus dem Resonanzkasten des Monitors, einatmen, ausatmen, wie der Rhythmus des Universums, wie die Umrundungen von Sonne und Mond, das Herzklopfen der Sterne, Ebbe und Flut, einatmen, ausatmen, einatmen, ausatmen.

Aber das ist vorbei, jetzt ist alles wieder in Ordnung. Asia geht es gut. Nur Natis Zigaretten sind geblieben und zeugen von der Katastrophe, von der quälenden Nähe zum Unglück.

Nati öffnet Schränke, schließt Schränke. Wasser läuft durch die Kloschüssel. Der Morgen sprudelt auf hinter der Wand am Kopfende des Bettes. Nili dreht sich um, wühlt sich in die Kissen. Sie hat die ganze Nacht im Halbschlaf verbracht, jetzt ist sie kaputt. In den drei Tagen, seit Asia mit ihrer Tante nach Eilat gefahren ist, hat sie das Gefühl, auf Wasser zu liegen. Auf dem Rücken, die Ohren versinken im Wasser, das Universum weicht zurück, und dann heben sich die Ohren über die Wasseroberfläche und das Universum kehrt mit seinen unermüdlichen Echoklängen zurück.

Das heißt nicht, dass sie nicht entspannt ist. Sie ist entspannt. Der Abschied von Asia war leicht, es gab keinen Grund zur Sorge. Noch ein Kuss, noch eine Umarmung. Kein Weinen, als Asia neben den Taschen auf dem Rücksitz von Umas Fiat Platz nahm – nur ein übertriebenes Winken des Mädchens im Rückfenster; eine kleine englische Königin mit hochgezogenen Augenbrauen und einem Lächeln, das sich in den Winkeln der zusammengepressten Lippen sammelte. Und ausgerechnet das, die Tatsache, dass das Mädchen die Sache für ein großes Vergnügen hielt, beunruhigt Nili. Denn natürlich verstand Asia nicht, was es bedeutet, eine Woche lang nicht zu Hause zu sein, ohne die Mutter. Was versteht eine Fünfeinhalbjährige schon von Entfernung und Zeit?

Nili hat seit ihrer Abreise schon einige Male mit ihnen telefoniert, sie weiß, dass die beiden ihren Spaß haben. Uma hat für beide breitkrempige Hüte gekauft, rot mit schwarzen Punkten. Sie genießen den Strand von Eilat wie Marienkäfer und lutschen Eis am Stiel. Sie saugen Sonne aus der Luft. Und jedes Mal, wenn Nili mit Uma sprach, war Asias Stimme im Hintergrund zu hören, und am Schluss nahm sie ihrer Tante das Telefon aus der Hand: »Mama! Ich bin's!« Und alle Fragen, die gestellt wurden, beantwortete sie mit der Stimme eines Mädchens, das tief im Schoß seiner Ferien versunken ist, als wäre das Glück umsonst.

Nili ist also ruhig. Mehr oder weniger. Weniger, denn gestern Abend hat sie die beiden nicht erreichen können, obwohl sie es immer wieder versucht hat. Vor allem ist sie müde. Seit Asia weggefahren ist, kann sie kaum schlafen. Die nächtlichen Geräusche verwirren sie. Geräusche, genau auf der Frequenz des Weinens ihrer Tochter. Die Luft, die in den Rohren des Hauses gurgelt, die Seufzer der hölzernen Fensterrahmen, das Stöhnen des Kühlschranks. Schon die dritte Nacht, dass ihre Ohren sich auf die leeren Kanäle konzentrieren.

Als Nati das Wasser in der Dusche laufen lässt, steht sie auf. Seit Asias Geburt sind ihre Morgen kurz und effizient. Unter die Dusche geht sie abends, sie sucht auch abends die Sachen heraus, die sie am nächsten Tag anziehen wird – morgens ist sie farbenblind. Sie zieht sich an, fährt sich mit zehn Fingern durch die Haare, legt Ohrringe an. An normalen Tagen pudert sie sich nur schnell, aber heute benutzt sie auch Mascara. Sogar Parfüm benutzt sie heute, obwohl Nati sie ohne Parfüm lieber mag. Mascara. Parfüm. Ein anerkennender Blick in den Spiegel. Die Brille gerade rücken.

Sie fängt schon an, sich festlich zu fühlen. Repräsentativ. Eine Vertreterin ihrer Familie, der Schoenfelers, die eine halb öffentliche

Affäre mit einem französischen Millionär hat, einem Mann, der sie morgen zum Abendessen treffen möchte. Der Teufel weiß warum.

Das heißt, wer ist er überhaupt?

Niemand, nichts.

Aber sie ist sich schon nicht mehr sicher.

An diesem Morgen zieht sie auch die Tagesdecke über das Bett, tritt zurück, wendet den Kopf. In Ordnung. Sie geht durch den Flur, betritt das Wohnzimmer, versucht es so zu sehen, wie es ein Gast sehen würde. Sie schließt die Augen und macht sie dann weit auf – ein schönes Wohnzimmer, denkt sie, geschmackvoll eingerichtet. Wenn Duclos nach dem Abendessen noch auf ein Glas zu ihnen kommt, brauchen sie sich nicht zu schämen.

Sie geht schnell an den Zimmern der Mädchen vorbei, ohne hineinzuschauen und ohne sich zum Eintreten verführen zu lassen. Seit Asia abgefahren ist, macht sie das Bett nicht. Sie räumt keine Kleidungsstücke in den Schrank und streicht den Teppich nicht glatt. Eine geheime Kraft wohnt diesen Dingen inne, jede ordnende Tätigkeit könnte zu einer größeren Aktion in der Welt führen. Und wenn in der Welt alles in Ordnung ist, ist es am besten, nicht daran zu rühren. Didas Zimmer hat sie schon lange nicht mehr betreten. Kleidungsstücke, Papiere und Stoffe, aber auch Insekten in Gläsern, Schrauben, Elektroschrott, ein Minenfeld.

Was für ein Verhau, Dida.

Und natürlich ihre Bücher, die überall verstreut herumliegen. Keine Bücher, Bände von Enzyklopädien. Das ist etwas anderes. Die Fiktion hat in Didas Augen ihre Kraft verloren, ihre Leidenschaft für Fakten ist gewachsen. Didas wahre Liebe gilt Ordnungssystemen, Klassifizierungen, kartographierten Welten.

Am Samstagabend, zwei Tage bevor Dida nach Amsterdam flog, hat Nili ihr ein Glas Tee ans Bett gebracht. Ihr Gesicht war rot vom Fieber – plötzlich neununddreißig Grad. Ihre Augen glänzten. Etwas Heiseres lag in ihrer Stimme, ein raues Vibrato, wie ein Bonbonpapier, das unter dem Absatz hängen geblieben ist und bei jedem Schritt raschelt. Erstaunlich, wie der Chamsin über dieses

Mädchen herfallen kann, genau wie Kälte, sie reagiert auf alles. Aber als sie eine Viertelstunde später erneut das Zimmer betrat, stand das volle Glas noch immer auf der Kommode und Dida betrachtete das bernsteinfarbene Getränk, als handle es sich um eine Probe des Ozeans.

»Warum trinkst du nicht?«

»Das Licht bricht sich.«

»Was?«

»Das Licht fällt durch die verschiedenen Dichten«, sagte sie. »Hier.« Sie schob das Teeglas ein Stück weiter, damit Nili es ebenfalls sehen könnte. »Das Löffelchen ist im Glas zerbrochen.«

»Es ist zerbrochen?«

»Von der Seite sieht das Löffelchen aus, als wäre es zerbrochen. Wenn das Licht zwischen verschiedene Materialdichten fällt, weicht es von seiner Bahn ab. Das führt dazu, dass das Löffelchen wie zerbrochen aussieht.«

»Okay«, sagte Nili.

Dida bewegte sich in einer Welt der Teilchen, der brechenden Strahlen, der wirbelnden Wellen.

»Es ist wie mit den Sternen«, fuhr Dida fort. »Wenn du auf der Erde stehst und versuchst einen Pfeil auf einen Stern zu richten, wirst du ihn bestimmt verfehlen. Denn wenn ein Lichtstrahl durch die Atmosphäre dringt, weicht er von seiner Bahn ab. Es kommt dir nur so vor, als wäre der Stern dort. Aber in Wirklichkeit ist er links davon. Oder rechts.«

»Okay«, sagte Nili noch einmal. »Jetzt trink ein bisschen.« Damit verließ sie das Zimmer. Eine halbe Stunde später ging sie wieder hinein – Dida war eingeschlafen –, sie nahm das volle Glas und goss den Inhalt ins Waschbecken.

Es kommt dir nur so vor, als wäre das Mädchen dort. Schon seit Jahren ist ihr Blick auf einen leeren Punkt in der Luft gerichtet.

Nili geht in die Küche, steckt etwas Obst in eine Plastiktüte, holt ein Joghurt aus dem Kühlschrank. Sie packt alles in die Tasche, wie immer. Aber heute Morgen ist nichts wie immer. Heute Morgen sieht sie zu viel. Sie sieht die Fingerabdrücke um den Kühlschrankgriff, den halbverwelkten Blumenstrauß in der Vase, die auf dem Esstisch steht. Sie sieht das kleine Loch in der Wand, eine Erinnerung an einen Nagel. An diesem Morgen springt ihr alles entgegen – aus den Regalen, aus den Schrankecken, aus der Zuckerdose; braune, klebrige Brocken. Sie müssen das Treffen mit Duclos verschieben. Unbedingt. An diesem Wochenende ist es das Wichtigste, das Haus zu putzen.

Sie füllt den Wasserkocher und nimmt zwei Tassen aus dem Regal. Links steht schwarzer Kaffee und dahinter, auf der Rückseite, die Teedosen. Die Teebeutel verstecken sich hinter Namen wie »makrobiotisch« oder »mit Bio-Enzymen«.

Sie stellt die Tassen auf den Tisch, setzt sich, trinkt. Alles ist vernachlässigt. Vor sechs Jahren sind sie hierhergezogen – und nun schaut es so aus.

Auch an diesem Morgen wird sie von der Zeitung über den Fall Denis Bukinow auf dem Laufenden gehalten. Es gibt kein Foto mehr von ihm, und seit vorgestern ist er auf eine der hinteren Seiten geschoben worden. Man beschäftigt sich nicht mehr mit seinen Schnürsenkeln und damit, was genau der Hausmeister der Schule zu ihm gesagt hat. (Der Hausmeister hat gesagt: »He, Junge, deine Schnürsenkel sind auf.« Und Denis hat ihm geantwortet: »Was?«)

He, Junge, du gehst und gehst und kommst nicht zu Hause an.

Was?

Und wenn Asia verschwinden würde, denkt Nili, was wäre dann? Sie fragt sich, ob sie darauf beharren würde, ein besonders gutes Bild von ihr herauszusuchen, wenn dic Polizei ein Foto verlangte. Vielleicht denkt man an so etwas überhaupt nicht, wenn es einem selbst passiert, wenn einem ein Kind verschwindet, was spielt es dann schon für eine Rolle, ob ein Foto besser oder schlechter ist? Obwohl sie sicher ist, dass es für die Mutter von Denis Bukinow eine Rolle spielt. Sie ist sicher, dass jene Mutter gründlich darüber nachgedacht und ein Foto ausgewählt hat, auf dem ihr Junge gut angezogen und gekämmt aussieht und somit jede Suche nach ihm rechtfertigt.

Sie blättert die Zeitung um – eine riesige Papierfahne, wie eine Zeltplane. Unten links auf der Seite wird verkündet, dass man ein zerbrochenes Jojo unter einem Strauch in Schomron gefunden habe, ein Fund, den man zuerst als wichtig eingeschätzt habe, aber eine genauere Untersuchung der Fingerabdrücke hätte ergeben, dass es das Jojo eines anderen Jungen sei. Es steht auch da, dass die ermittelnden Beamten von einer Frau aus Nes Ziona unterstützt werden, die angeblich Kontakt mit Denis aufnehmen könne oder aufgenommen habe, sie behaupte, er sei im Norden, vielleicht sogar hinter der Grenze zum Libanon, das sei nicht klar formuliert. Am Schluss steht auch noch ein Zitat von Denis' Mutter: »Wir geben die Hoffnung nicht auf.« Und das ist noch ein Grund, Nati nicht anzulächeln, wenn er gleich in die Küche kommen wird, denn Leute wie er geben immer zu schnell auf und bringen andere Leute dazu, ebenfalls aufzugeben.

»He, Schatz.«

Er fängt den Tag immer mit *He, Schatz* an, in dieser Hinsicht hat sich nicht viel geändert. Morgens ist er gut gelaunt. Er ist sogar fähig zu singen, wenn er duscht, oder sie in den Po zu kneifen, wenn sie aneinander vorbeigehen. Ihr zu schmeicheln wie ein professioneller Frauenbegutachter.

Es gibt nicht viele Frauen, die solche Röcke tragen können.

He, Nil, he, du.

Und er ist immer, immer zufrieden, wenn sie ihm den Blick einer sehr beschäftigten und gefragten Frau zuwirft, die bereit ist, das freche Zwinkern zu übersehen, denn sie weiß, wie man Männer behandelt, ohne ihnen eine Moralpredigt zu halten.

Er liebt die Spielchen mit den Augen, er liebt Frauen. Er ist einfach strukturiert, er funktioniert nach bestimmten Mechanismen.

He, Schatz.

Sie antwortet mit neuem Zorn: »He.«

Er kommt in die Küche, beugt sich zu einem Kuss über den Kaffee, schnappt sich einen Teil der Zeitung und setzt sich hin. Eine dicke Wolke Aftershave schwebt durch die Küchentür und setzt sich fest. Er erkundigt sich, ob sie gut geschlafen hat, und hört gar nicht gern, dass sie sich bis um drei Uhr nachts im Bett herumgewälzt hat, als würde sie damit eine Anweisung ignorieren, die er ihr gegeben hat. Er selbst, nach einem guten, schweren und bewegungslosen Schlaf, sieht die ganze Sache jetzt in einem freundlicheren Licht. Er regt sich nicht über Duclos auf, es interessiert ihn auch nicht, warum die dicke Nervensäge einen Abend mit ihnen verbringen will.

»Ein Abendessen, was ist schon dabei«, sagt er. Ganz einfach, ist doch nichts dabei, oder? Wie kleine Verbrecher über einen kleinen, risikolosen Schlag sprechen. Man tritt ein, nimmt etwas und geht wieder.

»Vielleicht will er uns in sein Testament aufnehmen«, fügt er hinzu, zufrieden über diesen Einfall. »Solche Sachen gibt es. Reiche Idioten, die alles einer Kassiererin im Supermarkt hinterlassen.« Das ist halb ironisch gesagt, aber in dem Moment, da diese Möglichkeit erwähnt wird, wird das unerwartete Glück sie an den nächsten Tagen begleiten wie ein Windhauch. Es wird überraschend in die Zimmer kommen und sie ergreifen, wenn sie nicht darauf vorbereitet sind. Was will er von ihnen, dieser Duclos?

In den anderen Artikeln findet sich das Übliche: Warnungen vor Anschlägen, Reaktionen der Regierung auf die Ermordung von zwei Fatachmitgliedern in den besetzten Gebieten, die Reaktionen der Welt, Reaktionen der palästinensischen Verwaltung. Mit Denis Bukinow hält Nati sich nicht auf.

»Die Hitzewelle wird heute Nachmittag enden«, informiert er Nili, als er die Zeitung zuklappt. »Endlich.« Denn seit seiner großen Reise in die Schweiz, im vergangenen Jahr, ist er auf dem Gebiet des Wetters wählerisch geworden, und das ist nur der kleine Teil eines größeren Prozesses. An dem Tag, an dem er verstand, wie er seinen Sinn für Geld einsetzen kann, haben sie Besitz angehäuft, ihren Lebensstandard verbessert. Nicht jeder kann das. Und so gesehen dürfen sie auch mehr von der Welt erwarten.

Ein Beugen über den Tisch, ein Kuss – in der einen Hand die Ledertasche, die andere damit beschäftigt, die Krawatte zu richten –, und schon verschwindet sein Rücken hinter der Wand. Um halb zehn hat er eine Vorstandssitzung, er muss eilen.

Nili macht sich fertig. Die Bluse wechseln, eine andere Hose anziehen, die besser zu dieser Bluse passt. Dunkle Töne, am Ende kehrt sie immer zu ihnen zurück. Und wieder zum Spiegel: roter Lippenstift, der strenge Blick einer Übersetzerin. Du hast viel zu tun, den ganzen Tag lang Besprechungen, man hört auf das, was du sagst. Und dann entspannt sich ihr Gesicht.

Um halb elf hat sie eine Verabredung mit Lia Pischuf. Ausgerechnet heute. Das dritte Buch einer Trilogie. Ein langer Tag, an dem sie wachsam sein muss.

Umdrehen. Durch die Wohnung gehen. Durch den zu langen Flur, die Drohung der Tür an seinem Ende.

Vor sechs Jahren, als sie diese Dachwohnung im Emek Refaim in Jerusalem gekauft haben, hielten sie sich für Glückspilze. Phänomenale Glückspilze. Niedrige Lampen würden mit ihrem weichen Licht die hohen Wände erhellen. Die Böden würden mit Teppichen und Büchern bedeckt sein. Besucher würden bei ihnen sitzen, Wein aus Kristallgläsern trinken. Über Literatur und Musik diskutieren.

Die Maklerin, eine kleine, energische Frau, sprach mit übergroßer Begeisterung, zählte ihnen Punkt für Punkt die Vorteile der Immobilie auf: ein ruhiges Gebäude, nur zwei Stockwerke, vier Familien; eine hervorragende Täfelung, leise Schienen bei den Schubladen in der Küche, made in Germany, Dachbalken an der Wohnzimmerdecke – man musste nicht groß erklären, was das für ein Ambiente ergibt. Sie wechselten hinter ihrem Rücken Blicke und nickten ihr zweifelnd zu, aber nur, um besser verhandeln zu können. Denn es war klar, sie waren zu Hause angekommen. Klar, kristallklar. Doch auch nachdem sie den Vertrag unterschrieben hatten, nachdem der Kauf rechtskräftig geworden war, hörten sie nicht auf, sich für andere Wohnungen zu interessieren, um sich selbst das Gefühl des Erfolgs zu bestätigen.

Keine Wohnung reichte an diese heran. Daran gab es keinen Zweifel.

Natürlich war da die Sache mit der Hypothek. Um die Anzahlung zu leisten, hatten sie ihre Taschen leeren müssen, und ab da versuchten sie, eher an die einzelnen Raten zu denken als an die Gesamtsumme.

Nati sagte: »Denk nicht daran wie an ein riesiges Loch. Stell dir hundert kleine Löcher vor, verteilt auf dreißig Jahre.«

Nili versuchte es. Sie dachte an kleine Löcher, die sich der Reihe nach bis in alle Ewigkeit auftaten, und tröstete sich mit diesen wunderbaren Zimmern, durch die sie nach Belieben wandern könnte, die sie möblieren könnte (wenn sie Geld hätte), ganz nach ihrem Geschmack.

Es waren vollkommen quadratische Zimmer, vollendet in ihrem Verhältnis von Länge, Breite und Höhe, geometrischer Adel im goldenen Schnitt, oder proportioniert wie das vollendete Rechteck einer Kreditkarte – wie hätte man auf so etwas verzichten können? In ihrem Kopf verband sich das Ganze mit Worten wie Karma, Strömung, Energie, Glück. Fünf Zimmer, Wohnzimmer, Arbeitszimmer, Elternschlafzimmer, ein Zimmer für Dida (nur Miep beharrte darauf, sie Jedida zu nennen, Miep hatte schon vor ihrer Geburt gewusst, dass sie Jedida heißen würde, hatte Nati erzählt, sie hatte es ihm gesagt, gleich nachdem sie, Miep und er, sich kennengelernt hatten, Avschalom für einen Jungen und Jedida für ein Mädchen; etwas, was sie von einer romantischen *ménage à trois* im Kibbuz während ihrer ersten Jahre hier im Land noch mit sich schleppte) und noch ein Zimmer für das Baby, das unterwegs war (Nati war sicher, dass es auch ein Mädchen würde, was Nili ärgerte), und alle Zimmer gingen auf den gemeinsamen Flur mit einer weißen langen Leiter zu einer kleinen quadratischen Öffnung in der hohen Decke: der Aufstieg zu ihrem Dachboden. Wie im Kino. Eine Öffnung in die Unendlichkeit.

Sie stellte sich vor, wie Nati und sie sich zwischen ihren schönen Gegenständen hin und her bewegen würden, wie sie sich auf ihren tiefen Sofas und in den weichen Ledersesseln auf den indianischen Teppichen rekeln würden; wie sie zwischen den warmen

Farbtönen herumlaufen würden, den braun-weinroten Farben ihres sorgenfreien Universums, ihre Blicke würden über den alten Globus aus dunklem Holz wandern, dem die untergehende Sonne einen Schimmer von Mahagoni verliehe; sie würden sich zwischen den seidenen Laken des Bettes lieben, das erhöht wäre wie eine Bühne. Wie normal das für sie wäre, es wäre ihr Leben, eine Art fortwährendes Sichverlieben, ein Gedicht in Bewegung.

Sie kletterte zum Dachboden hinauf, stand oben auf der Leiter, zog am Griff. Die Holzluke glitt mit einem weichen Stöhnen zur Seite. Sie stieg noch eine Sprosse höher und schob den Kopf in die Öffnung und erinnerte sich. *Das Schwarz blendet, es ist, als würde man den Kopf in den Weltraum schieben.*

Stille. Eine zähe Stille, die sich über Jahre hinweg verfestigt hatte. Sie versuchte, in die Dunkelheit zu schauen, aber im schwachen Licht, das mit ihrem Körper von unten heraufdrang, konnte sie nur ahnen, was da war: Koffer? Kartons? Ein alter Kinderstuhl, da war sie fast sicher. Der kleine grüne Mann, dachte sie, wo ist er? Und wirklich, es war schwer zu begreifen, dass sich das Draußen nur einige Zentimeter von ihr entfernt befand.

Sie hielt sich nicht länger auf. Das Gefühl eines Fehlers, das kurz in ihr aufstieg, legte sich sofort wieder. »Wie schön es hier ist«, rief sie hinunter zu Nati, »viel Platz.« Sie packte den Griff und stieg hinunter ins Wohnzimmer.

»Eine Welt der Fenster und der Wände«, flüsterte sie Nati, der sie umarmte, ins Ohr.

»Wie?«

»Eine Welt voller Möbel, natürlichem Licht und häuslicher Wärme.«

»Ist das ein Gedicht?«

»Mehr als ein Gedicht«, sagte sie.

Sie war leicht zu beeinflussen, das hat Nati mehr als einmal zu ihr gesagt. Sie sah Filme im Kino und kam regelmäßig als ein anderer Mensch wieder heraus, exotischer oder exzentrischer, sie sprach leiser oder lauter, in kürzeren, abgehackten Sätzen oder mit dem Hauch eines fremden Akzents. Sie sah amerikanische Komödien und wurde zu einem fröhlichen Vorstadtmädchen, das die eigenen Lippen viel zu wichtig nahm. Nachdem sie eine Serie englischer Filme gesehen hatte, wurde sie blasser und geheimnisvoller. Und all die Filme im Wissenschaftskanal – weite Ebenen in aller Welt, in erstaunlichen Farben – brachten sie in den folgenden Jahren dazu, ihr Ferienziel entsprechend auszusuchen.

Leicht zu beeinflussen, sagte Nati und versuchte ihr zu erklären, mit dem überzeugenden Lächeln eines Vaters gegenüber seiner phantasievollen Tochter, dass sie, selbst wenn sie nach Alaska führen, dort nicht Hollings Bar finden würden, auch nicht Dr. Fleischman, und überhaupt sei diese ganze Serie, die sie sich jeden Abend reinziehe, nicht in Alaska gedreht worden, sondern in einer amerikanischen Kleinstadt.

Sie verdrehte die Augen. *Na und?* Das wusste sie doch alles. So blöd war sie nicht. Und warum bitte sollten sie deswegen nicht nach Alaska fahren?

Und was die Wohnung angehe, argumentierte sie im nächsten Moment, mit feuchten Augen, er habe ja immer ein Haus gehabt, ein Zimmer, einen Ort, an dem sich das Leben sammeln konnte. Sie aber nicht. Deshalb solle er doch ein bisschen Mitgefühl zeigen.

Die Aktion Haus wurde schließlich gestoppt, kurz nachdem sie eingezogen waren. Sie erlebten einen konzentrierten Kaufrausch, rückten Möbel, traten mit gesenkten Köpfen vor Bildern zurück, korrigierten sie aufs Neue, und dann hörte es auf, schneller als sie sich hätten vorstellen können. Nur ihre großen Pläne hielten weiter stand, nachts tauchten sie auf, mit wechselnden Farben und Schattierungen, sie ersetzten Möbelstücke durch andere, tauschten schwere Vorhänge gegen solche aus Tüll, indianische Teppiche gegen Parkett, und einmal, im Gefühl absoluter Sicherheit, überzeugte sie Nati davon, eine riesige Kommode aus Buche für das Wohnzimmer zu kaufen – ihre Phantasie beschäftigte sich damals mit Schlössern und Musikinstrumenten und mit Rosenscheren –, und nachdem sie sie gekauft und hergebracht und unter dem großen französischen Fenster aufgestellt hatten, blätterte Nili in einem Journal für Raumgestaltung und wurde plötzlich von einem schwedischen Studentenwohnraum mit Wänden in den Grundfarben verzaubert, aber da war es schon zu spät. Die Kommode stand da, eine ernste Gräfin zwischen minderwertigen Möbeln, und das Leben ging weiter, man gewöhnt sich an alles.

An alles. Auch an die Treppenstufen. Heute spürt Nati sie schon nicht mehr, aber am Ende ihrer ersten Woche in dieser Wohnung, als sie zusammen in den Norden fuhren, um Dida bei ihrer Mutter abzuholen – eine feierliche Fahrt zu Ehren des Neuanfangs –, war das Mädchen schon eingeschlafen, bevor sie Jerusalem wieder erreichten, und Nati war gezwungen, sie auf dem Arm vom Auto bis zu ihrem Bett zu tragen. Erst da spürte er die Bedeutung eines Lebens hoch über dem Erdboden. Vierzig Stufen. Leben in einer Wohnung, zu der man hinaufsteigen muss.

Nati sagte, es sei nicht schlimm. »Eltern empfinden das Gewicht ihrer Kinder nicht wie ein normales Gewicht.«

»Wirklich?«, fragte Nili. Es gab so vieles über Kinder, was sie nicht wusste.

»Nein«, sagte er, leise keuchend unter der Last, »aber es hört sich gut an.«

Und als er das Mädchen in das neue Bett legte, im neuen Zimmer, machte Dida einen Moment lang die Augen auf, betrachtete ihren Vater aus der sicheren Welt von Kindern, die aus dem Schlaf auftauchen, und schlief sofort wieder ein. Nili deckte sie zu, stopfte die Decke unter ihren Füßen und über ihren Schultern fest. Sie dachte daran, dass in dem neuen Zimmer mit dem neuen hellen Teppich von Wand zu Wand und mit Didas Einstellung zu Ordnung und Sauberkeit Flecken nicht ausbleiben konnten. Sie würde überall Flecken finden. Dann bückte sie sich und drückte dem Mädchen einen Kuss auf die Stirn, und Dida wedelte mit den Händen durch die Luft und drehte ihnen den Rücken zu. Ihnen und allem, was noch kommen würde.

Es ist gut, dass sie gerade nicht da ist. Gut, dass ihre Mutter sie immer mal zu sich nimmt. Was Dida betrifft, erfüllt Nili gern das Gebot, etwas Gefundenes zurückzugeben. Mindestens zweimal im Jahr, um in die einfache Konstruktion zurückzukehren: zu dritt. Vater, Mutter, Asia.

Am Schabbat, zwei Tage, bevor die Mädchen wegfahren, ist das Wetter großartig.

Ein schöner Schabbat ist eine Prüfung für Familien. Da gibt es ein heftiges Verlangen hinauszugehen; zu Hause zu bleiben wird als Vergeudung betrachtet, aber von was?

Um neun stehen die Mädchen schon an der Tür. Immer treibt man sie an und immer sind sie die Ersten. Hand in Hand unterhalten sie sich auf dem Weg zum Auto, während die Eltern noch mit dem Drama beschäftigt sind, das Haus zu verlassen. Sonnenschutzcreme, noch eine Flasche Wasser, Orangen, doppelt abschließen.

Im Auto riecht es künstlich, vielleicht nach Kiefern. Die Polster glänzen und der Aschenbecher ist leer. Leer und sauber ist es auch unter den Sitzen. Nati ist sehr empfindlich, was sein Auto angeht. Er wäscht es jede Woche, und es ist verboten, darin zu essen. Jedes Kratzen am Metall verletzt seine Haut; jeder leichte Klaps auf das Fahrgestell ist ein Schlag in seinen Bauch. »Alle anschnallen«, sagt er und macht das Radio an. Und dann fragt er: »Können wir losfahren?«

Denn eine Familie bedeutet Sicherheit, eine Familie, die gemeinsam losfährt, ist wie ein Panzer. Und überhaupt ist der Anfang identisch. Noch immer ist alles möglich. Doch schon wenn man das Ende der Straße erreicht, meldet sich die Realität mit Fragen: rechts oder links?

Sie fahren in den Wald. Im vergangenen Winter waren sie dort und haben den Bäumen versprochen, im Sommer wiederzukommen. Der Waldboden war damals, im Winter, nicht fest unter den Füßen, Regen hatte tückischen Schlamm hinterlassen und sie rutschten ständig aus.

Sie fahren nordwärts, zwei vorn und zwei hinten, allein. Andere Familien verschaffen sich familiäre Rückendeckung – Kinder im Zwillingsalter, Ermüdung des gleichen Materials, alle konzentrieren sich auf den Treffpunkt. Sie nicht. Sie halten sich für sich.

Obwohl man das mit einem flüchtigen Blick von der Seite kaum feststellen kann.

»Was spielen wir?«, fragt Asia.

Spiele sind ein erprobtes Mittel, die Zeit während der Fahrt totzuschlagen; den Mädchen ist das lieber. Ein offenes Gespräch ermüdet sie, und Schweigen hat immer etwas Bedeutungsvolles (Dida nimmt ihren MP3-Player mit auf die Fahrt, das ist ein verfügbarer Schutz, egal was passiert). »Ich bringe ein Geschenk zu …«, sagt Nili.

»Also los!«, sagt Asia.

»Ich bringe ein Taschentuch zu …«, sagt Nili.

»Zu Papa!«, sagt Asia. »Das ist leicht.« Es stimmt wirklich, Nati ist chronisch erkältet.

»Los«, sagt Dida. »Jetzt bist du dran.«

»Ich …« Asia denkt nach. »Ich bringe eine Aspirin zu …«

»Also echt, Asia, das hast du schon tausendmal …«

Nilis Handy klingelt, es ist Uma. Sie ist bereits da, sie trinkt Kaffee und wartet, dass sie kommen. Sie haben keine Freunde, aber sie treffen sich oft mit Uma. Sie wartet in ihrem verbeulten Fiat an irgendeinem Straßenrand oder an einer Tankstelle oder auf einem Parkplatz. Immer in zu großen Kleidern, in vielen Schichten übereinander und bunt. Denn ihr ist immer ein bisschen kalt. Und sie ist immer zu früh.

»Noch fünf Minuten«, sagt Nili ins Telefon.

»Zehn«, sagt Nati.

»Zehn«, sagt Nili. »Nati sagt, noch zehn.«

»Ich bringe eine Uhr zu …«, sagt Dida.

»Also echt«, sagt Asia.

»Das nützt nichts«, sagt Nili und beendet das Gespräch.

Die Kinder und Nati freuen sich auf Uma. Auch Nili freut sich. Es ist nur ihre grundsätzliche Distanz, die sie besiegen muss. Ihre Schwester sieht ganz normal aus, gepflegt, sie hat ein bisschen zugenommen. Nili wird heute jedenfalls sehr freundlich zu ihr sein. Seit sie zugestimmt hat, dass Asia mit ihrer Tante Uma nach Eilat fahren darf, geht sie mit ihrer Schwester vorsichtiger um.

Als sie ankommen, erhebt sich Uma nicht von der Bank, auf der sie Platz genommen hat, aber sie stellt ihre Kaffeetasse zur Seite. Asia springt auf ihre Tante zu. Dida umarmt sie von hinten. Nati legt ihr die Hand auf die Schulter, bückt sich, drückt ihr einen Kuss auf die langen Haare. Uma zuckt bei dem familiären Ansturm zusammen und richtet sich auf. Die Mädchen nehmen offenbar die dichte Einsamkeit nicht wahr, die Uma umgibt, sie merken nicht, dass es ein Problem mit ihr gibt. Während Nati – Nati hat keine Geschwister, es ist, als würde ihm ein ganz bestimmter Sinn einfach fehlen.

Endlich steigen sie zu fünft ins Auto, diesmal drei hinten, aber auch vorn wird es enger.

»Alle anschnallen«, sagt Nati, und einen Moment später: »Können wir losfahren?«

Es ist leicht, sich zu Nati hingezogen zu fühlen. Er sieht auf eine angenehme Art gut aus, hell, sauber. Vor Jahren, als sie ihn ihrer Mutter und ihrer Schwester vorstellte, fiel ihnen das sofort auf. Aber heute weiß Nili viele Dinge über ihn, und ihr ist es zu verdanken, dass auch er Dinge über sich selbst weiß. Und was seine Töchter angeht, so liebt er jede auf eine andere Weise, aber man kann ihm kein unfaires Verhalten vorwerfen. Töchter stehlen dir das Herz, sagt er immer, sie sind kleine Diebe, und jede von ihnen macht es auf ihre Art. Jetzt streckt er die Hand aus und legt sie Nili aufs Knie. Diese Berührungen hat er selbst erfunden, denn er erinnert sich nicht, dass seine Eltern einander je berührt hätten. Haben sie sich geküsst? Nie. Ehrlich gesagt, er kann sich noch nicht mal erinnern, dass sie aus demselben Glas getrunken hätten.

Im Auto ist es still. Die Fahrt selbst ist eine Aufführung, zu der sie alle gezwungen sind. Dann wendet sich Uma an ihre Nichte: »Nun, was hast du heute Nacht geträumt, Asimowa?« In letzter Zeit hat Uma ein Interesse für Träume entwickelt, sie nimmt an einem Workshop zu diesem Thema teil und möchte die Träume anderer hören.

Asimowa, Jedidiola, Netuschelach: Nili hasst diese Kosenamen. Aber am schlimmsten ist *Mamusch.* Eigentlich sind sie und Uma schon Waisen. Schlimmer als Waisen, ihre Mutter steckt in einer Art halbem Leben; wenn es zwischen ihnen zu einer Meinungsverschiedenheit wegen einer Sache aus der Vergangenheit kommt, gibt es niemanden mehr, den sie befragen können, die Herrscherin des Protokolls hat alles vergessen. Andererseits gibt es auch keinen mehr, der Nilis Schuld am Leben ihrer Schwester bezeugt. Niemand kann von ihr verlangen, sich um ihre Schwester zu kümmern, niemand kann ihr gegenüber seine Enttäuschung äußern.

»Ich habe nichts geträumt«, sagt Asia. »Mama hat mich nicht daran erinnert.«

Nili dreht sich halb nach hinten um. »*Ich* habe dich nicht daran erinnert?«

Das Mädchen drückt das Gesicht zwischen die beiden Vordersitze. »Hast du mir gestern Abend gute Nacht und goldene Träume gewünscht?«

»Was?«

»Du hast nur gute Nacht gesagt, stimmt's?«

»Na und?«

»Da siehst du's.« Das Mädchen lehnt sich zurück.

»Da siehst du's«, stimmt Nati zu (Nili fällt es manchmal schwer zu glauben, dass er einmal etwas anderes gewollte hat, ein anderes Leben).

»Jedidiola?« Uma wendet sich an Dida.

»Ich bin in der Pubertät, Uma, da fragt man besser nicht.«

»Erzähl *du* uns doch, was du geträumt hast«, bittet Asia ihre Tante.

Dida seufzt. »Gibt's das?«

»Da sei Gott vor«, sagt Nati.

»Okay, okay«, sagt Uma. »Dann lasst uns eben singen.«

»Aber ich kann euch erzählen, was ich vorgestern geträumt habe«, sagt Asia.

»Als wir uns verlaufen haben«, sagt Dida.

Asia erzählt den Traum. Ein Traum mit vielen Details, die Handlung ist mit der Physik der Träume angereichert. Nili sitzt mit dem Rücken zum Geschehen, die Mädchen und Uma können nicht wissen, was für ein Gesicht sie macht.

»Schräg«, sagt Dida, als Asia fertig erzählt hat.

»Freud hätte ein Ohr geopfert, um dich behandeln zu dürfen«, sagt Nati.

»Hört auf«, sagt Uma.

Nili dreht sich wieder nach hinten und mustert ihre Tochter mit einem langen Blick. »Du hast das alles einfach erfunden, oder?«, fragt sie. »Du hast einfach den Mund aufgemacht und irgendetwas gesagt.«

»Das sind Träume, Mama«, sagt Asia. »So etwas passiert nachts. Was kann man da sagen.«

Der Untergrund unter den Reifen wechselt, das Auto verliert an Festigkeit. Sie sind auf den Feldweg vor dem Wald eingebogen. Gleich werden sie ankommen.

Nili reißt sich vom Spiegel los. Geht in die Küche. Sie nimmt die Tassen vom Schrank, wirft den verwelkten Blumenstrauß in den Müll, legt die Zeitung zusammen.

Wieder wählt sie Umas Handynummer, und einen Moment hat sie das Gefühl, dass sie gleich eine Antwort bekommt, als sei alles in Ordnung, überhaupt nichts passiert.

Nun, meistens weiß sie jedenfalls, woran sie sich erinnern soll und wann.

Am Abend, als Asia aus dem Krankenhaus entlassen wurde, versprach Hanna Nili, dass das Mädchen sich an nichts erinnern würde. Um diesen Punkt auszuführen, sagte sie, es sei nicht angenehm, das zu sagen, aber auch wenn Nili höchstpersönlich aus dem Leben ihrer Tochter verschwände, würde Asia nach kurzer Zeit schon nicht mehr wissen, dass sie einmal eine Mutter gehabt hatte. So sei es auch mit diesem schrecklichen Sturz, in jeder Hinsicht ein Wunder, sie brauche sich keine Sorgen zu machen. Ihre Tochter würde wieder ganz gesund werden, ihr Sprachvermögen würde wiederhergestellt, sie würden das alles hinter sich lassen. »Mit zweieinhalb Jahren«, sagte Hanna, »vergisst man alles.«

Sie saßen beide in Hannas Wohnzimmer, dessen Läden immer geschlossen waren, und Hanna beharrte: »Es fällt dir schwer, das zu verstehen, aber so ist es. Kleine Kinder erinnern sich nicht an Geschichten. Bei ihnen gibt es keine zeitlichen Abfolgen, das ist ein Segen.« Sie nickte bedeutungsvoll. »Kleine Kinder erinnern sich nicht«, wiederholte sie. »Schau dir doch deine Schwester an. Sie erinnert sich an nichts von früher. An nichts von dem, was uns passiert ist.« Und Nili sagte: »Ja, an nichts«, und in diesem Moment stiegen Zweifel in ihr auf. Uma erinnerte sich, und auch Asia würde sich erinnern. Auch wenn sie aus dem Leben ihrer Tochter in diesem Moment verschwinden würde, würde Asia sich erinnern. Nicht an den Namen, nicht an ein Gesicht, und vielleicht auch nicht an den Geruch oder die Stimme, aber die Erinnerung würde da sein. Das Gesetz der Erinnerung wird funktionieren. Wie die

Berührung zweier Gegenstände. Eine Feder, die an einen Felsen stößt. Lautlos, ohne ein sichtbares Zeichen zu hinterlassen. Es bleibt nur das Ereignis selbst. Eine reine Erinnerung.

Sie verlässt die Küche, macht das Licht aus. Seit Asia weggefahren ist, befindet sie sich in einem Schwebezustand, gewichtslos. Als hätte sie Asia vor dem Kindergarten vergessen, denkt sie. Kann so etwas passieren?

Alles kann passieren. Aber in einer anderen Zeit, in einem anderen Jahr, ist alles anders passiert. Und in einer der Wochen vor Asias großer Fahrt nach Eilat liegen sie beide im Bett, Mutter und Tochter, das Licht ist schon aus (ein anderes Licht, gelb und erfüllt von Stimmen aus dem Fernseher, dringt vom Wohnzimmer zu ihnen), und Asia sagt:

»Mama?«

»Ja, As.«

»Ich weiß, was das ist, verrückt«, flüstert Asia. Ihre rötlichen Haare sehen im Dämmerlicht dunkler aus, ihre grünen Augen glühen und glitzern.

»Wirklich?«, flüstert Nili zurück.

»Weißt du es auch?«

»Natürlich.«

»Im Kindergarten«, verkündet die Kleine ihr Wissen bedeutungsvoll, »gibt es Kinder, die fluchen.«

»Im Kindergarten?«

Asia nickt (organisiertes Verbrechen im Kindergarten).

»Fluchst du auch?«

»Aber Mama!«

»Ich hab ja nur gefragt.«

»Nie im Leben! Simi erlaubt das nicht.«

»Ist Simi böse, wenn jemand flucht?«

»Sehr, sehr böse. Aber auf mich nicht. Ich fluche nicht.«

»Nie?«

»Aber Mama!«

»Was für Flüche benutzen sie?«

Asia ist angespannt, versucht in Gedanken, die Antwort zu formulieren.

»Ich möchte es nur wissen«, sagt Nili.

Ihre Tochter wendet den Kopf auf dem Kissen und schaut sie prüfend an. Schließlich sagt sie leise: »Depp.«

»Depp?«

Die Wörter sammeln sich im Mund des Mädchens und füllen ihn mit dunkler Verruchtheit. »Dummkopf«, fährt sie etwas lauter fort. »Blödian, ich rede nicht mit dir. Hau ab.«

»Ist das alles?«

»Verrückter.«

»Ist das alles?«

»Ja.«

»Ich wollte es nur wissen«, sagt Nili.

»Ich weiß«, sagt das Mädchen, ohne einen Hauch von Misstrauen.

Das Geheimnis der ersten Schimpfwörter, der Blick in das geordnete, gesellschaftliche Böse – es kommt nur kurz vor einem tieferen und komplizierteren Geheimnis. Am Tag danach ist Asia plötzlich verliebt. Aber mit fünfeinhalb ist die Liebe keine große Sache, sie ist nicht vielschichtig, sie zieht sich nicht hin, sie existiert um ihrer selbst willen, wie ein Apfel in der Obstschale.

Als sie den Namen des Geliebten verrät, glänzen ihre Augen, ein Lächeln breitet sich auf ihrem Gesicht aus und entfernt sie noch ein bisschen weiter vom Rest der Welt, lässt sie tiefer in das sinken, was sie empfindet.

»Heute im Kindergarten hat mich Alon gehauen«, sagt sie mit einem Gesicht, das alles und nichts verrät, »und Noam hat zu ihm gesagt, du darfst Asia nicht schlagen.«

Ein Ereignis, aber ein reduziertes. Ein Ereignis, das seine Bedeutung nur durch die Verteilung der Macht und der Rollen gewinnt.

Das weiß Nili, sie erkennt die Reichweite dieses Ereignisses.

»Noam mag mein Zehn-Uhr-Frühstück«, sagt Asia. »Noam mag meine Zeichnungen.«

Sie ist an Noams Außenhaut interessiert, nicht an seiner Zeit vor ihrer Liebe. Das Zehn-Uhr-Frühstück – ja oder nein. Ihre Zeichnungen – ja oder nein.

In Nilis Leben hat es einen derartigen Zustand nie gegeben, und dass es bei ihrer Tochter so ist, überrascht und irritiert sie. Bisher hat sie alles über dieses Mädchen gewusst.

Im Bereich des Kindergartens ist Noam eine bekannte Größe; eine Quelle der Wärme, mit der man umzugehen weiß. Doch wenn man ihn zufällig einmal auf der Straße trifft, weckt er sofort eine Reaktion. Schon von weitem, sobald seine Gestalt in ihrem Blickfeld erscheint, verändert sich das Mädchen – der Bildschirm des Radargeräts brummt leise, aber sehr geschäftig.

»Hi, Noam«, sagt sie, noch bevor sie stehen bleibt.

Wie einfach sie ihr Herz nach außen krempelt. In ein paar Wochen, Monaten oder höchstens Jahren wird sie in die Welt des Versteckspiels eintreten. Sie wird den Tauschhandel erlernen, wird wissen, dass Dinge gegen andere Dinge gegeben werden, aber im Moment ...

»Noam, man sagt dir guten Tag, sag guten Tag.« Das ist Noams Großmutter, nimmt Nili an, sie sieht aus wie seine Mutter, nur dass ihre Haare satter und lockiger sind. Die Großmutter berührt den Rücken ihres Enkels, gibt ihm einen Schubs.

»Ich gehe mit meiner Mama einkaufen«, sagt Asia.

Noam hält etwas in der Hand, etwas mit Rädern, und er benutzt dicsc Hand, um sie mit der anderen zu bewegen. *Wuuusch!*

»Bist du aus seinem Kindergarten, Liebes?«, fragt die Großmutter.

»Ja«, antwortet Nili sofort. »Sie sind im selben Kindergarten.«

Der Platz, auf dem sie stehen, ist sehr windig. Noam geht weiter, die Großmutter folgt ihm, ohne ein Wort zu sagen. Asia stößt die Luft aus, lässt die Hand ihrer Mutter los und setzt sich in Bewegung.

»Meine Süße«, sagt Nili. Was hätte sie tun können, um diese Niederlage zu verhindern? Das Bedürfnis, alles richtig zu verstehen, vom Detail auf alles zu schließen – nichts hätte sie tun können. »Er ist ein bisschen schüchtern«, sagt sie zu ihrer Tochter. »Er ist ein bisschen scheu.«

»Er kapiert noch nicht mal, dass ich ihn mag«, sagt Asia.

»Was?«

»Auch im Kindergarten nicht, damit du's weißt«, sagt Asia.

Im Wald ist es kälter, in jeder Hinsicht. Als sie die Autotüren aufmachen, ist zu merken, dass dieser Schabbat nicht ganz so schön ist, dass er etwas weniger schön ist, und der Wald feindlich. Aber sie steigen aus und dehnen und strecken sich, als wären sie stundenlang gefahren.

»Passt gut auf«, sagt Uma, »vielleicht finden wir den kleinen Russen.«

»Gott behüte«, sagt Nili.

»Hat man ihn noch nicht gefunden?«, fragt Nati.

»Es sind schon zwei Tage«, sagt Uma. »Das wird nicht gut ausgehen.«

»Gott behüte«, sagt Nili. »Re'uma, es reicht.«

Die Bäume haben Mittel und Wege, einander Nachrichten zukommen zu lassen. Sie verströmen Substanzen, die durch die Luft fliegen und andere Bäume vor einer nahenden Gefahr warnen. Die Menschen laufen durch diese Substanzen hindurch, ohne es zu wissen; sie verpassen viele Dinge.

Die Lücke tut sich schnell auf – Uma und die Mädchen gehen voraus, Nati und Nili bilden die Nachhut. Dann ändert es sich, es ist nicht klar, wie es passiert: Nili und die Mädchen gehen voraus, Uma und Nati folgen. Und jedes Mal ist Nili besorgt wegen der Gruppe, in der sie sich gerade nicht befindet.

Macht sich noch jemand deswegen Sorgen? Es sieht nicht so aus.

Hier ist das Standbild, an das sie sich noch von ihrem Besuch im Winter erinnern, ein Mann aus Stahl. Er bewegt sich nicht von der Stelle. Die Mädchen versuchen, das Standbild zum Leben zu erwecken, die Täuschung aufzudecken. Sie stellen seine stählerne Geduld auf die Probe – klettern auf seine Knie, schlagen ihm ins Gesicht, und am Schluss ohrfeigen sie ihn sogar. Seine naturgetreue Größe und die stählernen Falten seiner Kleidung, die so echt wirken, bringen sie ganz durcheinander. Und dann setzt Dida sich auf seine

Schultern, hebt ihre Arme, die Ärmel rutschen hoch und entblößen ihre Achseln – tief, feucht, nicht glatt.

»Ich auch!«, ruft Asia und hängt sich an die Füße ihrer Schwester, und Dida zieht sie mit erstaunlicher Leichtigkeit nach oben. Wie ist das geschehen? Die protzende Körperlichkeit der Pubertät hat sich fast unmerklich ihren Weg gebahnt, ohne Schimpfwörter zu benutzen, ohne Akne, nur eine leichte Wölbung der Brüste; und jetzt, plötzlich, die Achselhöhlen … Nili wendet den Blick ab.

»Los«, sagt Uma zu den Mädchen, »ihr habt ihn schon ganz verrückt gemacht. Und morgen werden wir wohl in der Zeitung lesen, ein stählernes Standbild hat Selbstmord begangen.«

Der Traum, den Asia während der Fahrt erzählte, hat sich tief in Nili eingegraben, und die Gehbewegung verleiht ihm einen Wellenschlag und zerlegt ihn mit Leichtigkeit in seine Bestandteile – Tochter-Mutter, Kreation-Flucht, Schutz-Wald, Liebe-Verzicht –, aber dann taucht etwas Rotes zwischen den Bäumen auf, und alle bleiben stehen – nein, nein, nur altes Plastik, eine Art Trichter. Wenn sie etwas von den Sachen des russischen Jungen sehen würde, würde sie sofort verstehen, was sie sieht?

Sie setzen sich mitten im Wald um den Holztisch und essen die belegten Brote, die Uma mitgebracht hat. Uma hat auch eine Thermoskanne mit Kaffee und Kekse dabei. Niemand will die Orangen, die Nili eingepackt hat.

»Nun, Asimowa, hast du schon gepackt?«, fragt Uma. Ihre Haut leuchtet. Das Haar ist außerordentlich lang, als sei es Teil ihrer Kleidung, eine Möglichkeit, sich zu verstecken.

»Ein bisschen habe ich schon eingepackt«, sagt Asia, »aber die Zahnbürste noch nicht. Mama, erinnere mich daran, dass ich am Montagmorgen nach dem Zähneputzen die Zahnbürste einpacke. Wir trocknen sie ab und stecken sie in den Koffer.«

»Gibt es noch Kaffee?«, fragt Nati.

»Ich nehme Tonnen von Sonnenschutzmittel mit«, sagt Uma zu Nili, »Tonnen.«

»Aber Mama will, dass ich einen Hut aufsetze«, sagt Asia.

»Klar«, sagt Uma. »Natürlich brauchst du einen Hut.«

Die Jahre sollten eigentlich den Abstand verwischen, denkt Nili, was läuft da schief?

»Der letzte Keks«, sagt Nati, »will ihn jemand?«

»Und ich muss unter dem Sonnenschirm bleiben«, sagt Asia.

»Selbstverständlich.«

»Einen Hut, auch wenn ich im Wasser bin«, sagt Asia.

»Auch im Wasser«, sagt Uma, »keine Frage. Ich sage dir was, wir werden das Zimmer nur nachts verlassen. Das löst alle Probleme.«

»Ach nein«, sagt Nati, »nicht alle. Aber einen Teil von ihnen.«

Verwickelt in ein Dickicht aus wiederkehrenden Handlungen sieht Nili zur Sicherheit noch einmal nach. Das Telefon ist in der Tasche, die Klimaanlage ausgeschaltet, der Schlüssel eingesteckt, der Kühlschrank geschlossen, die Fenster im Schlafzimmer sind geöffnet, die Wasserhähne im Bad zugedreht. Der Spiegel vergrößert den Raum zwar optisch, aber es ist eine geschlossene Größe, es gibt keine Möglichkeit, sich in dem zusätzlichen Raum zu bewegen.

Ihre Innenarchitektin war eine junge Frau mit wachen Augen und offenem Herzen, und man merkte ihr an, dass sie es mit aller Kraft schaffen wollte, der Wohnung die wohltuende Illusion zu schenken, sie wäre geräumig. Sie sprach über sie drei, als wären sie eine fest zusammengeschweißte Einheit: Wir werden denken, wir werden überlegen, wir werden entscheiden, wir werden tun. Sie verteilte viele Formulare mit vielen Fragen.

»Zusammenarbeit und absolute Ehrlichkeit«, sagte sie, »das ist die Basis für den Erfolg. Die Beantwortung aller Fragen wird uns die toten Winkel im alltäglichen häuslichen Drama erhellen.«

»Sind Sie Schriftstellerin?«, fragte Nili.

»Ich?«, sagte die Innenarchitektin.

»Vielleicht sollten Sie Schriftstellerin werden.«

»Wirklich?«, sagte die Innenarchitektin. »Danke.«

Den Schlüssel in der Hand fällt es Nili ein, noch einmal, ausgerechnet jetzt, Uma anzurufen … und noch etwas fällt ihr ein: dass Alfa im nächsten Monat, wenn er nach Israel kommt, Trost brauchen wird, sie ist seine beste Freundin, die älteste, sie wird ihn trösten … Aber heute muss sie ihre Mutter besuchen, ohne Uma und Asia, Nili ist alles, was sie jetzt hat … Und was ist mit Dida? Bei ihrem letzten Besuch bei Miep, vor einem halben Jahr, hat sie sich noch als Kind von ihr verabschiedet, und jetzt kommt sie wieder als junges Mädchen, mit vollen Hüften und dunklen Achselhöhlen … Wo ist das Telefon? In der Tasche? Plötzlich kommt es ihr vor, als säße Duclos schon im Restaurant und warte auf sie, von diesem Moment an bis zum morgigen Abend wird er da sitzen und warten … und

Asias Medizin ist in Asias Tasche, während Asia selbst ... wer weiß, wo Asia ist? Und hat Dida nicht kurz vor Asias Geburt damit angefangen, ein Jahr lang hat sie ins Bett gemacht, ganz plötzlich, eine echte emotionale Regression ... Sie wird es bald wieder bei Uma probieren, vorauszuplanen ist vernünftig, Hanna hat, was ihre Pension betrifft, alles gut geplant, ihr ganzes Leben lang hat sie mit kleinen Summen hantiert, die sich zu großen Summen addierten, das war ihre Art zu leben, erfolgreich, da sind keine Überraschungen zu erwarten ...

Jetzt gehst du aus dem Haus, jetzt schließt du die Tür zu.

Sie bleibt einen Moment stehen und geht dann die Treppe hinunter.

In welchem Teil der Wohnung vergnügen Sie sich die meiste Zeit? (Die meiste Zeit ist sie im Bett; heißt das sich vergnügen?)

Dienen die Kinderzimmer nur zum Schlafen oder auch als Aufenthaltsraum?

Welche sind die wichtigsten Räume der Wohnung?

Ziehen Sie weite, offene Räume vor, oder sind Ihnen kleine, intime lieber?

Wie oft haben Sie Gäste zum Essen?

Essen Sie üblicherweise gemeinsam?

Welche Seite des Betts ziehen Sie vor?

Halten Sie einen Mittagsschlaf im Wohnzimmer?

Legen Sie die Füße auf den Tisch?

Wie ist Ihr Verhältnis zu Licht?

Ziehen Sie natürliches Sonnenlicht oder elektrische Beleuchtung vor?

Was ist Ihnen lieber, Deckenbeleuchtung oder Licht von unten?

Mögen Sie lieber starke oder schwache Glühbirnen?

Wie stehen Sie zu Gittern?

Wann duschen Sie normalerweise?

Lieben Sie freie Flächen oder Ecken? (Doppelte Fragen, mit kleinen Änderungen; ein Wahrheitstest?, eine Kontrollfrage?)

Besitzen Sie ausgefallene Möbelstücke?

Welche Wärmequelle ist Ihnen am liebsten: Klimaanlage, elektrischer Ofen, Gasofen, Ölofen, Kamin? (Feuer, immer Feuer.)

Leiden Sie unter Hitze?

Leiden Sie unter Kälte? (Leiden Sie überhaupt? Hört bei Ihnen das Leiden je auf?)

Sind Sie Sammler oder Wegwerfer?

Wo in der Wohnung entspannen Sie sich?

Wo in der Wohnung sind Sie gern ganz allein?

Hat jemand von Ihren Mitbewohnern ein lautes Hobby, zum Beispiel Trommeln oder Tischlerei? (Schlafen; Natis Schlaf ist lautstark. Ist Schlaf ein Hobby?)

Wie reagieren Sie auf Lärm?

Kochen Sie viel? (Kochen Sie überhaupt?)

Sind Sie Frühaufsteher?

Servieren Sie Ihren Gästen Appetizer?

Wie kaufen Sie normalerweise ein, in einem großen Supermarkt oder in kleineren Geschäften?

Welche Art des Wäschetrocknens ziehen Sie vor: Wäscheleine oder Trockner?

Ist Ihre Waschmaschine ein Toplader oder ein Vorderlader?

Sind Sie oft durstig?

Decken Sie sich nachts üblicherweise zu?

Haben Sie Albträume? (Und was ist mit immer wiederkehrenden Träumen?)

Kommen Sie meist zu spät zu Verabredungen?

Neigen Sie dazu, sich mit der Vergangenheit zu beschäftigen?

Können Sie sich mit wenigen Worten beschreiben? (Mit wie vielen?)

»Siehst du den Mann dort?«, fragt Asia. »Mit der Krawatte? Mit dem Hut?«

»Ja«, sagt Dida, »natürlich.«

»Wie siehst du ihn?«

»Was?«

»Sag mir, wie du diesen Mann siehst.«

Sie stehen schon seit zehn Minuten draußen, Nili und die Mädchen, und warten auf Nati, der sich verspätet. Der Alte, der auf der anderen Straßenseite vorbeigeht, grüßt sie, indem er an seine Schirmmütze tippt. Die Schwestern sitzen auf dem Bordstein. Didas Flugzeug wird in zweieinhalb Stunden starten, ihr Reisepass steckt in der Bauchtasche, der schmale, braune Koffer steht neben ihnen wie ein Theaterrequisit. Ein Immigrantenkoffer, denkt Nili, über all die Jahre derselbe Koffer.

Dida schaut ihre Schwester an. »Was willst du?«

»Ich möchte einfach wissen, wie *du* diesen Mann siehst«, sagt Asia.

»Nun, As, du spinnst, ich verstehe dich nicht«, sagt Dida.

Nili hört zu. Kleine Mädchen sind doch immer süß in den Augen von Erwachsenen, oder? Das ist nicht so sicher. *In ihrem Verhältnis zueinander sind sie nicht klein und süß. Da haben sie die natürliche Größe.* Sie muss aufpassen.

»Wie siehst du ihn?«, sagt Asia. »Mit *deinen* Augen.«

»Ich?«, sagt Dida.

»Ich möchte wissen, was *du* siehst. *Deine* Augen sind nicht *meine* Augen. Es sind *deine* Augen. Wie soll ich also wissen, was *du* siehst?«

»Ich sehe genau wie du, Asia. Ich sehe, was du siehst. Was soll das?«

»Das habe ich nicht gewusst. Danke.«

»Du lieber Gott, hilf ihr«, sagt Dida.

An der Ecke taucht Natis Auto auf. Dida erhebt sich. Sie ist ein junges Mädchen wie alle jungen Mädchen, eine, die ihre winzigen Brüste schützt, deren Verhältnis zwischen Gewicht und tatsächlicher Präsenz Nili jedes Mal aufs Neue überrascht. Sie streckt den Daumen hoch, ›Bitte, nimm mich mit‹. Das hält sie für witzig.

Nati bremst quietschend. Nili entspannt sich. Soll sie etwas wegen der Verspätung sagen? Nati erwartet, dass sie etwas sagt, aber sie lässt es bleiben. Das Auto hält, die Kofferraumtür klappt hoch. Ein sattes Geräusch, voll, beruhigend. Nati nickt ihr zu.

Nili hebt den Koffer, schiebt ihn hinein. »Sei vorsichtig, wenn du den Deckel zumachst«, ruft er. Er ist dem Schein verfallen, der sich in märchenhaft schönen Gegenständen verbirgt. Sie schlägt die Kofferraumtür zu. Fest.

Dida streckt die Hände nach ihrer Schwester aus. Sie umarmen sich. Asia, aufgeregt, hält Didas Hand noch eine Weile, dann steigt die große Schwester ins Auto. Nili wirft ihr eine Kusshand zu.

Das Auto setzt sich in Bewegung. Mutter und Tochter betreten das Haus. Morgen früh wird Uma kommen und Asia holen. Auf Wiedersehen, meine Mädchen.

Nili verlässt das Gebäude, eine Frau in Bewegung. Man sagt, dass man nie vorsichtig genug sein könne, aber sie weiß, dass man es sein kann. Ein Teil der Menschen um sie herum ist unter der Last übertriebener Vorsicht zerbrochen. Das Problem ist, dass Frauen wie sie, Frauen, die eine neue Chance bekommen haben, auf das zu achten, was ihnen am teuersten ist, nicht loslassen können.

Und was ist mit Nati? Was ist das Problem mit ihm? Da gibt es etwas, sie weiß nicht genau, was es ist. Unverarbeitete Dinge wuchern, wie ein Herbarium wild wachsender Gefühle. Irgendwo dort gibt es immer einen verborgenen Garten.

Sie überquert die Straße, aufrecht, weil sie es so entschieden hat. Sie passt zu ihrer Kleidung, zu der schwarzen Farbe, zu dem grellen Rot ihrer Lippen, zu dem aufreizenden Gang. Wenn eine echte Frau die Straße entlanggeht, tut sie es nicht, um anzukommen. Wer hat das zu ihr gesagt? Jeder ihrer Schritte ist raumgreifend, ein Fest ihrer Glieder.

Viele Dinge hat man ihr im Lauf der Jahre zugeflüstert, sie erinnert sich nicht wo und wann.

Zweiter Teil

Meeresspiegel

Bis sie Nati traf, hatte Nili andere Männer. Die meisten rangen sich nicht zu irgendeiner Art von Verbindlichkeit durch, aber zwei behaupteten lautstark, sie sei treulos, obwohl es dafür überhaupt keinen Anlass gab, und einer von ihnen beharrte darauf, sie für immer behalten zu wollen, er rief noch jahrelang nach ihrer Trennung an und lauerte auf eine Lücke in ihrem Leben, in die er sich erneut drängen könnte.

Manchmal hatte sie nach einem Streit mit Nati an ihn gedacht, aber nur als Strafe für Nati; was ihren ewigen Ex selbst betraf, hatte sie kaum Ambitionen. Die Wahrheit war, dass sie wirklich von Zeit zu Zeit daran dachte, Nati zu verlassen, und in den ersten Monaten ihres Lebens in der Dachwohnung – kurz vor Asia, als letzter Versuch in einer blassen Reihe von Versuchen, ihn zu verlassen – hatte sie mit Tränen in den Augen die Immobilienseite einer Zeitung betrachtet, nichts spielte eine Rolle, weder die Wohnung noch die Kommode oder die Blumentöpfe, die auf der Sonnenterrasse hingen, alles würde sie ihm lassen, sie würde nur ein paar Unterhosen und ihre Freiheit mitnehmen, nur um keine Minute länger mit diesem Typen zusammenbleiben zu müssen. Wenn sie ihn hasste, hasste sie ihn ganz und gar (obwohl sie nur einmal die Fassung verlor und sich direkt gegen ihn wandte).

Danach hatte sie ein oder zwei Tage ein böses Gesicht gemacht, oder wie lange es gedauert hatte, bis er sie besänftigt hatte (die erfolgreichste Methode? Sie mit leisem Lächeln anschauen, traurig und voller Süße, und versuchen, sie zu umarmen, bis sie nachgab), und war vorläufig geblieben. So lief damals das Leben hinter der weißen Tür ab: immer vorläufig.

Sogar dort, in Paris, hatten sie einen Streit gehabt, aber abgesehen davon war es ein wunderbarer Urlaub, fast vollkommen.

Sie kannten sich damals vielleicht seit einem Monat, nicht mehr als einen Monat, als ihr Geburtstag kam und Nati beschlossen hatte, zu Ehren ihres Geburtstags einen Urlaub in Paris zu verbringen, er hatte auch gleich die Flugtickets besorgt. Im Jahr danach kaufte er ihr einen Mantel, und noch ein Jahr später Schuhe, und seither gab es zu ihrem Geburtstag Goldschmiedekunst, Geschenke, die voluminös und schwer waren, und einen Gutschein zum Tauschen, doch in ihrem ersten Jahr war es die Reise nach Paris gewesen.

Er hatte ihr die Tickets überreicht, als sie im Café saßen, sofort nachdem der Kellner zwei Gläser Wein und einen warmen Schokoladenkuchen mit zwei Löffeln gebracht hatte. Er lächelte und legte einen rosafarbenen Umschlag, auf dem *Für meine Liebste* stand, vor sie auf den Tisch.

Die erste drängende Verliebtheit war gewichen. Sie war neunundzwanzig und nicht treulos. Sie schaffte es nur nicht, wie soll man es formulieren, allein zu leben, so wie andere Menschen es nicht schaffen, zusammen zu sein, und wenn sie sich von einem Mann getrennt hatte, hatte sie ein paar Tage später schon einen neuen.

Sie war nicht treulos, nur schnell neu organisiert. Sie besaß eine außergewöhnliche emotionale Kompetenz.

Und so fand sie sich mit Nati im Café, an ihrem Geburtstag, noch in Reichweite dieser ersten flirrenden Tage, und bekam von ihm zwei Flugtickets nach Paris. Sie sagte: »Wow«, und legte eine lange, wunderbare Hand auf sich staunend öffnende wunderbare Lippen. Nati lächelte und nickte schuldbewusst: Ja, eine prahlerische Geste. Und doch, so benehmen sich verliebte Männer am Geburtstag ihrer Geliebten. Und dann gähnte er. Sie waren beide erschöpft.

Nach den vier Wochen, die sie sich kannten, sehnten sie sich beide nach ein paar Stunden Schlaf – die nächtelangen Gespräche, minutiös ausgebreitete Gedanken und Gefühle, das Vögeln, das einem Verschlingen glich – man hätte es verstehen können, wenn beide auf ihren Stühlen zusammengesunken wären und die Köpfe in den weichen Schokoladenbrei gelegt hätten. Dennoch war sein Gähnen auffällig und unpassend.

Er spürte das. Sie ebenfalls. Und dieses Gähnen – vollkommen berechtigt aus praktischen Gründen – wurde in das Archiv ihres Zusammenlebens aufgenommen, um im Bedarfsfall wieder hervorgekramt zu werden.

Das Café war überheizt. Der warme Schokoladenkuchen wurde kalt. Eine Fliege schwebte zum Wachs der Kerze. Nilis neuer Freund saß ihr gegenüber, mit vor Liebesanstrengungen roten Augen, und schenkte ihr eine Reise nach Paris, und dann gähnte er und stellte sie vor ein Dilemma, von dem sie nicht wusste, wie sie es lösen sollte.

Vorläufig, so beschloss sie, würde sie sein Gähnen zur Seite schieben, eine echte Liebesanstrengung ihrerseits, zu Ehren ihres neunundzwanzigsten Geburtstags.

Sie fasste die Situation vorläufig zusammen: gut. Sehr gut. Ihr Leben kam in Ordnung. Und warum vergaß sie nur immer wieder, dass man sich von einem Mann trennen und einen anderen kennenlernen konnte und alles in Ordnung kam?

Einen Monat, eine Woche und drei Tage zuvor hatte sie ihren Koffer und ihre Freiheit gepackt und Nir verlassen. Und drei Jahre vorher hatte sie sich in gegenseitigem Einverständnis von Ido getrennt. Er hatte sie kein einziges Mal angerufen, aber sie hatte von Freunden gehört, dass es ihm nicht gut ging. »Was aus ihm geworden ist?«, hatte ein gemeinsamer Bekannter gesagt, den sie ein paar Monate danach auf der Straße traf. »Er war einmal einer der schönsten Männer der Stadt, jetzt hat er so ein hartes, unzufriedenes Gesicht.« Fünf Jahre davor hatte Alfa sie verlassen und danach herausgefunden, dass er sie brauchte, dass er sich immer irgendwo in ihrer Nähe herumtreiben würde, am Rand des Bildes.

Und siehe da, ihr neuer Freund war das große Los. Er hatte ihr eine Reise nach Paris geschenkt. Er sagte, wie wunderbar sie sei, *wunderbar*. Er fing zwar an, kahl zu werden, doch auch jetzt konnte man schon sicher sein, dass sich am Ende dieses Prozesses ein guter Schädel zeigen würde, rund und muskulös und glänzend. Und noch etwas: Wenn er sie liebte, war das mit viel Schwung und Rhythmus, nicht wie ein Menuett, gänzlich ohne Verneigungen, ohne Zeremonie, ohne Förmlichkeit, ein Unterschied, der gemacht werden musste. Manchmal sprang er regelrecht auf sie, erneuerte seinen Griff mit einer scharfen Bewegung des Beckens, wie ein Junge, der von unten auf eine Rutsche zu klettern versucht.

Und das brachte sie zum Lachen.

Ganz allgemein hatte sein Benehmen etwas Gläsernes, Durchlässiges, das es ermöglichte, ausgelassen zu bleiben.

Und auf dem Tisch – zwei Flugtickets nach Paris.

Alles war gut.

Paris war regnerisch und stürmisch in jenem Winter. Die freien Taxis schnappte man ihnen vor der Nase weg, Wasserfontänen ergossen sich über sie, die Schuhe und Brillen waren mit Schmutz bedeckt. Sieben Minuten standen sie mit ihren Koffern an der Place St. Michel und fuchtelten in alle Richtungen, und als sie endlich ein Taxi erwischten, nahm der Fahrer einen der Umwege, die für Touristen galten, das verteuerte die Fahrt um zehn Euro, doch das machte ihnen nichts aus. Sie waren zusammen in einer fremden Stadt, voller Begeisterung und sehr zufrieden. Sie wollten es auskosten.

Um neun Uhr dreißig erreichten sie das kleine Hotel, etwas abgelegen, das sie auf dem Stadtplan des Reisebüros für nur einen Fingerbreit von der Oper entfernt gehalten hatten, doch jetzt waren es etliche Metrostationen, die dazwischenlagen. Es war kein sehr sauberes Hotel, oder besser gesagt, es war so sauber, wie alte Hotels sauber sein können. In der Badewanne kämpfte ein grauer Schmetterling um sein Leben, aber es gab ein langes, schmales Fenster und altmodische Nackenrollen und weiche, verblichene Tapeten, und hinter den roten Gardinen klopfte europäisches Regenwetter gegen die Scheiben, und es gab all die anderen Dinge, die auf keinen Fall an zu Hause erinnerten und dafür sorgten, dass der Zauber wirkte. Sie hatten beide keine Lust, die Zeit mit Schlaf zu vergeuden: Sie duschten, zogen sich an und rannten hinaus auf die Straße, mit der Lust eines ersten Urlaubstages.

Nili war verrückt nach Paris. Das hatte sie Nati gleich zu Anfang erzählt. Um die Wahrheit zu sagen, eine ihrer schlaflosen Nächte war fast ganz Paris gewidmet gewesen. Sie war dreimal dort gewesen, hatte sie erzählt, einmal davon acht Monate lang – sie lernte Französisch an der Alliance Française und verdiente ihr Geld damit, dass sie in einer Pizzeria im fünften Arrondissement in der Küche arbeitete –, und sie verließ Paris, als eine Affäre mit einem gewissen Alfa endete.

»Alfa?«, fragte Nati. »Ein Italiener?«

»Alfa, Alfasi, Jirmijahu Alfasi«, antwortete sie, und Nati sagte: »Eh?«, und schon damals tauchte der Keim eines Streites auf – warum verzog er das Gesicht, wenn er den Namen eines ihrer Verflossenen hörte? Und sie erzählte ihm ihre Parisgeschichte weiter, sie wollte diesen Fleck der Erde mit Hilfe ihrer klaren Erinnerungen beherrschen.

Nati selbst war nie in Paris gewesen, er hörte nur zu, nickte, schaute seine neue, schöne Geliebte an, die so wunderbar den Kopf zurückwerfen konnte und in elektrisierendem Französisch sagte: »Merde alors!«

Absichtlich – er wusste, dass es absichtlich war – erwähnte sie in ihren Geschichten nichts, was alle kannten. Weder Notre Dame noch den Eiffelturm. Auch nicht die Champs-Élysées. Nichts von all dem, was er aus Filmen und Büchern kannte. Nur einen kleinen Park am Rand des neunten Arrondissements, mit zwei Bänken, die wie Meerjungfrauen aussahen. Nur ein klitzekleines, verstecktes Café in einer der Straßen neben der Pizzeria, in der sie gearbeitet hatte, ein Däumling, abgelegen – man hätte meinen können, dass niemand außer ihr dieses Café besuchte –, dort gab es den besten Mokkakuchen der Welt. Und sie sprach von einem Jazzclub, zu dem man in der Dunkelheit über siebenhundert Stufen hinabstieg, göttlich (ihre Augen schlossen sich, als sie innerlich mit beethovengleichen Ohren lauschte).

Das nervte ihn, aber er war fair genug – sogar voller Respekt – der Frau aus der großen Welt gegenüber. Sie hatte mehr gesehen als er, sie konnte Französisch und Italienisch parlieren und verfügte über das Niveau, um über etwas anderes als das Wetter zu sprechen. Er hingegen hatte sein Leben lang in Jerusalem gelebt, nach der Universität war er für sechs Wochen nach Thailand gefahren, dann einmal nach Zypern und einmal nach Osteuropa, vier Biersorten in sechs Tagen, und immer, wenn er losgefahren war, hatte er die Kamera über der Schulter hängen.

Er war ein Tourist.

Sie nicht.

Das war der ganze Unterschied.

In ihren fünf Tagen in Paris amüsierten sie sich sehr.

Sie durchstreiften die Stadt der Länge und der Breite nach, hüpfend und drehend wie Puppen in einer Spieldose. Sie besuchten zwei Museen, die Nili auswählte – Picasso und Rodin –, hörten sich zwei kostenlose Konzerte in zwei Kirchen an und sahen *Les Miserables*. Sie besuchten die Galeries Lafayette, um die Decke zu bestaunen – Nati fuhr mit dem Finger durch den israelischen Reiseführer (Lapid) für Südeuropa und versuchte ab und zu, eins der herkömmlichen Ziele vorzuschlagen. Sie betraten das Fauchon, um den Überfluss zu erleben, und sie kauften zwei Schokoladeneclairs, eines für sechs Euro, und zwei Weintraubenrispen aus Chile – Nili sagte langsam und betont: »Deux eclairs au chocolat et deux raisins de Chili«, als rezitiere sie ein Gedicht. Sie fanden einen unglaublichen Secondhandladen mit Mänteln und Hüten und verließen ihn mit vier großen Tüten, lachend rannten sie den ganzen Weg zur Metro, närrisch und ohne Grund für das Glück, das sie angesichts des peitschenden Regens empfanden.

An einem Tag suchten sie die alte Pizzeria, in der Nili gearbeitet hatte, sie pressten ihre Nasen ans Fenster, damit Nili Nati die lächerliche Mütze zeigen konnte, die sie damals hatte tragen müssen, und sie erinnerte sich an ihre Chefin, die in der Küche über dem Arbeitsplatz stand und auf zwei Tomatenscheiben deutete, die aneinanderklebten und versehentlich auf einem einzigen Dreieck gelandet waren.

»Pas comme ça!«

Sie war eine schreckliche Frau, zweifellos eine Antisemitin, mit einer metallischen Stimme, und wenn Nati sie jetzt getroffen hätte, hätte er ihr einen Kinnhaken versetzt, sie zu Boden geschlagen und mit dem Fuß auf den Rücken geschubst wie einen Käfer.

Eine etwas verspätete Ritterlichkeit, um Gemeinheiten aus der Vergangenheit seiner Liebsten zu rächen, na und?

Sie vergnügten sich im Hotelbett, tollten in dem süßen Duft der Laken – sie konnten diesen Geruch förmlich schmecken – und stürzten sich auf die Minibar, und mit dem wählerischen Appetit Verliebter nahmen sie nur die Getränke und rührten die raschelnden Packungen mit Erdnüssen und fettigen Crackern nicht an. Sie waren in einer Stimmung, in der sie nur Gutes essen wollten.

Drei leere Flaschen Perrier standen auf der Kommode, vier Strümpfe verschwanden unter der Bettdecke. Eine Miniflasche Champagner, bereits in der ersten Nacht geleert, war ins Badezimmer gewandert und diente ihnen als Gefäß für Wasserspiele.

Und dann, am nächsten Tag, auf dem Pont Saint Louis, sahen sie einen großen, mageren Mann, der Hand in Hand mit einer zwergenhaften Frau ging, sie die ganze Zeit verliebt anschaute, von der Seite, schräg nach unten, und Nilis Herz wurde von Schönheit und Trauer ergriffen. Auch Nati blieb stehen und sagte, das sei wirklich ein Anblick. Liebe, eine wahre Liebe, die Größenunterschiede überwindet. Und beide hatten das Gefühl, ihre Liebe sei vielleicht etwas weniger groß. Wie sie so da standen und den beiden nachstarrten.

Sie aßen ausgezeichnet.

Morgens und nachmittags kauften sie in Boulangeries und Fromageries Kleinigkeiten, in Papier gepackt, und besetzten anschließend eine der eisenbeschlagenen Bänke, breiteten das Gebäck darauf aus, wärmten sich die Hände an Tüten mit gerösteten Kastanien, betrachteten die Passanten, krönten vorübergehende Frauen oder lehnten sie ab – diese ja, jene nicht, diese ja, ja, ja – und stellten fest, dass sie in Bezug auf Frauen den gleichen Geschmack hatten. Nur mit einem bedeutenden Unterschied: Nati erlebte jedes Mal eine Sonnenfinsternis, wenn er blonde Sterne sah. Er konnte auf eine normale Frau deuten, nur weil sie einen kleinen blonden Kopf und lebendige Brustwarzen unter der Bluse hatte.

Ein glühender Streit entstand, mit Behauptungen pro und contra, und er endete schließlich mit der Bemerkung, dass Nati Mitleid verdiene.

»Na ja, du hast keine Wahl, mein Armer, du bist eben ein Mann.«

»Ein gesunder Mann mit erlesenem Geschmack.«

»Du lieber Gott, was man euch weismacht. Worum ging es gleich noch?«

»Brustwarzen, meine Süße.«

»Du könntest ein Auge dabei verlieren, weißt du das?«

»Och, och, och.«

»Du verstehst gar nichts, aber ich werde es dir beibringen. Mach die Augen auf, dann wirst du etwas lernen.«

Das alles waren Beweise der Zuneigung, wie die feuchten Nasenstüber eines geliebten Hundes. Er bekam auch Lob von ihr, wenn sich dafür eine Gelegenheit bot: Als er sofort verstand, wie die Metrokarte zu lesen war, oder als er der richtigen Frau, die an ihnen vorbeiging, eine gute Note gab – das Becken ein bisschen breit, das Gesicht ein bisschen unsymmetrisch, aber entzückend, nach Nilis Meinung. »Schönheit verzeiht alles«, sagte sie zu ihm. »Alles, überall in der Welt. Hast du gewusst, dass schöne Verbrecher mildere Strafen als hässliche bekommen, für das gleiche Verbrechen? Hast du das gewusst?«

»Kann ich einen Kuss bekommen? Einen Kuss von meiner Freundin?«

Zwei schönere Versionen ihrer selbst wanderten durch die Straßen von Paris, einander fröhlich neckend, verzaubert von ihrer dritten Größe, der gemeinsamen.

Abends wählten sie sorgfältig ein gutes, nicht allzu teures Restaurant und folgten immer dem gleichen Ritual: duschen, anziehen, schminken, Verlassen des Hotels, Arm in Arm, wie ein Paar, das zu einer Oscarverleihung geht, nach rechts und links lächelnd, freundlich zu jedermann, glücklich, den anderen ihr gemeinsames Werk zu demonstrieren – was für eine Liebe, bitte applaudieren Sie!

Sie streichelten sich im Schutz der herunterhängenden Tischdecken. Sie kicherten hinter Messern und Gabeln. Sie küssten einander überall, wo sie wollten, wie sie wollten, so oft sie wollten. Die Gäste an den Nachbartischen schauten zu ihnen herüber und tuschelten, warfen ihnen tadelnde Blicke zu, schnalzten missbilligend. Sie standen im Mittelpunkt.

Einmal zeigte sich ein besorgtes Erstaunen auf Natis Gesicht, als Nili zur Toilette gehen wollte, nach vier Schritten stolperte und unsanft auf dem Boden landete. Er sprang auf, packte sie an den Schultern und wäre in diesem Moment bereit gewesen, sie auf den Armen ins Krankenhaus zu tragen.

»Alles in Ordnung?«, fragte er und sah aus dem Augenwinkel nickende Köpfe (also wirklich, das musste ja schmachvoll enden, diese Zurschaustellung), und ihre Liebe setzte sich beschämt wieder hin, unter den Blicken eines feindlichen Publikums.

Nili war nichts passiert. Alles in Ordnung. Die Liebe atmete langsam und richtete sich wieder auf, und in jener Nacht, auf dem Weg zum Hotel, waren sie sehr liebenswürdig zueinander, ohne Spitzen, sie blieben an der Seine stehen und beobachteten die Lichtflecken auf dem Fluss, hielten sich an den Händen und sagten kein Wort.

So ist die Liebesmaschine. Manchmal ruht sie, manchmal ist sie nachdenklich.

»Meine Scheidung?«, sagte Nati bereits an ihrem ersten Abend, bei ihr in der Wohnung, als sie nackt im Bett saßen und rauchten. »Betrachte die Sache wie eine Randbemerkung.« (Eine Randbemerkung: Wenn du dir die Mühe machst, sie zu lesen, wird sie Licht auf den Absatz werfen, den du bereits gelesen hast, aber sie wird die Handlung nicht umkehren.) »Wir haben uns kennengelernt, geheiratet, scheiden lassen«, sagte er. Oder etwas in der Art.

Nili sollte an seine erste Ehe wie an einen zufälligen Fehler denken, einen im versperrten Auto zurückgelassenen Schlüssel; eine Dummheit, aus Nachlässigkeit begangen und mit Mühe verbunden. Die ganze Sache hatte zwei Jahre gedauert.

»Wir haben uns scheiden lassen, und das ist gut so«, sagte er. »Zwei wie wir, wir hätten uns nicht einmal zusammen fotografieren lassen dürfen, und wir haben geheiratet.«

Sie schaute ihn an. Das hätte ihr eine Warnung sein müssen: Er hatte seine Ehe viel zu schnell an einen fremden Menschen verraten (sie war noch immer eine Fremde). Er hatte seine Ehe auf eine erbsengroße Angelegenheit zusammengepresst. Das könnte auch ihr drohen. Aber seine Handflächen waren so groß, so sehnig. Ein Computergenie mit den Händen eines Reitknechts, gibt es etwas Besseres? Und wer weiß, worüber sie später sprachen, als es Nacht wurde, die ganze Nacht über, in der Begeisterung des Anfangs breiteten sie voreinander ihre Waren aus, wie jene gelbäugigen Typen an den Straßenecken, die blitzschnell ihre Mäntel aufklappen und dem Publikum spottbillige Uhren und goldene Armbänder zeigen.

Die Seine floss unter ihnen dahin, glitzerte feindlich wie ein zersplitternder Spiegel. Ihre Hände, die sich aneinanderklammerten, wurden feucht von Schweiß. Die Liebesmaschine gab ein ständiges leises Summen von sich, wie es Maschinen tun, wenn sie im Ruhemodus sind.

He, geht es dir gut?

He, Nil, du bist wunderbar, oder etwa nicht?

Er war ein bisschen enttäuscht darüber, dass sie so schnell das Gleichgewicht verloren hatte.

Hand in Hand gingen sie weiter zum Hotel, und noch Jahre später, wenn sie die Erinnerungen an Paris hervorkramten, erwähnten sie diesen Vorfall nicht, sie sprachen nur über die kleinen Cafés und die gewundenen Straßen und über die seltsame Geschichte mit Duclos und seiner Frau in der letzten Nacht.

La Soupière d'Or

Die Duclos traten erst gegen Ende ins Bild. Das heißt, sie traten eigentlich nicht ins Bild, sie platzten mitten hinein. Nie im Leben tanzten sie im Hintergrund wie einer der goldenen Funken, der glitzernde Abfall der Erinnerung, die im Bewusstsein aufblitzt. Sie vergeudeten keine Zeit. Als sie auftauchten, taten sie es mit Wucht.

Doch bis dahin gab es Musik und es gab Licht. Es gab ein Gewirr aus Stimmen, runden Wellenschlag, Echoklänge unter dem Wasser. Es war neun Uhr dreißig am Abend, und das Restaurant war voll besetzt, ein gedrängtes Raster vor einem farbenreichen Hintergrund, vor vielen Gesichtern, vor Ärmeln, vor Gabeln und Messern und glänzenden Manschettenknöpfen. Ein sehr aufrechter Kellner führte Nili und Nati zu ihrem Tisch. Den kleinen Streit hatten sie fast überwunden. Fast: Sie wollten ihn noch während des Essens weiterführen, auf ihm herumreiten, bis er sich selbst erledigt hätte, sie wollten prahlen, sich daran erinnern, an ihre bunte Geschichte, an der sie bauten.

»Du bist einfach unglaublich«, sagte Nili und schüttelte wieder den Kopf, »du machst mich wild, das machst du.«

Nati lächelte. Er war bereit, alles zuzugeben. Er sah sich in einer neuen Rolle, die ihm in der Vergangenheit versagt geblieben war: der Typ, der über sich selbst entsetzt ist, der in seiner enormen Dummheit versinkt. Er gab sich der Rolle mit erstaunlicher Leichtigkeit hin.

»Wie hast du das getan, kannst du mir das erklären? Ich möchte es verstehen, wie kann ein Mensch aufstehen und hinausgehen, eine Minute vor dem großen Finale des Don Giovanni?«

Er zuckte mit den Schultern. »Was weiß ich?« Er beugte sich vor, ganz und gar Naivität ausstrahlend. »Hätte ich wissen sollen, dass das Finale kommt?«

»Ich habe gedacht, ich werde verrückt. Ich habe mich zur Seite gedreht – du warst nicht da. Einfach verschwunden. Ich habe dich draußen gesehen und wollte sterben.«

»Untersteh dich!«

»Wie kann man so etwas machen?«

Es war ein Karussell aus Vorwürfen, das sich nicht um seiner selbst willen bewegte, sondern wegen des Schwungs, wegen des herumwirbelnden, rauschhaften Erlebens einer neuen Zweisamkeit. Sie untersuchten das Volumen verschiedener Materialien. Offenbar passten sie sehr gut zueinander.

»Ich musste dringend zum Klo, meine Süße«, wiederholte er zum dritten oder vierten Mal, genau wie er es schon dort gesagt hatte, in der wimmelnden Lobby des Opernhauses. »Ich habe nicht gewusst, dass es gleich zu Ende sein würde.« Er fühlte sich wieder umgeben von Parfümdüften und Pelzen, von Wolljacken, von Menschen, die erfüllt waren von Musik, und ein Schauer des Entzückens überlief ihn. Er griff in seine Hosentasche und holte ein Päckchen Zigaretten und ein Feuerzeug heraus.

»Okay, zum Klo, das ist in Ordnung, man pinkelt und kommt zurück, aber …«

»Ich habe gedacht, ich rauche eine Zigarette und gehe dann wieder rein. Es hat mir so gut gefallen, du kannst es dir nicht vorstellen. Ich brauchte eine Zigarette. Es war großartig.« Er war zum ersten Mal in der Oper gewesen. Er wollte sie nicht fragen, was ein Tonus war. Er hoffte, sie würde dieses Wort nicht noch einmal benutzen, im vollen Licht der Kronleuchter.

»Aber das Finale, Nati! Dafür geht man doch in *Don Giovanni*! Darauf wartet man zwei Stunden und fünfzig Minuten!« Sie warf den Kopf zurück, und als sie ihn wieder vorbeugte, hielt sie ihn mit beiden Händen fest, wie einen Krug. »Ach, ach, ach. Ich kann nicht glauben, dass du hinausgegangen bist.«

»Es war großartig.«

»Großartig? Du hast nichts gesehen, nichts gehört. *Gar nichts*!«

»Ich habe zweieinhalb Stunden dort gesessen, meine Süße. Natürlich habe ich was gesehen. Es war großartig. Und es ist nicht so schlimm, gehen wir eben noch einmal«, sagte er. »Ich bin verrückt nach dir, weißt du das?«

»Es ist zum Durchdrehen!«, sagte sie und wusste genau, wie sie sich anhörte. Obsessiv, neurotisch, wunderbar. Es war ein Test der Mittel – und es funktionierte. Das brachte ihn zum Lachen. Und sie achtete auf jedes Wort, das er sagte. Und wie er es sagte.

»Ich bin verrückt nach dir, Nil. Ein Abend in der Oper mit dieser wunderbaren Frau«, er schaute zu beiden Seiten, als wolle er das Publikum auffordern, sich zu beteiligen, »ich bin auf dem Dach der Welt.«

Der Kellner legte die Speisekarten auf den Tisch und verneigte sich leicht. Nili richtete sich auf ihrem Stuhl auf und hielt ihre Karte wie eine Partitur. Nati zündete sich eine Zigarette an, eine methodische Pause. Sie saßen im *La Soupière d'Or*, dem angesagtesten Lokal der Stadt, einem Königreich aus Licht und Marmor, und sollten bestellen, was sie essen wollten.

Noch von zu Hause aus, eine Woche zuvor, hatten sie einen Tisch bestellt – Nili hatte ihm zweimal erklärt, dass »La Soupière d'Or« nichts anderes bedeute als »Die goldene Terrine«, und sie erklärte auch noch, dass die Terrine eine große Schüssel sei, in der man Suppe serviere, und ebenfalls zweimal hatte sie gefragt: »Ist das nicht ein toller Name?« In den ganzen fünf Tagen in Paris erwarteten sie das Ereignis als den absoluten Höhepunkt – ein sicheres, vielversprechendes Ereignis, eine Rückendeckung für den Fall, dass sie den ganzen Rest vielleicht doch nicht genügend genießen würden.

Sie hatten Wunderdinge von diesem Restaurant gehört. Es wurde in jeder Hinsicht über den grünen Klee gelobt. Von überall in der Welt fuhren Menschen nach Paris, um dort zu essen, und fast jede Woche konnte man dort Größen aus Kultur und Politik treffen, international bekannte und berühmte Persönlichkeiten.

Natürlich lag dieses Restaurant weit über ihrem Budget, aber sie verstanden in jenen Tagen das Leben als ein Flackern – etwas,

was nur Sterbenden oder Verliebten zusteht –, etwas, was nur einmal geschrieben wird, ohne Zögern, ohne Rückzieher, ohne Entwürfe, ohne Auslassungen, und daher von derartigen Überlegungen frei ist. Was war schon dabei, wenn sie einmal speisten, wie es sich gehörte? Dies war ein Restaurant, das man nur schwebend verlassen konnte, berührt vom wirklich guten Leben.

Zu Ehren dieses Anlasses hatten sie ihre beste Kleidung mitgenommen. Sie hatten, jeder für sich, lange geduscht, hatten sich aufs Bürsten und Einseifen konzentriert und gründlich abgetrocknet, sie hatten Mundwasser und Wattestäbchen benutzt, und jeder hatte lange vor dem Badezimmerspiegel zugebracht und sich mit einer Vorsicht behandelt, die für den Bau eines Kartenturms nützlich gewesen wäre.

Nili machte sich mit übertriebener Sorgfalt zurecht. Sie war mit dem Eyeliner so behutsam wie jemand, der die Bibel auf eine Eierschale schreibt. Sie mischte zwei Rottöne auf der Kuppe ihres kleinen Fingers und färbte damit ihre Lippen. Sie sprühte sich Parfüm hinter die Ohren, auf die Schlüsselbeine und auf die Handgelenke. Sie warf einen unwiderstehlichen Blick in den Spiegel: eine strahlende Französin; ohne Angst vor Männern, im Gegenteil, das würde ihr Aussehen nur noch verbessern. Sie hatte sich noch nie so gesehen, wie sie wirklich war, denn sie zog die Schultern immer ein wenig nach oben, zu ihrem Spiegelbild, sie presste die Kiefer zusammen, spitzte die Lippen wie zu einem halben Luftkuss. Und nun, genau als sie die Nasenflügel aufblies, blickte Nati ihr im Spiegel entgegen und stieß einen Pfiff aus. Erstaunt. So etwa mochte der muskulöse Gärtner die bleiche Tochter des Gutsbesitzers mustern. Sie verzog aufgewühlt das Gesicht – auf eine Art, die alles offen ließ –, und um die Wahrheit zu sagen, sie war verwirrt.

Er selbst zog legere Kleidung an, wie immer, das Hemd hing flatternd an ihm herunter, obwohl es diesmal tipptopp gebügelt war, seidig und glänzend, und darüber trug er ein helles Jackett, das ihm ein mattes Aussehen verlieh. Und als sie schon in ihre Mäntel geschlüpft waren, das Zimmer verlassen hatten und mit dem Aufzug nach unten gefahren waren, stießen sie auf einen weiteren Spiegel, einen großen, in der Lobby. Er legte den Arm um sie und sie schauten sich direkt in die Augen, während er sie fest an sich zog.

Der Anfang war ein Taxi zum Opernhaus. Die erste Station auf der Reise dieses Abends: »Don Giovanni«, eine szenische Aufführung. Ermäßigte Karten, einundzwanzig Euro für einen Platz im Dienstmädchenalkoven, mit eingeschränktem Blick zur Bühne. Wenn sie sich zurücklehnten, konnten sie gerade einmal die linke hintere Bühnenecke sehen; den Rand des Tischbeins im ersten Akt, das Aufblitzen des Schwerts im letzten. Aber wenn sie sich die Mühe machten, aufzustehen und den Körper über die Samtbrüstung zu beugen, konnten sie sich fast an die Kronleuchter aus Kristall hängen, mitten über das Geschehen. Das hatte etwas Umstürzlerisches: der Decke des Saals so nahe zu sein und die unschuldigen Köpfe des Publikums zu beobachten, die nichts von ihrer Existenz dort oben ahnten. Und wenn sie sich auf ihren Sitzen zurücklehnten, konnten sie alles tun, wozu sie Lust hatten. Alles. Denn an jenem Abend kaufte keiner außer ihnen eine Karte für einundzwanzig Euro im Alkoven Nummer vierzehn – sie waren die Herren des Alkovens. Niemand in der ganzen Geschichte hatte je eine Karte für einundzwanzig Euro für die Oper gekauft und war anschließend in ein Restaurant gegangen, um für fünfhundert Euro zu speisen. Diese Variante, die sie vorhatten, begeisterte sie.

Sie treiben es nicht in ihrem Alkoven. Nili trägt ein enges silbernes Kleid und Schuhe mit dünnen Absätzen, eine Art Akrobatin auf einem Champagnerglas, geschminkt, keine geeigneten Bedingungen. Überhaupt hat sie Lust, sich wie eine Frau mit einer Karte für einhundertachtzig Euro zu benehmen – sie hat Frauen mit Einhundertachtzig-Euro-Karten unten die breite Treppe des Opernhauses hinaufgehen sehen, hoch aufgerichtet wie Leuchttürme; jemand, nicht sie selbst, öffnet morgens die Vorhänge in ihrem Zimmer und sammelt für sie die Wäsche auf. Wie gern hätte sie die Beine übereinandergeschlagen, mit langen Fingern an einer teuren Halskette herumgespielt und darauf gewartet, dass man ihr die Musik auf einem Tablett servierte. Besonders beeindruckt ist sie von dem Tenor, einem Christian Ourtan, von dem sie sagt, er habe einen »vollendeten Tonus«.

Nati ist nie im Leben in der Oper gewesen. Trotzdem wird er, als sie Platz genommen haben, von einer Welle von Erinnerungen überschwemmt. Es hatte Jahre gegeben, da war er süchtig nach Musik, Rock vor allem – und am liebsten *full volume*; er dachte an vibrierende, nach außen isolierte Räume, in denen man sich vergessen konnte. Er kannte sämtliche Texte der Beatles, der Rolling Stones und von Led Zeppelin auswendig, danach auch die von Pink Floyd, Shalom Hanoch und Meir Ariel. Er versank in der Musik, und durch den dichten Nebel der Stimme sah er nur die Handbewegungen seiner Eltern, die Bewegung ihrer Lippen, den Ausdruck ihrer Gesichter, er war nicht gezwungen zuzuhören. Als er zur Armee kam, löste sich dieses Problem von allein. Wenn er als Soldat nach Hause kam, waren seine Ansprüche andere. Seine Ernährung, seine Ruhe, seine Privatsphäre. Wenn er am Wochenende zu seinen Eltern fuhr, schlief er viel, dann stand er auf, plünderte den Kühlschrank, duschte und ging seinen eigenen Angelegenheiten nach. Er wurde nichts gefragt, man stellte keine Forderungen, er war auch in der Dämmerung des Hauses geschützt vor einer Offensive. Und wenn er Musik hörte, so geschah das nur in den endlos langen Stunden der Wache, in der Basis, und nur im Radio, denn was ihm damals wichtiger als alles war, waren die Beziehungen zu den Stimmen der nächtlichen Ansagerinnen, die einen Stil persönlicher Anmache pflegten und die Träume von einer wirklichen Begegnung nährten. Das Wichtigste in jenen unerträglich langen Nächten war, Kontakte mit der Welt zu wahren.

Später, sofort nach der Armee, hatte er nur noch einmal eine konzentrierte Anwandlung, CDs zu kaufen – für eine kurze Zeit vertiefte er sich in die Weltmusik; Flötisten aus dem Balkan, Trommler aus Malawi. Der Drang ließ nach, als er mit dem Studium begann, und löste sich während seiner ersten Ehe in nichts auf. Und erst jetzt, in den letzten beiden Jahren, erinnerte er sich manchmal daran, ging zur Stereoanlage und wunderte sich, wie er das nur hatte vergessen können, wie richtig es doch war, sich nach einem langen Arbeitstag eine gute Platte aufzulegen. Und wenn er das tat, fiel ihm auch seine Hausbar ein, und er genehmigte sich ein Glas Whisky. Die Genüsse des Lebens kamen bei ihm als Kettenreaktion, als heftiges Aufflackern, dann wurden sie wieder lange vernachlässigt. Wie dem auch sei, jetzt war er seit drei Jahren geschieden und Berater für Computertechnik in führender Position und fragte nicht nach Dingen, die er allein herausfinden konnte. Er nahm an, dass »Tonus« etwas mit der Qualität der Stimme zu tun hatte, und notierte sich das Wort in Gedanken, um es bei der ersten Gelegenheit im Internet nachzuschlagen. Dann beschloss er, für sich herauszufinden, was er von den verschiedenen Sängern hielt und welche Note der Tonus der Sopranistin verdiene, und stellte insgeheim fest, dass seine Ehe ihn vielleicht von der Musik getrennt hatte. Doch empfand er deshalb keineswegs Reue. Reue wegen der Ehe würde Reue wegen seiner Tochter bedeuten, und das kam überhaupt nicht in Frage.

Im Alkoven lehnt Nili den Kopf an ihn, vorsichtig, um ihr Rouge nicht zu beschädigen, und das ist angenehm. Unausgesprochen stellt sich die Frage: Was werden wir ab morgen tun? Paris geht zu Ende, und die sieben Wochen, die sie zusammen verbracht haben, geben keine klare Antwort auf diese Frage. Weit weg, in Jerusalem, leben sie zwanzig Minuten voneinander entfernt, an verschiedenen Enden der Stadt, und in den letzten beiden Wochen haben sie abwechselnd einmal bei ihr, einmal bei ihm geschlafen, und die beiden Male, die sie getrennt schliefen, waren ein leichter Hinweis auf eine Krise, auf einen Bruch, der sofort am nächsten Tag wieder korrigiert wurde. (Einmal sagte Nati am Ende ihres täglichen Telefonats: »Ich bin erledigt, ich krieche sofort ins Bett. Sehen wir uns morgen, meine Süße?« Und beim zweiten Mal kam sie ihm zuvor, als sie spürte, er würde gleich mit seiner Müdigkeit anfangen.) Und was war nun? Morgen werden sie nach Hause zurückkehren und was dann?

Nun sind sie schon sehr hungrig und möchten, dass die Aufführung zu Ende geht. Alle paar Minuten steht einer von ihnen auf, schiebt den Kopf in den Saal, gibt sich dem hin, was zu sehen und zu hören ist, demonstriert sein Interesse durch Hingabe. Oper. Musik. Arroganz des Lebens. Und dann, am Schluss der großen Arie, als Don Giovanni in einer weißen Wolke verschwindet, löst Nili sich von der Samtbrüstung, dreht sich zu Nati um, strahlend, und entdeckt, dass sie allein ist.

Sein Mantel ist noch da, er hängt über dem Sitz. Sie nimmt ihn über den Arm und geht hinaus.

Es ist kein wirklicher Streit. Es fehlt richtiger Ärger. Es ist nur eine Technik des Ausdrucks, ein Muskelspiel. Nili läuft aus dem Dienstmädchenalkoven, entfernt sich vom Applaus und nähert sich ihrem Geliebten, der strahlend in der Ecke des Foyers steht, eine Zigarette in der Hand.

Vielleicht ist das der erste Fehler. Der Mantel, der Streit, der Protest. Das Bestehen auf einem sinnlosen Streit.

La Soupière d'Or ist ein paar Straßen von der Oper entfernt, sie gehen zu Fuß. Es ist eine trockene Winternacht. Auch andere Menschen gehen von der Oper in ihre Richtung, und sie fragen sich scherzhaft, ob wohl alle demselben Ziel zustreben. Sie sind frisch verliebt, die Welt liegt ihnen zu Füßen. Jeder Ort, zu dem die anderen Leute vielleicht gehen, hat etwas mit ihnen zu tun.

An der Ecke biegen sie nach links ab, dann wieder nach rechts, weichen auseinander, damit eine alte Frau geradeaus gehen kann, und vereinen sich hinter ihrem Rücken wieder. Sie betrachten die Schilder an den Häusern rechts und an den Häusern links. Eigentlich erwarten sie ein großes, prächtiges Schild, doch das Schild, das sie am Schluss entdecken, ist klein und nur von einem schwachen Licht beleuchtet. Mit gotischen Buchstaben, rot wie Blut, steht darauf, *La Soupière d'Or, seit 1926.*

»Hier ist es«, sagt Nili, »und da geht es hoch.« Die Treppe ist schmal und gewunden, und auf der ganzen Länge hängen gerahmte Schwarzweißfotos. Mitterand? Sie ist sich nicht sicher. Vielleicht Chirac? Und das ist bestimmt Simone de Beauvoir. Das muss die de Beauvoir sein, in einer solchen Sammlung, oder? Und dann, am Ende der Treppe, öffnet sich der Raum und sie betreten ein riesiges Restaurant.

Sie gehen an dicken Marmorsäulen vorbei.

An großen, mit dunklem Leder bezogenen Türen.

Den roten Teppich entlang.

Hinein in das Melodrama.

Von der Tür aus erfassen sie alles: die Kristallleuchter, die Streichermusik, die Parfümdüfte, die leuchtenden roten Fingernägel der Frauen. Draußen vor den Fenstern, breit und hoch wie die einer Kirche, breitet sich Dunkelheit aus, aber drinnen, im *La Soupière d'Or*, glänzt alles golden. Alles glitzert. Genau deswegen kommen die Menschen hierher: Sie möchten in das kostbare Licht eintauchen.

»Madame! Monsieur!« Ein Mann nickt ihnen von seinem Platz hinter einem schmalen, hohen Tisch hervor zu. Er trägt ein dunkles Jackett, und obwohl er sie noch nie gesehen hat, klingt er, als hätte er nur auf sie gewartet. Die Brille hängt ihm an einem dünnen Kettchen um den Hals. »Ihren Namen, bitte«, fügt er hinzu, und das reicht ihnen schon, um zu wissen: Sie werden von diesem Ort wahre Wunderdinge erzählen. Noch in Jahren werden sie sich an diesen Tag erinnern und davon erzählen. Es gibt keine Möglichkeit zu übertreiben; der Ort selbst – ein Blick reicht, um es festzustellen – wird das Übertreiben für sie übernehmen.

»Schoenfeler«, sagt Nili. Sie ist sich unsicher. Es ist das erste Mal, dass sie seinen Namen für sie beide nennt. Der Mann wendet ihnen die Schulter zu und beugt sich über sein Predigerpult. Er lässt einen langen Finger über eine Seite gleiten. Jetzt beeilt er sich nicht, er lächelt auch nicht. Er wirkt sehr geübt, einer Sache verpflichtet, die um vieles größer ist als er selbst, ein treuer Diener.

»Schoenfeler«, wiederholt Nati. Der Mann führt seinen Finger auf die zweite Seite, zum Anfang der Liste, noch langsamer als auf dem Weg nach hinten; skeptisch, ungerührt. Seine Finger sind lang und dünn, seine Wangen eingefallen. Nili denkt an Franz Liszt und an die Menschen, die durch geschlossene Türen gehen und nicht auf Zelluloid erscheinen, nachdem man sie fotografiert hat. Sie empfindet ein starkes Bedürfnis, sich unter dem Kleid zu kratzen.

»Da«, sagt der Mann, und plötzlich hat sich alles zwischen ihnen geändert. Er zieht wieder die Wangen ein: »Bitte.« Ein anderer Mann erscheint hinter ihrem Rücken, befreit sie mit Fingerspitzen von den Mänteln und verschwindet auf leisen Sohlen hinter einem Vorhang. Der Prediger dreht die Hände um und deutet zum Saal – er lädt sie ein, vor seinen Augen den ersten Schritt zu tun, und dann dreht er sich um und führt sie hinein ins Heiligtum.

Die Tische um sie herum sind schon besetzt. Paare oder Vierergruppen, mit glänzenden Schuhen, prachtvoll auftoupierten Frisuren, mit goldenen Uhren, Lesebrillen, die herausgezogen werden, um die Weinkarte zu studieren. Alle sprechen eifrig, lachen. Nili und Nati vertiefen sich in ihre Karten und sind zufrieden, dass sie nicht die englische Version bekommen haben. Nili übersetzt laut.

Nati steckt sich eine Zigarette an und lehnt sich in seinem Stuhl zurück. Gedanken steigen in ihm auf: Übermorgen, ganz früh, erwartet ihn eine anstrengende Sitzung in einer großen Hightechfirma in Tel Aviv. Er hat für diesen Auftrag zu wenig Geld verlangt. Er hat schon früher diesen Fehler begangen und sich verschätzt, was den Umfang einer Arbeit betraf, und obwohl er sich selbst versprochen hat, nicht mehr in dieselbe Falle zu tappen, scheint es, als sei er dazu bestimmt: ein Gefangener seiner Angst, er würde, wenn er mehr verlangte, den Auftrag nicht bekommen.

Und da ist auch noch die Sache mit seiner Exfrau, die in der letzten Zeit ungewöhnlich freundlich zu ihm ist und gleichzeitig alles ignoriert, worum er sie bittet. Er hat sie dreimal ermahnt, für das Mädchen neue Schuhe zu kaufen, und jedes Mal hat sie geantwortet: »Ja, natürlich, du hast recht, gut, dass du mich daran erinnerst.« Er hat zu ihr gesagt, sie müsse dafür sorgen, dass das Mädchen andere Kinder treffe, auch nach der Schule, und jedes Mal, wenn er bei ihr anruft, erwischt er sie vor dem Fernseher, versunken in Zeichentrickfilme.

»Nat, was ist los?«

Er schüttelt sich und schaut wieder in die Karte. Jetzt ist er an der Reihe. An der Reihe zu leben. Und im Moment gibt es nur eine dringende Frage: Was isst man?

»Was wollen wir essen, Süße?«

Nili empfiehlt ihm Austern als Vorspeise, dann Steak Tartar, denn es lohne sich immer, die Spezialitäten des Lokals zu wählen und Gerichte zu essen, die man zu Hause nicht bekomme. »Du wirst es wirklich sehr mögen, Nat«, sagt sie. Sie hat ihm gegenüber das Gefühl einer Gastgeberin. Die Menschen an den Tischen um sie herum machen sie stolz. Sie scheinen geübt zu sein in der Wahl der Menüs und in der Art, wie sie ihre Umgebung beobachten. Nichts Entschuldigendes ist darin, alle wirken selbstsicher. Ihr Leben besteht aus einer nonchalanten Folge der Benutzung von Silberbesteck, Weingläsern und Seidentüchern.

»Austern!«, sagt Nati. »Im Ernst, was probiere ich mit dir nicht alles aus.« Und die anderen Worte, die er im Lauf der fünf Urlaubstage zu ihr gesagt hat, kommen ihm in den Sinn.

»Wunderbar« – über die Radierung einer Seefahrerkarte aus der Mitte des Jahrtausends.

»Zum Verrücktwerden« – über eine kleine, volle Crêperie in Neonfarben, in der sie Schutz vor dem Regen fanden.

»Verblüffend« – über ein paar Vinylhandschuhe, die sie aus der Grabbelkiste in einem Secondhandladen im Pompidou gezogen hat.

Es war nicht schwer, das zu tun. Es hat sogar angefangen, ihm Spaß zu machen. Mit jedem Tag, den sie hier verbrachten, sammelte er neue Fertigkeiten: laute Äußerungen des Erstaunens, kleine Spitzen, Kicken von leeren Getränkedosen auf der Straße. Er lernte ein neues Gefühl der Leichtigkeit kennen, der Unverletzbarkeit, er war weniger vorsichtig. Die Welt war dazu da, dass man sie genoss.

Zwei Tage zuvor, in der Toilette eines dämmrigen Bistros im neunten Arrondissement, als sein Blick über die Inschriften auf der Tür glitt – ein Bild von Brüsten und darin eine Telefonnummer und die Unterschrift einer gewissen Monique –, traf ihn die Erkenntnis: Auch er konnte etwas schreiben. Er konnte mit Leichtigkeit eine Spur hinterlassen. Mit neuer Kraft wendet er sich jetzt der Weinkarte zu und wählt, ohne zu zögern: Château Montrose Jahrgang 95. Die drittteuerste Flasche auf der Karte.

Nili sagt »Oh, là, là«. Sie ist erstaunt. Sie bewegt sich in ganz anderen Kreisen als er, hat andere Erinnerungen. Sie weiß nicht, dass Paris von gälischen Fischern gegründet wurde, dreihundert Jahre vor der Zeitrechnung. Sie weiß nicht, dass die Stadt einmal von den Römern niedergebrannt wurde. Sie weiß nicht, wann der Hundertjährige Krieg oder was genau die Bastille war und was die tobende Menge anrichtete. Aber wenn sie Nati durch die Straßen von Paris führt, deutet sie hierhin und dorthin, als sei ihr alles – all das hier – vollkommen selbstverständlich, und manchmal schaut sie ihn schnell an, um zu sehen, wie alles auf ihn wirkt.

Es wirkt.

Der Kellner kommt mit den Entrées. Er stellt die Teller auf den Tisch, seine Lider bewegen sich nach unten, nach oben. Wie eine Verneigung. Nati und Nili sind gehorsame Soldaten, mit polierten Uniformen in der gut funktionierenden Armee der vornehmen Lokale. Man hat ihnen die Mäntel abgenommen, man hat sie zu ihren Plätzen geführt, man hat für sie die Stühle gerückt, man achtet auf Augenkontakt zu ihnen. Die Kellner drehen sich um sie, in vollendetem Abstand der Oberkellner – sie sind bewacht und fühlen sich frei; selbständig, und doch unter Aufsicht. Sie trinken Château Montrose Jahrgang 95. Eine teure Flasche.

»Und?«, fragt Nili und deutet auf Natis Vorspeise.

»Als hätte ich Meerwasser verschluckt«, sagt Nati und legt die kleine Gabel mit der spitzen Zinke auf seinen Tellerrand, neben die Auster. »Meerwasser und Rotze.« Er verzieht das Gesicht. Am liebsten würde er in die Serviette spucken.

»Rotze!«, ruft Nili. »Großartig!« Das findet sie wirklich lustig. Der Mann am Nachbartisch bricht seinerseits in Lachen aus, ein erschrockenes Lachen, würgend, besorgniserregend, wie ein Motor, der nicht angehen will, und Nili dreht den Kopf und gibt Nati ein Zeichen mit den Augen. Ihr Nachbar ist ein sehr dicker Mann, und wären sie nicht in Paris, hätte sie sich ganz nach ihm umgedreht und ihn angestarrt. Aber obwohl sie sich keine Jahreszahlen merken kann, keine Generäle, keinen Krieg, weiß sie doch genau, wo sie sich befindet, und deshalb verdreht sie nur die Augen mit einer kaum merklichen Bewegung, als hätte der Mann am Nachbartisch Augen im Hinterkopf. Sie zieht Natis Teller zu sich und schmatzt.

»Mhm, darf ich?«

Ihre Gedanken sind auf andere Dinge gerichtet. Was Nati am Telefon zu ihr gesagt hat, bei seinem ersten Anruf. Wer von ihnen beiden zuerst den Kopf zum anderen gebeugt hat, als sie in seiner Wohnung angekommen waren. Worum es bei ihrem ersten Streit ging. Wie Nati am nächsten Morgen der Nagel am großen Zeh abgebrochen ist. In solchen Dingen kann man sich auf sie verlassen, sie ist für das Archiv zuständig.

Sie schlürft die Austern und wischt sich den Mund mit der Serviette ab. Nati steckt sich eine Zigarette an.

»Darf ich?« Sie streckt ihre Hand aus.

»Was?«

»Darf ich einen Zug nehmen?«

»Aber ja, natürlich«, sagt er, aber es klingt nicht so.

Sie nimmt ihm die Zigarette aus der Hand und schließt die Lippen um den Filter. Zwei Jahre sind seit ihrer letzten Zigarette vergangen. Ein bisschen weniger.

»Du musst daran ziehen.«

»Lieber nicht.« Sie nimmt die Zigarette aus dem Mund und betrachtet sie mit Kennermiene. »Die ersten Marlboros waren Zigaretten für Frauen, hast du das gewusst?«

»Nein.«

»Sie hatten einen roten Filter, damit man die Lippenstiftspuren nicht sah. Erst nach vielen Jahren machten sie die Packung mit dem Cowboy.«

»Oh, là, là.« Er lächelt, aber es sieht nicht aus wie ein Lächeln. Er streckt die Hand nach seiner Zigarette aus.

»Und das hat richtig eingeschlagen«, sagt sie.

»Ja?«

»Ja, die Männer wollten alle ein Marlboro-Mann sein. Das wollen sie noch immer. Nur dass es ihnen jetzt weniger angenehm ist, das zuzugeben.«

»Glaubst du?«

»Klar. Nimm dich zum Beispiel, du gibst es nicht zu.«

»Was?«

»Na das.«

»Was soll das. Ich gebe nichts zu. Offiziell rauche ich überhaupt nicht. Ich habe Angst vor meinem Vater.«

»Hat dein Vater geraucht?«

»Aber nein.« Er kann sich seinen Vater nicht mit einer Zigarette in der Hand vorstellen. Aber er kann sich seinen Vater im Haus ohnehin nicht vorstellen, außer in seinem Sessel nach einem Arbeitstag. »Vielleicht hat er doch geraucht«, sagt er. Er kann sich nicht vorstellen, dass sein Vater sich in seine Mutter verliebt hat, dass er mit ihr geschlafen hat, dass er seinen Sohn auf dem Arm getragen hat. »Die Wahrheit ist, dass ich keine Ahnung habe«, sagt er. »Die Wahrheit ist, dass ich so gut wie nichts über ihn weiß.« Nili fordert ihn immer wieder dazu auf, in seinem Leben herumzuwühlen.

Sie nickt, nickt noch einmal. Vermutlich ist sie auf etwas gestoßen. »Erinnerst du dich, wie er dich genannt hat, als du klein warst?«

»Was?«

»Hattest du einen Kosenamen? Hat er dich bei einem Kosenamen genannt?«

»Mein Vater?« Er denkt nach. »Ja. Dickerchen. Dickerchen und Dummerchen.«

»Er hat dich geliebt.«

»Auf seine Art.«

»Und was hat Miep zu dir gesagt?«

»Miep? Alles Mögliche. Nati. Nateo. Schoscho.«

»Schoscho?«

»Auch. Am Anfang. Manchmal Nataniel.«

»Nataniel? Das ist sehr förmlich.«

»Ja, aber nicht mit holländischem Akzent.«

»Hat dich schon jemand Nat genannt?«

»Ja, du.«

»Nur ich?«

»Nur du.« Diesmal ist sein Lächeln großzügig.

Sie hofft, er würde fragen, wie frühere Liebhaber sie genannt haben. Sie könnte eine Geschichte erzählen. Einer hatte sie *Nadal* genannt, *Tausendfüßler*. Auf eine tolle Art. *Du hast so viele Beine, Nadal.* Jetzt möchte sie gern wissen, wieder einmal, mit wie vielen Frauen er geschlafen hat, zwischen Miep und ihr, und was den Unterschied bei ihr ausmacht.

Schlomit, Gili, Dalit. Es gibt einen Unterschied. Es muss einen geben.

»Diese Gili«, sagt sie, »will sie dich immer noch?«

Nati zuckt mit den Schultern. »Ich nehme es an.«

»Du nimmst es an?«

»Sie ruft mich von Zeit zu Zeit an, da wird es wohl so sein.«

»Sie ruft an? Wann? Auch jetzt, seit wir zusammen sind?«

»Ja, auch.«

»Warum hast du mir das nicht erzählt?«

»Was soll das heißen? Da gibt es nichts zu erzählen.« Seine Stimme klingt ein wenig aggressiv.

»Sie ist also noch immer verrückt nach dir?«

»Ich nehme es an.«

»Schön. Wirklich schön.«

»Was ist los?«

»Nichts. Im Gegenteil. Du kannst ihr sagen, in meinem Namen, sie kann dich anschauen und verrückt nach dir sein, so viel sie will.«

Er lacht.

»Anschauen und verrückt sein, ja?« Sie nimmt einen langen Schluck aus dem Weinglas.

Er lächelt immer noch. Er mag es, wenn sie so ist, wenn sie offen sagt, was sie will. Auf dem Flug hierher, als sie mit der Stewardess diskutierte, sie habe doch zweifellos noch eine Decke, wenn sie sich nur die Mühe machen wolle nachzusehen, hatte er sich vorsichtig umgeschaut und nach kritischen Blicken gesucht, und es tat ihm dann leid, dass er nicht als Erster die Diskussion mit der Stewardess angefangen hatte. Sie bekamen noch eine Decke.

Jetzt verlangt sie, dass er ihr noch einmal erzählt, wie er mit Gili auf die Schnelle geschlafen hat und wie er am nächsten Morgen mit geschlossenen Augen im Bett lag, bewegungslos, bis sie fertig war mit Duschen, Anziehen, bis sie sich fertig gemacht hatte, hinausgegangen war und die Tür hinter ihr zugeklappt war. Er hatte ihr das schon an ihrem zweiten Tag erzählt, als Beispiel für die psychische Langeweile, in der er bis zu ihrem Auftauchen gelebt hatte, und schon nach einer Woche wollte er ihr seine Tochter vorstellen, zu dritt waren sie in den Zoo gegangen. Alles ist sehr schnell passiert: die Teambildung und der Zusammenhalt gegen den Rest der Welt. Ein Mann, eine Frau, ein Mädchen. Und nach diesem Ausflug in den Zoo sagte er, dass er sich keine bessere Frau vorstellen könne, und dabei hatte er sie mit einem Blick angeschaut, als könne er mehr in ihr sehen als jeder andere. Als sei er ein Mann und sie eine Frau.

Sie fragte sich, wann man diese Linie überschreitet, vom Knaben zum Mann. Oder wird man so geboren?

Der Kellner bringt das Hauptgericht. Der Dicke am Nachbartisch bekommt wieder einen Hustenanfall, und noch bevor er ganz fertig damit ist, schiebt er sich etwas in den Mund und kaut. Aus dem Augenwinkel betrachtet Nili neugierig die Frau, die mit ihm zusammen ist – eine Blondine bis zu den Haarwurzeln, mit einem gebräunten Gesicht in der Farbe eines Hühnchens in Honig, leichte Beute für die Verjüngungsindustrie. Sehr reiche Frauen bewegen den Kopf viel seltener. Sie sagen alles mit einem Senken der Lider, setzen mit einem Verziehen der Lippen die Welt in Bewegung, ja, nein, dorthin, hierher. Sie haben eine komplette Sprache in ihrem kleinen Finger. Solche Frauen gibt es in Israel nicht. Oder jedenfalls sehr wenige. Doch trotz der großartigen Naturschätze ist das Problem mit der Blondine am Nachbartisch eindeutig: Ihre Haare sind zu jung. Haare, die auf den zweiten Blick den Wunsch wecken, zu sehen, was darunter ist, nur um enttäuscht zu werden.

Der Kellner geht, und Nati lächelt ihr zu, breitet eine saubere Stoffserviette auf seinen Knien aus, ergreift Messer und Gabel und hält sie fröhlich in die Luft, als warte er auf ein Zeichen.

»Okay«, sagt er, »ich fange an, wenn du nichts dagegen hast.«

Sie schüttelt den Kopf. Immer wieder erstaunt sie dieser Fehler alternder Schönheiten – sie verstehen nicht, dass das Gesicht und das Haar zur gleichen Kategorie gehören und die gleiche Prachtstufe aufweisen müssen. Haare dürfen nicht zu phantastisch sein, sonst ist es, als würde man Daryl Hannah auf dem Rücken tragen, als würde man den Vergleich herausfordern.

»Guten Appetit, meine Schöne.«

Sie lächelt, noch immer mit Leichtigkeit.

Die Teller sind riesig. Die Franzosen lieben es, ihr Essen auf dem Teller zu suchen, und dann hoffen sie, es ordentlich wie Schmuck in einer Vitrine geordnet zu finden, mit Zellophanpapier und Geschenkbändchen.

Nati macht sich darüber her, wenn sie nichts dagegen hat. Und wenn sie etwas dagegen hat? Was ist dann?

Sie weiß, dass sie jetzt imstande ist, seine Art zu essen zu ertragen, und dass es ihr in späteren Jahren schwerer fallen wird. So ist es auch mit dem Hüsteln, das er nach jeder Zigarette hören lässt. Sie erinnert sich an den Witz, den Uma nach dem Tod ihres Vaters erzählt hatte, einen ihrer Witze über das Eheleben. Sie erinnert sich, wie Uma am Waschbecken stand, sich umdrehte und fragte: »Was ist daran eigentlich so witzig?« Wieder steigt sie auf die Bremse, während alle schon beschleunigen.

Nati spießt ein Stück Fleisch auf seine Gabel und hält es ihr hin. Seine Augen strahlen. Seine Lippen zeigen das feuchte Aufblitzen von tierischem Fett. Sie öffnet ihre Lippen und beugt sich vor, und nachdem sie das Essen ein paar Sekunden im Mund behalten hat, schluckt sie es hinunter und sagt: »Genial.«

»Nicht wahr?«

»Genial, nicht weniger als genial.«

Am selben Morgen, als sie, noch zusammengerollt im Hotelbett, die Augen aufmachte, sah sie ihn, wie er nackt auf der Fensterbank saß, in den Vorhang gewickelt, und sie betrachtete. »Guten Morgen, Dornröschen«, sagte er und kam zu ihr. »Guten Morgen, aufwachendes Dornröschen«, sagte er und schob ihr sanft die Haare aus dem Gesicht. »He, meine Schöne, wie hast du geschlafen?«

Sie gurrte, drehte sich auf die Seite und drückte den Kopf an sein Knie. Sie dachte, diese Tage mit solchen Fragen würden sehr schnell vergehen – wie hast du geschlafen, wie geht es dir, was hast du heute Mittag gegessen. Die Tage mit *He, meine Schöne*. (Auch darin irrt sie sich. Er wird ihr noch lange solche Fragen stellen, die zärtlichen Fragen eines Verliebten. Er wird sie weiterhin von seinem Teller füttern, ihr volle Gabeln hinhalten und sagen, *ich bin verrückt nach dir*. Das wird es ihr jedes Mal aufs Neue erleichtern, zu ihm zurückzukehren.)

»Wie schmeckt deins?«, fragt er jetzt, und sie tut sofort etwas für ihn auf die Gabel.

»Nein, nein …«

»Nur probieren …«

»Nein, nein, meine Süße. Iss. Ich liebe es, wenn es dir schmeckt.«

Sie hat gehört, wie er genau denselben Satz zu Dida sagte, als sie zu dritt um den Esstisch saßen, und jetzt versucht sie sich zu erinnern, was für ein Gesicht das Mädchen gemacht hat – aber ohne Erfolg. Sie hat eine dunkle Stimme, ein bisschen heiser, wild – sie erinnert sich genau an ihre Stimme –, und als sie damals gekommen waren, um sie zum Zoo abzuholen, hat Nati vorgeschlagen, sie solle sich doch nach hinten setzen, neben das Mädchen, und dann hat er sie beide im Rückspiegel betrachtet und gesagt: »Nun, Dida, was sagst du, ist sie nicht schön?«

In einem der Geschäfte in Saint Germain hat er für das Mädchen ein Dinosaurierpuzzle gekauft – drei Dinosaurier fliegen durch die Dämmerung – und eine Dartscheibe mit Pfeilen, die die Marseillaise spielen. Er rief sie von Paris aus nicht an, das Mädchen ist nicht kooperativ am Telefon, aber er träumt schon von dem Tag, an dem sie, Dida und er, zu Ehren ihrer Bat-Mizwa zusammen eine Reise unternehmen würden, Vater und Tochter, und als er Nili davon erzählte, war er aufgeregt, als wäre es schon morgen so weit.

Die Pfeile, die er für Dida gekauft hat, haben Magnetköpfe zum Rausziehen, und im Puzzle besteht der Nachthimmel aus unzähligen winzigen Teilen – aber sie ist schon vier Jahre alt, sie hat die Zeit, in der man sich vor kleinen Teilen hüten muss, hinter sich. Na und, sind sie nicht trotzdem gefährlich für Vierjährige?, fragte sich Nili. Muss erst etwas passieren?

Sie erinnert sich an etwas, was ihr schon im Spielwarengeschäft durch den Kopf gegangen ist: Im Zoo hatte es einen Moment gegeben, als sie eng zusammen auf der Bank vor dem Elefantengehege saßen – Dida, zwischen Natis Beinen, stieß aus Versehen an Nilis Knie. Ein Stoß oder ein Streicheln? Nili blieb die Luft weg. Die Idee, das Mädchen könnte sich eine Meinung über sie bilden, war bedeutungsvoll. Sie fürchtete sich vor ihrer Fähigkeit, Dinge zu riechen: Angst, Täuschung, Müdigkeit. Und auf dem Rückweg vom Zoo, wieder im Auto, sagte Dida mit ihrer seltsamen Stimme, ihrer selbständigen Stimme, die Nili immer wieder verblüffte: »Jetzt bringen wir Nili zu sich nach Hause und wir fahren zu uns nach Hause.« Und Nati lächelte und sagte: »Machen wir, Püppchen.«

»Sie ist erst vier, Nat«, sagte Nili. »Das ist ein Puzzle mit zweihundert Teilen.« Und Nati lächelte selbstsicher. »Sie wird verrückt danach sein, sie wird verrückt nach diesem Puzzle sein.« Und er sollte recht behalten. Zwei Tage später saß das Mädchen zwischen zweihundert dunklen Puzzleteilen, den ganzen Nachmittag und den ganzen Abend, bis elf Uhr nachts, bis sie das letzte Teil einpasste und der Himmel vollendet war – und dann sprang sie auf und rannte zur Toilette. An jenem Abend hatte Nati ihr erlaubt, die Spaghetti auf dem Boden sitzend zu essen, vor der Nacht der Dinosaurier.

Die blonde Frau erhebt sich von ihrem Platz und taucht für einen kurzen Moment in Nilis Blickfeld auf. Sie ist ziemlich groß, Nati zieht leicht die Augenbrauen hoch und Nili denkt, dass sie vermutlich auf dem Weg zur Toilette ist.

»Das ist schon ein Typ, dieser Dicke, nicht wahr?«, flüstert Nati, und seine Augen tanzen über den Nachbartisch.

»Und ob.«

»Hast du es vorhin gesehen? Er hat sich einen Knopf an der Hose aufgemacht.«

»Er hatte wohl keine Wahl«, sagt Nili, und beide konzentrieren sich jetzt darauf, nicht mehr hinzuschauen, denn sie haben das Gefühl, ihr Nachbar habe gemerkt, dass sie über ihn sprechen. Nili sagt etwas über ihre Krebse und Nati gießt Wein ein. Der Dicke ist wirklich sehr dick, aber nicht ungepflegt. Ein gepflegter Dicker, wie ein Baby; dick aus Lebenslust. Sein riesiger Bauch beweist mehr als alles andere einen gut entwickelten Geschäftssinn.

»Wann geht das Flugzeug morgen?«, fragt Nati – nur so, um die Luft zu füllen – und atmet erleichtert aus, als der Dicke sich wieder seinem Teller zuwendet.

Nun, da ihre Rückreise von Paris nach Jerusalem kurz bevorsteht, zu ihren getrennten Wohnungen, wird eine Zeitspanne abgeschlossen. Vom Tag ihres Kennenlernens an hatte es ständig irgendwelche Vergnügungen gegeben, nächtliche Gespräche, Sex rund um die Uhr, Vorstellungen bei Freunden, Familie. Sie hatten die Zeit der Frischverliebten in vollen Zügen genossen, einer in den anderen versunken, und demonstrierten die Einigkeit von zwei Menschen, die ein Geheimnis miteinander teilen.

Die Richtige für ihn. Genau das. Obwohl er, wenn er dabei gewesen wäre, als ihre Gestalt aus dem Block des Lebens geschnitten wurde, den Steinmetz davor gewarnt hätte, das schärfste Messer zu benutzen. Weniger Winkel, weniger scharfe Kanten.

Nati ist fertig mit dem Essen und legt das Messer und die Gabel auf den Teller. »Hast du schon mal so einen Dicken gehabt?«, fragt er.

»Nein, so dick nicht.«

»Aber dick?«

»Ziemlich dick.«

»Und?«

»Einen athletischen Dicken, verstehst du. Beweglich. Mach dir keine Sorgen, wir haben eine Methode gefunden. Er hat sich nicht auf mich gelegt.«

»Gott sei Dank. Nun, da du zu mir gehörst, möchte ich nichts über irgendwelche Schäden hören, die deiner Wirbelsäule zugefügt wurden.«

»Wie rührend. Und du? Hast du mal eine Dicke gehabt?«

»Nein. Eigentlich ja. Das ist lange her. In der Armee. Aber eine gut proportionierte Dicke. Eine Schönheit, nur eben von allem ein bisschen mehr. Stundenlang habe ich an ihrem Busen herumgefummelt. So viel Busen. Und sie war neunzehn, stell dir das vor.«

Er hatte zu Nili schon gesagt – fast jedes Mal, wenn sie sich auszog –, ihre Brüste seien die vollendetsten, die er je gesehen habe. Und immer, wenn er eine ihrer Brüste in die Hand nahm, eine oder beide, wurde er ganz wach. Jedes Mal, wenn er sich von hinten an sie schmiegte, wollte er in sie eindringen. Er stöhnte, brummte, stieß Wortfetzen aus, Teile von Sätzen, manchmal Fragen, und anfangs hatte sie gedacht, sie müsse ihm antworten, bis sie verstand, dass das nicht nötig war.

In einer jener Nächte erzählte er ihr: Als Teenager und noch Anfang zwanzig hatte er in seiner Phantasie als Dienstleister, als Klempner gearbeitet, als Elektriker, als Anstreicher. In seiner Vorstellung verführten ihn die Frauen, wenn er unter dem Waschbecken lag oder auf einer Leiter stand. Sie wollten ihn immer ausdrücklich so, genau so, verschwitzt und im Arbeitsanzug. Er schlief mit ihnen, schweigsam und männlich, zwischen Rohren, Schraubenziehern und Schrauben. Beim Höhepunkt schrien sie, und danach, an der Tür, sagten sie zu ihm, so etwas hätten sie noch nie erlebt. Erst danach, erzählte er ihr, sei in ihm das Bedürfnis nach einem besseren Text gewachsen: Um sexuell erregt zu werden, brauchte er plötzlich vorher ein Gespräch, mit Anspielungen und mit lustvollen Blicken. In jenen Jahren ging er auch dazu über, den Verführer zu spielen, ein kleiner Napoleon mit einer großen Erektion. Er kam zu den Frauen, wenn sie in der Küche waren und kochten oder wenn sie draußen Wäsche auf die Leine hängten. Es waren immer verheiratete Frauen, deren Ehemänner sie nicht verstanden. Sie mussten ihre wirkliche Sexualität erst entdecken und warteten darauf, dass er ihnen den Schrubber aus der Hand nahm. In seinen Phantasien trieb er es mit ihnen auf Teppichen, schob sie über Anrichten, setzte sie auf Waschmaschinen. »Übrigens«, betonte er, »das ist interessant, nie habe ich sie ins Schlafzimmer gezerrt.« Doch so oder so, seine Phantasien spielten sich immer innerhalb des Hauses ab. Es gab keine offenen Felder, keine Scheunen, keine Rückbänke bei nächtlichen Busfahrten. Er brauchte weder Sternenlicht noch das Rauschen von Wellen.

»Und mit mir?«, fragte Nili, nachdem er davon erzählt hatte. »Wenn wir zusammen schlafen, wovon träumst du dann?« Er lächelte herausfordernd, drehte sie auf den Bauch und drang noch einmal in sie ein. Er fragte sie nicht nach ihren Phantasien, erst drei oder vier Tage später, und sie sagte, Phantasien dürfe man nicht erzählen, sonst würde etwas passieren, und sofort fing eine Diskussion an. Nati sagte, wenn es so sei, würde auch er nichts erzählen, und sie schaute ihn überrascht an. »Aber du hast es schon erzählt.«

Er zögerte einen Moment, dann sagte er: »Ja? Und du hast das geglaubt?« Für den Bruchteil einer Sekunde spannte sie sich an, dann verstand sie, dass sie ihm in die Hände gespielt hatte.

Auf Nilis Teller häufen sich Krebsschalen. Ihre Weingläser sind wieder leer. Die blonde Frau kommt zurück und geht diesmal direkt an ihnen vorbei – fast wäre sie gegen Natis Stuhl gestoßen – und hinterlässt eine luftige Wolke aus sehr süßem Parfüm. Mit sichtbarer Anstrengung hält Nili sich davon ab, ihr nachzuschauen. Sie fragt Nati, was er von Dessert halte, und sofort danach hebt sie die Hand, um den Blick des Kellners auf sich zu lenken, und sagt: »Gut, entweder tauschst du den Platz mit mir oder du machst dich nützlich.«

»Entschuldige?«

»Ich bin ganz wild darauf, ihr Gesicht zu sehen, beschreib es mir.«

»Ich soll es dir beschreiben?«

»Ja. Wie alt ist sie, deiner Meinung nach.«

»Wie alt? Keine Ahnung. Vielleicht sechzig.«

»Sechzig?«

»Sechzig, aber gut in Schuss.«

»Schön?«

»Schön? Keine Ahnung, sechzig.«

»Und sie ist seine Frau?«

Nati zuckt mit den Schultern. »Was soll das heißen?«

»Schau sie dir an, sind sie verheiratet?«

»Woher soll ich das wissen?«

»Schau hin, das sieht man doch. Wenn sie verheiratet sind, sieht man es. Ich wette mit dir, dass sie verheiratet sind.«

»Wirklich? Woran merkst du das?«

»Ich sage es dir. Wollen wir wetten? Hundert Schekel, dass sie seine Frau ist.«

»Hundert Schekel? Und angenommen, wir wetten, was ist dann?«

»Dann fragen wir sie.«

»Klar.«

»Ja. Du wirst sie fragen.«

»Was redest du da? Glaubst du im Ernst, dass ich zu dem Dicken hingehe und ihn frage, entschuldigen Sie, meine Freundin will ihre hundert Schekel, deshalb muss ich nur eine Kleinigkeit mit Ihnen klären.«

»Wenn du dich nicht traust, frage ich eben. Aber erst wetten wir.«

»Willst du dich bitte wieder beruhigen?«

»Wetten wir, dann beruhige ich mich.«

Es fällt ihm schwer zu entscheiden, ob sie einen Witz macht oder was das soll. Er wirft noch einen Blick zum Tisch des Dicken. »Jetzt sagen sie nichts. Er hält einfach ihre Hand und schaut ihr in die Augen.«

»Lügner.«

»Schau doch selbst.«

Es gibt Menschen, die werden von der Liebe umhüllt wie von einer Fettschicht, alles gleitet an ihnen ab, aber Nili ist kampflustig.

»Und was für ein Lügner du bist«, sagt sie.

»Ich schwöre dir, in diesem Moment nimmt er ihre Hand und küsst sie. Ich sage, sie sind nicht verheiratet, und ich wette nicht um hundert Schekel mit dir, sondern um zweihundert. Nicht weniger als zweihundert.«

Nili lächelt gespannt. Sie dreht sich langsam um, krümmt sich, reckt den Hals, um einen Blick in den rückwärtigen Spiegel zu werfen. Sie sieht, wie der Dicke das Weinglas der Frau füllt und den Blick hebt. Er schaut sie an, sie schaut ihn an. Schnell dreht sie sich wieder um.

»Sie haben gerade aufgehört«, sagt Nati.

»Du lügst.«

»Ich lüge nicht, und ich wäre froh, wenn du nicht noch einmal sagen würdest, dass ich lüge. Und in diesem Moment, nur damit du es weißt, spielt sie mit ihrem Schuh zwischen seinen Beinen.«

»Wirklich.«

»Sie berührt seine Eier.«

»Sicher.«

Der Kellner kommt und bleibt neben ihnen stehen, eine Hand auf dem Rücken, während er ihnen die Desserts nennt. Er muss alles wiederholen, und seine Augen mahnen sie, sich diesmal zu konzentrieren. Nati fragt nicht, was Financiers sind, und bestellt sie, Nili entscheidet sich für Kastanieneis. Als der Kellner sich zum Gehen wendet, hat Nati das Gefühl, es sei alles nur ein Spiel gewesen, trotzdem sagt er: »Du musst lernen, mir zu glauben.«

»Entschuldige?«

»Du hast mich dreimal in einer halben Minute Lügner genannt.«

»Was?«

»Das passt mir nicht, das ist alles.«

Sie lehnt sich zurück. »Was soll das? Was meinst du?« Etwas fliegt über ihre Stirn, flüchtig wie Quecksilber. Er hat solch eine unbewusste Reaktion schon einmal bei ihr gesehen. »Ist es Miep? Geht es darum?«

»Wie bitte?«

»Miep hat dich einmal Lügner genannt, und jetzt muss ich es ausbaden, oder?«

Er schaut zur Seite, richtet die Augen auf einen Punkt hinten im Saal – er blinzelt –, dann nimmt er seine Zigarettenschachtel, macht sie auf und wieder zu, schlägt sie auf den Tisch. »Das ist es, was du zu sagen hast?«

»Was?«

»Nein, denn wenn es das ist, was du …«

»He, he.« Sie seufzt. »Wir machen kurz eine Pause, okay? Das ist nicht … Wow, du hast mich ein bisschen überrascht. Wir hatten doch gute Laune, oder? Ich habe dich Lügner genannt, genau wie ich Dummerchen oder Spinner sage, das weißt du doch.«

»Weiß ich das?«

»Machst du weiter?«

Sie schweigen, schweigen immer noch, als der Kellner das Dessert bringt, und sie schweigen auch noch, als er sich längst wieder entfernt hat.

»He?«, sagt sie.

»He.«

»Wir sind einfach …« Sie sieht bedrückt aus. »Ich weiß nicht. Das ist der letzte Tag und … Wir beide sind ein bisschen erschöpft. Ich wollte dich nicht kränken.«

Er streckt die Hand über den Tisch, träge und traurig, und wartet darauf, dass sie ihm mit ihrer entgegenkommt. Sie drücken sich die Hände und Nati runzelt die Brauen und nickt nachdrücklich. Ein Zeichen der Kraft. Ein Zeichen der Zuversicht. Dann wenden sie sich den Schalen mit dem Gebäck und dem Eis zu.

»Schmeckt's?«

»Sehr gut. Und dir?«

Sie beruhigen sich, trinken Kaffee, den letzten Schluck Wein. Stühle werden gerückt, erste Gäste stehen auf und gehen. Sie fühlen sich wieder gelassen. Sie lächeln sich an, als der Kellner neben ihnen stehen bleibt und fragt, ob alles in Ordnung sei.

Alles ist in Ordnung.

Paris entschleunigt sich vor der Nacht. Sie sind nicht traurig, nicht erschrocken; mehr noch, es kommt ihnen vor, als wäre es übertrieben, wenn sie noch einen Tag länger in der Stadt blieben. So war es genau richtig. Sie diskutieren erneut ohne Angst: Warum hat Nili gestichelt – sie gibt zu, dass sie es getan hat. Warum hat Nati übertriebene Empfindlichkeit demonstriert – auch er gibt das zu. Vielleicht hat Miep tatsächlich mal so etwas zu ihm gesagt, etwas, was all die Jahre in ihm geschlummert hat, obwohl er sich nicht an einen bestimmten Vorfall erinnern kann. Sie analysieren die Tatsache, dass sie analysieren, und sie segnen sich selbst für die Fähigkeit, zu streiten und sich wieder zu versöhnen, und sie bekennen, dass sie beide nicht einfach sind. Um kurz vor zwölf schaut Nati auf die Uhr und sagt: »He, fünf Minuten vor Mitternacht.«

»Wirklich?«

»Gehen wir?«

»Ja gern.«

Beide denken an den langen Weg zum Hotel, sieben Stationen

mit der Metro, ein langer Weg, eine lange Zeit unter der Erde – obwohl Nili die Widerspiegelung ihrer Gesichter auf einer Außenwelt aus Glas und Beton liebt: ohne Pickel, ohne Poren, etwas, was der Vollkommenheit von Schatten am nächsten kommt. Wie schön wäre es, wenn sie jetzt schon in ihrem Hotelzimmer wären, nackt im Bett, eine Wange ins Kissen geschmiegt, ein Auge platt gedrückt, so würden sie sich anschauen, einander streicheln, vielleicht miteinander schlafen, vielleicht über ihre Kindheit reden, deren Wunder, deren Sünden, eine Papiergirlande von Geschichten. Vielleicht werden sie keine Liebe machen, vielleicht werden sie Nase an Nase einschlafen und um vier Uhr morgens wird einer von ihnen aufwachen und das Licht ausmachen.

Nati winkt dem Kellner – eine kleine Zeichnung seiner Finger in der Luft – und der Kellner kommt den ganzen Weg zu ihnen, nur um zu sagen: »Ja, mein Herr? Die Rechnung, mein Herr? Selbstverständlich.«

Und jetzt warten sie.

Nati zündet sich eine letzte Zigarette an und leert sein Weinglas bis auf den letzten Tropfen. Sie sind satt, weich vom Alkohol, warm, müde. Nili gähnt wieder. Sie sieht ein bisschen krank aus, sie braucht frische Luft.

»Monsieur«, der Kellner verneigt sich wieder vor ihnen und stellt ein kleines, vergoldetes Tablett vor sie hin. Nati beeilt sich, die Zigarette abzulegen, und greift in seine Tasche. Er richtet sich auf und wühlt auch in den hinterenTaschen.

»Was?«, fragt Nili gähnend.

»Mein Portemonnaie«, sagt er. »Ich finde es nicht.«

Ein Riss in der Zeit, ein wildes, erzwungenes Herumreißen des Lenkrads angesichts dessen, was mit ihnen geschah. Sie saßen im angesagtesten Restaurant der Stadt und hatten großzügig bestellt. Sie waren satt, müde, verliebt. Und Natis Portemonnaie war verschwunden.

»Hast du es nicht in der Tasche?«, fragte Nili, und Nati suchte wieder. Aber seine Hosentaschen waren klein und eng, es gab keine Möglichkeit, es dort zu übersehen.

»Vermutlich im Mantel«, sagte Nili ruhig, »bestimmt hast du es in den Mantel gesteckt.«

»Glaubst du?« Wieder tastete er über seine Hosentaschen, über alle vier, hob die Stoffserviette vom Tisch, um darunterzuschauen.

»Nicht in den Taschen?«, fragte sie. Und noch einmal: »Nicht in den Taschen?«

Die Zigarette im Aschenbecher qualmte. Der Kellner nickte auf Natis erhobene Hand hin und brachte seinen Mantel aus der Garderobe. Aber als Nati ihm den Mantel aus der Hand nahm und in den Taschen wühlte, tat er es mit wenig Überzeugung. Er fand nur die Opernkarten und ein gebrauchtes Papiertaschentuch.

»Such gründlich«, sagte Nili. »Du hast nicht genau genug gesucht.«

»Es ist nicht im Mantel, Nili.« Er griff nach dem Zigarettenstummel und drückte ihn langsam aus.

Sie verloren sich in der Chronik derer, die sich an Hoffnung klammern: Verzicht auf die Grundregeln der Physik, dritte und vierte Blicke an Orte, an denen man schon nachgeschaut hatte. Nati versuchte den Abend zu rekonstruieren – sie waren von der Oper zu Fuß hierhergegangen, die Straße hinunter –, dann hielt er inne und drehte den Film weiter zurück: Vielleicht hatte er das Portemonnaie im Hotel gelassen? Nein, er hatte den Taxifahrer bezahlt. Eine einfache Handlung, die Isolierung einer Minute aus dem Strang der Zeit. Leichter Kopfschmerz machte sich bei Nati bemerkbar. Hatte er das Portemonnaie im Taxi gelassen? Wie ein Blitz sah er sich selbst, über die Samtbrüstung gelehnt, im Dienstmädchenalkoven, und spürte, wie sich seine Hosentasche spannte. In der Oper hatte er das Portemonnaie noch gehabt, da war er sicher. Ziemlich sicher.

Nili streckte die Hand nach dem Mantel aus. »Gib ihn mir.«

»Es ist nicht im Mantel.«

»Macht es dir etwas aus, wenn ich nachschaue?«

Er reichte ihr den Mantel mit einem gewissen Widerstand – sie sollte lernen, ihm zu trauen –, doch zugleich hoffte er, ihre Suche würde von Erfolg gekrönt. Er beobachtete, wie ihre Hände tasteten – erst in den Außentaschen, dann innen, dann in ganzer Länge, vielleicht war das Portemonnaie ja durch ein Loch ins Innenfutter gerutscht –, und sagte: »Ich habe das Taxi bezahlt.«

»Und das Programm«, sagte Nili.

»Was?«

»In der Oper. Du hast das Programmheft gekauft.«

»Stimmt.« Er war dankbar, dass Nili da war. Nili erinnerte sich an alles. Er hatte das Portemonnaie nicht im Taxi vergessen. Er strich sich über das Kinn – der Blick des Kellners vom anderen Ende des Saals brachte ihn dazu, jede seiner Bewegungen zu registrieren.

»Hast du danach noch etwas gekauft? Als du hinausgegangen bist, um zu rauchen, hast du da was gekauft?«

»Nein«, sagte er, und wieder spürte er dieses Gefühl, diesmal mit erschreckender Sicherheit – das Spannen seiner Hosentasche, als er sich über die Samtbrüstung gelehnt hatte. Er war sich sicher. Er hatte etwas herausgenommen. Dort, in der Oper, hatte er das Portemonnaie aus der Tasche genommen und auf den Stuhl gelegt, unter den Mantel. »Ich habe es in der Oper gelassen«, sagte er. Oder waren es die Zigaretten? Er hatte etwas aus der Tasche genommen, aber was war es?

»Bist du sicher?«

»Vollkommen.« Er fuhr sich mit der Hand durchs Haar. Alles war im Portemonnaie. Er verließ sich nicht auf die Tresore in Hotels. Auch der Pass war darin. Die Flugtickets, alles. »Wir sind in Schwierigkeiten, meine Süße. Wie viel hast du?«

»Wieso bist du sicher?«

»Ich erinnere mich, dass ich es aus der Tasche genommen habe«, sagte er. »Ich habe es herausgenommen und unter den Mantel gelegt. Ich habe es dort vergessen.«

»Vielleicht sollten wir trotzdem am Empfang fragen? Vielleicht, als man uns die Mäntel abgenommen hat …«

»Es *war* nicht im Mantel«, sagte er, fast schreiend. Und dann: »Meine Süße, ich erinnere mich, dass ich es dort rausgenommen habe, ich habe es auf den Stuhl gelegt. Unter den Mantel. Hast du überhaupt Geld dabei?«

Ohne das Gesicht zu wenden, streckte Nili die Hand nach ihrer Tasche aus, die über dem Stuhl hing, und zog sie zu sich. »Vierzig Euro. Und ein paar Münzen.« Was für eine Dummheit es doch war, ohne ihre Visakarte nach Paris zu fahren. Was für ein Fehler. Menschen wie sie, die mit allem Schlechten rechnen, verlassen nicht ohne Vorsichtsmaßnahmen das Haus, und ausgerechnet jetzt hat sie sich auf den Mann an ihrer Seite verlassen. Und das ist noch schlimmer, als sich auf das Glück zu verlassen.

Mit einer schwachen Bewegung hob Nati ihr Portemonnaie hoch. »Nun«, sagte er, »das bringt uns nicht viel weiter.«

Er war es, der damals im Café verkündet hatte: »In Paris bist du mein Gast, keine Diskussion.« Er war es, der über den in der Hitze schmelzenden Schokoladenkuchen hinweg gesagt hatte: »Du nimmst auf keinen Fall deine Visakarte mit, dass das klar ist.« Und er hatte so zufrieden ausgesehen bei diesem Auftritt.

Jetzt legte er ihr Portemonnaie zurück auf den Tisch, und zwischen ihnen entstand eine neue Art Stille – nur für einen Wimpernschlag, aber lang genug, um ein neues Kapitel anzufangen, um einen Spalt in die Zeit zu treiben, durch den sie ihr Leben trennen konnten. Es war die Zeit, sich zu besinnen, bevor die Dinge ausgesprochen wurden. Es war die geborgte Zeit, die ihnen vielleicht noch zur Verfügung stand.

»Gibt es ein Problem?« Eine schwere, fast bekannte Stimme, auf Englisch und mit einem Echo der großen, weiten Welt, verblüffte sie.

Sie drehten sich gleichzeitig um. »Entschuldigung?«

»Ich habe gefragt, ob es ein Problem gibt«, sagte der Dicke.

»Nein, nein«, sagte Nati.

»Wenn sie sich bei der Rechnung geirrt haben, wundert mich das nicht«, fuhr der Dicke fort. Erstaunlicherweise war seine Stimme leicht und geschmeidig; keine Spur von Kurzatmigkeit wie bei anderen dicken Personen. »Hier, wie soll ich es sagen, neigen sie dazu, sich zu irren. Und immer zu ihren Gunsten, natürlich. Ich schlage vor, alles zu kontrollieren.« Jetzt nickte er zweimal, um sich selbst zu bestätigen, und während der ganzen Zeit hielt er sein Weinglas in der Hand, etwas über dem Tisch, wie aus Zerstreuung. Die Frau stützte das Kinn in die Hand und schüttelte gleichgültig die Eiswürfel in ihrem Glas. Jetzt drehte sich der Dicke zu ihr und sagte: »Ich habe doch recht, oder?« Die Frau zuckte mit den Schultern und blickte einen Moment zu ihnen herüber, bevor sie sich wieder ihrem Glas widmete.

»Nein«, antwortete Nati, »danke. Es gibt kein Problem mit der Rechnung.«

Die Frau wandte sich wieder ihnen zu, und diesmal lächelte sie. Man konnte sich leicht ihre Sammlung an Schminkutensilien vorstellen – Antioxydantien, Antifaltencremes, das geheime Leben von teuren Bakterien in Cremetiegeln.

»Sie erlauben«, sagte der Mann und drehte seinen Körper in ihre Richtung, während er die Hand nach dem goldenen Tablett ausstreckte, »lassen Sie mich einen Blick darauf werfen.«

Natis Instinkt riet ihm, die Hand schnell auf das Tablett zu legen und es zurückzuschieben, aber bevor er es tun konnte, hatte der Nachbar schon die Rechnung ergriffen und hochgehoben, gegen das Licht, wie ein Geldwechsler, mit der anderen Hand zog er eine Brille aus der Westentasche und setzte sie auf. Die Musik setzte aus, und in den Sekunden, die es dauerte, bevor sie wieder anfing, konnte man die Stimmen der wenigen Gäste hören, die noch um sie herum saßen, lauter und heller als üblich, einige Sekunden lang, ein rauschender, störender Lärm, fast vulgär.

»Nun, warum nicht, einen guten Wein haben Sie getrunken«, sagte der Dicke und schob seine Brille tiefer, um das Paar anzuschauen. »Château Montrose, fünfundneunzig. Saint-Estèphe.« Die Lippen der Frau verzogen sich zu einem traurigen Lächeln. »Es scheint alles zu stimmen«, schloss der Dicke und nahm mit einer schnellen Bewegung seine Brille ab. Er beugte sich wieder vor und legte die Rechnung zurück. »Sie können beruhigt sein.«

Nilis Rücken war bis aufs Äußerste gespannt. Sie ergriff rasch die Rechnung, und ohne die Nachbarn anzuschauen, wandte sie sich an Nati und fragte ihn auf Hebräisch, ohne Fragezeichen, mit ausdrucksloser Stimme: »Was wirst du jetzt tun.« Sie sah noch nicht genau alle Schritte vor sich, die jetzt bevorstanden. Viele Telefongespräche, Formulare, Erklärungen.

»Monsieur«, sagte Nati und wandte den Blick zu dem Dicken, »ich danke Ihnen für Ihr Interesse. Das Problem ist nicht die Summe. Offensichtlich habe ich mein Portemonnaie im Laufe des Abends verloren, das ist das Problem.«

»Nun!« Der Dicke warf den Kopf zurück. »Dann habe ich mich doch nicht geirrt! Sie haben besorgt ausgesehen. Dabei sagt Pauline immer«, er deutete mit einer Augenbewegung auf die Frau, »›du musst lernen, andere Menschen wahrzunehmen, du siehst immer nur dich selbst‹. Pauline, das sagst du doch immer zu mir?« Er beugte sich vor und schaute ihr in die Augen.

»Ja«, sagte Pauline. »Das stimmt.«

Der Mann lehnte sich zurück und legte eine schwere Hand auf den Bauch. »Sie haben Ihr Portemonnaie verloren.« Er seufzte.

»Wir waren heute Abend in der Oper«, sagte Nati. »Das Portemonnaie ist da geblieben.«

Der Dicke nickte anerkennend. »Zwei nette Touristen, haben für über einen halben Tausender gespeist, ohne Portemonnaie.« Die englischen Worte hüpften über seine Lippen wie synchronisiert.

Nili schaute Nati an. Aber er erwiderte ihren Blick nicht. Sein Körper neigte sich ihrem Nachbarn zu und seine Augen sprangen von ihm zu der Frau, immer hin und her.

»Ich heiße Duclos«, sagte der Dicke und hob sein Glas in die Luft. »Und das ist Pauline.« Er warf der Frau einen prüfenden Blick zu. »Pauline Marielle Duclos.«

»Nati Schoenfeler«, sagte Nati und streckte die Hand aus.

»Schoenfeler!« Duclos drückte die ausgestreckte Hand. »Ein Jude?«

»Israeli.«

»Israeli!« Der Dicke sah zufrieden aus. »Das Tote Meer!« Und gleich stellte sich heraus, dass er bereits einige Male in Israel gewesen war, geschäftlich, und ganz besonders hatte ihn das Tote Meer begeistert. Er erzählte, er habe dort das Gefühl gehabt, als hätten sich seine Lungen bis in die dunkelsten Ecken geöffnet; er habe geatmet wie noch nie in seinem Leben. Er drehte sich vorwurfsvoll zu der Frau um: »Ich habe dir gesagt, du musst mal mit mir zum Toten Meer fahren!« Dann wandte er sich wieder zu ihnen. »Sie reist nicht gern, Pauline. Um mit ihr essen zu gehen, muss ich sie förmlich hierherschleifen.« Er packte das große silberne Messer, das neben seinem Teller lag, und hob es wie einen Thorazeiger, und wie um seine vorherigen Worte zu bekräftigen, fügte er hinzu: »Das Tote Meer – der tiefste Punkt der Erde.«

Es herrschte kurzes Schweigen, bevor sich Duclos an Nili wandte. »Duclos, sehr angenehm.«

Sie drückte ihm lustlos die Hand.

»Und Ihr Name?«, fragte er.

»Nili.«

»Sehr schön.«

Nun erkundigte Duclos sich, was sie hier taten: Wie lange sie hier waren. Und was sie zu dieser Jahreszeit nach Paris geführt hatte. »Es gibt jetzt nicht viele Touristen«, sagte er. »Es ist zu kalt.«

»Liebe«, sagte Nati freundlich. »Ich habe mich außerhalb der Saison in sie verliebt.«

Duclos stieß ein kurzes Kichern aus. Ein kleines, gezwungenes Kichern, fast ein Husten. Er faltete die Hände auf seinem riesigen Bauch. »Liebe«, seufzte er. Und dann sagte er: »Lassen Sie mich raten: Sie sind ... seit einem Monat zusammen?«

Nati lächelte bestätigend.

»Und Sie spüren, dass sie die Frau Ihres Lebens ist. Ja. Ich nehme an, es gab bisher einige Enttäuschungen, eine Scheidung?«

Nati hob die Hand in die Luft: Er ergab sich. »Eine schreckliche Zeit«, sagte er.

»Und dann ist Nili gekommen«, sagte Duclos. »Ein bisschen verschlossen. Man kann mit ihr über alles sprechen. Die Schale zerspringt mit Leichtigkeit, wie bei einem hartgekochten Ei. Tack, tack, tack auf den Tellerrand – und man kann es herausnehmen.«

Nili schoss das Blut in den Kopf. Ihre Ohrläppchen färbten sich rot wie Rosenblätter.

Pauline richtete sich auf ihrem Stuhl auf. Sie sagte: »Duclos, es reicht.«

»Nein, nein«, sagte Nati, »er hat recht.« Doch als er Nili nun anschaute, unendlich liebevoll, stellte er erstaunt fest, dass ihre Augen glühten.

»Ach!«, sagte Duclos. Er bewegte den Kopf und rieb sich das Kinn. »Es tut mir leid. Ich bitte um Entschuldigung. Ein blöder Sinn für Humor. Ich wollte niemanden ärgern.«

»Er wollte niemanden ärgern«, sagte Pauline.

»Kein Problem«, sagte Nati, »wirklich.«

»Ich habe auch nicht vor, zwei Juden in Schwierigkeiten zu sehen und danebenzustehen wie ein Schmock. Machen Sie sich keine Sorgen um die Rechnung, das werde ich erledigen.«

»Was?«, sagte Nili.

»Was ich gesagt habe.«

»Auf keinen Fall«, sagte Nati.

»Doch, natürlich«, sagte Duclos. »Das ist keine Frage. Nur dass ich jetzt, da das Geld aus meiner Tasche kommt, noch einen Blick auf die Rechnung werfen möchte, wenn Sie es erlauben. Ich verlasse mich hier auf niemanden. Ich habe sie in der Vergangenheit schon bei großen Fehlern ertappt.«

»Mein Herr«, fing Nili an, aber Duclos ergriff schon das Papier, das auf dem goldenen Tablett lag, er setzte die Brille auf und murmelte die Zahlen vor sich hin. Ein leichtes Zittern kroch in der Ader an seinem Hals nach oben. »Zweihundertfünfzig, dreihundertsechzig, vierhundertdreißig ...«

»Duclos«, sagte Pauline – und verstummte. All ihre Bewegungen waren träge und zugleich rund und hell, so sehr, dass man eine künstlerische Absicht vermuten konnte, als wäre ihr Leben dazu bestimmt, schwarzweiß fotografiert zu werden.

»Fünfhundertvierzig«, schloss Duclos. »Ganz genau. Enthält keinen Service. Sie haben angefangen, Rechnungen in die Kasse zu tippen.« Er knurrte und nahm die Brille ab. »Ich gratuliere. Selbstverständlich hat er den Preis erhöht«, er drehte sich wieder um und schaute Nati und Nili an, »der Wein, natürlich. Einhundertfünfzig Euro, nicht mehr und nicht weniger. Ein Raub am helllichten Tag! Bei jedem einigermaßen anständigen Weinhändler bekomme ich so einen Wein – oder einen besseren – für höchstens vierzig Euro.«

»Mein Herr, wir danken Ihnen sehr für Ihren Vorschlag, aber das kommt nicht in Frage«, sagte Nati und streckte die Hand nach der Rechnung aus.

»Oha!« Duclos Gesicht verdüsterte sich. »Ich habe gesagt, dass ich bezahle, dann bezahle ich auch, Ende der Durchsage.« Und dann hob er die Hand, um sich beim Kellner bemerkbar zu machen. »Garçon!«

La Soupière d'Or lag im Dämmerlicht. Außer ihren waren nur noch drei Tische besetzt. Von einem Tisch, ein bisschen weiter entfernt, drangen die lauten Stimmen einer gut gelaunten Diskussion. Jemand zog einen anderen auf, und ein Dritter verkündete laut: »Darauf heben wir das Glas!«

Pauline betrachtete Duclos gelassen, während er auf den Kellner wartete. Seit er die Hand gehoben hatte, schaute er die ganze Zeit hinüber, als sei der Kellner dazu bestimmt, durch die Dunkelheit in das Leuchtturmlicht seiner Augen zu schreiten. Und als er den Mund aufmachte, hatte seine Stimme einen anderen, monotoneren Ton:

»Mein Herr«, sagte Duclos zu dem Kellner in seinem liebenswürdigen Englisch, »heute Abend lade ich diese beiden geschätzten Herrschaften hier ein.«

»Gern, Monsieur.«

»Und ich möchte ihre Rechnung und unsere zusammen bezahlen.«

»Selbstverständlich, Monsieur.«

»Das erscheint Ihnen doch vernünftig, nicht wahr?«

»Sehr vernünftig, Monsieur.«

»Und Sie glauben nicht, dass eine zusätzliche Erklärung nötig ist?«

»Monsieur?«

»Nein, nein, wenn es nicht nötig ist, dann ist es in Ordnung«, sagte Duclos mit einer Handbewegung. »Das ist alles, danke.« Der Kellner machte eine halbe Verbeugung und wandte sich ab.

»Garçon!«, sagte Duclos.

Der Kellner drehte sich wieder um. »Monsieur?«

»Ich lade diese beiden Herrschaften ein, weil sie mir gefallen, und aus dem gleichen Grund sehe ich es als meine Pflicht an, zu ihrer Zufriedenheit beizutragen. Das erscheint Ihnen doch auch vernünftig, nicht wahr?«

»Selbstverständlich, Monsieur.« Der Blick des Kellners glitt zu Pauline und sofort wieder zurück zu Duclos.

»Und da meine neuen Freunde jung und unerfahren sind«, fuhr Duclos in seiner Rede fort, »Touristen, um es klar zu sagen, und sie außerdem niemanden in Verlegenheit bringen wollen, fühle ich mich verpflichtet, in ihrem Namen zu sprechen. Ich schlage vor, dass Sie sie fragen, wie ihnen die Flasche Wein geschmeckt hat, die sie heute Abend bei Ihnen getrunken haben.«

Natis Blick sprang von Duclos' Gesicht zu dem des Kellners, der sich in flüssigem Englisch voller Fragezeichen an ihn wandte: »Der Wein, mein Herr? Einer unserer erlesensten Weine. Ich hoffe, Sie haben das Essen genossen? Monsieur?«

Nati nickte. Seine Lippen öffneten sich zu einem Spalt.

»Herr Schoenfeler«, sagte Duclos, »das ist in Ordnung, Sie können es ihm sagen.«

»Sagen?«, sagte Nati.

»Das, was Sie mir gesagt haben. Es ist in Ordnung. Wenn man hundertfünfzig Euro für eine Flasche Wein bezahlt, sollte die Flasche es auch wert sein. Was haben Sie mir vor zwei Minuten gesagt, Herr Schoenfeler?«

»Mein Herr …«, sagte Nati.

»Der Wein war sehr trocken«, sagte Nili plötzlich mit einer Stimme, in der eine gewisse Strenge lag. »Und ich fürchte, er war auch ein bisschen nichtssagend. Aber es kann natürlich sein, dass …«

»Madame?«, sagte der Kellner.

»Es kann sein, dass … Nun, wir sind keine großen Weinkenner, obwohl ich glaube, dass wir durchaus einen guten Wein erkennen.«

Duclos nickte, eine kleine Bewegung. Der Kellner wandte sich mit unbewegtem Gesicht zu ihm, zögerte einen Moment, dann ging er zum Tisch und ergriff die Flasche. Er prüfte das Etikett und hob wieder den Blick. »Sie ist leer, Madame.«

»Erlauben Sie«, sagte Duclos, hob die Hand und richtete sich auf. »Trotzdem«, sagte er und schaute Nili an, höflich und wie ein bezahlter Redner: »Ich nehme an, Sie haben ihn probiert, als man ihn serviert hat.«

»Nein, eigentlich nicht«, sagte Nili. »Wir haben ihn nicht probiert, nicht beide. Mein Partner hat ihn probiert. Und außerdem schmeckt man manchen Wein erst nach einigen Schlucken.«

»Ich verstehe«, sagte Duclos. »Und so, obwohl er nichtssagend war, wie Sie sagen, haben Sie die Flasche geleert. Warum haben Sie sie leer getrunken?«

»Wir waren durstig«, sagte Nili. »Er war nichtssagend, aber nicht ungenießbar.«

»Wirklich?«, sagte Duclos. »Interessant.« Wieder wandte er sich an den Kellner. »Wie finden Sie das? Sie haben den Wein getrunken, weil sie durstig waren.«

»Durstig, Monsieur?«

»Hört sich das für Sie vernünftig an?«

»Vernünftig?«

»Ich weiß nicht. Für mich nicht. Für mich hört sich das überhaupt nicht vernünftig an.«

»Nicht vernünftig, Monsieur?«

»Nein, überhaupt nicht vernünftig. Eigentlich fürchte ich, dass diese junge Frau Ihnen Geschichten erzählt. Ich beschuldige sie natürlich nicht. Sie ist verwirrt von der Situation, und das ist genau der Grund, weshalb unsere Freunde hier in die Sache hineingeraten sind – von Anfang an: weil sie nicht von hier sind. Wäre so etwas in ihrem eigenen Land passiert, in ihrer eigenen Sprache, hätten sie keine Sekunde gezögert, das zu verlangen, was ihnen zusteht. Sie hätten Sie sofort gerufen. Vielleicht hätten sie sich sogar an den Geschäftsführer gewandt. Sie hätten ihr gutes Recht gefordert. Sie bezahlen für einen hervorragenden Wein – dann gebührt ihnen auch ein hervorragender Wein. Ein Wein, den der Gaumen nie vergessen wird. Aber in einem fremden Land fällt es ihnen schwer, auf ihrem Recht zu bestehen. Sie sind nicht sicher, welche Rechte sie haben. Sie möchten nicht von den ihnen unbekannten Gepflogenheiten abweichen.« Duclos schwieg einen Moment und strich sich über das Kinn. »Meine Herrschaften«, er wandte sich mit ruhiger Stimme an seine Nachbarn, »wir sind in Paris. Und eines der Gesetze hier ist, dass der Mensch seinen Wein selbst beurteilen darf. Wenn Sie eine Flasche bekommen haben, mit der Sie nicht zufrieden sind, können Sie sie zurückgehen lassen.«

Der Kellner sprach nicht mehr mit ihnen. Er kehrte auch nicht zurück, um die korrigierte Rechnung zu überbringen. Ein anderer Mann, dessen Brille so funkelte, dass seine Augen im Funkeln der Gläser verschwanden, kam sofort, um sich bei ihnen zu entschuldigen, und die ganze Zeit, während er mit Duclos sprach, hielt er die Hände hinter dem Rücken verschränkt, und erst als er sich zum Gehen wandte, ließ er die Hände herabhängen und verneigte sich, ohne den Rücken zu beugen, er ging nur leicht in die Knie, fast eine Art Knicks. Dann waren sie allein.

Duclos lehnte sich zurück. Er spielte mit seiner Brille, nahm sie ab, setzte sie auf, und dann wandte er sich mit einem Augenaufschlag an Nili. »Sie sind in Ordnung«, sagte er. »Eine Jüdin, die das richtige Tempo hat. Mehr wie Sie, und es gäbe heute ein paar Millionen mehr von Ihnen.« Er rieb sich gut gelaunt die Hände.

»Es reicht«, sagte Nili.

Duclos lachte.

»Es reicht«, wiederholte sie, aber diesmal mit einem seltsamen, abgehackten Lachen, das tief aus ihrem Inneren stieg.

Sein Lachen wurde noch lauter. Was kam da auf sie zu? Nati spürte, wie die Kopfschmerzen ihn plötzlich wieder packten. Pauline kicherte. Wieder war es, als sei sie nur eine Beobachterin, die nichts mit dem zu tun hatte, was um sie herum geschah.

Diese Frau hat heute mit den Eiern des Dicken gespielt, dachte Nili. Sie musste sich auf Nati verlassen. Doch vor ihren Augen verwandelte sich Nati in einen erschreckend langsamen Schatten, seine Bewegungen verzögerten sich unendlich, als er einen Schluck nahm. Er hatte noch immer kein Wort von sich gegeben. Warum sagte er nichts?

Nili atmete schnell und seufzte aus tiefem Herzen. Sie sah sie alle drei an, einen nach dem anderen, das Mondgesicht des Dicken, Paulines stumpfe Glasaugen, die geschwungene Linie von Natis Lippen, die zwischen Lächeln und Hilflosigkeit zitterten. Und etwas in ihr platzte. Plötzlich kam ihr alles lächerlich vor. Eine Posse, die niemandem weh tat, eine Übung in Reaktionsschnelligkeit. Ihr Gesicht verzog sich zu einem Lächeln, und dann brach, mit erstaunlicher Macht, ein Lachen aus ihr heraus, und einen Moment lang fragte sie sich, ob sie vielleicht betrunken war.

Duclos schüttelte sich: Nun, Gott sei Dank, er hatte ihren Sinn für Humor vorausgesehen. Er hasste es, gute Witze an ein vertrocknetes Publikum zu vergeuden. Auch Nati lachte erleichtert. Alle vier lachten sie.

»Sie sind auch in Ordnung«, gurrte Nili satt, »mehr oder weniger.«

Duclos wischte sich mit der gestärkten Serviette über das Gesicht.

»Die Sache mit Ihnen ist«, fuhr Nili fort, »es ist nicht direkt Narzissmus. Narzissmus hat die Bedeutung von etwas Krankhaftem. Bei Ihnen ist es eine gesunde Liebe. Lebendig, mit vielen Fanfaren.«

Duclos' Lächeln versank in seinem Kinn. Er betrachtete sie konzentriert.

»Jedenfalls«, fügte sie hinzu, »danken wir Ihnen sehr für Ihre Hilfe. Wir zahlen Ihnen das Geld natürlich zurück.«

Duclos machte eine abwehrende Handbewegung. »Vergessen Sie es, das ist nichts. Ich müsste Sie eigentlich dafür bezahlen, dass Sie mir die Gelegenheit gaben, mich über diese Clowns hier lustig zu machen.« Er machte eine Kopfbewegung zu den Kellnern hinüber. »Ein Haufen aufgeblasener Fürze, einer wie der andere.« Er grinste amüsiert, dann wurde er wieder ernst. »Eigentlich haben Ihre Probleme erst angefangen. Was werden Sie jetzt tun?«

»Wer weiß?«, sagte Nili. »Wir gehen schlafen. Morgen früh stehen wir auf und dann sehen wir, was wir tun können.« Sie zuckte mit den Schultern. So hatte sie als Jugendliche oft mit den Schultern gezuckt – es sollte den Feind verwirren, es sollte Sorglosigkeit demonstrieren.

»Ich verstehe«, sagte Duclos. »Und bis wann bleiben Sie in Paris?«

»Unser Flug ist morgen um drei«, sagte Nili. Es amüsierte sie, das Erstaunen auf seinem Gesicht zu sehen – ihre Gelassenheit funktionierte.

»Das lässt Ihnen nicht viel Zeit«, sagte Duclos.

»Nein.«

»Vielleicht kann ich Ihnen ja helfen«, fuhr er fort.

»Noch mehr, als Sie uns schon geholfen haben?«

»Wer weiß«, sagte er. Jetzt wandte er sich an Nati. »Sie sagen, Sie haben das Portemonnaie in der Oper gelassen?«

Nati nickte.

»Wo genau, wissen Sie das?«

»Da, wo wir gesessen haben«, sagte Nati. »Ich habe es auf den Stuhl gelegt.«

Duclos ordnete seine Gliedmaßen. »Und wo genau haben Sie gesessen?«

Nati zog die Karten heraus und reichte sie ihm. Paulines Gesicht zitterte vor Ungeduld. Sie streckte demonstrativ die Hand nach ihrer Tasche aus, hielt sie mit beiden Händen auf ihren Knien fest und beugte sich vor. Ihr ganzer Körper drückte aus, was sie nicht laut sagte: Gehen wir?

Doch Duclos drehte sich zu ihr und sagte entschieden: »Noch einen Moment, Pauline. Es fällt mir nicht ein, sie so zurückzulassen.«

Paulines Blick verschwamm, als kaue sie auf einem eingebildeten Bleistift. Duclos wandte sich wieder an Nati und Nili. »Man kann ein paar Telefonate führen«, sagte er. »Wie spät ist es?« Er warf einen schnellen Blick auf seine Uhr. »Verdammt, zu spät. Wenn es Ihnen vor ein paar Stunden eingefallen wäre, hätte ich noch heute Nacht Bernières anrufen können. Ramon Bernières, der Intendant der Oper. Aber jetzt … Verdammt.«

»Sie kennen den Intendanten der Oper?«, fragte Nati.

»Ich kenne ihn, ja. Sagen wir mal so, es wäre besser gewesen, Sie hätten ihr Portemonnaie vor fünf Jahren dort vergessen. Christoph Girot, klar! Er wäre sofort losgezogen, jetzt auf der Stelle, hätte mitten in der Nacht seinen Tempel geöffnet und Ihnen den verlorenen Gegenstand zurückgegeben. Er hätte sich nicht mehr schlafen gelegt, bis er ihn gefunden hätte. Er hätte das verdammte Portemonnaie in seinem Saal gefunden, auch wenn Sie es nicht dort verloren hätten, so phänomenal war sein Wille. Wir werden es morgen versuchen.« Er leckte sich die Lippen. »Wenn Sie es in der Oper vergessen haben, brauchen Sie sich keine Sorgen zu machen. Die Reinigungsfrauen kommen erst ein paar Stunden vor der nächsten Aufführung. Bis dahin ist dort kein Mensch. Ich werde gleich morgen früh meinen Fahrer schicken, er wird ihnen das Verlorene ins Hotel bringen. Einverstanden? Ich brauche nur ein paar Details, natürlich. Was im Portemonnaie war und die Adresse Ihres Hotels.« Er faltete die Hände und legte den doppelten Daumen auf den Tisch. »Wie hört sich das an?«

»Das …«, fing Nati an, aber Nili brachte ihn mit einem Blick zum Schweigen. Sie sagte zu Duclos: »Das hört sich ausgezeichnet an.«

Später, viel später, wenn sie sich an diesen Moment erinnerten und davon erzählten, würden sie es hastig tun. Sie würden versuchen zu verstehen, nicht den Moment selbst, sondern was davor und danach geschah, was gewesen wäre, wenn sie das Portemonnaie nicht vergessen hätten, wenn sie es nicht auf die Art zurückbekommen hätten, wie es geschah, aber sie würden keinen Gedanken an den Moment selbst verschwenden. Nicht zusammen. Vielleicht, wenn sie allein waren.

Es gab einen einfachen Grund, Duclos zu vertrauen, würde Nili sich selbst sagen, sie hatten keine Wahl, sie mussten alles versuchen, was möglich war. Ihr Flug sollte am nächsten Tag um drei Uhr nachmittags vom Flughafen Charles de Gaulle gehen, und ohne das Portemonnaie hätte er ziemlich sicher ohne sie stattgefunden. Und der Gedanke – allein der Gedanke – an das ermüdende Szenario, Anrufe, Gespräche mit höheren und niederen Beamten, die notwendig wären, um die banalste Herrschaft über ihre Pläne und ihre Schritte zu erlangen, machte sie ganz schwach. Es wäre eine Dummheit gewesen, Duclos' Vorschlag abzulehnen; eine Konfrontation, eine Unannehmlichkeit. Jeder Mensch an ihrer Stelle hätte ihn machen lassen, was er zu machen vorschlug: sie unter seinen Schutz zu nehmen.

Aber da war auch der Zorn, der von selbst wuchs, auf Nati, nicht wegen des Verlusts, würde sie ihm später laut erklären – was ihm passiert war, konnte jedem passieren –, sondern wegen seiner Haltung. Wenn er wenigstens alle Möglichkeiten in der Hand behalten hätte. Aber er hatte sich dazu entschieden, von Anfang an alles Duclos zu überlassen, er hatte ihn in ihre Situation einbezogen, sie an ihn verraten, und von dem Moment an wurde ein zusätzlicher Preis fällig.

In den zehn oder fünfzehn Minuten, die sie noch um den Tisch saßen, war die Stimmung heiter. Nach seinen großzügigen Eröffnungsschritten schien Duclos sich zu beruhigen. Er erkundigte sich nach ihrem Leben, ihren Beschäftigungen, ihrem Aufenthalt in der Stadt.

»Das ist erstaunlich, nicht wahr«, sagte er plötzlich und schaute zu Pauline, »wie sehr sie Marie gleicht.« Er beugte sich zu Nili. Eigentlich, meinte er, sei ihm etwas an ihr sofort bekannt vorgekommen, als sie am Abend das Lokal betraten, doch er habe es erst jetzt vollkommen erkannt. »Bei alten Leuten dauert es länger, bis der Groschen fällt.« Er seufzte. »Im Lauf der Jahre wird alles langsamer.«

Pauline stellte ihr Glas ab und betrachtete Nili ernsthaft. »Ja«, sagte sie, »sie sieht ihr ähnlich.« Fast war es, als würde sie die Hand ausstrecken, um Nilis Haar anzuheben oder etwas Ähnliches, Direkteres, um das Gefühl des Erkennens zu verstärken. »Das Lächeln«, sagte sie, »etwas am Lächeln. Vielleicht die Zähne.«

Duclos rang die Hände. »Die Zähne!«

»Die Zähne. Kleine Zähne.«

»Sie meint das als Kompliment«, erklärte Duclos.

»Wer ist Marie?«, fragte Nili.

»Meine frühere Frau«, sagte Duclos. Er drehte sich wieder zu Pauline. »Weißt du, auf den zweiten Blick ist es nicht das Lächeln.« Sein Blick glitt über Nilis Gesicht, zu ihrem Hals, den Schlüsselbeinen, den Schultern. »Man kann es unmöglich an etwas Bestimmtem festmachen. Es ist das Ganze. Der Typ. Ja, so wie sich Brüder manchmal ähnlich sehen, etwas, was sich hinter den Gesichtszügen verbirgt, irgendwo tiefer, nicht wahr? Das heißt, ich würde mich nicht wundern, wenn Sie ihre Schwester wären. Sind Sie ihre Schwester?« Er lachte kurz und schlug sich auf den Bauch. »Schwestern!«

Pauline wurde ernst.

»Ich hoffe, sie sieht gut aus, Ihre frühere Frau«, sagte Nili.

Duclos lachte.

»Eines der wenigen nützlichen Dinge, die meine Mutter mir beigebracht hat, war, nie zu zwei Frauen zu sagen, sie würden sich ähnlich sehen. Immer wird eine von ihnen beleidigt reagieren, und in den meisten Fällen sogar beide.«

Duclos nickte. »Nicht schlecht«, sagte er. »Sie hat jedenfalls großartig ausgesehen, Marie. Aber sie ist schon gestorben.« Sein Blick wanderte zu einem Punkt auf der Wand.

Dann wiederholte er noch einmal, sie bräuchten sich keine Sorgen zu machen, er würde ihnen helfen. Er erzählte ihnen eine kleine Geschichte, etwas, was ihm selbst passiert war – früher, bestimmt schon zwanzig Jahre her, in einer kleinen Stadt in Deutschland –, er war unterwegs zu einem Geschäftstermin und stellte fest, dass er ohne seine Tasche aus dem Zug gestiegen war. Mit Hilfe des freundlichen Bahnbeamten fand sich seine Tasche schließlich, hundertfünfzig Kilometer weiter, an der Endhaltestelle, in München. Er musste noch sechs Stunden da warten, wo er ausgestiegen war, bis ihm ein Lokführer, der von München kam, die Tasche aushändigte. »Ich weiß es noch wie gestern, wie das ist«, sagte er, »die Sekunde, wenn sich die Türen vor dir schließen und der Zug losfährt und dir klar wird, dass du einen dummen Fehler gemacht hast und jetzt Stunden deines Lebens opfern musst, um den Fehler zu beheben. Ein Franzose in Deutschland, ohne einen Centime – Gott behüte. Wie ein Mann der Résistance, der der Gestapo in die Hände fällt. Du hast noch nicht mal Geld für eine Tasse Kaffee. Und wer wird dir etwas geben? Wer? Dieser kleine Moment idiotischen Verhaltens, den du am liebsten zurückdrehen möchtest, aber es geht nicht.«

Nati nickte mitfühlend.

Duclos' Augen funkelten. »Deshalb hat mich Ihre Situation sehr berührt«, fuhr er fort. »Wer das selbst einmal erlebt hat, kann die Notlage verstehen.«

»Ein Mann in einem fremden Land ohne seine Brieftasche«, sagte Nati, »ist verloren.«

»Das ist erschreckend richtig«, sagte Duclos, »erschreckend.«

Pauline wurde plötzlich wach. »Aber Duclos, du hast mir diese Geschichte nie erzählt.«

»Ich habe dir noch nicht alles von mir erzählt, meine Teure«, sagte Duclos kichernd, und dann zeigte er ein breites Lächeln und zog aus seiner Tasche einen vergoldeten Stift und ein Stück Papier. »Deshalb«, sagte er, »schreibe ich es auf. Wie heißt das Hotel, in dem Sie wohnen?«

Die Kellner von *La Soupière d'Or* – die Wachleute ihrer Abschiedsfeier in Paris, die aufgeblasenen Fürze im Palast der guten Taten – hatten sich schon in einer Reihe am Ausgang aufgebaut, wie Stewardessen am Schluss eines Flugs, und nickten den letzten Gästen zu.

Nati gab Duclos die gewünschten Informationen. Ihre Namen, den Namen des Hotels, eine Beschreibung des Portemonnaies: schwarzes Leder, eine Visakarte, eine Mastercard, ein internationaler Führerschein, fünfhundert Euro in bar, die Flugtickets, sein Pass.

»Fällt dir noch etwas ein?«, fragte Nati. Nili schüttelte den Kopf und fügte schnell hinzu: »Aber vielleicht sollten wir es sicherheitshalber bei der Polizei melden, damit wir eine offizielle Bestätigung haben.«

»Bei der Polizei?«, fragte Duclos, räusperte sich, bevor er ein Lachen ausstieß. »Sie sind wirklich nicht von hier. Die Polizei ist der letzte Ort, dem man etwas meldet. Sobald sie etwas davon erfahren, schicken sie jemanden los, das Portemonnaie zu holen, und bis Sie es zurückbekommen, ist Ihr Flugzeug eine ferne Erinnerung am Himmel. Glauben Sie mir, eine Anzeige bei der Polizei wird Ihre Anstrengungen zunichtemachen, überlassen Sie es mir.«

»Dann zumindest«, sagte Nili entschieden, »sollten wir vielleicht Ihre Telefonnummer haben, falls etwas schiefgeht.«

Und Duclos lächelte großherzig und verzeihend, bevor er antwortete: »Aber es wird nichts schiefgehen.«

Die Kellner warfen wartende Blicke in ihre Richtung. Die Hintergrundmusik erstarb mitten in der Melodie.

»Nun denn.« Duclos faltete das Blatt und steckte es in seine Tasche. »Ich nehme an, dass wir uns jetzt vorläufig trennen.« Er lächelte sie freundlich an, während er seinen Stift einsteckte. »Ach«, plötzlich schüttelte er sich, »fast hätte ich es vergessen, man muss Sie doch bis morgen mit ein bisschen Geld ausstatten.« Und wieder zog er sein Portemonnaie aus der Jackentasche und nahm ein paar Scheine heraus. »Falls Sie ein Taxi zum Hotel nehmen wollen oder weiß der Himmel was.« Er hielt Nati das Geld hin. »Na los. Es ist nie empfehlenswert, ganz ohne Geld dazustehen.«

»Nein, nein …«, lehnte Nati schnell ab und hob Nilis Portemonnaie. »Wir haben noch ein bisschen Kleingeld. Ihr Portemonnaie ist noch da, vielen Dank.«

»Nehmen Sie«, beharrte Duclos. »Sie können es leicht zurückgeben. Und wenn es Sie zu sehr stört, dann nehme ich mir die Summe eben aus Ihrem Portemonnaie.«

Nati griff verlegen nach dem Geld. »Das ist mehr als genug, Monsieur.«

Duclos hob besänftigend die Hand. Dann sagte er: »Kommen Sie, wir begleiten Sie noch hinaus.« Und wie auf ein Zeichen erhoben sich alle vier gleichzeitig.

Sie standen vor dem Restaurant wie ein vierblättriges Kleeblatt. Die kühle Luft traf ihre Augen, die empfindlichen Ohrläppchen. Die Stirn. Nili überlegte, ob es von ihnen erwartet wurde, sich zueinanderzubeugen, sich gegenseitig mit den Wangen zu berühren und in die Luft zu küssen. Sie spürte noch immer den Punkt an ihrem Rücken, an dem Duclos' riesige Hand sie mit Pariser Höflichkeit berührt hatte, als sie das Lokal verließen; er hatte sie vorwärtsgeschoben, vor sich her, ihr zu dem nötigen Schwung verholfen, den sie brauchte, um die Stufen hinunterzugehen und durch die Nacht zu schreiten.

Auf der anderen Straßenseite blitzten Scheinwerfer auf, zur Erinnerung, und gleich danach brummte ein Motor und das Auto glitt auf die Straße, fuhr eine scharfe Kurve und blieb neben ihnen stehen. Duclos' Fahrer, der während der ganzen Mahlzeit im Auto auf sie gewartet hatte, stieg aus, in einer glänzenden Livree, öffnete die rückwärtige Tür und blieb bewegungslos stehen, reduzierte seine Anwesenheit auf einen winzigen Blickpunkt am Horizont.

Bedauernd dachte Nili an die Menschen, die auf diese Art in der Dunkelheit warteten, während andere sich im Licht gütlich taten. Solche Dinge hatte sie nur im Kino gesehen, und einmal, als halber Witz, im Alter von ein- oder zweiundzwanzig, als sie einige Tage lang die Begleiterin eines reichen Geschäftsmannes war – dreißig Jahre älter als sie, sogar älter als ihr Vater. Nachts war sie durch die Straßen Jerusalems gefahren, in einer Limousine mit neun Türen und Fenstern im Dach, das einzige Auto dieser Art im Land, und hatte realisiert, wie undurchlässig die Leute sein mussten, die dazu bestimmt waren, das Leben der anderen zu bewegen – Privatsekretärinnen, Immobilienhändler, Fahrer –, die Geheimnisse perlten einfach an ihnen ab. Kein Muskel hatte die Schultern des Chauffeurs bewegt, damals in Jerusalem, er hatte sich nichts von dem anmerken lassen, was weniger als einen Meter hinter ihm geschah.

Duclos' Fahrer stand immer noch neben dem Auto.

Nili schaute Nati an. »Wo ist dein Mantel?«, fragte sie.

Nati hob die Hände, strich sich über die Brust und dann tiefer, als könne eine Kontrolle seines Körpers die Antwort bringen. »Du lieber Gott«, sagte er und seufzte ehrlich bekümmert. »Ich bin wirklich unverbesserlich.« Er deutete die Treppe hinauf zum Restaurant. »Warte, ich bin gleich wieder da.«

Nili schaute ihm nach, wie er im Eingang des Restaurants verschwand, und lächelte Duclos und seine Frau entschuldigend an. Pauline sah sehr müde aus, erschöpft von diesem Zusammentreffen, das für sie schon lange jeden Reiz verloren hatte.

»Ich warte im Auto, Duclos«, sagte sie und schenkte Nili ein schwaches Lächeln, und ohne ein weiteres Wort drehte sie sich zum Auto um. Der Fahrer schloss sanft die Tür hinter ihr, ging wieder um das Auto herum und wartete mit gesenktem Kopf auf Duclos.

Die dunkle Straße zog sich um sie zusammen.

»Also«, sagte Duclos.

»Also?«, sagte Nili.

Er lächelte. Es sah aus, als wolle er etwas sagen und habe es sich anders überlegt. »Jetzt sind nur noch wir beide übrig«, sagte er schließlich.

Dritter Teil

Digitales Weiß

Im Büro von *Altman Kulturunternehmen* sind die riesigen Fenster Teil der Augenwischerei. Nach der ausdrücklichen Anweisung der Geschäftsleitung sind sie immer geschlossen, und ihre Verglasung in metallischem Grün hält das Tageslicht fern.

Die Inneneinrichtung beruht auf einem ähnlichen Prinzip. Sobald man die schweren Holztüren am Ende des Flurs hinter sich geschlossen hat, haben die Vereinigten Staaten das Sagen. Purpurfarbene Teppiche und Dutzende von kleinen Lampen, die milchiges Licht verbreiten, schaffen eine Pracht, die sonst Konzertsälen vorbehalten ist. Der eigene Wille hört auf, als Kontrollzentrum für die Verarbeitung von Daten zu funktionieren. Das Leben außerhalb der Büroräume wird zur Seite geschoben.

Nicht nur ein- oder zweimal hat Nili das gehört: Menschen treten morgens in Altmans Büro und nehmen den Strom des Tages draußen nicht mehr wahr. Aber wenn sie das sagen, wenn sie sich darüber beschweren, hört sich das an, als seien sie verrückt danach. Altmans Büro ist der Hit.

Um halb neun sitzt Nili schon vor dem Bildschirm ihres Computers, ein Glas Zitronentee in der Hand. Sommers wie winters braucht sie Tee mit Zitrone, um morgens in Gang zu kommen. Sie hebt das Glas, bläst auf die Oberfläche, Dampf verwandelt sich wieder in Wasser, wenn er auf ihre Nasenspitze und ihre Brillengläser trifft, nichts geht verloren.

Normalerweise stellt sie den Computer an, bevor sie sich Tee macht – das moderne Leben verlangt einen vollkommen disziplinierten Umgang mit der Zeit, eine konsequente Einsparung von Sekunden –, aber nicht heute. An diesem Morgen wartet sie vor dem Computer, während er die Töne seines Erwachens von sich gibt: Dehnungen, Gurgeln, Räuspern. An diesem Morgen ist er im Bummelstreik.

Sie atmet tief, wählt Umas Nummer. Keine Antwort.

Ihr Büro ist klein, auch das ist vernünftig. Ein Rechteck in stumpfem Weiß, zwei Meter auf zweieinhalb Meter, genug für die intime Arbeit einer Übersetzerin. Was braucht sie schon? Einen Tisch, einen Computer, einen Drucker, einige Nachschlagwerke. Die Grundausstattung. Alles andere liegt an ihr. Menschliche Hardware. Ihr Gehirn. Es gibt auf der ganzen Welt keine Ausrüstung, die ein scharfes Ohr ersetzt. Das ist der Grund, davon ist sie überzeugt, dass der Beruf des Psychologen gegen Aussterben gefeit ist.

Noch ist alles still in den Weiten der Büros. Die meisten Zimmer sind dunkel, erfüllt von dem süßlichen Duft, der sich während der Nacht in ihnen ausbreitet, das Ergebnis übertriebener Reinigung mit hochkonzentrierten scharfen Mitteln. Das ist die Stunde, die Nili mehr als alle anderen liebt: ihre Schritte, wenn sie durch den Flur zu ihrem Zimmer geht, das Klappern der Absätze auf dem Boden, *ich bin angekommen.* Die Wände werfen das Echo ihrer Anwesenheit zurück, die Leere lässt Raum für Gedanken. Wenn die Menschen kommen, kommt auch der Lärm – und alles ist verschwunden.

Die Temperatur in ihrem Zimmer ist immer gleich. Die Klimaanlage ist auf zweiundzwanzig Grad eingestellt, Altmans ewige Jahreszeit. Einmal gab es Kämpfe um dieses Thema – die Leute, die immer frieren, gegen diejenigen, die immer schwitzen. Jede Stunde schlich sich jemand zur Schalttafel der Klimaanlage hinter der Miniküche und drehte an den Knöpfen. Doch das Problem wurde bei der wöchentlichen Sitzung vorgebracht und die Klimaanlage in der Folge dauerhaft auf das arithmetische Mittel eingestellt. Es passte zu der allgemeinen Geisteshaltung, sich einer wissenschaftlichen Terminologie zu bedienen, von der keiner von ihnen wusste, was sie bedeuten sollte: ein arithmetisches Mittel? Sie mussten es im Internet nachschauen. Es stellte sich heraus, dass diese Angabe, außer auf dem Gebiet der Chemiker, einen Wert zwischen zwanzig und fünfundzwanzig Grad Celsius umfasste. Da es keine Möglichkeit gab, zweiundzwanzigeinhalb Grad einzustellen, waren sie gezwungen abzustimmen, und so entdeckte Nili, dass sie, was ihre Körpertemperatur betraf, ein Mensch mit vollkommen durchschnittlichem Bedürfnis ist: bei zweiundzwanzig Grad fehlt ihr nur noch ein halbes Grad, um sich richtig wohl zu fühlen.

Sie trinkt von dem Tee, solange er noch heiß ist – obwohl heißer Tee keinen Geschmack hat, nur Hitze –, und wartet darauf, dass der Computer aufhört zu rumoren. Gar zu gern hätte sie gewusst, was der Grund für diese Geräusche ist: elektrische Verbindungen, die aufeinanderprallen? Ein Sturm minimierter elektronischer Gedanken? Pöbelhafte Chips mit erhobenen Fäusten auf der Festplatte?

Sie wird die E-Mails lesen, das ist immer das Erste, was sie tut. In der Zeit, in der der Computer hochfährt, wartet sie voller Neugier darauf, was man ihr wohl in der Zeit, in der sie schlief, geschickt hat. Asias Gesicht erscheint auf dem Bildschirm. Nili klickt auf den kleinen Umschlag und richtet sich auf …

Sie erwartet eine E-Mail von Alfa. Oder auch nicht. Sie erwartet sie nicht, und letztlich erwartet sie sie doch. Sie ist gefeit gegen ihn, aber erst nach der ersten Enttäuschung beim Anblick des leeren Postfachs.

In den letzten Wochen war es schon passiert, dass keine Nachricht von ihm kam, und auch die Mails, die dennoch ankamen, brachten nicht viel – er schrieb »meine Liebste« und »viele Küsse«, und trotzdem fehlte es an Gefühl, wie ein Triller auf einem digitalen Klavier. Sie sollte nicht so darauf reagieren, sie weiß, dass Alfa erschöpft ist, in diesen Tagen schleppt er sich mühsam vorwärts, mühsam erledigt er die einfachsten Aufgaben, mühsam unterrichtet er, mühsam fickt er, aber wenn er nicht schreibt, summiert sich das mit der alten Rechnung, die sie miteinander haben. Es ist wirklich lächerlich, denn was mit ihm im letzten Jahr passiert ist, ist tausend Kilometer von ihr entfernt passiert und berührt sie überhaupt nicht. Alfa lässt sich scheiden, und das Problem bei dieser Scheidung ist genau das, was Nili ihm vorausgesagt hat, als er Monique heiratete: Das Problem ist, dass sie Belgierin ist. Jetzt hat er belgische Kinder und steckt für ewig in jenem Land fest.

Als Nili Nati erzählte, dass Alfa sich scheiden lässt, hat er nur genickt. Das überraschte ihn nicht, und es interessierte ihn auch nicht. Was hat er mit Alfa zu tun? Alfa ist eine Geschichte, die zu Nili gehört. Bei den wenigen Malen, an denen dieser Jirmi Alfasi angerufen und nach Nili verlangt hat, ist er sehr nett zu ihm gewesen, er hat ihn sogar einmal zu ihnen zum Abendessen eingeladen. Er ist immer hundertprozentig nett zu ihren Exfreunden gewesen (in seiner Vorstellung sahen sie wie eine Reserveeinheit aus, die geschlossen durch die Hügel marschiert), trotzdem wäre es ihm nie eingefallen, sich mit ihnen anzufreunden. Offen gesagt, er verstand es auch nicht – was hatte Nili mit ihren Exfreunden zu tun? Aber er ließ sie gewähren. Er selbst wäre nie auf die Idee gekommen, mit ehemaligen Freundinnen in Kontakt zu bleiben; auf welcher Basis? Seiner Meinung nach gab es zwischen einem Mann und einer Frau nur Sex. Aber wenn Nili Alfa gegenüber eine seelische Nähe empfand und wenn sie Lust hatte, ihn zu sehen, sollte sie es tun, von ihm aus. Und als Alfa zum ersten Mal zu Besuch in seine Heimat kam und Nili Nati erzählt hatte, sie wolle ihn zum Mittagessen treffen, sagte er: »Wie schön für euch, ich wünsche euch viel Vergnügen.«

Das war ein ermüdendes Essen. Etwas an der alten Abrechnung stimmte nicht. Paragraphen waren einfach zu nachlässig ausradiert worden. Wer von ihnen hatte wen verlassen? Nili fiel es schwer zu entscheiden, ob die Tatsache, dass Alfa die wahren Gegebenheiten leugnete, sie ermutigen sollte, oder im Gegenteil. Als ob das jetzt überhaupt eine Rolle spielte. Sie saßen im *Bistro d'Isaac*, sie aßen Bœuf bourguignon und tranken Rotwein, sie hingen alten Erinnerungen nach, um zu schweben, sie flirteten bis zu einem gewissen Grad, und um alldem das rechte Gewicht zu verleihen, sagte Nili zu Alfa, er müsse Nati unbedingt kennenlernen, er solle mit ihnen zu Abend essen, und sie verabredeten sich für nächste Woche Sonntag, bei ihnen in der Wohnung.

»Ein sensibler Imperialist«, sagte Nati danach zu Nili, sofort nachdem Alfa gegangen war. Noch immer schmückten Kaffeetassen und Kuchenteller und ein Aschenbecher voller Kippen den langen Tisch, die Wohnung war noch immer warm von der Anwesenheit eines Gastes, so wie ein Stuhlkissen noch warm ist, wenn jemand gerade aufgestanden ist. *Ein sensibler Imperialist*, diese Bemerkung kam zu schnell, irgendwie unhöflich, schlimmer noch, es war zu einem Zeitpunkt, an dem Nili noch nicht entschieden hatte, wem von beiden, Nati oder Alfa, ihre Loyalität zustünde. Würde sie jetzt mit Nati über Alfa sprechen, wäre das Tratsch, eine Ermutigung Natis, den anderen anzugreifen. Aber in einer Stunde vielleicht oder morgen …

»Er ist sogar noch klassischer, als ich dachte«, fuhr Nati fort. »Ein klassischer Mann. Er wird immer mit dem Kopf gegen die Wand rennen.«

Die Wahrheit war: Nati hatte recht. Alfa führte seine Ehe auf eine klassische Art. Eine äußerst klassische Sache war zum Beispiel Alfas Meinung, dass alles, was außerhalb von Brüssel geschah, seine Frau nichts anging. Frauen für eine Nacht, außerhalb von Brüssel – das galt nicht. Und außerhalb von Belgien spielten auch Affären von zwei, drei Tagen keine Rolle. Das waren Züge außerhalb des gemeinsamen Spiels zwischen ihm und Monique, Bewegungen auf leerem Feld. Auf seine Art war er Monique treu und wollte von seinen Kongressen überall in der Welt immer zu ihr zurückkehren. Außerdem fühlte er sich als Opfer: Man tat ihm etwas an, man verführte ihn, man benutzte ihn. Natürlich war er klug genug, das nicht so auszudrücken – er benutzte die Formulierungen eines Philosophiedozenten –, aber das war es: ein Unglück, das ausgerechnet ihn nie losließ.

Nilis sensibler Imperialist interessierte Nati nicht wirklich, trotzdem war er nett zu ihm. Das Problem bei dem Treffen lag, wenn überhaupt, bei Alfa, der mit einer Flasche Wein bei ihnen ankam und sich anmerken ließ, dass er den Sinn dieses Abendessens nicht begriffen hatte; er war nicht bereit, etwas in Nati zu investieren; er kam, um mit Nili zu essen, und akzeptierte als notwendiges Übel, dass noch jemand dabei war. Publikum. Er sprach mit Nili, lachte Nili an, fuhr sich mit einer ganz bestimmten Bewegung durchs Haar, verwendete die Terminologie aus der Welt des Faustkampfs: tänzeln, angreifen, Kinnhaken. Aber Nati überging diese Zeichen, die mindestens ebenso bewusst wie unbewusst eingesetzt wurden, und behandelte Jirmi Alfasi fast königlich. Er hörte ihm auf seine hingebungsvolle Art zu, er feuerte ihn mit Fragen an. Das ist noch so ein Zauber aus Natis Zauberkiste – er ist ein Zuhörer, wie man ihn nur ein Mal im Leben erlebt. Er ist neugierig auf jeden Bruch, jeden Riss und jede Falte von dem, was jemand erzählt, obwohl er alles ein paar Minuten danach wieder vergessen hat. Auch das ist eine Kunst. Er war jedenfalls nett zu Alfa, denn es ist immer besser (wie er oft genug betont), netter zu sein als nett. Oder so ähnlich.

»Man weiß ja nie«, sagte er zu Nili, während sie den Tisch abräumte, »auch zur Sicherheit.«

»Zur Sicherheit?« Das gefiel ihr auf eine unbestimmte Art. Eifersucht?

»Vielleicht sind wir ja mal in Brüssel und brauchen einen Platz, wo wir eine Nacht schlafen können«, sagte Nati.

Stille breitete sich aus.

»Nun?« Er wandte Nili sein Was-ist-los-Gesicht zu.

Er war ein großer Anhänger der ungeschminkten Wahrheit, ohne jedes Wenn und Aber, und er genoss es, seine Wahrheit kundzutun. »Das ist die Wahrheit«, sagte er. Und bei diesem Satz erübrigte sich jede Diskussion.

Nach jenem Abend dachte Nati keine Sekunde mehr an Alfa. Der Mann ging ihn nichts an, so wenig, dass er beim nächsten Mal, als Nili verkündete, Alfa würde zu ihnen kommen, vorschlug, sie sollten doch lieber wieder zu zweit irgendwohin gehen, Alfa und sie. Sie hätten doch bestimmt Dinge zu besprechen, und ihr würde es nicht schaden, einen Abend auszugehen. Er wolle sich ohnehin ein Basketballspiel im Fernsehen anschauen.

Das taten sie dann auch, Alfa und sie. Sie gingen zu zweit in das Bistro, in dem sie schon beim letzten Mal gewesen waren, und Nili bedauerte es bereits früh am Abend, denn alles, was Alfa sagte oder erwähnte, machte klar, dass es keinen Grund gab, etwas über Nati zu sagen. Keiner der beiden Männer spielte eine Rolle für den anderen, eine Tatsache, die in Nilis Augen zu einer deprimierenden Aussage über die Beziehung zu ihr selbst führte. Trotzdem ging sie mit Alfa auch bei seinen nächsten Besuchen essen, es wurde eine Tradition, sie trafen sich jedes Jahr. Nur sie beide. Mit ihren eigenen Angelegenheiten. Ohne Nati und ohne Monique, die ohnehin nur einmal während all der Jahre Israel besuchte, und ohne Alfas belgische Kinder (seine Brieftaschenkinder – so nannte Nili sie, als sie Nati von ihnen erzählte, und das war ein kleiner Betrug an Alfa; aber es war die Wahrheit – er zeigte sie ihr immer nur auf kleinen Fotos, die er in der Brieftasche mit sich herumtrug, auf diesen Fotos wuchsen sie bis zum Alter von vier, und so blieben sie all die Jahre danach). Immer im selben Restaurant, verblassende Flecken vor schwarzweißem Hintergrund.

Und mit jedem Jahr, das verging, kamen sie sich ein bisschen näher, aber zwischen den einzelnen Treffen gab es fast nichts, denn Alfa war ein E-Mail-Verweigerer. Der Gedanke, dass jedes Wort von ihm dokumentiert würde, erklärte er ihr einmal, setze ihn unter Druck. Hinter dem Bildschirm fühle er sich nackter, als wenn sie neben ihm wäre. Mit ihm. Vielleicht weil es nichts gebe, was die Worte verwische?

Im Lauf der Jahre schrieb ihm Nili von Zeit zu Zeit, und er antwortete dann kurz – eine Zeile, zwei, mit schlampigen Zwischenräumen, Zeilen, die noch kürzer wirkten, wegen des Mangels an Diktion. Er meldet sich alle paar Monate telefonisch, immer spät in der Nacht, immer wenn er das Bedürfnis hatte, sich wegen einer Sache auszuweinen. Er schaffte es auch, ihre Gespräche so zu dirigieren, dass Nili ihn drängte, ihr zu erzählen, was mit ihm los war, was ihn bedrückte. Obwohl er jetzt, da ihm Unterhaltszahlungen belgischen Tarifs drohten, weniger philosophisch wurde, sondern eher wirtschaftlicher dachte; er sparte an den Ausgaben fürs Telefon und schickte E-Mails. Aber nicht heute. Kein Wort.

Als Nili das E-Mail-Programm schließt, erinnert sie sich, dass die Zimmertemperatur wohl ebenfalls eine Sache des Durchschnitts ist. Die Temperatur am Boden ist ganz anders als zwischen den Büchern in den Regalen, unter ihrem Hinterteil, zwischen Ledersessel und Jeans. Dort ist es warm. Als Kind hatte sie sich immer die Hände gewärmt, indem sie sich auf sie setzte – und wie würde sie sie jetzt wärmen?

Es ist acht Uhr fünfunddreißig. Es bleiben ihr noch vierzig Minuten, bis Lia Pischuf in der Tür erscheint, schwer atmend, als hätte sie stundenlang nach einem Parkplatz gesucht, hätte nach vergeblichen Versuchen ihr Auto in die Hosentasche gesteckt und wäre dann zu Fuß in den neunten Stock hinaufgestiegen.

Erneut öffnet Nili das E-Mail-Programm. Leer. Fast ist sie überrascht. Nur im Spam tauchen Nachrichten auf, eine nach der anderen. Nordina Cash. Seamus. Neill Kelly, Margrit Clerkin, Conrad Seoul, Daniela Enriques. Alle wollen ihr ein besseres Sexleben verkaufen. Fast alle, ein paar schlagen ihr auch Methoden vor, reich zu werden, oder weniger körperliche Methoden zu plötzlichem Glück.

Vielleicht ist das der Grund dafür, dass ihr Computer stöhnt. In der letzten Zeit teilt er ihr etwas mit, aber Nili hält ignorieren für den besten Weg. Sie glaubt, dass Willkür ein Element in mehreren Richtungen ist. Wenn Geräte plötzlich kaputtgehen, warum sollten sie sich nicht ebenso plötzlich selbst reparieren?

Sie lehnt sich auf dem Stuhl zurück, der unter ihr ein ekliges Gummiquietschen von sich gibt. Was soll sie morgen Abend zum Treffen mit Duclos anziehen? Das ist wichtig. Sie möchte großartig aussehen. Auch Nati soll großartig aussehen. Beide sollten, ohne Anstrengung, einen glücklichen Eindruck machen. Vollendet. Denn sie weiß noch genau, wie der Dicke und seine Frau sie betrachtet haben. Besonders die Frau. Haustiere, sagten ihre Augen, aber welche, denen sie nicht erlauben würde, auf ihrem Sofa oder ihren Teppichen zu liegen. Tiere, die direkt aus der Hand fräßen. Pauline Marielle Duclos, als wäre sie Gott weiß wer. Auch das ist ein guter Name für Spam-Mails. Wirklich, was für ein seltsames Paar, sie schienen so gar nicht zueinander zu passen. Aber vielleicht ist das der springende Punkt. Manchmal denkt sie, wenn sie irgendein Mietshaus nehmen und die Bewohnerpaare neu zusammenwürfeln könnte, wie sie ihrer Meinung nach zueinander passten, hätte sie lauter neue Paare geschaffen. Schließlich braucht es nur wenig, um Paare über Jahre aneinander zu binden. Und manchmal ist es nur der Hass auf einen Dritten, der sie vereint.

Und was Duclos und seine Frau betrifft, gibt es ebenfalls mehr Geheimnisse als das, was man von außen sieht. Wer kann erraten, wie ihr Leben hinter verschlossener Tür abläuft? Selbstverständlich haben sie schon damals, in Paris, ein Spiel mit ihnen gespielt. Eines dieser Spiele, die man erst während des Spiels versteht, ein Spiel der neuen Generation, bei dem die Spieler ihre eigenen Regeln finden müssen. Aber um welche Labyrinthe und Drachen geht es? Um was für eine Odyssee? Sie gibt von vornherein auf. Sie kann sich auch nicht denken, was Duclos jetzt von ihnen will. Die Vorstellung, dass er sie für ein großes Ziel ausgesucht haben könnte, dass er etwas mit ihnen vorhabe, war lächerlich. Nichts weiß sie, alles ist unklar: Ein Gleichgewicht, das mit viel Mühe erreicht worden war, wurde gestört. Etwas ist in Gefahr.

Aber vielleicht übertreibt sie. Es ist sowieso schwer, zwischen dem zu trennen, was war, und dem, was eine launische Erinnerung umgeschrieben hat, besonders an einem Tag wie heute, da ihre Gedanken verschwommen zu ihr kommen, wie Stimmen aus einer Nachbarwohnung. Vielleicht hat sie sogar Fieber? Und was ist mit Asia? Wo ist Asia? Warum antwortet sie nicht?

Im Supermarkt, wenn die Kleine im Sitz des Einkaufswagens sitzt, lässt sie sie manchmal für einen Moment allein und geht in einen anderen Gang, so dass sie sie aus dem Blick verliert. Nur für einen Moment, aber dieser Moment reicht für so vieles, und Orte wie Supermärkte sind vollendet geeignet für Kindesentführungen. Das sind genau die Orte, an denen sich das Leben blitzschnell ändern kann; an denen sich jemand in einem einzigen Moment in das Leben anderer einschleichen und es aus der Bahn werfen kann.

Fieber? Hand an die Stirn – kalt wie ein Fisch. Seit Asias Geburt hat sie nie Fieber gehabt. Schluss mit den Kinderkrankheiten.

Sie öffnet schnell eine neue E-Mail und tippt: »Alfi, schau hinaus. Solange man den Himmel über dem Kopf hat, sagt uns das, dass die Erde unter unseren Füßen ist. Denk daran, dass man dich hier liebt.« Sie drückt auf »senden« und drückt dann sofort auf »gesendet«, um zu sehen, was sie weggeschickt hat. Was für ein Blödsinn.

Menschen wie Alfa funktionieren genau so. Sie lauern auf den einen unaufmerksamen Moment, stets im Schutz belebter Orte, an denen ein einzelner Schrei nicht auffällt, immer im Schutz vieler Zeugen. Es hatte mit seinem dritten Besuch angefangen – sie erinnert sich genau daran, wie an eine mikroskopisch genau determinierte Zeit, Sekunde, Sekunde, Sekunde –, kurz bevor Asia auf die Welt kam, als sie schon hochschwanger war. Anfangs dachte sie, er wolle sie küssen, aber ein Kuss wäre eine zu einfache Lösung gewesen.

Sie schüttelt sich. Sie hat kein Fieber, es ist diese Unsicherheit, die sie innerlich gepackt hat. Auf dem Weg zum Büro hat sie vom Auto aus zweimal bei Uma angerufen, und wieder hat sie sie nicht erwischt. Einmal und noch einmal landete sie auf Umas Voicemail, die sich anhörte wie eine gefährliche Moderatorin von einem Kinderkanal, eine Stimme, die eine psychedelische Süße ausstrahlt: *Hi, das ist die Voicemail von Uma, hinterlasst eine Nachricht, danke!*

Es ist vier Tage her, dass die Mädchen weggefahren sind, und es wird noch drei Tage dauern, bis sie wiederkommen, und das letzte Mal, dass sie mit Asia gesprochen hat, war gestern Nachmittag. Seither begnügen sie sich mit Mitteilungen. Nichts Synchrones, keine Berührung. Nur atemlose, kindliche Ausrufe vom Band: *Mama! Mama!* Atmen, Schweigen, ein hoffnungsloses Warten auf eine sofortige Anerkennung aus einer anderen Vergangenheit. Mit einer

Verspätung von einigen Minuten, immer mit Verspätung, lauscht sie dem Kichern ihrer Tochter, kindliche Sätze, verzerrt, im Vorleserhythmus, aufmunternde Ausrufe von der Seite. Auch Hanna hatte ihr solche Nachrichten hinterlassen, zu einer Zeit, als sie ihr noch Nachrichten hinterließ, gefühlvolle Versuche, die elektronische Vergangenheit der Leitung zum Leben zu erwecken. *Nili? Nili? Hörst du? Das ist Mama. Ruf an. Bye. Das ist Mama. Nili? Bist du da?* Immer ihre kampfeslustige Sorge.

Nili wählt erneut, hat aber Angst, in den leeren Raum zu sprechen. Irgendwann wird sie ihrer Tochter die ganze Wahrheit über ihre Tante sagen müssen. Sie legt wieder auf.

Ein schnelles Surfen durch die Nachrichten im Internet ist eine Möglichkeit, den Atem zu regulieren. Hunderte von Freiwilligen durchkämmen genau in diesen Minuten alle Orte im Scharon, vor allem Baustellen und Müllhalden. Alle suchen Denis Bukinow: seine Schnürsenkel, seinen Schulranzen. Auf fast allen Titelseiten gibt es Statements zu den Fotos von Vater und Mutter Bukinow, strahlend in den prächtigen Farben, die sie aus dem Land der Kälte mitgebracht haben – Kükengelb, Himmelblau, Arktisweiß. Zwei Tage vor Schuljahresende ist ihr Junge verschwunden. Die großen Ferien haben ohne ihn angefangen. Was sollen sie tun? Der Kummer macht ein Menschengesicht selten schöner: herabhängende Unterkiefer, Augen, deren Blick entweder zu weit in die Ferne oder zu sehr nach innen gerichtet ist. Doch die Bukinows sind anders. Ein gut aussehendes Paar, ein Geschenk für den Genpool ihres neuen Landes, besonders jetzt, da die Unsicherheit hypnotisierende Spuren in ihre Gesichter geritzt hat. Das Warten, die Tatsache, dass jeden Moment eine Nachricht eintreffen könnte, die ihr Leben vollständig umkrempelt, verleiht ihren Gesichtern einen geläuterten, dramatischen Ausdruck. Und obwohl Nili all diese Fotos bereits gestern und vorgestern gesehen hat und gern neue vorgefunden hätte, kann sie auch die alten lange betrachten. Eigentlich sollte sie wütend auf sich sein und sich losreißen, weitermachen, zu ihrem eigenen Leben zurückkehren.

In den fünfunddreißig Minuten bis zu Lia Pischufs Ankunft muss sie etwas tun, was zu fünfunddreißig Minuten passt. Es gibt einige Fragen, die sie schon gestern an das Forum der Übersetzer schicken wollte, aber sie schafft es kaum, sich in Bewegung zu setzen, da hört sie schon schnelle Schritte im Flur.

Auch um vier Uhr morgens würde Nili wissen, zu wem diese Gewichtsverlagerung gehört – Klack, Pause, Klack, Pause. Lia Pischuf ist einer der beiden wirklich reichen Menschen, die Nili kennt: der zweite ist ihr Chef, Stephen Altman, der jetzt in der Tür steht.

»Ist sie gekommen?«, fragt er und richtet sich auf wie jemand, der einen Witz erzählt hat und jetzt auf den Beifall des Publikums wartet.

»Noch nicht.«

Altman erinnert Nili mit seinem erschreckenden Lachen an Duclos. Vielleicht verfügen alle Reichen über ein solches Lachen? So viele Schattierungen zusätzlich zu einem einfachen Vergnügen. Er ist schon über siebzig, zum dritten Mal geschieden, und auch auf dem Parkplatz ist er der Boss. Ein Supervolvo, superglänzend, schaut über die Autos der restlichen Angestellten hinweg.

Es ist ein Glück, dass man Altman selten im Büro sieht. Er ist fast immer im Ausland, auf Reisen, bei Meetings, dem Versuch, mehr Geld in noch mehr Geld zu verwandeln: Kunsthandel, Impresario-Tätigkeiten, Aktionen an der amerikanischen Börse. Aber an den Tagen, an denen er da ist, ist er nicht zu bremsen – es scheint, als befände er sich in jedem Zimmer, das man betritt. Oder er schafft es, an einem vorbeizugehen, ohne einen zu sehen, und dann vom Ende des Korridors zu rufen und sich wegen Nichtachtung zu beschweren.

»Werdet ihr heute fertig?«, fragt er.

»Das hängt nicht von mir ab.«

»Nur von dir«, sagt Altman.

»Du kennst sie doch.«

»Ja«, sagt Altman. »Aber dich kenne ich auch.«

Vor zehn Jahren, als er beschlossen hatte, seinen Traum, Verleger zu werden, zu verwirklichen, legte er einen Stapel Papier vor Nili auf den Tisch und fragte, ob sie den Funken erfasse.

Sie warf ihm von der Seite einen Blick zu. *Den Funken erfassen?*

»Ich habe das gelesen«, sagte Altman. »Es hat einen Funken.« Zur Bekräftigung hob er die Hand in die Luft.

Sie schaute auf den Stapel. *Pischuf.* Mit roter Tinte, dick, die Adresse irgendwo in Kalifornien dreimal unterstrichen.

Bis dahin hatte sie für ihn Verträge übersetzt, Geschäftskorrespondenz, manchmal Briefe an eine Zeitung, die er in aufgeregtem Englisch gekritzelt hatte und die sie auf seinen Wunsch an die Redaktion von Ha'aretz schicken sollte (einer wurde gedruckt). Sie war eine spitzfindige Sekretärin. *Eine großartige Sekretärin,* sagte er über sie, *meine rechte Hand.*

Bücher übersetzen? Das hätte sie nicht einmal zu hoffen gewagt.

Zwei Wochen später überreichte sie Altman schon die ersten beiden Kapitel, er wiederum gab sie seiner dritten Geschiedenen, einer amerikanischen Literaturliebhaberin mit einem feierlichen Synagogenhebräisch, die dazu »wonderful« sagte, und noch vor Erscheinen dieses Buchs lieferte Lia Pischuf schon den zweiten Band der Trilogie ab, und alles Weitere war »Hysterie«, wie Altman gern sagte.

Das Gerücht verbreitete sich schnell an der Westküste – nach Altmans Erfolg mit Pischuf häuften sich die Manuskripte, die an das Büro von Altman geschickt wurden, eine ganze Flut von Manuskripten. »Seit vierzig Jahren mache ich Geschäfte mit reichen amerikanischen Juden, und jeder von ihnen hat mindestens eine Frau mit viel freier Zeit zu Hause«, sagte Altman, und von Zeit zu Zeit legte er Nili wieder einen Stapel auf den Tisch.

Historisch gesehen gab es solche literarischen Wellen nach Zeiten allgemeiner Not – Krieg, Armut, Mangel, nationale Katastrophen –, aber jetzt ist kein besonderer Anlass nötig. Die unerträgliche Erreichbarkeit des Schreibens macht es zur verbreitetsten Kunstform, so wie Fußball im Sport. Nur zwei große Steine sind erforderlich, um das Tor zu markieren; beim Schreiben braucht man nur Servietten und einen Bleistiftstummel, um den nächsten Bestseller auf den Weg zu bringen. Und wenn man einen PC zur Verfügung hat, lassen sich Absätze leicht herausschneiden, fliegen über Milliarden künstlicher Erinnerungszellen durch die Luft und landen auf einen Tastendruck an jedem Ort, den man wählt.

Die vielen Manuskripte bleiben nicht ohne Einfluss, denkt Nili. Es wird so viel geschrieben seit *Madame Bovary*, seit *Anna Karenina*. Die literarische Landschaft, die literarische Perspektive hat viel mehr Inhalt bekommen. Wie könnte man da noch über Meisterwerke sprechen? Über Vollkommenheit? Die Informationen wirbeln von allen Seiten auf einen ein.

Sogar Lia Pischuf hat das in der letzten Zeit erwähnt. »Es reicht«, hat sie gesagt und Nili einen strafenden Blick zugeworfen. »Genug Wörter.« Du hast leicht reden, hat Nili gedacht, wenn du deine Zeit zwischen zwei Häusern auf der Welt aufteilst, wenn du den angenehmen Jahreszeiten auf ihrer Reise über den Globus folgst: ein halbes Jahr schreibt Pischuf in Los Angeles, und dann kommt sie nach Israel, um an der Übersetzung zu arbeiten. Es gab nichts Verbindliches in dem Ton, in dem sie das sagte, hinter den Worten lag keine Absicht, aber das ist es, was sie sagte: Sie würde gern ein bisschen schweigen. Nicht mehr schreiben. Wörter und Wörter und Wörter – es reicht.

Immer mehr Menschen, die Nili kennt, wünschen sich einen Rahmen, in dem sie schweigen können. Sie sprechen darüber wie über eine Reinigung, und daraus lässt sich entnehmen, dass Sprechen schmutzig ist. Aber wenn sie aufhören zu sprechen, was passiert dann mit den Gedanken? Schmelzen sie zu unbearbeiteten Ideen? Kristallisieren sie sich zu Edelsteinen? Bilden sie sich zum vorwörtlichen Denken von Babys zurück? Ihr Misstrauen – ihr berechtigtes Misstrauen – ist aber, dass Alfa vermutlich der Ansicht wäre, dass sich beim Fehlen von Wörtern die Wirklichkeit beschlagen könnte wie eine Glasscheibe im Winter. Die Landschaft würde unter einer Schneeschicht verschwinden. Alles würde vertagt. Und das war ein Irrtum. Wörter bilden eine Begrenzung, aber wie begrenzt ist doch der Mensch, wenn ihm die Sprache fehlt.

Als sie in Paris lebte, kurz bevor sie Alfa kennenlernte, hatte sie eine kurze Affäre mit einem hübschen jungen Japaner aus ihrem Französischkurs. Eine sehr kurze Affäre: Er war Model, Schauspieler, ein Japaner in Paris. Zu ihrem ersten romantischen Date kam er mit einem Picknickkorb. Er besaß nur wenig Kleidungsstücke, aber jedes Stück war teuer, und auch diesmal sah er toll aus: schwarze Lederhose, rotes Hemd, glänzende schwarze Haare wie das Haar einer Puppe. Sie saßen da, mit zwei Wörterbüchern, Japanisch-Französisch/Französisch-Japanisch und Hebräisch-Französisch/Französisch-Hebräisch, und bauten Sätze, ein Wort nach dem anderen. »Möchtest du einen Apfel?« Das war der erste Satz, den er ihr schenkte – zwei Minuten hatte er für diese paar Wörter gebraucht –, und als sie zustimmend nickte, zog er einen Apfel aus dem Korb und hielt ihn ihr hin. Das war ein Witz nach seinem Geschmack, er lachte sein japanisches Lachen, bei dem die Augen verschwanden. Und vielleicht war es nicht nur die Sprache, die alles hinter seinem Gesicht fest verwahrte.

Altman beschließt schnell das Gespräch. »Halt mich auf dem Laufenden«, sagt er. Was weiß sie über Altman? Sehr wenig. Er hat einen goldenen Füller am Aufschlag seines Jacketts stecken, und er hat eine große, quadratische Tasche aus schwarzem Leder, die sich mit einem lauten Klappen schließt. Wenn er diese Tasche trägt, sieht er so unangestrengt aus, dass Nili den Verdacht hat, sie könnte leer sein. Sie fragt sich, ob er jede Sekunde an sein weit verzweigtes Vermögen denkt, ob der Reichtum ein Seelenzustand ist.

Sie lehnt sich auf dem Stuhl zurück. In solchen Momenten hat sie das Bedürfnis, ein uneindeutiges Gesicht zu machen. Sie ist achtunddreißig und noch immer nicht in die Welt der wahrhaft Erwachsenen aufgenommen worden: die Welt, in der sich Lia Pischuf und Stephen Altman bewegen.

»Gut«, sagt sie. »Das werde ich.«

Als sie wieder auf die Uhr schaut, sind nur zwölf Minuten vergangen. Sie hat in der Nacht kaum – wirklich kaum – geschlafen. Die Müdigkeit schiebt die Zeit in das Dezimalsystem: hundert Sekunden sind eine Minute, hundert Minuten eine Stunde. Sie hätte jetzt Lust, mit Nati zu sprechen, aber es ist ausgeschlossen, ihn anzurufen. Nicht solange sie so verzweifelt ist. Denn seit Dida ihr die Wahrheit über ihren Vater verraten hat – Nati mitten in der Stadt, mitten am Tag, nicht allein –, funktioniert sie anders. Sie tobt nicht mehr. Sie gerät nicht mehr aus dem Häuschen. Diese psychische Hygiene bekommt sie nicht mehr hin. Sie demonstriert im Stillen, und das hat Erfolg.

Sie betrachtet die Stirnwand ihres Zimmers, die Wand, die sie immer anstarrt, einfach weil sie sie vor Augen hat. *Acrylfarbe – digitalweiß getönt, geeignet für Innen- und Außenwände.* Das stand auf den Farbeimern, als sie vor zwei Jahren ihren Stock renoviert haben. Digitalweiß, gibt es so etwas wirklich?

Gleich nach der Renovierung haben andere Angestellte gerahmte Plakate in ihren Zimmern aufgehängt, von Lieblingsbüchern, sie haben die Wände mit Zeichnungen ihrer Kinder geschmückt. Aber in Nilis Zimmer fehlen derartige Illusionen. Hier herrscht eine sachliche Stimmung; Bürobedarf ohne jede Inspiration, Dinge, die es schon gab, bevor sie kam, und die es auch noch geben würde, wenn sie nicht mehr da wäre. Bei ihr beschränkt sich die persönliche Note auf ein Mousepad mit Asias Foto – ein schlechter Druck, ein Geschenk von Nati, bei dem es vor allem um die Idee ging; an der Wand klebt die Kopie eines Briefs (»Lieber Herr Altman, danke für Ihre schnelle Antwort zu meinem Buch. Ich habe nichts verstanden. Sie haben geschrieben, das Ende sei ziemlich vorhersehbar. Ich möchte fragen, was meinen Sie damit? Was für ein Ende haben Sie erwartet? Welches Ende ist vorhersehbarer als ein anderes? Weiß das jemand? Für eine Antwort wäre ich dankbar, Mirjam Grinhof«); und am Regalrand ist ein Foto mit einem Reißnagel befestigt, Dida, sieben Jahre alt, eine Wasserpistole in der Hand und mit einem irgendwie flatternden Gesichtsausdruck: Vergnügen oder Erschrecken. Nili ist die Einzige, die weiß, was er wirklich bedeutet, niemand außer ihr könnte das erraten. (»Eine Frau?«, hatte sie Dida gefragt, das war schon eine ganze Weile nach diesem Foto – als sie es knipste, wäre sie nicht auf die Idee gekommen. »Sie hatte einen schönen Mantel«, sagte Dida. »Weiß und lang.«)

Sie überfliegt noch einmal die Nachrichten – wieder beherrscht Denis Bukinow die Schlagzeilen. Nach den Twintowers hätte man annehmen können, dass die Welt sich nicht mehr mit kleinen Geschichten abgeben würde, und nun zeigt sich, dass der menschliche Geist in jeder Hinsicht geschmeidig ist, er stumpft schnell ab und wird schnell wieder gierig. Ein russischer Junge ist verschwunden und das ganze Land hält inne. Starrt auf den Übergang von dem, was es gibt, zu dem, was es nicht gibt. Das Bild hat sich von der Vergangenheit in die Zukunft gedreht und den Zwischenbereich übersprungen: Die Masse eines normalen Jungen wurde an einem vollkommen normalen Nachmittag mit einer vollkommen normalen Stimmung auf einmal ins Unsichtbare gesaugt, wie in ein schwarzes Loch. Wann würde es sich wieder zurückdrehen?

Es muss sich zurückdrehen, es *muss* einfach passieren.

Wieder Schritte im Flur. Menschen werfen ihr Morgengrüße zu. Lia Pischuf? Noch immer nicht. Der Mann vom Vertrieb, die Buchhalterin, der Pressesprecher – Letzterer grüßt kaum. Was sie über die anderen weiß, ist vor allem das, was sie selbst erzählen, von ihren Kindern, ihren Partnern, ihren Wohnungen, ihren alten Eltern. Manchmal, in den Ferien, schieben sie Kinder, die schulfrei haben, in ihr Zimmer, klebrige und mit Keksen vollgestopfte Kinder – *darf ich dir vorstellen* –, und auf ihren Gesichtern zeigt sich der angestrengt fröhliche Ausdruck eines Entertainers.

Noch ein Schluck, und sie kommt zu dem Bodensatz von Zucker und kaltem Tee. Ein schwaches Licht beginnt in ihrem Hinterkopf zu blinken. Was für ein Fehler es war, Asia in Umas Hände zu geben. Was hat sie sich eigentlich gedacht? Eine alte Erinnerung regt sich in ihrem Gedächtnis, ein Rascheln zwischen den Schatten: Uma und sie als Vier- und Sechsjährige, im Hof ihres Hauses. Es gab Blut, sehr wenig, und trotzdem erstaunlich rot, es rann aus der Nase. Dieser Erinnerung haftet ein Geruch an, der an ihr vorbeiweht, ohne innezuhalten. Sie kann sich nicht wirklich an Uma als kleines Mädchen erinnern; an sie beide – Nili und Re'uma, die kleinen Schwestern. Sie gab Re'uma ihr Plätzchen, an das Plätzchen erinnert sie sich. Es war *ihr* Plätzchen. Re'umas Weinen hatte System, eine Denunzierung, die eine schnelle Reaktion erforderte, die sie zum Schweigen brachte. Deshalb gab sie Re'uma ihr Plätzchen und ging ins Haus, um sich ein neues zu holen, und als sie wieder hinauskam …

Aber woher kam das Blut?

Eines Tages wuchs Nili. Plötzlich überschritt sie die Grenze – vom Kind zur Erwachsenen. Sie fing an, ihre Mutter Hanna zu nennen, während Re'uma zu dieser Zeit verlangte, nur Uma genannt zu werden. Nicht mehr Re'uma, nur Uma. Und was vorher war, war vorbei.

Noch ein Blick auf die Uhr. Sie wird nicht mehr versuchen sie anzurufen. Nicht jetzt.

Auf dem Foto, das Nati auf das Mousepad hatte drucken lassen, sind Asias Lippen lilafarben, das Haar mausgrau. Es ist das Foto, das bei ihrer Entlassung aus dem Krankenhaus gemacht worden ist. Asia steht neben dem Medikamentenwagen, sie ist genau zweieinhalb Jahre alt, und die Entlassung ist ein Geschenk des Stationsarztes zum halbjährigen Geburtstag seiner wunderbarsten Patientin – das waren seine Worte. Er hat ihr auch etwas zur Erinnerung geschenkt: ein Paar Handschuhe für das Fest, ein altes Stethoskop, ein Schwesternnamensschildchen. Und das alles trägt sie zu Ehren ihrer Fahrt nach Hause und präsentiert sich der Kamera: So sieht die ins Leben zurückgekehrte Asia aus. So haben sie das Kind vor knapp drei Jahren zurückbekommen, und jetzt ist sie wieder außerhalb ihrer Aufsicht.

Nein, es wird sich nicht wiederholen. Sie weiß, dass Uma gut auf Asia aufpasst. Uma weiß genau, was im Notfall getan werden muss. Das haben sie wieder und wieder durchgekaut. Nein, das ist nicht das Problem. Das Problem ist der Informationsfluss. In Umas Geschichten gibt es immer ein Körnchen Wahrheit und viel dichterische Freiheit. Sie kann sich nicht beherrschen, die Übertreibungen fließen einfach aus ihr heraus, während ihre aufgerissenen Katzenaugen das Licht reflektieren. Wie kann Nili wissen, was wirklich mit ihrer Tochter passiert?

Sie hat es mit eigenen Augen gesehen. Es passierte einfach: Uma tauchte in der Tür auf, und Asia rannte zu ihr, schlug die Arme um ihre Beine und drückte das Gesicht in ihr langes Haar. Sie hatten sich nacheinander gesehnt, sie gaben einander laut schmatzende Küsse ins Gesicht, sie sprachen mit Stimmen, die aus der Vergangenheit zu stammen schienen. Uma und Asia, die beiden kleinen, süßen Mädchen.

Vielleicht sollte sie Nati doch anrufen. Er wird sie beruhigen, sie wird sich beruhigen. Auch gestern berührte sie ihn, trotz allem, an der Hand, an der Schulter, wie beiläufig. (Ein gelegentliches Streicheln, als wolle man sagen: Ich bin hier, wenn du mich brauchst. Wenn die Frau sich aber die ganze Zeit an ihn drückt, ist es, als würde sie ihm einen Finger in die Schläfe bohren: Da bin ich, da bin ich.) Sie wird Nati anrufen.

Was sie wirklich will, ist, ihm von Duclos erzählen. Eine Bagatelle.

Ich muss dir etwas erzählen.

Aber das ist ein Satz, der immer Probleme bringt.

Vierter Teil

Gesetze der Liebe

Die Frage ist, wie man am besten anfängt. Die Erinnerungen liegen zu nahe am Abgrund, eine unvorsichtige Bewegung, und sie fallen herunter.

Jener alte Morgen fängt sehr früh an. Fünf Minuten nach sechs – und Nili ist schon aus dem Bett. Lange, keuchende Rufe von der Straße haben sie geweckt. Vielleicht nicht wirklich geweckt, vielleicht haben sie nur die Verletzbarkeit derer offenbart, die schlecht geschlafen hat. Ihre Geduld ist fort, sie braucht es nicht mehr zu versuchen.

Auf Katzenpfoten geht sie quer durch das Zimmer zu dem hohen Fenster – ein kleines Pariser Hotel, ein hohes Fenster für den ganzen Raum –, das dunkle Glas wirft ihr ihr Spiegelbild in weißer Unterwäsche entgegen, und erst als sie näher tritt und ihr Gesicht an das Glas legt, kann sie hindurchschauen (ein merkwürdiges Gefühl, wie durch einen Einwegspiegel); hinaus auf die Straße, die sich unter ihr erstreckt, die schwarze Krümmung des feuchten Asphalts, ein Pfad zu der schwach beleuchteten großen Welt, zu der Nati und sie nicht mehr gehören – so empfindet sie es von dieser Seite des Fensters aus, aus der dunklen Schachtel, in der sie eingeschlossen sind.

Am Ende der Straße, in einer Lichtpfütze, die aus einer altmodischen Lampe fällt, sammeln sich junge Leute um eine Bank. In diesem seltsam quecksilbrigen Licht der Straßenlaterne sehen sie starr und ausdruckslos aus, wie aus einem Wachsfigurenkabinett, und wie aus einem Nebel tauchen ihre langsamen Bewegungen auf. Es sind fünf, drei junge Männer und zwei Mädchen, sie haben Flaschen und Zigaretten in den Händen, sie stehen auf, setzen sich, stehen wieder auf, drehen sich um die eiserne Bank in der alten

Choreographie eines Gesangsensembles. Es ist die Bank, auf der Nati und sie ebenfalls schon gesessen haben, tief über die zerknitterte Karte von Paris gebeugt, die man ihnen im Hotel gegeben hatte, um gemeinsam zu entscheiden, in welche Richtung sie gehen wollen. Doch jetzt sieht die Bank ganz anders aus, wie eine Parkbank irgendwo auf dem Mond.

Nein, sie ist nicht wegen dieser jungen Leute aufgewacht. Obwohl sie zweifellos Lärm verursachen – ihre Körper neigen sich kurz einer dem anderen zu, erstarren in diesem tiefen Verlangen nach Leben und danach, Lebendigkeit zu demonstrieren. Sie stellen sich dar und zeigen, was sie schon dürfen – Rauch als Zeichen des Lebens.

Sie könnte den Kopf durch das Fenster schieben und schreien, wenn sie nicht den Mund hielten, würde sie die Polizei rufen. Das hat sie schon einige Male in ihrem Viertel in Jerusalem getan, hat sich in einen verbalen Kampf mit Straßengangs eingelassen, die sich unter ihrem Fenster zusammengerottet hatten; erschreckend, wie stark das Gefühl des topographischen Unterschieds war – sie im Fenster, die anderen auf der Straße, die schlimmsten Flüche hörten sich hochtrabend an, wie Textstücke aus dem Theater. Aber hier ist so etwas ausgeschlossen. Sie fragt sich, ob jemals jemand aus diesem Fenster hinunter auf die Straße geschrien hat.

Was sie geweckt hat, ist etwas ganz anderes. Auch nicht die Sorge um das Portemonnaie. Das heißt, natürlich ist es die Sorge, aber aus einem anderen Blickwinkel. Und die gestärkte Bettwäsche. Die trockene Heizungsluft. Und vielleicht der Traum, den sie geträumt hat, eine ganz neue Art von Traum, mit erstaunlich kräftigen Farben. Ein Almodóvar'scher Traum. Das ist die Formulierung, die sie verwenden wird, wenn sie Nati den Traum beschreibt.

Sie ist wegen etwas aufgewacht, was bis jetzt unausgesprochen geblieben ist. Sie muss mit Nati darüber sprechen. Sie muss ihm erzählen, was passiert ist, als er ins Restaurant zurückging, um seinen Mantel zu holen. Doch im Unterschied zu den vergangenen Nächten, den Nächten ihrer Gemeinsamkeit, ist sie diesmal gar nicht so sicher, ob sie ihn wecken darf. Und noch mehr ärgert es sie, zu sehen, wie gut er schläft. Sehr, sehr gut. Es ist eine totale Vernachlässigung dessen, was um ihn herum geschieht. Obwohl seine Augen wie üblich nicht ganz geschlossen sind, ein schmaler Schlitz bleibt bei ihm immer offen, die Illusion, er halte eine Verbindung mit der Welt. Genau wie Hanna. Auch Hanna hat immer so geschlafen.

Ihr Hotelfenster herrscht nur über einen sehr schmalen Streifen des sechsten Arrondissements, einen abgelegenen Teil der Stadt. Der Blick gibt nicht das befriedigende Gefühl von Paris. Als sie eng umschlungen die Seine entlangspazierten, wurde ihnen klar, dass es auch andere Fenster gab, Inseln von Licht über dem Fluss. Zwei Meter hohe Fenster, höher als zwei Meter.

»Das ist sicher etwas ganz anderes«, dachte sie laut – im Lauf ihrer Tage in Paris dachte sie oft laut –, »das ist bestimmt etwas ganz anderes, hinter diesen großen Fenstern aufzuwachen. Sicher ändert es den ganzen Tageslauf.«

Sie gingen die Seine entlang und schauten hinauf zu jenen Fenstern: Ist das Leben dahinter großartiger? Man sagt, dass Geld einen nicht wirklich glücklich macht, aber können es Fenster? Ein Fenster, das auf den richtigen See hinausschaut? Auf die richtige Straße? Auf den richtigen Kirschbaum?

Sie gingen und sprachen. Sie sprachen und gingen. Sie hielten sich an den Händen, sprachen, bewegten sich. In all ihren fünf Tagen in Paris wanderte die Sonne in einem Bogen über sie hin, von einer Seite zur anderen. Der Abend fiel langsam auf sie herab. Sonnenuntergang, Abend, Nacht.

Wenn sie die Wahl hätte, würde sie sich vielleicht für ein Fenster zum Wald entscheiden. Nein, eigentlich zur Straße. Auf der Straße gingen Menschen. Nein, besser noch wäre ein Platz. Ein Platz mit Cafés. Mit Tischen, die im Sommer draußen stehen. Mit Weingläsern auf parkenden Autos, wie in Rom. Sie könnte die Paare beim Essen beobachten – eine Stunde, zwei. Sie würde den Fortgang der Mahlzeit beobachten: Händchen halten, streicheln, streiten, sich versöhnen. Sprechen und sprechen. Schweigen. Sich erinnern.

»Tais toi!«

»Allez.«

»Ta gueule, je te dis!«

Zwei der Jugendlichen stehen ein Stück neben der Bank einander gegenüber und fuchteln mit den Händen. In der kühlen Welt vor dem Morgengrauen ist es leichter, die Hände zu heben, ohne einen wirklichen Grund für den Angriff zu haben – ein Kampf ohne Berührung, wie der Rauch, wie die Schmähworte. Ein Mädchen drückt sich von hinten an einen der jungen Männer, versucht, ihn zur Seite zu ziehen. Wieder Geschrei. Drohbewegungen ins Leere. Am Schluss löst sich die ganze Gruppe wie ein Mann von der Bank und bewegt sich die Straße hinunter. Sie sind fort. Besiegt vom heraufziehenden Morgen, graue Stille zurücklassend.

Nili verlässt das Fenster. Wie schlafwandelnd durchquert sie den Raum, betritt das Badezimmer. Ein schneller Blick in den Spiegel – fast gelingt es. Fast gelingt es ihr, sich selbst zu überraschen. Denn noch etwas ist in ihren fünf Tagen in Paris passiert: ihre Frisur. Gleich am ersten Tag hier, in einem Blitzentschluss, betraten sie einen Friseursalon im neunten Arrondissement, einen Laden im Stil des New Wave, in den Mittagsstunden verlassen – vielleicht auch immer verlassen? Sie wussten es nicht, sie traten ein und verlangten einen Haarschnitt.

Der Friseur fuhr sich mit der Hand über seine grünlichen Haare, die sich bogen wie zusammengedrücktes Gras. Er sah aus wie einer, der an seinen Fähigkeiten verzweifelte, sobald es um das eigene Haar ging. Er betrachtete sie mit dem distanzierten Blick eines Müßiggängers und fragte: »Jetzt?«

Er schien keine Lust zu haben zu arbeiten.

»Jetzt«, antwortete Nili. »Auf der Stelle. Tout de suite.«

Sie ging durch den Laden, und als sie sich auf einen der Stühle setzte, hatte sie ein Gefühl von übertriebenem Leichtsinn, ein Fehler, aber hinter ihr, aus der optischen Krümmung des großen Spiegels an der Wand, wie aus einer Art verschwommener Freude an der Gefahr, winkte ihr Nati zu und lächelte. Sie hatte ihm damals schon von Uma erzählt und was mit ihrem Haar passiert war, und er hatte sie in den Arm genommen und getröstet, als hätte es sich um sie selbst gehandelt. Und jetzt sagten seine Lippenbewegungen: Sei stark, es wird klasse aussehen.

Seltsam und erstaunlich war, dass sie nie im Leben etwas Ähnliches zu Hause gemacht hätte, in Israel. Nie im Leben hätte sie einen Friseursalon betreten, ohne dass er ihr ausdrücklich empfohlen worden war. Aber hier – hier war hier. Hier war alles Paris. Hier war jeder Friseur ein Pariser Coiffeur. Und Nati gab ihr Rückendeckung. Mehr noch, er stiftete sie zu diesem Abenteuer an. Und beide hatten sie Lust, Grenzen zu überschreiten, einer um des anderen willen.

Hinter ihr – obwohl es im Spiegel aussah, als wäre es vor ihr – geschah alles sehr schnell. Der Friseur, in einem verblüffenden Anfall von Energie, knallte mit den Absätzen, näherte sich ihr, die Schere in der Hand. Er berührte ihr Haar mit großer Leichtigkeit, als modelliere er Schaum, und murmelte vor sich hin, ohne zu lächeln.

Ganz anders als ihr Friseur in Jerusalem. Ohne zu etwas überreden zu wollen.

Trotzdem schenkte sie ihm ein vertrauensvolles Lächeln. Vertrauen war ihre Waffe in solchen Situationen. Friseuren, Ärzten und sogar Elektrikern gegenüber, die in die dunklen Ecken von Kühlschränken oder Waschmaschinen spähten – Vertrauen rief das Gute bei den anderen hervor.

Und selbst wenn es nicht so war, würde Vertrauen jedenfalls keine rachsüchtigen Reaktionen hervorrufen. Auf gar keinen Fall hätte sie diesen Mann mit der Schere ärgern oder seine Selbstsicherheit erschüttern wollen.

Jedenfalls war Nati ausdrücklich eine Verpflichtung eingegangen. Halb als Witz, aber doch überraschend ernst. »Gut«, hatte er vor ein paar Minuten zu ihr gesagt, als sie noch vor dem Friseurladen standen, ein paar Sekunden, nachdem sie ihm das Friseurabenteuer erklärt hatte. »Ich verpflichte mich dir für ein halbes Jahr.«

»Ein halbes Jahr? Was ist schon ein halbes Jahr? Ein halbes Jahr ist nichts. Kein Kopf, egal von welcher Frau, wird in einem halben Jahr rehabilitiert.«

»Ein Jahr?«

»*Minimum* ein Jahr. Du darfst mich von heute ab mindestens ein Jahr lang nicht verlassen.«

Nati legte die Hand auf sein Herz. Er würde sie mindestens ein Jahr lang nicht verlassen.

»Nein, nein, ich möchte es schriftlich.«

Und sie lachten beide.

»Und damit es klar ist«, sagte Nili, »du kannst mich nicht verlassen, egal aus welchem Grund. Es geht jetzt um ein Versprechen. Du weißt ja, wie das ist: Wenn jemand eine fürchterliche Frisur hat, ist alles, was er sagt oder tut, fürchterlich. Alles hängt mit allem zusammen.«

»Alles hängt mit allem zusammen, klar. Ich werde dich ein Jahr lang nicht verlassen, egal was passiert.«

Und gemeinsam stiegen sie die drei hohen Stufen zum Friseurladen hinauf.

Im Badezimmer des Hotels neigt Nili das Gesicht zum Spiegel. Ein gelungener Haarschnitt, da kann man wirklich nichts sagen. Ein Rahmen für das Gesicht, mehr Volumen, leichter Kopf. Doch als sie dort beim Friseur saß, das schwarze Nyloncape umgebunden, hatte sie Herzklopfen und hätte die Prozedur am liebsten gestoppt. Sie klammerte sich an die Worte ihres Friseurs in Jerusalem, sie atmete tief ein, tief aus und dachte daran, dass der Spiegel ihr Vertrauen geben könnte. (Es ist nötig, hatte ihr Friseur einmal gesagt, es ist nötig, dass die Frauen sich auf ihr Gesicht konzentrieren, wenn der Friseur arbeitet, denn wenn die Frauen hinter sich stehen würden, während ihre Haare geschnitten werden – nun, stellen Sie sich vor, was für eine Katastrophe.) Sie schloss die Augen und überließ sich dem Rhythmus der Schere, um ihre Atmung zu beruhigen. Schnapp, schnapp. Schnapp, schnapp, schnapp. Schnapp, schnapp. Nie ein einzelnes Schnappen und eine Pause. Und wenn sie sich aufrichtete, spürte sie das bekannte Phantom – Flattern von gerade abgeschnittenen Haaren.

Eigentlich kommen ihr jetzt, im rosafarbenen Licht des kleinen Badezimmers, ihre Haare noch immer fremd vor, ein bisschen verwirrend, wie die Leere im Gesicht eines kurzsichtigen Menschen, der plötzlich die Brille abnimmt. Doch alles in allem ist diese Frisur ein Erfolg.

Ein schwindelerregender Erfolg, Nati zufolge. Er findet, dass sie jetzt wie ein Model aussieht. Das ist es, was er sagte, als sie den Friseur verließen, und anfangs, vielleicht drei Straßen lang, beharrte er auch darauf, seitlich von ihr zu gehen, etwas weiter vor, dann hinter ihr, um sie aus dem Blickwinkel anderer Leute auf der Straße zu sehen. Denn bis zu einem gewissen Grad war es ja auch seine Schöpfung, es war ein neues Aussehen, zu dem er geraten hatte, und erst als sie ihn mit Tränen in der Stimme bat, damit aufzuhören, ging er wieder neben ihr, mit einer Hand um ihre Hüften und mit unerwarteten Küssen, die er auf ihren Hals drückte: Diese Schönheit mit der neuen Frisur gehörte ihm! Ihm, ihm, ihm! Das war es, was er der ganzen Welt zeigen wollte.

Nili hält sich noch eine Weile mit ihrem Spiegelbild auf, lockert mit leichten Bewegungen ihr Haar, dreht den Kopf nach links, nach rechts, schiebt die Lippen vor. Die Gedanken – die Gedanken, die ihr in der Nacht den Schlaf geraubt haben – bedrängen sie wieder.

Dann sollten wir vielleicht Ihre Telefonnummer haben, falls etwas schiefgeht. – Aber es wird nichts schiefgehen.

Nichts? Wenn es um Hochstapler geht, muss man die Vernunft aktivieren und alles von allen Seiten betrachten. Denn nicht alle Hochstapler sind besonders erfahren. Nicht alle Hochstapler sind erfolgreich. Nicht für alle muss sie tatsächlich ihre kriminellen Fähigkeiten aktivieren. Daraus folgt – daraus folgt – daraus folgt – daraus …

Schnapp, schnapp. Schnapp, schnapp, schnapp.

Falls sie Hochstaplerin wäre, wäre sie, ihrer Meinung nach, erfolgreich. Denn sie denkt immer an alles. Immer. Sie bedenkt immer alle Möglichkeiten, wie etwas schiefgehen könnte. Aber im Moment möchte sie glauben, dass Duclos echt ist. Dass sein guter Wille echt ist. Dass man nicht besonders vorsichtig sein muss.

Wieder späht sie ins Zimmer. Im Bett, in der arktischen Landschaft der Laken, liegt Nati, noch immer bewegungslos. Und jetzt? Sie kann das Buch nehmen und im Badezimmer lesen. Sie könnte ein Handtuch auf dem Boden ausbreiten, ein Kissen aus dem Bett holen und sich ein Picknick vor der Kloschüssel arrangieren. Im Kino sieht man so etwas öfter: Jemand schnarcht lauter, als es der andere ertragen kann, und dann findet man den Partner morgens im Badezimmer, schlafend. Oder man kann das Zimmer verlassen, hinuntergehen, sich mit den endlosen Möglichkeiten eines Hotels trösten, ein städtischer Urwald, immer gibt es im Hotel jemanden, der wach ist, eine Aufsicht, jemand, der sich um die Einsamkeit des Wanderers kümmert.

Sie könnte das Zimmer verlassen und zum Portier hinuntergehen. Vielleicht würde sie ihn schlafend erwischen, die Nachtbeleuchtung fällt kreisrund auf seinen Kopf, in einem anderen Kreis steht die Schüssel mit den Pfefferminzbonbons – *Danke, dass Sie unser Hotel gewählt haben! Ein Bonbon?* Sie wird sich räuspern und er wird aufwachen – Pardon, Pardon. Vielleicht wird er versuchen, sich mit ihr zu unterhalten. Sie könnten ein Gespräch über Israel führen. Wie ist es, dort zu leben? Haben Sie keine Angst? Und dann der abgedroschene Trick, er wird die Worte aufsagen, die er auf Hebräisch kann: danke, bitte, Hurensohn.

Sie wird hinuntergehen in die Lobby – dieser Gedanke macht sie sofort munter. Aber als sie das Badezimmer verlässt, die weiche Dunkelheit des Zimmers betritt und Nati sich von einer Seite auf die andere wirft, bleibt sie erstarrt stehen. Sie will, dass er aufwacht, und trotzdem hat sie das Gefühl, er würde sie, wenn er aufwachte, irgendwie auf frischer Tat ertappen. Doch wobei? Was hat sie getan?

Sie schlüpft aus dem Unterhemd, zieht einen Büstenhalter an, wieder das Unterhemd, eine Hose, schiebt die Füße in ihre Latschen. Sie versucht, sehr leise zu Werke zu gehen, aber das scheint gar nicht nötig zu sein; Nati schläft tief und fest. Und wenn er manchmal etwas murmelt, sich dem Wachsein zu nähern scheint, sinkt er sofort wieder zurück ins Nichts.

Noch etwas bekümmert sie: Letzte Nacht ist ihre erste in Paris, in der sie nicht miteinander geschlafen haben. In Jerusalem war es, seit sie sich kannten, zweimal vorgekommen, zweimal schliefen sie beieinander, ohne dass etwas war, und beim ersten Mal war es eine große Überraschung, ein Erschrecken, aber auch gut, denn wenn er das Recht hat zu sagen, dass er keine Lust hat, dann darf sie das auch, aber in Paris – in Paris ist es etwas anderes. In Paris strotzt so etwas vor Anspielungen. Obwohl sie, als sie vom *La Soupière d'Or* zurückgingen, als sie hinunterstiegen in den Parallelkosmos von röhrenden Kolben und Motorabgasen, während sie mit den Blicken ihren Gestalten in den Scheiben folgten, wie sie sich krümmten, zusammenklappten und in den Blitzen der Dunkelheit zerbrachen, insgeheim hoffte, Nati würde es gar nicht erst versuchen. Aber als sie ins Bett stiegen und die Hände nach den verschnörkelten Schaltern der Nachttischlampen ausstreckten und er sie umarmte und sagte: »Gute Nacht, meine Schöne, ich bin fix und fertig«, und innerhalb von Sekunden eingeschlafen war, war sie doch gekränkt. Er hätte es zumindest versuchen müssen. Mindestens das. Sie drehte ihm den Rücken zu.

Wo ist ihr Sweatshirt? Sie hat die Kontrolle über das Hotelzimmer verloren. Als sie vor fünf Tagen ankamen, hat es größer ausgesehen. Es *war* größer. Die theatralischen roten Vorhänge zogen ganz Europa herein, es war ein Gefühl, als wären sie hier eingedrungen und müssten sich mit Vorsicht bewegen. Fünf Tage später ist das Zimmer zerstört. Auf den Stühlen türmen sich Kleidungsstücke, überall liegen Plastiktüten herum, auf den Kommoden Waschsachen. Handtücher, immer zu weich und mit dem Geruch nach Weichspüler, liegen feucht eines auf dem anderen. Nur ihre schmutzigen Sachen befinden sich bescheiden und getrennt voneinander in ihren eigenen Ecken.

In ihren ganzen fünf Tagen in Paris haben sie nie ein Zimmermädchen getroffen, sie neigten zu der Auffassung, es existiere überhaupt kein Zimmermädchen. Doch was das Bett betrifft, mussten sie ihre Meinung revidieren, die Tagesdecke wurde während ihrer Abwesenheit frisch gespannt, die Kissen aufgeschlagen – aber ansonsten ließ man sie in Ruhe. Deshalb war es auch egal, was sie in diesem Zimmer taten oder nicht, wen ging es etwas an? Das heißt, dieses Zimmer, dieses Fenster – was ist hier schon geschehen? Hat es hier je etwas gegeben, was so ähnlich war wie das, was ihnen gerade passiert?

Da ist das Sweatshirt, sie streift es sich über. Für einen Moment, als ihr Gesicht in ihrem eigenen Atem steckt, innen im Stoff, wird sie ganz ruhig. Und dann löst sich der Zauber und sie ist wieder mitten in dem kleinen Zimmer.

Als sie die Türklinke berührt, klopft ihr Herz noch stärker – sie ist im Flur, das Buch in der Hand, eine kindliche Angst begleitet ihre leisen Schritte auf dem Teppich. So viele verschlossene Möglichkeiten hinter diesen Türen – dahinter, rechts, links –, es ist sinnlos sich das vorzustellen zu versuchen. Sie ruft den Aufzug, aber dann überlegt sie es sich anders und wendet sich dem engen Treppenhaus zu.

Der Portier dreht sich zu ihr um, als sie hinter der Theke auftaucht: der eckige Haarschnitt eines Legomannes, ein schweres Brillengestell. Sie könnten jetzt etwas Unerwartetes tun – zwei Fremde mitten in der Nacht, ein Mann und eine Frau –, doch schon macht der Angestellte alles zunichte und sagt: »Guten Morgen«, und das Fehlen einer Uniform zeigt, wie klein dieses Hotel ist. Der Mann am Empfang wird nur durch ein kleines Namensschild ausgewiesen, M. Robert. Doch obwohl dies ein kleines Hotel ist, ist es nicht unangenehm klein, es wird eine gewisse Anonymität gewahrt. Sie lächelt Monsieur Robert zu, etwas weniger freundlich, als sie es eigentlich wollte, und auch ihre Stimme kling nicht sehr liebenswürdig.

Kann man in der Lobby sitzen und lesen? Das heißt, stört es jemanden, wenn ich hier lese?

Das ist es, was sie fragen will, aber sie fragt etwas anderes: »Entschuldigen Sie, haben Sie zufällig eine Kopfschmerztablette?«

Der Angestellte löst sich hinter der Theke – er ist ungewöhnlich groß, seine Gestalt gebogen wie die eines Windhundes. Er gibt ihr ein Zeichen, ihm zu folgen. Oder meint er, sie solle warten? Sie bleibt stehen. Im dunklen Eingang zur Lobby streckt er die Hand nach dem Lichtschalter aus und öffnet eine Tür, auf der »Nur für Angestellte« steht. Hinter der Wand sind Geräusche des beginnenden Tags zu hören, das Scharren von Stuhlbeinen, das Quietschen einer Metallkarre, energische Schritte. Eine schwarze Frau mit blondem Haar geht an der Tür vorbei, begleitet vom Geräusch kochenden Wassers, sie wirft Nili einen Blick zu und verschwindet. Als Nili einmal mit ihrem Vater nach Tel Aviv fuhr – wie alt war sie damals? Neun? Zehn? –, sah sie zum ersten Mal in ihrem Leben eine schwarze Frau. Eine strenge Frau mit breiten Schultern, die hochaufgerichtet neben zwei Kisten stand, ihrem ganzen Besitz. Diese obdachlose Schwarze hatte riesige Augen mit viel Weiß, sie sahen überhaupt nicht aus wie Augen. Jedenfalls nicht wie Augen, die etwas sehen.

Der Angestellte kommt zurück und hält ihr ein Stück Alufolie mit vier Tabletten hin. »Wenn sie noch etwas brauchen …«, sagt er lächelnd, ohne etwas hinzuzufügen. »Danke«, sagt sie und schließt die Hand fest um die Tabletten.

Der Angestellte geht zurück zu seinem Platz, noch immer lächelnd. Es ist angenehm, sich um lösbare Probleme zu kümmern. Sie lächelt zurück, gefangen von der europäischen Gewohnheit, ständig zu lächeln, die Freundlichkeit einer Touristin. In Israel ist sie nicht besonders freundlich zu Dienstleistenden. In Israel regt sie sich über Verkäuferinnen auf, die zu frei mit ihr sprechen, verzieht das Gesicht, wenn ein Kellner sie fragt, ob es ihr geschmeckt habe, ob alles in Ordnung sei. In ihrem normalen Leben geht es ihr auf die Nerven, dass alle ermutigende Worte erwarten.

»Danke«, sagt sie noch einmal und spürt seinen Blick, als sie sich umdreht und über den Flur geht.

Sie hätte Nati das, was geschehen ist, sofort erzählen sollen. Sie hätte es nicht hinausschieben dürfen. Und jetzt wird sie auch dafür eine Entschuldigung finden müssen. Sie könnte anfangen mit »Fast hätte ich es vergessen …«, um der Sache das Gewicht zu nehmen. Oder sie könnte an sein Mitleid appellieren. *Ich hatte Angst, dich zu verletzen, und irgendwie kam es mir auch so dumm vor.* Oder sie könnte ihn mit der Wahrheit attackieren: *Ich habe es dir nicht erzählt, weil ich wütend auf dich war. Denn in gewisser Weise hat der Dicke recht.*

Das ist es, was sie tun wird. Die Wahrheit hat Stärke, genau wie ein offenes Geständnis. Sie hatte tatsächlich vor, es Nati sofort zu erzählen, doch als das Auto mit Duclos und seiner Frau weggefahren war und sie und Nati nebeneinander die Straße entlanggingen und Nati den Arm um ihre Schulter legte und sie an sich zog, atmete sie tief ein, um zu sprechen, aber er kam ihr zuvor und sagte:

»Was für eine Geschichte, nicht wahr?«

»Geschichte?«

Er zuckte mit den Schultern. »Findest du nicht?«

»Was meinst du?«, sagte sie und konnte nicht weitergehen, sie musste stehen bleiben. »Glaubst du, man kann sich auf ihn verlassen?«, fragte sie fast schreiend, mit einer seltsamen Stimme, die in die Luft stieg.

»Ich hoffe«, sagte er, seine Stimme brach tief aus seinem Inneren heraus. Er umarmte sie erneut, dann gingen sie weiter.

Später, als sie das Hotel bereits erreicht hatten, ging Nati sofort ins Bad, sie war drauf und dran, es ihm zu erzählen, sobald er herauskäme, aber das dumme Lied, das er auf den Lippen hatte, als er wieder ins Zimmer kam, sein fröhliches Trällern, brachte sie auf die Palme, und statt ihm die Sache zu erzählen, sagte sie: »Gestern Morgen hast du fünfhundert Euro abgehoben, stimmt's?«

Nati dachte einen Moment nach, dann sagte er: »Fünfhundert, ja.«

»Und als du für Dida das Puzzle gekauft hast, hast du bar bezahlt, stimmt's?«

Er nickte.

»Wie viel hat es gekostet?«

»Was?«

»Das Puzzle und das Dartspiel. Was du gekauft hast.«

»Weiß nicht. Hundert. Etwas weniger. Warum?«

»Du hast zum Dicken gesagt, in deinem Portemonnaie seien noch fünfhundert Euro. Aber du hattest keine fünfhundert Euro mehr. Es sei denn, du hattest morgens noch mehr Geld.«

Nati dachte kurz nach. »So wahr ich lebe«, sagte er, als hätte sie ein kleines Wunder für ihn erbeten. »Du hast recht. Ich habe das Puzzle und die anderen Sachen vergessen. Und das Taxi, das Programm, all das. Es sind also nur vierhundert Euro weg. Du hast vollkommen recht.«

Es war keine Frage des Rechthabens, sie wollte nur, dass alles stimmte. In Natis Stimme lag seine ewige Anerkennung für sie, wie leicht er ihr alles zugutehielt. Sie gingen ins Bett, und zum ersten Mal fiel ihr das Bild auf, das an der gegenüberliegenden Wand hing, ein Aquarell von zwei Bäumen mit Herbstlaub, sie deckten sich zu und rieben unter der Decke ihre Beine aneinander, um die Kälte in Wärme zu verwandeln, und Nati umarmte sie von hinten und küsste ihre Schulter.

»Was denkst du?«, fragte sie, und einen Moment lang hatte sie das Gefühl, bis jetzt gewartet zu haben, um ihm flüsternd zu erzählen, was sie zu erzählen hatte, als habe der Rest der Welt, die ganze Welt außerhalb des Zimmers, es darauf abgesehen, sie zu belauschen.

»Was gibt es zu denken«, sagte Nati. »Er wird den Wie-heißt-er von der Oper anrufen und uns das Portemonnaie zurückbringen.« Nach kurzem Schweigen fügte er hinzu: »Nein?«, und dann, etwas fester, wie um es zu bekräftigen, versprach er: »Mach dir keine Sorgen, meine Süße. Wir hatten Pech in der Oper und Glück, dass wir diesen Typen getroffen haben.« Seiner Stimme war der enttäuschende Versuch anzuhören, die Ruhe mit diesen leeren Sprüchen wiederherzustellen. »Kosmische Gerechtigkeit«, sagte er, »das war es.« Und dann sagte er »Gute Nacht, meine Schöne, ich bin fix und fertig«, und ein paar Sekunden später spürte sie seinen Schlafatem an ihrer Wange.

Sie drehte sich zur Wand. Duclos war ein Typ, wirklich. Aber es war nicht der richtige Moment, sich über die pikante Seite der Sache zu amüsieren – das konnte sie später tun, wenn alles geregelt wäre. Oder nicht? Sie hatte immer einen Schritt weiter gedacht, einen pessimistischen Schritt weiter, und das war vielleicht nicht nötig. Vielleicht war es wirklich nur ein lustiges Abenteuer, etwas, worüber man noch in Jahren sprechen konnte, was man wieder und wieder den Kindern erzählen würde, den Enkeln, eine Perle im Album der Erinnerungen. *Damals, als Papa und Mama im besten Restaurant von Paris gegessen haben und entdeckten, dass sie kein Portemonnaie dabeihatten.*

Falls es überhaupt ein Album der Erinnerungen geben wird, denn vielleicht werden sie ab jetzt wieder jeder seiner Wege gehen. Sie kann sich nicht auf ihn verlassen. Für einen Moment herrschte Ruhe, beschloss sie, dann fuhr sie wieder hoch. Etwas hatte sich bewegt. Ein Stein war umgedreht worden.

Und nichts lag darunter.

Mit den Tabletten in der Hand legt Nili den Weg ins Zimmer zurück. Welches Lied war es, das Nati gestern gesungen hat? Sie versucht sich zu erinnern. Etwas Albernes, mit platten Reimen:

Was hab ich auf dem Kopf
was hab ich auf dem Kopf
Ich habe Augen über der Brille verloren
Wischte Nasen, wischte Ohren,
doch macht mein Herz noch bum-bum-bum
ist mein Leben noch nicht um.

Er kannte viele solche Schlager, Lieder für das Badezimmer, für anderthalb Pfund, Lieder, deren Texte aus ihm heraussprudelten und seine gute Laune bewiesen.

Das Problem mit diesen Liedern ist allerdings, denkt sie jetzt, dass sie eine schlechte Wirkung auf meine Laune haben.

Sie tritt leise ins Zimmer. Unter einem Berg von weißen Falten schläft er noch immer tief, der Polarbär. Ohne Wasser schluckt sie zwei Tabletten, und als sie den Kopf wieder senkt, hat sie das Gefühl, die Wirkung bereits zu spüren.

Ein Blick auf die Uhr – halb sieben. In einer halben Stunde wird es Frühstück geben, die offizielle Erlaubnis, den Tag zu beginnen, doch bis Nati aufwacht, können noch zwei Stunden vergehen, sogar drei, und das ist ein Gedanke, der sie zur Verzweiflung bringt. Vielleicht soll sie duschen? Wenn sie die Badezimmertür fest zumacht, kann ihn das nicht stören. Und wenn er aufwacht, kann sie noch immer sagen, es täte ihr leid, sie hätte nicht daran gedacht.

Duschen wirkt beruhigend. Unter dem strömenden Wasser bekommen die Gedanken eine andere Qualität, sie werden realer, aber im Wasser des Hotels ist etwas Fettiges, ihr kurzes Haar glättet sich unter ihren Händen.

Lässt du dir für hundert Schekel eine Glatze schneiden?

Für zweihundert?

Tausend?

Also für wie viel?

Das waren die Was-wäre-wenn-Spielchen von früher. Die einfachen Sachen am Anfang, später kamen die schwierigeren Aufgaben. Auch mit Alfa war es so gelaufen.

Wenn man mir eine Million Dollar dafür bieten würde, dass ich mit einem anderen schlafe?

Zwei Millionen?

Und wenn es dafür wäre, mit einem Aidskranken zu schlafen? Zwei Millionen für ein Mal?

Ein Haufen Fragen, ein Haufen Katastrophenspielchen.

Sie dreht den Wasserhahn zu und eine laute Stille breitet sich aus. Es ist noch immer seltsam, den Kopf abzutrocknen, die Haare hören zu früh auf.

Zwei Wochen nachdem sie Nati kennengelernt hatte, stieß sie auf das erste Omen – in einer Zeitschrift im Wartezimmer des Zahnarztes. *Beleuchtung ist nicht alles, aber sie ist das Wichtigste*, sagte die Überschrift, und darunter stand: *Nili und Nati, Raumgestalter, Beleuchtungsfachleute.*

Natürlich hätte es deutlichere Vorzeichen geben können. *Nili und Nati: Mord und Selbstmord oder gemeinsamer Selbstmord?* Oder eine fröhliche Anzeige: *Eltern von Vierlingen, nach Jahren der vergeblichen Versuche, Nili und Nati nehmen glücklich ihre Vierlinge in den Arm*. Aber auch Beleuchtungsfachleute waren ein Omen. Ab da tauchten überall Zeichen auf. Sie entdeckte, dass sich ihre Telefonnummern aus den gleichen Zahlen zusammensetzten; dass sein Geburtstag – Tag und Monat – genau aus den verdoppelten Zahlen ihres Geburtstags bestand.

Wie viele solche Paare gibt es auf der Welt? Und diese wenigen – sind sie sich dieser außergewöhnlichen Zwillingsschaft bewusst?

Sie entdeckte – nicht zum ersten Mal in ihrem Leben, aber besonders eindrucksvoll –, dass die Liebe, gleich einem Vergrößerungsglas, das man der Sonne aussetzt, ein Feuer entfachen kann. Vielleicht war es das, was Duclos gemeint hatte: Sie müsse die Sprache der Vorzeichen lesen.

Wieder und wieder redet sie sich ein, dass Duclos' Worte nur so dahingesagt waren, aber in der gläsernen Luft der Winternacht in Paris stieg jedes ausgesprochene Wort, eingehüllt in Atem, nach oben und entströmte ins Universum.

Für immer.

»Jetzt sind nur noch wir beide übrig«, sagte Duclos.

Nili nickte. Lächelte. Sie rieb ihre Hände aneinander.

Und dann sagte er: »Ich hoffe, Sie nehmen Ihre Beziehung zu ihm nicht ernst.«

»Verzeihung?«

»Sie werden diesen jungen Mann doch nicht heiraten?«

Hatte sie richtig gehört? Sie verzog das Gesicht zu einem ungläubigen Lächeln. »Was soll das heißen?«

»Es wäre ein Fehler für Sie«, fuhr Duclos fort. »Das ist vollkommen klar.«

Sie legte den Kopf zurück, erstaunt, distanziert. »Verzeihung?«

»Ein Fehler. Ein großer Fehler. Das muss ich Ihnen sagen.«

»Das ist ein bisschen ...«, stammelte sie, »was wissen Sie über mich? Über ihn? Über uns beide?«

»Verlassen Sie ihn, gehen Sie weiter«, sagte Duclos. Und dann: »Das ist meine Meinung, und ich irre mich nicht oft.«

Ein paar Meter von ihnen entfernt, am Bordstein, ließ Duclos' Fahrer den Motor aufheulen. Es war unmöglich, durch die Scheiben ins Innere zu schauen. Man konnte keine Bewegung erkennen, nur den Blick spüren.

»Wirklich?«, sagte sie wütend. »Alle Achtung!«

»Viele Leute wollen wissen, wie man reich wird«, fuhr Duclos fort. »Es ist ganz einfach und sehr kompliziert. Das Geheimnis ist, im Herzen und in den Gehirnen der Menschen zu lesen. Ihre Absichten zu erkennen. Ihre Fähigkeiten. Die Gabe, Reichtümer anzuhäufen, ist der verwandt, die Hellseher besitzen.«

Sie betrachtete ihn erstaunt. Sie wollte kein Interesse an seinen Worten zeigen, aber sie interessierten sie. Sie interessierten sie ganz außerordentlich. Das heißt, was für eine Frechheit. Was für eine beispiellose Frechheit.

»Und ich bin ein reicher Mann«, sagte Duclos. »Ein *sehr* reicher. Entscheiden Sie selbst, was das über meine prophetischen Fähigkeiten aussagt.«

Nati kam die Treppe heruntergehüpft, seinen Mantel in der Hand, mit einem um Entschuldigung bittenden Strahlen. Eigentlich war es ein entschuldigendes Strahlen, er verzieh sich selbst. »Ich glaube, ich brauche einen persönlichen Wächter«, sagte er lächelnd. »Jemanden, der auf meine Sachen aufpasst, das ist es, was ich wirklich brauche.«

Mit unbewegtem Gesicht schaute Nili zu Nati hinüber, als Duclos ihm zum Abschied die Hand hinhielt. »Das könnte jedem passieren«, sagte Duclos mit heiterem Gesicht, dann drehte er sich zu Nili und drückte ihr ebenfalls die Hand. »Sie werden morgen früh von mir hören«, sagte er. »Und machen Sie sich keine Sorgen. Wenn das Portemonnaie in der Oper geblieben ist, bekommen Sie es rechtzeitig zurück.« Dann verneigte er sich vor ihnen, ging zwei Schritte rückwärts, das Gesicht noch immer ihnen zugewandt, drehte sich schließlich um und ging zum Auto.

Als sie dem Wagen nachschauten, hatte Nili das Gefühl, als wären Duclos und seine Frau schon nicht mehr darin. Als wäre das Auto nur ein Übergang zur anderen Seite, zu einer geheimen, dem Auge verborgenen Welt.

Genau um halb acht gingen sie hinunter zum Frühstück.

Paare im Urlaub frühstücken normalerweise spät: Augen öffnen, ein Blick auf die Uhr, sich erschrocken vom Bett in den Aufzug rollen – gibt es noch etwas? Und dann das entschuldigende Lächeln vor dem tadelnden Blick des Kellners.

Aber diesmal sind sie fast die Ersten in dem kleinen Frühstücksraum, in dem außer ihnen nur noch ein anderes Paar und ein junger Mann sitzen.

Sie wählen einen Ecktisch, und ohne ein Wort zu wechseln, gehen sie zum Buffet. Drei Arten Joghurt, Cerealien, verschiedene Brotsorten, Marmelade in kleinen Schüsselchen, eine Schale mit hartgekochten Eiern. Ihre Schulter streift Natis Schulter, als sie sich umdreht, um mit dem Tablett zum Tisch zu gehen. Wortlos und ohne zu lächeln.

Dieser ganze Vormittag hatte schlecht angefangen.

Als sie Nati weckte, war er wütend. Aber nicht sofort, erst als er entdeckte, wie viel Uhr es war.

»Fünf nach sieben? *Fünf nach sieben?*«

Und was ihr bis zu diesem Moment in jeder Hinsicht berechtigt erschienen war – sogar so weit berechtigt, dass sie es als Unrecht empfunden hätte, hätte man sie gezwungen, die Einsamkeit dieses Morgens länger zu ertragen –, wurde plötzlich kläglich und rücksichtslos.

»Erinnerst du dich, dass du kein Portemonnaie hast?«, sagte sie.

»Was hat das damit zu tun?«

»Es wäre besser, wenn wir uns bereithalten.«

»Bereithalten? Wie bereithalten? In Dreiergruppen, abmarschbereit?«

»Hör auf.«

»Sieben Uhr, Nili. Wir sind im Urlaub. Warum sollen wir um sieben schon wach sein?«

Sie stand auf, ließ die Handtücher fallen, zog sich demonstrativ an. »Ich habe Hunger«, sagte sie. »Und wir sollten heute Morgen gut essen, schließlich haben wir im Moment nicht viel Geld, das wir für Essen ausgeben können.«

Die Bedienung, eine magere Französin mit ausdruckslosem Fischgesicht, wirft ihnen einen schrägen Blick zu. Nili lächelt, die Bedienung lächelt zurück. Doch Nili sieht, was ihr durch den Kopf geht: Sie würde sich freuen, wenn das ganze Hotel abbrennen würde.

Jetzt, eine Viertelstunde nachdem sie hier aufgetaucht sind, hat sich der Raum schon gefüllt. Paarweise kommen die Gäste aus ihren Zimmern, ein Hauch von Schlaf noch in den Gesichtern. Verletzlich sehen sie aus, während sie am Buffet tuscheln, vorsichtig zu ihren Tischen gehen, Stühle hervorziehen oder zurückschieben. Dass der Raum so klein ist, verpflichtet dazu, mit leiser Stimme zu sprechen. Leise Morgenstimmen, kleine Bewegungen.

Ein deutsches Paar, das am Nachbartisch sitzt, hat einen Stadtplan mitgebracht. Offenbar sind die beiden am Anfang ihres Besuchs, denn sie fahren mit dem Finger der Länge und Breite nach über die Karte, als stünde ihnen alle Zeit der Welt zur Verfügung, sie sprechen mit übertriebenem Zartgefühl, mit so flachen Stimmen, dass sie fast unhörbar sind.

Nili möchte wissen, wie solche leisen Paare miteinander streiten. Wenn es zum Siedepunkt kommt, was nimmt dann die Stelle des Schreiens ein? Ihr Körper ist hart und tut weh. Das viele Laufen, der lange Abend, die Stunden, die sie schon auf ist.

Nati schiebt den Teller zurück. Er hat das Essen kaum angerührt. Doch den Kaffee trinkt er gierig, und obwohl er noch nichts zu Nili gesagt hat, ist ihm anzusehen, dass sich sein Ärger abkühlt.

In der ersten Minute hatte es noch ausgesehen, als würde sie ihm verzeihen. Sie war ans Bett getreten, in der Absicht, ihn zu wecken, und noch bevor sie ihn wirklich berührte, hatte er sich plötzlich umgedreht, in einer Art sechstem Sinn, und die Augen geöffnet. Sie wollte ihm guten Morgen sagen, sich neben ihn setzen, sich neben ihm ausstrecken, aber sie spürte gleich, dass ihre Vorstellung durchzufallen drohte.

»Guten Morgen«, sagte sie und setzte sich auf den Bettrand, dabei schob sie die Faust unter das Kinn, um ihr Lächeln abzustützen.

Nati streckte sich. Sein Gesicht öffnete sich zu einem Gähnen und fiel wieder in sich zusammen. »Komm«, sagte er und klopfte auf seine Seite, deckte sich mit der Weltraumdecke von weißen Federn zu.

»Ich soll kommen?«

»Ja, komm zu mir. Du siehst schön aus, weißt du das?«

»Ich?«

»He, meine Schöne!«, er lächelte und rieb sich gähnend die Augen. »Wann bist du aufgestanden?«

»Schon lange.«

»Schon lange?«

Sie erhob sich und setzte sich auf die Fensterbank.

Er sagte: »Was ist los? Ist etwas passiert?«

Sie wartete, dass er sich erkundigte, ob das Portemonnaie angekommen sei, sie hatte keine Lust mehr, sich allein darum zu kümmern. »Nichts«, sagte sie.

»Wie viel Uhr ist es?«, fragte er, und als sie antwortete, ging es mit diesem erbärmlichen Theater um die Uhrzeit los, und das brachte den ganzen Morgen vom Gleis. Und kurz darauf, als er aufstand und zum Badezimmer ging, stellte sie erstaunt fest, dass er nackt war und einen halb erigierten Schwanz vor sich herschob, und dabei war sie sicher, dass er abends in Unterhose und Unterhemd ins Bett gegangen war, und da diese sexuelle Wachsamkeit an diesem Morgen in ihren Augen etwas Leichtfertiges hatte, sprach auch seine Erektion eindeutig gegen ihn.

Nati schloss sich im Badezimmer ein. Eine Minute, zwei, zehn. Sie hörte ihn darin herumgehen und versuchte sich vorzustellen, was er tat: Er drückt auf die Zahnpastatube, er lässt das Wasser laufen, ein leiser Schlag, nicht leicht zu identifizieren, vielleicht der Klodeckel. Dann wurde der Wasserhahn der Badewanne aufgedreht, und kurz darauf fing er an zu singen.

Sie atmete tief ein und nahm sich vor, ihn zu umarmen, wenn

er herauskam. Der Plan war, sich weich an ihn zu schmiegen und ihm ihre Entschuldigung ins Ohr zu schnurren wie ein Kätzchen. Aber seit gestern Abend wusste sie schon, dass das, was sie in der letzten Zeit wollte, nur ein schwaches Alibi für das lieferte, was sie tat. Und als Nati endlich aus dem Badezimmer trat und ihr eine Welle von Aftershave entgegenschlug, schaffte sie es nur, ihn mit einer einigermaßen freundlichen Stimme zu fragen, ob er bereit sei, mit ihr hinunterzugehen, zum Frühstück, sie sei hungrig.

Eine alte Wanduhr begleitet die Tage des Frühstücksraums mit ihren langsamen Zeigern. Sieben Uhr vierzig. Sieben Uhr einundvierzig. Noch ein Schluck. Noch ein Bissen. Das deutsche Paar faltet den Stadtplan zusammen und trinkt schweigend seinen Tee.

Wie lernen sich solche Menschen überhaupt kennen?, fragt sich Nili. Wie teilen sich zwei so ruhige Menschen mit, dass sie aneinander interessiert sind? Bei Nati und ihr wurde alles sofort und ausführlich besprochen – ihre Liebe führte sie zueinander, mit Pauken und Trompeten. Sie waren die Ursache, die Liebe wuchs aus ihnen selbst; Alchemie von Blicken und Berührungen und Worten. Oder etwa nicht?

In jenem Moment, im Frühstücksraum des kleinen Pariser Hotels, denkt sie zum ersten Mal an die Liebe als Auslöser, als Triebfeder, als ein eigenständiges Leben, das einen Wirt sucht.

Aber es wird nichts passieren.

Und was sie jetzt wirklich möchte, ist zur Rezeption gehen und fragen, ob etwas für sie abgegeben wurde.

Sie wendet sich an Nati: »Sag, gibt es im Guinnessbuch einen Rekord für Liebe?«

»Wie bitte?«

»Einen Rekord für Liebe. Zwei Menschen, die sich mehr lieben, als sich je ein Paar geliebt hat.«

Er richtet sich auf dem Stuhl auf, beugt sich vor und schaut sie eindringlich an. »Und wie lässt sich das, deiner Meinung nach, messen?«, sagt er in einem Ton, der nicht besonders freundlich klingt.

»Nun, das ist nicht einfach«, sagt sie.

»Nein, das ist nicht einfach.«

»Aber man kann Wege finden. Man kann über Messlatten nachdenken.«

»Ja? Zum Beispiel?«

»Zum Beispiel?«

»Sag schon.« Er stößt die Luft aus.

»Okay«, sagt sie, »zum Beispiel ... welches Paar die meisten Nächte in Folge miteinander geschlafen hat. Im selben Bett, meine ich. Welches Paar, das getrennt war, sich gegenseitig die längste Zeit treu geblieben ist. Welches Paar hat Nacht um Nacht gefickt, hintereinander, die meisten Nächte. Welches Paar hat sich am häufigsten gegenseitig den Rücken eingeseift.«

»Muss es ausgewogen sein?«

»Was?«

»Muss es so sein, dass jedes Mal, wenn er ihr den Rücken einseifte, sie auch seinen eingeseift hat?«

Sie überlegt. »Gut, daraus kann man eine besondere Kategorie machen: der Einseifrekord. Weißt du, dass es Frauen gibt, die ihre Männer duschen, einen Abend nach dem anderen, ihr Leben lang? Das ist wirklich wahr, ich habe einen wissenschaftlichen Bericht darüber gesehen. Das ist, als wären ihre Männer so etwas wie ihre kleinen Kinder.«

»Jeden Abend?«

»Jeden Abend.«

»Schrecklich.«

»Schrecklich. Aber die Wahrheit ist, dass sie den Eindruck machten, als wären sie ziemlich zufrieden mit diesem Arrangement.«

»Ich habe nicht von den Frauen gesprochen.«

»Was?«

»Ich habe gemeint, wieso ihre Männer nicht verrückt geworden sind.«

»Die Männer?«

»Ich würde nicht darauf verzichten, von Zeit zu Zeit allein zu duschen. Da sollen mich alle in Ruhe lassen. Würdest du darauf verzichten, allein zu baden? Ich nicht.«

Sie hat bisher nie an die Seite der Männer gedacht. Sie überlegt. »Gut. Ich habe noch einen Rekord: Welches Paar hat die meisten Stunden miteinander telefoniert.«

»Und das hat deiner Meinung nach etwas mit Liebe zu tun?«

»Hat es das nicht?«

»Keinesfalls.«

»Du hast recht. Das hat wirklich nichts damit zu tun. Sie ist aalglatt, die Liebe.«

Er schweigt.

»Nicht schlimm«, sagt sie schließlich.

Er schweigt noch immer. Dann sagt er plötzlich: »Aber wir, du und ich, können unsere Rekorde dokumentieren.«

»Unsere Rekorde?«

»Wir können damit anfangen, dich und mich bei verschiedenen Anlässen zu messen, und in einiger Zeit lässt sich dann erkennen, zu welcher Zeit unserer Beziehung es am meisten Liebe gegeben hat.« Dann steht er plötzlich auf. »Willst du noch etwas essen oder können wir gehen?«, fragt er. »Ich muss zur Toilette.«

»Nun, dann geh schon rauf«, sagt sie. »Ich komme gleich nach.« Und zu ihrer Verblüffung dreht er sich sofort um und geht.

Zu viel essen macht schlapp. Sie weiß es und isst deshalb vorsichtig. Ohne Nati ist der Frühstücksraum ganz anders. Sie nimmt einen letzten Schluck Kaffee.

Auf ihrem Weg zum Zimmer wirft ihr der Portier – nicht der Legomann, ein neuer, mit zornigem Gesicht – von seinem Platz hinter der Theke aus einen mürrischen Blick zu, bevor er kühl antwortet: »Nein, meine Dame, es ist nichts gekommen.«

»Können Sie uns Bescheid sagen, wenn etwas abgegeben wird?«

»Selbstverständlich.«

Aber als sie sich dem Aufzug zuwendet, ist ihr klar, dass dieser Angestellte ihre Bitte auf die leichte Schulter nimmt; er ist eine kleine Schraube im System, einer, der sich für einen Minister in seinem Königreich hält – er wird nicht das erforderliche Verantwortungsgefühl aufbringen, sie wird sich nicht auf ihn verlassen können, sie wird ihn in einer halben Stunde aus dem Zimmer anrufen und sich wieder erkundigen.

Nati liegt auf dem Bett. Er hat die Vorhänge wieder zugezogen und der Fernseher läuft, der Ton ist laut gestellt, als würde er verstehen, was die französische Nachrichtensprecherin sagt.

»Was ist los?«, fragt Nili.

»Nichts.«

»Warum bist du dann so?«

»Was meinst du mit *so*? Wie *so*?«

In Zukunft werden die Antworten auf jahrelanger Erfahrung beruhen, die Vergangenheit wird sich als Resonanzraum erweisen, aber jetzt …

»So, im Bett. Im Dunkeln.«

»Warum nicht?«

Sie zögert. Doch da stellt Nati den Fernseher leiser und lächelt. »Was möchtest du unternehmen?«, fragt er. »Sollen wir einen Spaziergang machen? Einen Morgenspaziergang? Wir haben noch ein paar Stunden, und es wäre schade, sie einfach im Hotel zu vergeuden.«

»Im Hotel vergeuden?« Sie wiederholt erstaunt seine Worte. »Sag, stellst du dich so oder meinst du das im Ernst? Wir sollen heute zurückfliegen, okay? Jetzt ist es fast neun. Wir haben noch nichts von dem Dicken gehört, wie heißt er, und wenn du mich fragst, werden wir auch nichts von ihm hören. Wir haben fast kein Geld, wir haben keine Kreditkarte, du hast keinen Pass, wir haben keine Tickets. Vergeuden ist im Moment ein zu großes Wort für uns.«

Einen Moment ist es, als wäre etwas von ihren Worten angekommen, als hätten sie das Ziel erreicht. Aber dann stellt sich heraus, dass dieser Moment nur von kurzer Dauer war.

»He«, sagt er, »meine Schöne, was ist los? Was ist mit dir? Wir hinterlassen eine Nachricht am Empfang und meine Handynummer. Das Portemonnaie wird uns erwarten, wenn wir zurückkommen.«

Sie dreht sich demonstrativ um, macht sich daran, Sachen aufzulesen, von den Stühlen, vom Tisch, vom Fußboden, und sie auf dem Bett zu sammeln. Sie geht zum Fenster und zieht den Vorhang auf, und das Licht dringt ins Zimmer wie Lärm.

Die Erschaffung des Weibes

Lia Pischuf kommt ins Zimmer gestürmt und trägt kühlen Wind herein, Wind und den Duft von Parfüm, so stark, dass Nili im ersten Moment meint, man könne ihn nicht ertragen.

Lia Pischuf ist mit Taschen beladen: eine Tasche für Manuskripte, eine für den Vortrag, den sie heute Nachmittag im Leseclub der Pensionäre halten muss, und noch eine Tasche, eine dritte, mit den Sachen für ihr Nomadendasein. In den fünf Jahren, die sie zusammen arbeiten, hat Nili gesehen, wie Lia aus diesen Taschen mehr oder weniger alles hervorgeholt hat, nur keinen weißen Tiger, trotzdem ist es manchmal vorgekommen, dass sich, nach langem Wühlen in ihren Taschen, herausstellte, dass sie etwas zu Hause vergessen hat.

»Hoppla!«, sagt sie, ihre Absätze knallen auf den Fußboden.

Nili lächelt lustlos und macht es sofort dadurch wett, dass sie Lia eine Tasse Kaffee anbietet. Zurückstoßen und heranziehen, das ist die Technik. »Vielleicht Tee?«

»Pipi«, sagt Lia dramatisch. »Dringend.« Die Taschen rutschen ihr von der Schulter, als sie sich umdreht und das Zimmer verlässt. Aber als sie zurückkommt, ist sie wieder die kleine, dünne Frau mit kohlschwarzem, kurz geschnittenem Haar und wassergrünen Augen, die einen immer schräg anschauen und die sie leicht zusammenkneift.

Nili seufzt tonlos. Ein langer Tag beginnt. Lia beugt sich über ihre Taschen und packt ihre Sachen aus. Sie flucht, als sie einen kleinen Fleck an ihrem Jackettaufschlag entdeckt, und versucht ihn mit dem Fingernagel abzukratzen, aber das drückt den Fleck nur tiefer ins Gewebe. Nili nimmt Feuchttücher aus ihrer Schublade – jemand hat sie mal bei ihr vergessen – und Lia sagt »danke«, aber halb vorwurfsvoll. Lia Pischuf ist ein einsamer Wolf, sie kommt allein zurecht, zu etwas anderem ist sie auch nicht bereit.

Dann hat sie sich wieder gefangen und sinkt auf den freien Stuhl. Von nahem ist ihr langer Hals ein gepflügtes Feld, in wenigen Jahren wird sie gezwungen sein, ihn mit Schals zu umwickeln, ihre Lippen sind zusammengekniffen, als hätte man sie zugenäht, aber ihr Kostüm ist aus knitterfreiem Stoff und hat mindestens tausend Dollar im Rodeo Drive gekostet, auch ihre Stiefel sind hochwertig, aus glänzendem Leder, der passende Abschluss ihres wichtigsten Besitzes, eines Paars schlanker Beine, bestimmt zwanzig Jahre jünger als der Rest ihres Körpers.

Nili wirft einen Blick auf ihr Handy – manchmal schwirrt ein Gespräch in der Luft herum und senkt sich direkt in die Mailbox, wartet dort in einem winzigen gemalten Umschlag – aber die Anzeige ist leer, ihre Tochter ist außer Reichweite.

»Wo waren wir?«, sagt Lia mit ihrem seltsamen Akzent.

Es ist das zweite Treffen zum Thema »Die Erschaffung des Weibes«, des dritten Teils der Trilogie. Nili hätte es vorgezogen, alles per E-Mail zu machen, aber Lia mag direkte Auseinandersetzungen. Sie kann genug Hebräisch, um Nili zur Last zu fallen, sie ist die ganze Übersetzung durchgegangen, sie hat viele kleine Punkte, die geklärt werden müssen.

»Noch einen Moment«, sagt Nili. Sie öffnet die Dateien am Computer, dreht den Bildschirm in Lias Richtung, die sich geräuschvoll die Nase putzt. »Ich habe mich erkältet«, sagt Lia mit eigenartigem Stolz, so wie manche Menschen mit ihren leichten seelischen Erkrankungen prahlen, »in meinem Hals fängt etwas an.«

Nili hat früher versucht, bei Lia Pischuf Natis Methode anzuwenden, die des hingebungsvollen Zuhörens. Bei ihr hat es nicht funktioniert. Wenn sie etwas sagte, hörte sie sich an wie eine Stewardess. Wie bei Menschen, die trainiert wurden, sich für die Bedürfnisse anderer zu interessieren; Menschen, die alles, was man ihnen sagt oder worum man sie bittet, als richtig ansehen; Menschen, die es glücklich zu machen scheint, dass die anderen Wünsche haben, die sie erfüllen können. Sie hat sich dabei ertappt, Lia ermutigende Blicke zuzuwerfen, wenn sie aufstand, um zur Toilette zu gehen, und noch mehr, wenn sie zurückkam, als habe Lia damit einen wichtigen Schritt vorwärts gemacht, als habe sie angemessen für sich selbst gesorgt, alle Achtung. Sie benahm sich wie ein Dienstbote, jedenfalls ganz anders als Nati. Sie verfügte nicht über seinen Zauber.

»So«, sagt Nili, »Kapitel fünfunddreißig.«

Jedes Mal, wenn sie zwischen den Dateien im Computer hin und her springt, erscheint Asias Gesicht auf dem Bildschirm. Ihr asymmetrisches Lachen, ihre Wangen, die rot glühen. Auch heute wartet Nili darauf, dass Lia etwas fragt. *Wie geht es ihr jetzt?* Dass sie etwas sagt, irgendetwas, wie beiläufig auch immer. *Sie ist bestimmt sehr groß geworden.* Aber Lia Pischuf, obwohl sie selbst einen Sohn hat, verhält sich wie eine kinderlose Frau. Kinder interessieren sie nicht die Bohne. Und statt endlich etwas über Asia zu sagen, sagt sie: »Nun, dieser Junge, hat man ihn gefunden?«

»Was für einen Jungen?«

»Was ist mit dir?«, sagt Lia. »Dieser Junge, der kleine Russe.«

»Ach der Russe«, sagt Nili.

»Russen«, sagt Lia, »das wundert mich nicht.«

Nili nickt.

»Bei ihnen wundert mich nichts.« Lia seufzt.

In diesen Tagen sind alle Experten, was Russen betrifft, alle verstehen etwas von dem zähflüssigen Mysterium, in dem sich das schwierige Einleben mit Wodka und Wüstenwind vermischt. Denis Bukinow, nach Meinung vieler, wäre nicht das erste Einwandererkind auf der Welt, das von seinen Eltern beseitigt wurde, nicht das erste, von dem die Eltern angeben, es sei verschwunden. Niemand würde sich wundern, wenn herauskäme, dass es die Eltern waren.

»Ein toller Junge«, sagt Nili. »Was für ein Lächeln.«

Sie überschlägt in Gedanken die Jahre: Lias Sohn muss jetzt

sechzehn sein, vielleicht siebzehn, schon kein Kind mehr. Seit zehn Jahren lebt er bei seinem Vater und seiner neuen Frau in Baltimore, und soweit Nili weiß, hat Lia keinen Kontakt zu ihm. Nicht dass sie die Absicht hätte zu fragen. Schon lange machen sie sich nicht mehr die Mühe, persönliches Interesse vorzutäuschen. Aber da sagt Lia plötzlich: »Kinder sind ein Geheimnis. Ein absolutes Geheimnis.« Sie wirft Nili einen Blick zu.

»Was?«

»Es gibt so viele Wege, sie nicht zu sehen.«

Nili schweigt. Sie weiß, was Lia Pischuf meint, die Absicht zittert in der Luft. Lia hat ihr früher einmal von Joel erzählt. Am Anfang ihrer Zusammenarbeit, beim ersten Buch, als alles noch frisch war, versuchte Lia, etwas aus ihr herauszubekommen, sich mit ihr anzufreunden. Sie hatte einen alten Trick angewandt: Sie erzählte Nili von sich selbst, um Nili ihrerseits dazu zu bringen, etwas von sich zu erzählen.

»Mein Sohn«, sagt Lia jetzt, »und auch die Tochter von deinem Mann.«

»Dida?«

»Das passiert viel öfter, als wir uns vorstellen«, sagt Lia, und dann fragt sie: »Was ist jetzt mit ihrer Mutter? Umarmt sie noch immer Bäume?«

Nili schüttelt den Kopf. »Sie ist noch immer in Amsterdam, aber sie hat aufgehört, die Welt zu retten. Im Moment hat sie Mitleid mit Tieren. Sie arbeitet im Zoo. Sie umarmt Affen.«

»O Gott«, sagt Lia gleichgültig.

»Nein« sagt Nili. »Solange Dida bei uns ist, ist alles in Ordnung.«

Schon immer war es leicht, Dida zu benutzen, um ein Gespräch in Gang zu bringen. Als sie Nati gerade kennengelernt hatte, wurde Nili klar, dass unter ihren Bekannten das Mädchen eine Attraktion war – alle wollten etwas von der Vierjährigen hören, die über Nacht in ihr Leben getreten war, eine Gestalt aus einem Comic, die im harten Wildwestfilm des Lebens von Erwachsenen gelandet war: die blonden Haare, die eine Reaktion herausforderten, die blauen Augen – Mieps Augen (aber außer Mieps farblicher Dominanz sind ihnen ihre Erbteile erspart geblieben, Didas Gesichtszüge sind die von Nati).

Die Menschen um Nili herum genossen es, in dem ganzen Material herumzuwühlen – Nati, Miep, der Verrat, das kleine Mädchen; sie genossen es, Beobachtungen beizusteuern, zwischen den Zeilen zu lesen. Das arme kleine Mädchen, das ins Schussfeld geraten ist. Mitten in einem Gefühlsstrudel herumwirbelt. Als Miep Dida nach Mizpeh ba-Galil mitnahm, hatte das Drama sich zugespitzt: ein rätselhaftes Mädchen, eine verwirrte Frau, ein Geheimnis in der Ferne. Nili erzählte gern jedem, der es hören wollte, wie das Mädchen alle zwei Wochen zu ihnen gebracht wurde, es war wie eine Folge in einer Krimiserie, ein Haufen Hinweise, die gedeutet werden mussten; ihr launischer Appetit, die Art, wie sie das, was sie aß, erst ganz dicht vor die Augen hielt, die Hartnäckigkeit, mit der sie darauf bestand, dass ihre Zimmertür nachts geschlossen blieb, ihre unverständliche Geduld. Stundenlang konnte sie sich in ihre Puzzles vertiefen. Wirklich stundenlang. Offen gesagt, wenn sie aus dem abstrakten Norden auftauchte, in den man sie umgesiedelt hatte, kam sie Nili vor wie ein Mädchen von einem anderen Stern, und jeder Beweis ihrer Existenz im Leben auf der Erde erstaunte Nili. Doch dann wurde Dida nach Jerusalem gebracht, Miep kehrte nach Amsterdam zurück und Dida blieb bei ihnen, und sechs Jahre später hat Nili keine Lust mehr, darüber zu sprechen.

Dida hat ihre Pflicht getan.

Ihre kleine Botin, das Mädchen mit der bitteren Nachricht. Das ist alles.

»Ist sie noch immer bei euch?«, sagt Lia. »Kaum zu glauben.« Sie erkennt in ihr eine Gleichgesinnte und ist hellwach.

»Das ist es, was Miep und Nati vorläufig entschieden haben«, sagt Nili. Müsste sie jetzt hinzufügen, dass das Mädchen gerade in Amsterdam ist? Dass Miep sich in diesem Moment als Mutter versucht?

»Vorläufig?« Lia heftet den Blick auf sie.

»Ja«, sagt Nili.

»Wie lange ist das schon?«, fragt Lia. »Fünf, sechs Jahre?«

»Das ist nicht der Punkt.«

»Das ist es, was sie vorläufig entschieden haben«, wiederholt Lia, und schon ist klar, dass dieser Satz in ihrem Mund neu formuliert wird und jetzt viel richtiger ist. »Die Eltern entscheiden. Klar. Sie entscheiden, sie sagen, was erlaubt und was verboten ist, wohin man geht, in welchem Licht man steht, wann man in die Kamera lächelt, aber was sie in der Hand haben, ist nur die Hülle. Das Kind, von dem sie denken, dass es ihres ist, ist schon nicht mehr da.«

»Was?«, fragt Nili. Was weiß Lia? Didas Weigerung, sich mit Gleichaltrigen anzufreunden, ihre Entschlossenheit, die Welt mit ihrer kleinen, fünfeinhalbjährigen Schwester zu teilen; oder das lange Jahr mit sieben – Dida hatte Nacht für Nacht ins Bett gemacht und eines Tages wieder aufgehört. Lia weiß nichts davon. Worauf spielt sie an? Was will sie?

»Was meinst du?«, fragt Nili.

»In Ordnung«, sagt Lia Pischuf, »du bist eine Skeptikerin«, und man sieht, dass das Thema für sie erledigt ist. Sie dreht den Bildschirm mit einer leichten Drehung zu sich, um besser sehen zu können. »Los«, sagt sie, »machen wir weiter.«

Aber Nili rafft sich nicht auf. Sie weiß nicht, woher ihr Zorn kommt, aber er wendet sich gegen Lia. Jahrelang hat sie Lia ermutigt, hat sich an ihre Probleme gewöhnt, jetzt verlangt sie eine Entschädigung.

»Du bist dir deiner selbst sehr sicher«, sagt sie.

Lia Pischuf schaut sie an, ohne Überraschung. »Ja«, sagt sie, »das stimmt.«

»Du sprichst über Kinder, als gäbe es nur eines auf der Welt«, sagt Nili. »Nur eine Sorte Kind.«

»Gut«, sagt Lia, »das stimmt. Es gibt nur einen Menschen auf der Welt. Im Wesentlichen, meine ich.«

»Das ist idiotisch.«

»Es ist dein Recht, das für idiotisch zu halten.«

»Vollkommen idiotisch.«

»Ich habe Joel gehen lassen«, sagt Lia. »Ich habe sehr schnell verstanden, wie wichtig ein Lebensmittelpunkt ist, ein Zuhause, das Wichtigste überhaupt. Ich habe Isaac vorgeschlagen, ihn bei mir zu lassen, unbelastet weiterzumachen. Neu anzufangen. Er hatte eine neue Frau, er stand davor, eine neue Familie zu gründen. Ich habe zu ihm gesagt, du wirst neue Kinder haben. Der Schmerz wird nachlassen, du wirst vergessen. Lass uns in Ruhe.«

»Das hast du gesagt?«

»Genau das.«

»Du bist wirklich eine besondere Frau.«

»Wenn zwei anfangen zu zerren«, sagt Lia Pischuf gelassen, »zieht jeder von einer anderen Seite, und dann reißt die Hülle und das Kind fällt heraus.«

Nili keucht. Lia Pischufs Einsamkeit ist krankhaft und spannend. Sie hat diese Einsamkeit um sich herum so organisiert, dass sie den größtmöglichen Überblick hat, und jetzt beschreibt sie die Trennung von ihrem Sohn wie eine Übergabe.

»Die Zeit wird es zeigen«, sagt Nili.

»Gut, das werden sie sagen, wenn sie gelernt haben zu sprechen«, sagt Lia Pischuf und lächelt. Doch dieses Lächeln ärgert Nili nicht, es weckt ihre Sorge.

Lia Pischufs Texte sind voller Ausrufezeichen und Fragezeichen, Cocktailschirmchen, Extravaganzen. Auf Hebräisch klingt das irgendwie noch hysterischer. Nili hat vieles gestrichen, und nun will Lia alles wieder einsetzen, und obwohl Nili recht hat, kämpft Lia heute. Ihrer Meinung nach muss alles durchdiskutiert werden, und jetzt sind sie in einer Phase angekommen, in der sich jede Bemerkung wie ein Steinwurf ins All anhört: Man kann den Stein sausen hören, aber er wird nie ankommen.

»Übrigens«, sagt Nili plötzlich, »meiner Meinung nach hätte Feinman im letzten Kapitel nicht sterben müssen.«

»Was?«, fragt Lia. »Nicht sterben? Was hättest du denn mit ihm getan?« Sie richtet sich auf ihrem Stuhl auf.

»Ich hätte das Ende offen gelassen«, sagt Nili kühl. »Ich hätte gesagt, dass er Lea nicht anruft, sonst nichts. Das wär's. Sie wird es nie im Leben wissen.«

»Er würde verschwinden?«

»Verschwinden.«

»Auf keinen Fall«, sagt Lia Pischuf und schlägt ein Bein über das andere.

Das ist ihnen auch früher schon mal passiert, und auch damals war es am Schluss der Arbeit an einem Buch. Was für eine Idee, etwas Abgeschlossenes wieder neu aufzurollen – für wen hält sich diese Nili eigentlich?

Lia atmet schwer. Ihre Figuren sind längst erwachsen, sie haben das Stadium der Verdauung erreicht, wie Lia es nennt: und das ist ihre Art zu sagen, sie sind selbständig geworden, reale Personen, die rund um die Uhr essen und scheißen. Sie haben eigene Bedürfnisse, die über die Handlung hinausgehen. In diesem Stadium ist das Werk schon festgelegt, man darf kein Detail mehr verschieben. »Das ist der wichtigste Teil des Romans«, hat Lia es einmal genannt, »das Zentrum der Finsternis.« Und ein andermal hat sie gesagt: »Meine Figuren sind schon ganz drin, und ich bin immer noch ein bisschen draußen.« Das erklärte sie Nili, ohne sie anzuschauen, ihre Augen glitten zur Tür und zum Fenster, als könne noch jemand zuhören. Das machte Nili Angst.

Schriftsteller lieben es, solche Dinge zu sagen: *Meine Figuren haben Fleisch angesetzt. Meine Figuren haben ein Eigenleben entwickelt. Sie haben die Handlung weitergetrieben.* Das verleiht ihren Büchern so etwas wie Wahrheit, die das Gegenteil von Fiktion ist; etwas Schicksalhaftes, welches das Gegenteil von Wahlfreiheit ist. Es macht sie selbst zu einem Medium, im Gegensatz zu Menschen, die in der Wühlkiste ihrer Phantasie herumstochern wie alte Weiber in Mülltonnen. Aber wenn Lia das sagt, ist es, als tue sie es aus anderen Gründen. Nicht um sich selbst mehr Gewicht zu verleihen, nicht wie ein Schulterstück. Ihre Figuren bedrängen sie wirklich. Sie versucht tatsächlich, die Herrschaft über diese Rohlinge zu behalten. Aus ihrer Sicht ist das der große Nachteil des Berufs: die überraschende Autonomie ihrer Figuren, ihre fordernde Biologie.

»Vielleicht kannst du das für die hebräische Version in Erwägung ziehen«, sagt Nili leichthin. Sie wird nicht erschrecken und nicht zusammenklappen. Diesen Gefallen wird sie Lia nicht tun. »Feinman muss nicht sterben, so ist alles noch möglich. Du lässt den Leser an einem offenen Grab zurück.«

»Nein, nein, nein.« Lia Pischuf mault wie eine alte Frau, der man auf den Fuß getreten hat, faltet die Hände im Schoß, Ende der Diskussion. Und Nili muss zugeben, dass das etwas hat. Es hat Kraft.

Die Minuten vergehen langsam. Ein junger Mann mit belegten Broten taucht in der Tür auf. Sie nehmen welche mit Avokado. Lia Pischuf isst ihres mit rhythmischen kleinen Bissen.

»Ich würde alles darum geben, so zu essen wie du«, sagt Nili.

»Wie ich?«

»Zu essen, nicht zu schlingen«, sagt Nili. »Dein Umgang mit dem, was du isst, ist so gelassen.«

Zu ihrer Verblüffung verzieht Lia nicht verächtlich die Lippen. »Jahrelange Übung«, sagt sie. Und alles ist wieder in Ordnung. Sie werden nie im Leben Freundinnen sein, trotzdem werden sie sich immer gegenseitig achten. Und da sie nicht die ganze Wahrheit brauchen, werden sie sich in schwierigen Momenten an lobende Worte halten.

Sie essen schweigend. Lia Pischuf pickt mit spitzen Fingern der einen Hand die Krümel vom Jackett, zerdrückt sie in der anderen, dann dreht sie die Hand über dem kleinen Papierkorb und lässt die Krümel in die dünne Plastiktüte fallen, die raschelt wie ein Tier. Ihre Protagonistinnen bleiben am Ende immer allein. Allein mit ihren Ehemännern, ihren Kindern, ihrem früheren Leben. Sie hüten die Bilder und Gerüche dessen, was nicht mehr da sein wird. Sie setzen sich auf einen Stuhl, an einen Tisch und starren vor sich hin. Ihre Gesichter drücken eine erstaunliche Gelassenheit aus, aber auch noch etwas anderes. Vielleicht Leid, vielleicht Sehnsucht.

»Bei mir hat das alles mit dem Alleinsein zu tun«, sagt Lia Pischuf plötzlich. »In den Jahren, in denen ich gelernt habe, allein zu sein, habe ich alles neu gelernt, auch allein zu essen. Und ich habe verstanden, dass ich eigentlich überhaupt erst zu essen lerne. Punkt. Ich habe verstanden, dass ich bis dahin nur jemand für jemand war.«

Nili nickt; ihr Gehirn füllt sich mit dem Nebel der Verdauung, alles wird langsamer.

Vielleicht ist dieses Zimmer trotzdem zu klein. Altmans Raumgestalter hätten sich bei den Büros mehr Mühe geben müssen. Sie erinnert sich genau an die vielen Ratschläge ihrer willigen Innenarchitektin, an die verschiedenen Methoden, um eine Illusion von Größe zu erreichen: hohe Schränke, Lampen, die die Ecken ausleuchten, Spiegel statt Bildern, ein freier Streifen in der Breite des Zimmers, Bilder von Wäldern oder etwas anderem, was Tiefe hat. Und am schärfsten ist die Warnung: Warme, einladende Farben können ein Gefühl von Enge und Luftmangel vermitteln.

Nach dem Brot trinken sie noch eine Tasse Kaffee und essen zwei Kekse aus der Dose, die Nili immer im Büro bereithält, Kohlenhydrate für den Notfall. Sie gähnen gleichzeitig. Lächerlich – wie müde Babys, Lia döst erst mental ein, dann fallen ihr die Augen zu. Nili denkt manchmal, sie könnte sie vielleicht mögen. Jedenfalls kennt sie sie. Sie weiß, was von ihr zu erwarten ist. Sie ist auf sie gefasst.

Organisierte Romantik

Lia hört plötzlich auf. Immer macht sie es so, sie erhebt sich und sagt »Das war's«. *Das war's, genug für heute.* Geht hinaus. Lässt Nili in der Luft hängen.

Eine langsame Landung – erst den Tisch aufräumen, dann zusammenpacken. Und schließlich eine Runde durch die Büros, um zu sehen, wer noch da ist. Sie hat Lust, jemandem vom Anruf des Dicken zu erzählen, um das Ganze wie einen Plot zu betrachten. Sie hat keine Kraft mehr, darüber nachzudenken.

Aber es ist keiner mehr da. Nur zwei von der Buchhaltung, deren Namen sie nicht einmal kennt.

Was ist dort wirklich geschehen? Am Schluss zogen sie zu einem Morgenspaziergang los. Sie gingen langsam, noch unter dem Eindruck des Wortwechsels im Hotelzimmer (Miniaturen einer Auseinandersetzung, die sich im Lauf der Zeit vervollkommnen würde: ihre Neigung, die schlimmstmögliche Version der Zukunft vorauszusehen; seine Neigung, leichtfertig in Verdrängung abzurutschen), aber als sie zu ihrer Bank kamen, schlug Nili vor, sich ein paar Minuten hinzusetzen, das taten sie, und sofort fassten sie sich an den Händen, sofort entstand zwischen ihnen wieder eine neue Wärme der Versöhnung. Und als Nati schließlich seine Hand wegzog, war es nur, um sich eine Zigarette anzuzünden.

»Krieg ich einen Zug?«, fragte sie.

»Willst du mir eine Rede über Cowboys halten?«

»Nein, wieso denn.«

»Na gut.«

Er nahm die Zigarette, steckte sie ihr in den Mundwinkel.

»Nun?«

Sie nahm sie heraus. »Weißt du, dass in Zigaretten ein Haufen Zucker steckt?«

»Du hast es versprochen.«

»Aber es ist so. Zucker und eine ganze Skala von Giften.«

»Gib sie zurück, du hast sie nicht verdient.«

»Du weißt, dass jede Zigarette, die du rauchst, elf Minuten weniger Lebenszeit bedeutet?«

»Nun, gib sie schon zurück.«

»Was ich nicht verstehe, ist, wie es sein kann, dass du jetzt, da du mich getroffen hast, nicht ewig leben willst.«

»Das ist es, darüber wollte ich mit dir sprechen.«

Sie gab ihm die Zigarette zurück. »Ich bin ganz Ohr.«

»Apropos ewig leben«, sagte er.

»Ich höre.«

»Wenn es dich interessiert, solltest du wissen, dass einer der Hauptgründe für den Tod Herzinfarkt ist.«

»Okay.«

»Und einer der Hauptgründe für Herzinfarkt ist Druck.«

»Und?«

»Du darfst dich nicht so unter Druck setzen.«

Offiziell gesehen hatten sie noch keinen Grund, in Panik zu geraten. Sie hatten noch drei Stunden Zeit, sie konnten noch Glauben an Duclos demonstrieren.

Weniger Druck.

Es gab sowieso nicht mehr viel, was sie tun konnten. Es war vollkommen in Ordnung, die Zeit verstreichen zu lassen, sich aneinanderzulehnen, während sie auf der Bank saßen, die Beine von sich zu strecken, die Passanten zu betrachten, genau wie sie es gestern und vorgestern getan hatten, und vorvorgestern, als sie noch übereinstimmten, dass die Pariser das Interessanteste an Paris seien, als sie noch nicht angefangen hatten sich zu fragen, ob diese Stadt die Kulisse für eine Theateraufführung war und ob sie vielleicht Teil dieser Aufführung waren.

Sie saßen auf der Bank, ohne zu sprechen, und die Erinnerungen – noch nicht besonders alt und trotzdem schon an den Rändern versengt – stiegen in ihr auf. Ihre erste gemeinsame Nacht. Ihr erster gemeinsamer Einkauf im Supermarkt (Nati bezahlte). Ihre erste Reifenpanne mit Natis Auto (es gießt in Strömen, um zwei Uhr nachts, die Lichter der vorbeibrausenden Autos übergießen sie mit Mitleid). Die ersten hausgemachten Spaghetti bolognese (eine Kette von Missgeschicken: Zucker statt Salz, Zimt statt Paprika, unbändiges Lachen, am Schluss fällt der ganze Topf auf den Boden; sie gehen zum Essen ins Restaurant). Das erste Treffen mit Dida (sie fahren zusammen in den Zoo, die Hand des Mädchens ruht einen Moment auf Nilis Knie; die Zeit wird zum Raum). Das erste Treffen zwischen Nati und Hanna (sie ist sofort eingenommen; geht vor seiner unglaublichen Fähigkeit zuzuhören in die Knie). Das erste Abtauen des Tiefkühlfachs in Nilis verdammtem Kühlschrank (Nati meinte, er würde ihr von dem ganzen Eis einen Iglu bauen, wie könne sie so leben?). Die erste Fahrt zum Haus von Natis Eltern im Moschaw (vierundzwanzig Jahre hat Nati in diesem Haus gelebt, seine gesamte Vergangenheit befindet sich in Reichweite; jeden Moment könnte er aufstehen und in sein Kinderzimmer gehen, in seine Kindheit, darin versinken – das verblüffte Nili). Und dann eine kurze Zeit der Wiederholungen, das zweite und das dritte Mal. Und nun?

Sieben gemeinsame Wochen. Der erste Geburtstag zusammen, die erste Reise, die erste gemeinsame Notlage. Die Pariser Straße voller Menschen erstreckte sich vor ihnen und betonte ihre Situation: ein Mann und eine Frau, auf einer Bank, während die ganze Welt um sie herum in Bewegung ist.

Sieben Wochen zuvor hatte er ihr von seiner Tochter erzählt. »Ich habe eine Tochter«, sagte er. »Dida. Jedida. Vier Jahre alt. Ein patentes Kind. Einzigartig. Und ich werde noch eine Tochter haben. Und du wirst ihre Mutter sein.«

»Was?«, sagte sie.

»Sie wird toll sein, unsere Tochter. Das ist das Erste, was man über sie sagen wird: Sie ist toll!«

»Wer?«

»Unsere Tochter.«

»Was?«

Er lachte. Seine Sicherheit machte ihr Angst, stieß sie zurück, aber es war ein Zurückstoßen nach *innen* – eine alte und ihr vertraute Art der Anziehung.

Wie es im Winter bei jeder Wohnung geschieht, deren Bewohner Nacht für Nacht abwesend sind, auf den Spuren einer neuen Liebe, schlug auch Natis Wohnung mit besonders heftiger Kälte zurück.

»Taratatam«, sagte er, nachdem er hinter ihnen die Tür geschlossen hatte.

Sie kannten sich damals vier Tage und betraten jetzt Hand in Hand sein Reich – ein Planet der Provisorien, der Kosmos eines geschiedenen Mannes, der auf eine Fortsetzung seines Lebens wartet. Ein Handtuch im Badezimmer, ein Sessel vor dem Fernseher, ein Kissen im Doppelbett. Nur der Besteckkasten zeugte von einem einst geselligeren Leben: vier, fünf Gabeln, Löffel, Teelöffel, Messer. Das Wohnzimmer war aufgeräumt, aber im Schlafzimmer lag der ganze Boden voller Kleider, Schuhe, Zeitungen. Das Bett war zerwühlt.

Nach einem kurzen Rundgang setzten sie sich auf das Sofa im Wohnzimmer, und Nati schaute sie erwartungsvoll an. »Nun, was sagst du?«

»Sehr hübsch«, sagte sie. Sie spürte, wie sich eine Makrameedecke in ihrem Rücken bewegte wie ein seltsamer Algenteppich.

»Warm und angenehm«, sagte er, »nicht wahr?«

Das stimmte nicht, doch das Gefühl von Bedrückung, das sich in den letzten Minuten bemerkbar gemacht hatte, rührte nicht von einem Mangel an häuslicher Wärme. Man konnte sich hier an nichts festhalten. Die Wohnung war so unpersönlich wie ein Hotelzimmer. Sie passte nicht zu Nati, sie war das schwache Abbild eines Mannes, der seinem Eheleben entkommen ist, ein Geretteter, der mit einer bescheidenen Beute das Schlachtfeld verlassen hat: ein grünes Sofa, ein verzierter Holztisch, gerahmte schwarzweiße Poster an den Wänden (als Erstes, beschloss sie, würde sie diese Poster entfernen).

»Hier ist es warm und hier ist es hübsch.« Sie lächelte ihn an. Denn es war immerhin sauber. Besonders im Verhältnis zu dem, was man hätte erwarten können. Es stellte sich heraus, dass eine Haushaltshilfe einmal die Woche kam – eine Frau, die über Gebühr die Dankbarkeit ihres Dienstherrn ausnutzte –, aber abgesehen von den Fußleisten oder um die Lichtschalter herum war alles halbwegs sauber.

»Und jetzt«, sagte Nati, »kommt eine Überraschung.« Dann zog er sie an sich, richtete sich mit großer sportlicher Anstrengung auf, trug sie auf den Armen ins Schlafzimmer und warf sie dort mit einem Stöhnen auf die Matratze: Sie fiel sehr weich, ihre Hände klammerten sich erschrocken an die Decke.

»Auf so einer Matratze schlafen sie in Präsidentensuiten«, verkündete er mit der Stimme eines Werbesprechers und illustrierte, indem er mit der flachen Hand mitten aufs Bett schlug, die großartige orthopädische Technik. »Abgestufte Wellendämpfung, bis drei Wellen pro Bewegung.«

»Wow«, sagte sie. »Ich habe noch nie in einem Wasserbett geschlafen.«

»Herzlich willkommen, meine Schöne«, sagte er, und dann beugte er sich über sie und flüsterte ihr ins Ohr: »Herzlich willkommen in unserem Bett.«

Die Laken waren kalt – sie fühlten sich feucht an. Unter der Decke lag die Pyjamahose eines Kindes, Flanell mit aufgedruckten Erdbeeren, und ein graues Stofftier mit harten Knopfaugen, die ihr in den Rücken drückten. Und genau über ihnen hing ein kleiner Spiegel: ein Quadrat aus Licht und Bewegung.

»Der ist von den Vormietern«, sagte Nati. »Sie haben ihn dort oben angebracht. Studenten …«

Sie streckte sich neben ihm aus. »Dieses Bett ist wirklich eine Überraschung«, sagte sie.

»Das Bett?« Er schnaubte wiehernd. »Wer hat von dem Bett gesprochen?«

Jetzt konnten sie sich darüber amüsieren. Aber in ihrer ersten gemeinsamen Nacht, in ihrer Wohnung, hatte er es nicht eilig gehabt, seinen Schwanz zu enthüllen, und er brauchte noch zwei Tage, bis er ihr gestand, wie sehr er sich vor diesem Moment gefürchtet hatte. Denn in letzter Zeit, eigentlich seit er sich von Miep getrennt hatte, war er sich seiner nicht mehr sicher. Es war nicht nur eine Frage der Größe, es ging vor allem ums Durchhaltevermögen.

In der letzten Zeit schaffte er es einfach nicht. Er wurde zu schnell fertig. Und mit einer Frau neulich war es gar nicht erst dazu gekommen. Er hatte in einem Restaurant zu Abend gegessen, allein, und die Kellnerin hatte jedes Mal gelächelt, wenn sie zu ihm kam, sie hatte ihn auf eine ganz besondere Art angelächelt und gefragt, ob es ihm schmecke, ob das Steak saftig genug sei, der Wein die richtige Temperatur habe, und am Schluss sagte sie, ihr bestes Dessert sei Crème brûlée. »Es ist nicht direkt eine Crème brûlée«, sagte sie, »nicht wie man sie in Paris serviert. Eher wie ein Pudding mit Biskuit.« Und dann sagte sie, sie würde sie ihm einfach bringen, und wenn sie ihm nicht schmecke, könne er sie zurückgehen lassen. »Aber«, betonte sie, »es lohnt sich wirklich.« Und er sagte, das sei ein fairer Vorschlag, und als sie mit dem Dessert zurückkam, fragte er sie, was sie nach der Arbeit vorhabe, vielleicht könnten sie noch etwas zusammen trinken? Und sie sagte, sie wisse es nicht, und er sagte: »Es wäre wirklich, wirklich super.« Sie lachte und sagte: »Also ja.« Er hatte noch zwei Stunden totzuschlagen, und in diesen beiden Stunden dachte er, sie sei wirklich toll, und er fragte sich verwundert, warum er das nicht sofort bemerkt hatte – sie hatte ein wunderbares Lächeln, und er wollte wirklich etwas mit ihr trinken, er machte sich nur Sorgen wegen dem, was danach passieren würde.

Später in seinem Auto streichelte er ihren Oberschenkel, und sie rutschte hin und her und kicherte. Er fragte sie, ob sie mit zu ihm kommen wolle, und sie sagte: »Vielleicht nachher? Vielleicht trinken wir erst was?« Und er küsste sie an der ersten Ampel – seine Hand glitt über ihre Strumpfhose und blieb zwischen ihren Beinen liegen – und er fragte, wo sie etwas trinken wolle, und sie sagte, das sei ihr egal, ihr würde alles gefallen.

Sie hielten vor einem Pub im Zentrum, und dann, als sie schon aussteigen wollten, sagte er, er würde sie jetzt vielleicht lieber nach Hause bringen, das heißt, es tue ihm leid, aber er habe einfach zu viel getrunken in der Zeit, in der er auf sie gewartet habe. Erst sagte sie nichts, nichts zu sagen ist vergleichsweise viel, wenn zwei Fremde miteinander im Auto sitzen, und dann sagte sie: »Okay, dann steige ich hier aus.« Ihre Stimme zitterte – sie war kurz davor, in Tränen auszubrechen –, aber er wagte nicht, sie zurückzuhalten.

Und dann, zweieinhalb Monate später, nachdem er Nili in einem Café angesprochen und sie sich unterhalten und Telefonnummern getauscht hatten, trank er zwei Gläser Bier und rief sie zwei Stunden später an und sie verabredeten sich, und den ganzen Tag über wusste er, dass er mit seinem letzten Benzin fuhr. Dass die rote Lampe leuchtete. Er wusste, dass er sich ohne echte Hoffnung und ohne Plan auf etwas einließ, er wollte ihre Wohnung betreten, er wollte dort am Morgen aufwachen und spüren, dass es ihm gut ging. Ganz ohne Missgeschicke.

Diesmal trennte er sich, als der Moment gekommen war, von sich selbst und wanderte über die Wand und die Zimmerdecke und dachte an vollkommen andere Dinge, während sein Körper auf der Matratze weitermachte. Er dachte an die beiden Knöllchen, die er vor ein paar Wochen bekommen und noch nicht bezahlt hatte;

er dachte an das, was Miep ihm an diesem Morgen erzählt hatte, dass Dida sie angelogen habe, bei lächerlichen Bagatellen, überflüssige Lügen, deren Motiv Miep nicht verstand, und er bereitete sich auf den unausweichlichen Schlussakkord vor. Doch dann stöhnte die Frau unter ihm, und dieses Stöhnen hatte etwas an sich, hart wie ein Stromschlag, wie ein nächtlicher Schrei in der Wüste, und er hörte auf zu denken.

Dann sprachen sie miteinander. Nili sagte, für sie sei es immer ein Rätsel. Ein großer Schwanz, ein kleiner, schwarz, weiß? Es gibt nichts, an dem man sich festhalten kann: nicht die Größe der Füße, nicht die Dicke der Ohrläppchen. Man kann sich in jemanden verlieben, sagte sie, und glauben, er sei wunderbar, und dann schläft man mit ihm und stellt fest, dass man ein Problem hat.

Er fragte, ob das wirklich so wichtig sei.

»Es ist sehr wichtig«, sagte sie. »Und natürlich ist es wichtig, dass die Größe passt.«

»Passt?«

»Du passt mir ganz genau«, sagte sie. »Komm her.« Und ein paar Minuten später stellte sich heraus, dass ihr Stöhnen keine einmalige Sache gewesen war.

In jener Nacht benutzte sie nicht alle Seufzer und verlor auch nicht die Besinnung, aber sie stellte zufrieden fest, dass er groß war, und aus Dankbarkeit ging sie großzügig mit ihrem Stöhnen um. Das wollte sie ihm mitteilen. Was für ein hübscher Schwanz.

Und drei Tage später pflügten sie durch sein Wasserbett – »Was für ein Wellengang«, sagte er am Schluss, ein Witz, den er sich zu diesem Zweck aufgehoben hatte –, und sofort machten sie sich auf, ihre Lieben zu informieren: Dida, Hanna, seine Eltern in dem Haus im Dorf.

Es war ein Haus wie auf einer Kinderzeichnung – ein Quadrat, ein Dreieck, kleine Vierecke für die Fenster, eine Wiese, die an den Rändern grau wurde. Es war an einem Schabbatnachmittag, zu warm für die Jahreszeit. Als Frau Schoenfeler ihnen die Tür aufmachte, staunte Nili: Sie hatte ein Gesicht, das zum Kaffeesatzlesen oder Kartenlegen gepasst hätte; astrologische Züge, eine raue Stimme, Begabung zum Melodrama. Nicht die Mutter, die vorzufinden sie erwartet hatte. Diese Frau könnte ein aufregender neuer Faktor in ihrem Leben werden, dachte sie, vollkommen anders als ihre eigene Mutter. Doch sehr schnell fügten sich weitere Details ins Bild: die vielen Fragen. Füßescharren. Seufzer, wenn sie sich nach etwas bückte. Die *innere* Frau Schoenfeler war eine nur zufällige Mieterin in ihrem Haus. Wenn sie etwas zu Nati sagte, war klar, dass sie ihren Sohn nicht mehr wirklich kannte, er war ein Gast aus der Vergangenheit. Trotzdem unternahm Nati keinen Versuch, sie auf ihren Irrtum aufmerksam zu machen.

»Er war immer ein sehr unordentlicher Junge«, erzählte Schifra Schoenfeler Nili, als sie sie durch das Haus führte. Das war seine Ecke im Arbeitszimmer: Jules Verne, Kipling, Lucy Maud Montgomery. »Das hat er gelesen?«, fragte Nili erstaunt, und Schifra Schoenfeler nickte stolz. »Ja, er hat alles gelesen. Alles.« Und da war das Bad: das Waschbecken, die Dusche, das kleine Glas, in dem er vor dreiundzwanzig Jahren seine Zahnbürste aufgehoben hatte. Und da war sein Zimmer.

Schifra Schoenfeler machte zwei Schritte hinein und blieb stehen: Während sie der Besucherin das Zimmer zeigte, zeigte sie es auch sich selbst. Dieses Zimmer war nie wirklich Teil ihres Lebensraums gewesen, es war immer Natis Zimmer gewesen, und es verlangte Vorsicht, wenn man es betrat, ein gewisses Zögern. Ein Schreibtisch mit Resopalplatte, mit auffälligen Aufklebern, Darstellungen von Galaxien, eine große Wanduhr, die auf sechs Uhr vierzig stehen geblieben war (an irgendeinem Tag, dachte Nili, an welchem?), Regale voller Spiele, Broschüren, Heftchen, Alben. Es war eines dieser Zimmer, die Vergangenem huldigen. Nichts hatte sich geändert.

In Nilis Familie hatte man auf die Geschichte der Familie keinen Wert gelegt. Der Stammbaum, die Verzweigungen, die fernen Städte, aus denen ihre Großeltern gekommen waren – niemand hatte sich je dafür interessiert. Sie hatten für sich gelebt, sie hatten nur an sich geglaubt, und wenn sie weiterzogen, nahmen sie alles mit. Aber in Natis Zimmer sammelte sich Staub und wurde weggewischt, sammelte sich und wurde weggewischt, all die Jahre lang.

Natis Körper versperrte die Tür. Er hatte darauf bestanden, dass sie zu zweit herkamen, ohne Dida. »Beim ersten Mal«, hatte er gesagt, »ist mir das lieber.« Und jetzt betrachtete er seine Mutter und Nili, die ihn anschauten, registrierte das temporäre Bündnis zwischen der fremden Frau, die neu in sein Leben getreten war, und seiner Mutter, genau wie es mit Miep gewesen war, bevor es sich änderte und Miep in Schifras Mund zu »deine Holländerin« wurde. Auch diesmal würden seine Mutter und seine Freundin über ihn sprechen, sie würden Informationen austauschen, die er selbst gern zensiert oder in Abrede gestellt hätte.

»Er hatte immer eine Million Bücher und Hefte und Blätter herumliegen«, erzählte Schifra Schoenfeler. »Als bereite er sich auf etwas ganz Großes vor.« Sie standen ganz nahe bei ihm, sprachen aber über ihn, als wäre er nicht da; sie waren schon ein Team, Ironie strömte zwischen ihnen hin und her wie zwischen Freundinnen, weich wie statische Elektrizität und trotzdem spürbar.

Den Rest des Besuchs verbrachten sie beinahe ausschließlich am Esstisch: Wann würden sie essen, was würden sie essen, sollte man ihnen vielleicht etwas einpacken? Natis Vater saß auf dem Stuhl neben Nili. Auch wenn er lächelte, wirkte das irgendwie ausdruckslos. Er lebte in einem hohen, einsamen Zimmer im letzten Turm der Burg in seinem Kopf, und niemand bestand darauf, zu ihm hinaufzusteigen.

Natis Mutter stellte ihnen Teller mit Schnitzel und Püree hin, und den Tisch deckte sie mit Tellerchen mit grünen Gurken. Sie sagte: »Hier habt ihr grüne Gurken.« Sie servierte das Rührei: »Hier ist das Rührei.« Sie brachte Kzizot: »Hier habt ihr Klopse.« Als sie eine Kanne Tee brachte, sagte sie: »Und hier ist Zucker, da sind die Löffelchen.« Sie fungierte als Ansagerin ihrer eigenen Bewegungen. »Hast du Hunger?« – »Willst du dich ausruhen?« – »Noch eine Decke?« Sie fragte nur einmal, wie es Dida gehe, ohne die Antwort abzuwarten, aber als sie sich schon verabschieden wollten, stellte sich heraus, dass sie für die Kleine eine Blechdose mit Plätzchen vorbereitet hatte.

Neben seiner Mutter war Nati ein bisschen anders. Verschlossener. »Diese Stimme meiner Mutter«, sagte er zu Nili, und das war schon auf der Rückfahrt, im Auto. »Sie redet und redet. Wenn ich sie besucht habe, brauche ich erst einmal Ruhe. Stille.«

Und das war seltsam, denn während des Essens hatte Nili insgeheim festgestellt, wie leise doch die Mahlzeiten bei Familien mit Einzelkindern verlaufen. Vater, Mutter und Kind kauen mit geschlossenem Mund, mit angelegten Armen. Und wie weit entfernt davon hatte sie ihr bisheriges Leben verbracht.

Nach dem Abendessen saßen sie draußen, Nati und sie, auf der Wiese, nur sie beide, auf Liegestühlen, in die sie so tief einsanken, dass es schwer vorstellbar war, wie sie nachher aufstehen sollten. Natis Mutter war im Haus, sie räumte die Küche auf. Sein Vater beschäftigte sich im Geräteschuppen.

»Er ist die ganze Zeit im Schuppen«, sagte Nati. »Auch wenn du drohen würdest mich umzubringen, könnte ich dir nicht sagen, was er tut. Ganze Tage hält er sich dort auf. Räumt auf, räumt auf, räumt auf. Was hat er bloß aufzuräumen?«

Nili streckte die Hand aus, strich ihm über den Arm, zum Trost für die langen Jahre, die er allein gewesen war, ohne sie. Es war eine seltsame Vorstellung, dass er hier aufgewachsen war, in diesem Moschaw im Süden Israels, in einem Haus mit einer offenen Vordertür, luftigen Moskitonetzen statt Rollläden. Ein Haus, in dem die Menschen das Leben mit unendlich vielen Insekten teilten, mit Hofkatzen, mit Geschöpfen der Nacht, die um die Mülltonnen herumstreifen.

»Hörst du?«, sagte er. »Du musst hinhören.«

Grillen umgaben sie mit ihren nächtlichen Gesängen, vom Schuppen drangen metallische und hölzerne Geräusche herüber und durch das offene Küchenfenster war das Klappern von Geschirr zu hören.

»Diese Geräusche«, sagte er, »das habe ich mein ganzes Leben lang gehört.«

Nati als Baby, als Kleinkind, als Junge, als Mann. Hier hat er diese Stadien durchlaufen, dachte sie. Jetzt könnten sie von diesen Stühlen hier aufstehen – wenn sie es schaffen würden aufzustehen –, sie könnten sich in sein schmales Bett legen und gemeinsam an die Decke schauen, die er jahrelang allein angeschaut hatte.

Nili war in ihrem Leben schon so oft umgezogen – die meisten Sachen gingen während der Umzüge verloren, wurden umgedeutet. Aber Nati? Das ist das einzige Haus, in dem er je gelebt hat. Alle Beweise seines früheren Lebens liegen in Reichweite, die Zeit hat ihnen nichts angehabt, die Zeit hat sie bewahrt. Dieses Haus war immer da, es gibt keine Lücken, die zu füllen wären. Das brachte sie dazu, ihn noch mehr zu begehren.

Die Schuppentür ging auf und eine Gestalt kam von dort auf sie zu: sein Vater. »Gehen wir rein?«, fragte er Nati, und Nati stand von seinem Stuhl auf, als wäre es nichts, und streckte Nili die Hand hin.

Nein, entschied sie, sie wird nie im Leben wissen, ob Teile von ihr unsichtbar waren. So gut verborgen, dass nicht einmal sie etwas von ihnen wusste. Und da, neben ihr, war ein Mensch, der sich selbst von innen und außen kannte. Ganz ohne Zweifel.

Die ersten Wochen zusammen – was für eine verrückte Zeit, was für eine Improvisation. Sie war mit Informationen überflutet worden, ohne zu wissen, wie sie damit umgehen sollte. Kleine Missverständnisse, die gefährliche Droge ständigen Schlafmangels. Hat sie sich das alles vorgestellt, als er damals im Café auf sie zugekommen ist? Sie saß da, mit einer Zeitung. Es sei schwer, allein eine ganze Zeitung zu lesen, sagte er. Ob er ihr beim Lesen behilflich sein könne?

Von einem frühen Plan kann nicht die Rede sein. Die hohen, blendenden Lichter der ersten Wochen – wie hätte man überhaupt etwas sehen können? Besonders, da Hanna und Uma von ihm verzaubert waren. Die beiden brachten sie ganz durcheinander mit ihrer Begeisterung, mit ihrem Wunsch, ihn einzuladen, sein Interesse an ihr zu fördern.

Aber in einer jener Nächte hatte sie einen Traum. Sie fand sich in einem fremden Gelände gut zurecht, und als sie aufwachte, war sie zornig auf Nati. Eine Stunde, zwei. Dann vergaß sie das Ganze.

In den Nächten, in denen sie bei ihm schliefen, lagen sie nackt unter dem Spiegel. Mit Dida im Zimmer nebenan oder ohne sie. Nati gab in dieser Sache den Ton an: kein Versteckspiel. Einfache Tatsachen des Lebens. Der Vater hat eine Freundin. Das ist alles.

Sie sprachen und sprachen unter dem Spiegel. Von den wichtigen Dingen erzählte er ruhiger. Von dem kleinen Nati, dem einzigen Kind seiner Eltern, vom Spielen im Freien, bis zum Sonnenuntergang, er fand Brüder in den Häusern anderer Menschen, ging erst dann nach Hause zurück, wenn er musste. Saß mit seinen Eltern am Tisch. Ein Vater, eine Mutter und ein Sohn, eine ruhige Familie, so saßen sie am Tisch und aßen, sprachen nur, was sein musste. Aber er war nicht bereit, die Verletzung zuzugeben, die diese Kindheit ihm zugefügt hatte. Er vertiefe sich nicht in sie, sagte er zu Nili. Er habe es hinter sich, er sei erwachsen geworden.

Sie schwiegen, und von oben sprach der Spiegel.

»Dida hat mich gestern gefragt, ob Spiegel mit Batterien funktionieren«, sagte er.

»Lustig.«

Die Leselampen brannten. Von oben, vom Spiegel aus gesehen, waren sie ein Gewirr aus Gliedmaßen. Und wer hätte damals weiter denken können, ein paar Wochen weiter. Paris. Kein Portemonnaie. Eine weiße Nacht.

Ihr letzter Morgen in Paris war lang, es war ein so langgedehntes Ende, dass sie fast aufgehört hatten, es zu erwarten, doch um elf Uhr sechsunddreißig, als sie, auf eine unklar fröhliche Art enttäuscht, wieder in ihrem Zimmer waren, klingelte das altmodische Telefon auf einem der Nachttische.

Paris, ein kleines Hotel, ein einziges Fenster für das ganze Zimmer – das unbekannte Klingeln des Telefons ließ sie aufspringen.

»Hallo?«, sagte Nili. Die ständige Anstrengung ihres Herzens verblüffte sie plötzlich; wie viel Abnutzung verbirgt sich zwischen den Falten dieses Herzens, das schlägt und schlägt.

Die Stimme auf der anderen Seite stellte sich als Claude Monreau vor, der Chauffeur von Monsieur Duclos. Er rufe an, um mitzuteilen, dass Duclos die Verspätung bedauere, sagte er. An diesem Morgen habe es plötzlich wichtige Dinge gegeben, andere Fahrten. Er, Monreau, würde sie in zwei Stunden am Flughafen treffen, mit der Lieferung.

»Dann haben Sie es also gefunden?«

»Was gefunden, Madame?«, fragte die Stimme.

»Das Portemonnaie«, sagte Nili.

»Ich habe keine Ahnung, Madame. Ich habe ein Päckchen bekommen, das ich Ihnen am Flughafen aushändigen soll, am Terminal 2E.«

Sie wusste nicht, was sie denken sollte. Sie besaßen noch ihre vierzig Euro, dazu die sechzig, die Duclos ihnen gegeben hatte, das würde für ein Taxi reichen, aber das war alles, was sie noch hatten – und diesen seltsamen Drang, sich närrisch zu benehmen, der am Morgen, bei ihrem Spaziergang, plötzlich in ihnen ausgebrochen war und sie in eine gewisse Erregung versetzt hatte, auch auf dem Weg zurück ins Hotel, wie sechsjährige Kinder, denen man erlaubt hat, länger aufzubleiben.

»Danke, Monsieur«, sagte sie in den Hörer und legte auf. »Es war der Fahrer von Duclos«, erklärte sie Nati. »Er wird uns in zwei Stunden am Flughafen treffen.«

Nati warf ihr einen Blick zu und nickte.

»Was?«

»Du ziehst immer Strümpfe an. Oder Strumpfhosen. Du trägst auch nachts Strümpfe.«

»Na und?«

»Nichts.«

»Stört es dich?«

»Nein, nein.«

»Was ist? Sag schon.«

»Nichts. Einfach so. Ich habe mal gelesen, dass Frauen schneller einen Orgasmus bekommen, wenn sie Strümpfe tragen.«

»Wirklich?«

»Keine Ahnung. Ich habe es gelesen.«

»Nur Strümpfe?«

»Weiß nicht. Strümpfe. Ich habe es über Strümpfe gelesen.«

»Man hat dein Portemonnaie gefunden, Nati.«

»Ja. Schön.«

»Willst du weiter über Strümpfe sprechen?«

»Nein«, sagte er. »Das Thema ist erschöpft.«

Um zehn nach eins waren sie am Eingang des Terminal 2E, saßen auf ihren Koffern und machten einen normalen, ausgeglichenen Eindruck. Aber auf dem Weg dorthin war Nati mit jedem Kilometer, der vorüberflog, bedrückter geworden. Was für eine Dummheit sei es doch gewesen, sich auf den Dicken zu verlassen, sagte er. Sie hätten noch in der Nacht zur Polizei gehen und den Verlust melden sollen. Sie hätten in Israel anrufen müssen, bei der Bank, bei ihren Eltern. Und jetzt, auf dem Weg zum Flughafen, hatten sie keine Ahnung, was ihnen bevorstand. Er hatte das sichere Gefühl, dass niemand sie dort erwarten würde. Sein Verdacht wurde immer stärker, dass der Dicke sie nur auf den Arm nahm.

Sie saßen auf ihren Koffern am Eingang zum Terminal und sagten kein Wort. Nati rauchte eine Zigarette und kaute Kaugummi. Direkt neben ihm stand ein Pappbecher Kaffee. Würde er den Becher versehentlich umstoßen, wäre es ein weiteres Zeichen.

Und als das silberne Auto von gestern Nacht plötzlich vorfuhr und im Halteverbot stehen blieb und Duclos' Chauffeur ausstieg, wurde auf einmal alles um sie herum so langsam, als träumten sie.

Sie standen auf.

Der Chauffeur trat auf sie zu. »Schoenfeler?«, sagte er. »Bitte«, und hielt ihnen einen dicken weißen Umschlag hin, und für einen Moment schien alles ganz einfach zu sein, ganz logisch.

»Vielen Dank«, sagte Nili, und noch einmal: »Vielen Dank.«

Der Fahrer nahm seine Mütze ab. »Madame, Monsieur Duclos bittet noch einmal um Entschuldigung für die Verspätung.«

Nati streckte die Hand aus, um die des Fahrers zu drücken. Er sah aus, als wäre er von einer großen Last befreit.

Der Fahrer erwiderte verlegen den Händedruck – sehr schnell –, und ohne ein weiteres Wort drehte er sich auf dem Absatz um und lief zurück zum Auto. Sie warteten, bis er sich entfernt hatte, ehe sie das Päckchen öffneten.

Königin Esther

Als Nili schließlich das Büro verlässt, ist der Himmel düster, als läge darüber, zwischen ihnen und dem Weltall, eine große Hand und würde ihren Schatten auf sie werfen.

Der dunkle Himmel hängt tiefer als sonst, unwillkürlich senkt sie die Schultern. Sie wird in den Straßen herumlaufen und irgendwie die Zeit totschlagen. Wenn sie jetzt nach Hause zurückkehrt, wird sie an Duclos denken, an Asia in Eilat, an alles, was jeden Moment schiefgehen könnte.

Früher hat sie Nati und sich in den Straßen gesucht – wem sahen sie ähnlich? Jetzt sucht sie Asia. Die Straßen sind voller Kinder, Kinder überfluten die Straßen, und keines von ihnen gehört ihr. So viele kleine Gesichter, und kein Kind ist Asia. Wie ist es möglich, dass es so viele schöne Kinder gibt und so viele hässliche Erwachsene?

Der Zauber bei Kindern liegt in ihren kleinen Maßen, denkt sie. Oder ist es etwas Grundsätzliches in ihren Gesichtern? In der Unwissenheit, die aus ihren Augen strahlt, in ihrem fragenden Blick?

Denis? Ist das Denis?

Sie bleibt stehen – aber nein, es ist ein anderer Junge, der seine Hand in die seiner Mutter schiebt und Nili einen trotzigen Blick zuwirft – und plötzlich kommt es ihr ganz logisch vor, dass ausgerechnet sie ihn finden wird. Sie wird Denis Bukinow finden und ihn in den Arm nehmen und ihn zur Polizei bringen, und die Polizisten werden sie bitten, noch zu bleiben, mindestens so lange, bis seine Eltern kommen, und auch danach wird sie bei dem Jungen bleiben wie eine Stewardess, und sie wird nicht aufhören, ihn zu trösten und ihn ins Leben zurückzuführen, aus dem er hinauskatapultiert worden ist.

Es gibt keine Touristen in den Straßen. Eine Reihe von Terroranschlägen haben die Stadt auf die lebensnotwendigen Funktionen reduziert, sie atmet wie ein Körper mit nur einer Lunge. In der Jaffostraße wird Nili vom Strom erfasst und weitergezogen. Mütter hantieren mit Kinderwagen, Kinder an den Händen, Arme, die sich nach allen Seiten strecken. Nili kommt kaum vorwärts. Sie überholt quietschende Kinderwagen, die plötzlich stehen bleiben. Die Hauptaufgabe von Müttern ist es, Bewegungen zu steuern: die Kinder auf dem Gehweg zu dirigieren, Essen aus Tüten zu holen, Fläschchen in Münder zu schieben. Weitergehen. Sie denkt an Nati. Noch immer durchfährt sie, wenn er nach Hause kommt, ein elektrischer Stoß. Bedeutet es, dass sie nicht sicher ist, ob er wieder zurückkommt?

Sie geht die Jaffostraße entlang, vom neuen zentralen Busbahnhof bis zur Stadtmitte. Ihr Rucksack drückt auf die Schultern. Sie hatte vor, diese Woche der körperlichen Gesundheit zu widmen, Dinge zu tun, die man so leicht verschiebt: Besuch bei der Gynäkologin, bei der Kosmetikerin, beim Zahnarzt. Seit dem Tag von Asias Abreise verspürt sie einen dumpfen Schmerz im rechten Kiefer. Im ersten Moment hatte sie gedacht, der Zeitpunkt hätte nicht besser sein können, denn in dieser Woche hatte sie Zeit, sich behandeln zu lassen; dann dachte sie, es sei wohl umgekehrt: Es waren die Zähne, die den günstigen Zeitpunkt abgewartet hatten. Sie wollte daran glauben, dass die Körperteile ein eigenes Bewusstsein besitzen. Der Schmerz ließ in weniger als einem Tag nach und sie hat den Termin wieder abgesagt.

Vor dem Eingang zu einem kleinen Schuhbasar, vor dem sich Schuhe türmen, bleibt sie stehen, zieht ihr Handy aus der Tasche, wählt, hält es sich ans Ohr, konzentriert ihre ganze Willenskraft auf einen Punkt. Umas Mailbox antwortet mit der hartnäckigen Freundlichkeit: *Hinterlassen Sie eine Nachricht, danke!* Sie wartet einen Moment, lässt die Stimmen der Straße in die Nachricht eindringen. Wenn Uma später, in der gedrängten Stille des Hotelzimmers, diesen Lärm abhört, denkt sie, wird sich das anhören wie der Anfang eines Films, in dem etwas Schlimmes passieren wird. Warum antworten sie nicht, verdammt noch mal?

Sie überlegt, im Hotel anzurufen. Ja. Sie wird eine Nachricht hinterlassen. Was, wenn ihnen etwas passiert ist?

Im Zentrum gibt es keine niedrigen Fenster, man kann nicht sehen, welche Teppiche die Menschen in der Mitte ihres Lebens ausbreiten, welche Bilder sie an die Wände hängen. Sie lässt den Rucksack auf dem Rücken hüpfen, der Inhalt klappert. Auch jetzt, mit achtunddreißig, mag sie Rucksäcke lieber als Taschen. Sie zieht die roten Lippenstifte der Königin Esther den Farben von Elfenbein und Sand vor. »Antwortet schon«, zischt sie und schlägt auf das Handy.

Sie sind im Swimmingpool. Sie sind unter der Dusche. Sie sind beim Mittagessen, sie haben das Handy im Zimmer gelassen, sie hören nicht, dass es dauernd klingelt. Nichts ist passiert, alles ist in Ordnung (es ist nur das Zimmermädchen des Hotels, das sie jetzt hört, denkt Nili, während es die Vorhänge aufzieht und aufräumt), und Asia fehlt nichts.

Nili hat einen ganzen Nachmittag, um durch die Straßen zu schlendern, Kleider anzuprobieren, CDs in Musikläden anzuhören, im Stehen frisch gepressten Saft zu trinken. Das Schlimme an der Elternschaft ist, dass man nie wirklich frei hat. So ist es zumindest bei manchen Frauen, Frauen, wie sie eine ist, Frauen, denen ein Wunder geschehen ist, die ihre Tochter zurückbekommen haben – Gelassenheit ist für sie unerreichbar.

Sie geht an einer Reihe von Schuhgeschäften vorbei. Sie betritt ein Schmuckgeschäft, ein Hundert-Schekel-Paradies, und flieht gleich wieder. Sie bleibt vor einem Café stehen, zögert einen Moment, bevor sie hineingeht. Eine vertraute kühle Luft umfängt sie – plötzliche Kühle ist etwas Wunderbares, wenn einem heiß ist. Sie setzt sich auf einen Stuhl an der Seite, das tut sie immer, mit dem Rücken zur Wand, und wartet, dass man sie bedient. Wieder wählt sie Umas Nummer, bricht aber mittendrin ab.

Wenn die Zeit kommt, wird sie ihrer Tochter von Uma erzählen müssen. Die ganze Wahrheit. Sie war ein sehr fröhliches Kind, wird sie betonen. Leichtsinnig. Sogar nach dem, was passiert ist, hat man ihr nichts angemerkt. Jahrelang nicht. Und dann ist Tante Uma zusammengebrochen. Ja, As, sie ist zusammengebrochen. Das Leben ist schwer, Asia, das kann jedem passieren. Menschen zerbrechen, in der ganzen Welt passiert das, jeden Tag.

Sie muss heute bei Hanna vorbeigehen, sie hat keine Wahl. Im Allgemeinen schiebt sie Asia vor, betritt das Altersheim Hand in Hand mit ihrem Alibi, dann ist alles einfacher – sie ist dort, um die Beziehung zwischen ihrer Mutter und ihrer Tochter zu stärken, zwischen der Großmutter und ihrer Enkelin, aber wenn sie allein ist …

Was werden sie und Hanna tun, so ganz allein? Was haben sie jemals zusammen getan, ganz allein?

Einmal, vor Jahren (vor Jahren? Kann man das wirklich so messen? Hat sich die ganze Geschichte in einfacher Zeit abgespielt? In der einfachen, messbaren Zeit?), waren sie fortgefahren, in den Norden, weit weg von zu Hause. Hanna, Re'uma und sie. Ihre Erinnerung kreist um ein Zimmer mit einer Holzdecke und einem großen Bett für drei; fröhliches Beinestrampeln in der Luft, die überraschend angenehme Wärme ihrer Schwester im Schlafanzug, und wieder ist Hanna düster, unkonzentriert, bringt ihre fröhlichen Schreie zum Schweigen. Sie erinnert sich an endloses Monopolyspielen. An Bücher. Und noch mehr Bücher. Und wieder Monopoly. Sie durften nicht raus, durften nicht hügelaufwärts gehen, und es war sinnlos, Fragen zu stellen. Stundenlang standen sie am Fenster und betrachteten die winzigen Autos, die am fernen Horizont über ein Asphaltband strömten, eine einsame, ferne Bewegung in einer schlafenden Landschaft. Auf Re'umas kahlgeschorenem Kopf wuchs langsam wieder weicher Flaum, die frühere Re'uma kam allmählich zurück.

In der Nacht, auf der anderen Seite der Fliegengittertür, sprach Hanna in ihrem weißen Satinnachthemd, sie sprach im kalten, bläulichen Licht der Nacht. Die Telefonschnur schlängelte sich hinter ihr aus dem Zimmer, die winzigen Gitter verliehen ihrer Gestalt etwas Traumwandlerisches. Ihre Stimme drang in tiefen Nuancen ins Zimmer und mischte sich in den Halbschlaf ihrer Töchter, bis sie nicht mehr zu hören war und im Ton der nächtlichen Geräusche versank, dem plötzlichen Seufzen des Fundaments oder dem Gurren einer Taube auf dem Dach.

Sie waren sehr lange dort, alle drei, in dieser Hütte im Norden. Was taten sie dort?

Re'uma, was für ein Name ist das überhaupt? Nili ist ein vernünftiger, klarer Name. Aber dass Eltern ihre Tochter Re'uma nennen? Das ist so ausgefallen. Belastend.

Eine Kellnerin bleibt neben ihr stehen, notiert die Bestellung: ein kleiner Milchkaffee. Stark. In einem Glas. Und ein Glas Wasser.

Ist das alles? Ein leichter Vorwurf schwingt in der Frage.

Als die Kellnerin sich entfernt hat, zieht Nili ein Notizbuch und einen Stift aus der Tasche und macht sich Notizen fürs Büro, für morgen. Sie denkt nicht an Duclos, deshalb ist sie erstaunt, als ihr plötzlich einfällt, dass sie ihn vergessen hat. Sie sollte ihn nicht vergessen, sie sollte sich vorbereiten. Und es trifft sie die Erkenntnis, dass er schon da ist, vielleicht nur fünf Minuten von ihr entfernt. Wenn sie weiter in den Straßen herumschlendert, könnte sie ihn zufällig treffen. Oder noch schlimmer, sie könnte herumschlendern und sich plötzlich dabei ertappen, dass sie auf dem Weg zu ihm ist.

Schon immer haben Rückflüge sie unglücklich gemacht. Sie erschöpften sie wie ein Verkehrsstau, wenn man nur noch wenige Straßen von zu Hause entfernt ist. Aber damals, als sie von Paris zurückkamen, war es anders. Im Flugzeug zu sitzen war wie ein Traum, und als sich die Räder vom Boden lösten, spürte sie zum ersten Mal, wie es passierte, dass sie sich wirklich in die Luft erhoben.

Nati und sie hatten wiederholt den Inhalt des Portemonnaies kontrolliert, den Brief gelesen, der zusätzlich in dem Umschlag steckte, auf feines persönliches Briefpapier geschrieben. Alles war da. Das heißt, *alles*. Auch das, was nicht hätte da sein sollen. Und ausgerechnet Nati war es, der das feststellte. Er kontrollierte das Portemonnaie und sagte: »Alles ist da. Der Pass, die Tickets, alles.« Und dann sagte er: »Aber es sind *tatsächlich* fünfhundert Euro. Seltsam. Wie kann das sein?«

Es war ein wunderbarer Flug. Läuternd. Nati und sie im Flugzeug, sicher an Bord eines Flugzeugs voller Israelis, mit einem Piloten, der Hebräisch sprach, auf dem Weg nach Hause.

»Was?«, fragte sie.

»Es ist mehr Geld drin, als eigentlich drin sein sollte. Im Portemonnaie ist genau die Summe, die wir ihm angegeben haben.«

»Was soll das heißen?«

»Keine Ahnung. Das heißt, dass er uns zusätzlich Geld gegeben hat. Vermutlich hat er sich erinnert, was wir ihm gesagt haben, er hat das Geld gezählt und etwas dazugelegt.«

»Aber warum?«

Nati zuckte mit den Schultern. »Ich weiß es nicht. Vielleicht, damit wir nicht enttäuscht sind. Keine Ahnung.«

Nili betrachtete wieder den Brief. Las, was da geschrieben stand. *Liebe Nili, lieber Nati, ich hoffe, Ihr Urlaub wurde nicht durch diesen unangenehmen Zwischenfall verdorben. Paris wartet auf Ihren nächsten Besuch.* Mit schwarzem Stift geschrieben, in einer wilden Handschrift, mit napoleonischer Unterschrift am Blattrand.

»Seltsam«, sagte sie. »Diese ganze Sache ist sehr seltsam.«

»Angenehm seltsam oder schlimm seltsam?«

»Seltsam seltsam.«

Nachdem sie wieder in Israel waren, schrieben sie Duclos einen Dankesbrief. *Wir danken Ihnen aus tiefstem Herzen, fröhliche Weihnachten, Nili und Nati.* Nili hatte lange nach einer passenden Karte gesucht, einer Karte, die keine Antwort erforderte – ein höflicher Dank, das war alles. Aber es war schwer, eine Karte zu finden, die keine Antwort erforderte. Und dann kämpfte sie noch lange mit sich, ob sie eine höfliche Einladung hinzufügen sollte, bis sie schließlich beschloss, es zu tun. Sie schrieb: *PS. Wir würden uns sehr freuen, Sie bei Ihrem nächsten Besuch am Toten Meer zu treffen!* Und sie fügte dem Brief fünf Hundert-Euro-Scheine hinzu und einen Fünfziger – alles, was er für sie bezahlt hatte, damit war die Rechnung beglichen, und schickte das Ganze an die Adresse, die auf dem Umschlag stand.

Das war's.

Sie bekamen keine Antwort. Und einige Zeit danach klebte sie Duclos' Brief in ihr Fotoalbum – er diente ihr als Beweis: Hier, es ist wirklich passiert. Die Jahre vergingen und sie vergaßen Duclos. Sie fuhren nicht mehr nach Paris. Nach dem, was ihnen mit Duclos passiert war, war Paris zu eng für sie.

Die Kellnerin stellt die Gläser hart auf den Tisch: Bitte.

Am Tisch neben Nili sitzen drei junge, wie Waschbären geschminkte Mädchen: seltsame Farben an allen möglichen Stellen, glitzernde Piercings aus Metall am Rand der Augenbrauen. Sie sind vielleicht zwölf, dreizehn Jahre alt. Vielleicht jünger. Sie trinken Eiskaffee aus hohen Gläsern, ihre Handys liegen vor ihnen auf dem Tisch, demonstrieren ihre absolute Unverzichtbarkeit. Chronologisch gesehen gehören sie zu Didas Generation, aber in jeder anderen Hinsicht gehören sie zu einer eigenständigen Gattung. Das heißt, Dida ist eine Gattung für sich. Sie versucht sich Dida in ihrer Klasse vorzustellen, auf ihrem Stuhl lungernd, umgeben von diesen Mädchen. Spricht sie mit ihnen? Weiß sie überhaupt, wie man das tut?

Früher haben solche Mädchen Nili Angst gemacht, jetzt wecken sie in ihr nur noch Erstaunen. Und als sie ihnen zuhört, stellt sie überrascht fest, dass sie über Politik sprechen. »Was ist denn ein Staat?«, sagt eine von ihnen. »Ein Staat besteht doch aus den Menschen, die in ihm leben. Der Premierminister ist nicht der Staat. Der Präsident ist nicht der Staat.« Die zweite sagt: »Stimmt. Genau darum geht es.« Und die dritte pflichtet ihnen bei. Die erste hört sich an, als sei sie die Freieste, der Leithammel; die anderen benutzen das, was sie sagt, mit der Funktion Ausschneiden/Einfügen. Trotzdem, alle Achtung. In ihrem Alter hat Nili ihre Zeit nicht derart abgelegenen Themen gewidmet. Der Staat? Der Präsident? Der Premierminister? Sie hat damals kaum verstanden, was man zu ihr sagte. Sie hat alles gleich wieder vergessen.

Auch Dida vergisst solche Dinge, aber bei ihr hat das andere Gründe. Ihr Blick auf die Welt ist periskopisch. Sie sieht sehr genau, was sich außerhalb ihres Blickfelds befindet, während sie das, was um sie herum ist, überhaupt nicht wahrnimmt. Aber das Wichtigste hat sie ja gesehen. Sie und nicht Nili. Sie hat es gesehen und getan, was zu tun war.

Aber manchmal passiert es, dass Nili nach Hause kommt und keine Kraft für sie hat. Um kein Kind vorzuziehen, tut sie insgesamt weniger: Sie lächelt Asia weniger häufig an, bewundert nicht laut, was ihre Tochter im Kindergarten gebastelt hat. Und um Dida aus dem Wohnzimmer zu schicken, schickt sie eben beide in ihre Zimmer.

Die jungen Mädchen neben ihr fangen an zu lachen, und das, worüber sie lachen, ist im Moment das Einzige auf der Welt und erfüllt sie ganz. Auch Asia kann so lachen, auch Nili selbst hat früher so lachen können. Aber weder Dida noch Nati. Der Vater und seine ältere Tochter machen viele Witze, aber sie kugeln sich nie vor Lachen. Sie fragt sich, ob Miep so lachen kann.

Natürlich haben sie auch gute Zeiten. Es kann geschehen, dass sie sich an einem Schabbatmorgen alle im Ehebett zusammendrängen, die beiden Mädchen zwischen ihnen, Asia auf ihrer Seite, Dida auf Natis, zu viert in einer Höhle, in die keiner von außen je eindringen darf, nur sie, aber dann passiert immer etwas, Asia jammert über eine kleine Wunde wie über ein großes Unglück, und wenn ihre Tränen fließen, Tränen, die Nati nicht erträgt, versucht er, sie zum Schweigen zu bringen, es reicht, wegen so etwas braucht man nicht zu weinen, und Nili, wütend über seine Härte, stellt verblüfft fest, wie leicht das Mädchen sich wieder beruhigt.

Und wenn es keine Tränen sind, dann ist es eine Flucht. Asia setzt sich auf den Bettrand, so ist es, und verlässt sie. Sie erzählt ihnen von ihrer früheren Familie, zu der sie zurückkehren wird. »Das ist wirklich sehr lange her«, sagt sie, »aber sie haben mich nicht vergessen und warten auf mich.«

»Erzähl uns von ihnen«, sagt Dida.

»Mein Vater ist ein Chef und meine Mutter eine Chefin«, sagt Asia, »und sie haben ein großes Restaurant. Eigentlich ein riesiges.«

»Restaurantbesitzer«, sagt Nati. »Sehr schön. Du stammst aus einer reichen Familie.«

»Vor langer, langer Zeit«, sagt Asia.

»Wo wohnen sie?«, fragt Dida.

»Zu Hause«, sagt Asia und fügt triumphierend hinzu: »In New York.«

»Das ist gut«, sagt Dida, »ich werde euch in den Ferien besuchen.«

»Das ist wahr«, schreit Asia, »und ich gehe weg.«

»Nicht schlimm, As«, sagt Dida. »Alle Kinder erfinden Geschichten.«

Asia weint schon. »Das ist nicht wahr.«

»Alle Kinder«, wiederholt Dida.

»Ich nicht!«

»Alle Kinder, das sage ich dir.«

Asia wirft sich weinend auf das Bett, lässt ihre Pläne fallen, hofft auf Bitten und tröstende Worte.

Nati hat keine Kraft für solche Dinge. Er steht auf, müht sich mit dem Rollladen. Dann verlässt er das Zimmer und lässt sie zu dritt im Bett zurück, als wären sie an allem schuld.

Kurz nachdem sie Dida getroffen hatte, nach dem ersten Besuch im Zoo, nach der Berührung vor dem Elefantengehege, informierte Miep Nati über Mizpeh ba-Galil. Sie mache weiter, sagte sie, sie mache mit ihrem Leben weiter und würde Jedida nach Mizpeh ba-Galil mitnehmen.

Nie im Leben, entschied Nati. Keine Chance. Wenn sie nach Mizpeh ba-Galil ziehen wolle – bitte. Das Mädchen lasse sie aber bei ihm. »Wenn sie dort nach Sinn suchen will, von mir aus«, sagte er zu Nili. »Aber meine Tochter wird sie bei mir lassen.«

Miep weigerte sich zu streiten. Mizpeh war Teil ihrer neuen Lebensplanung: ohne Streit, ohne Zorn, nur gute Energien. Sie lud ihren Exmann zum Mittagessen ein, in ein Restaurant, in dem sie schon oft zusammen gegessen hatten. »Über alles kann man reden«, sagte sie, »man muss nur wollen. Ich bin bereit, mir alles anzuhören, was du zu sagen hast, und ich hoffe, dass du mir ebenfalls zuhörst.«

Sie bestellten eine Vorspeise, und sie fragte nach seiner neuen Freundin. Sie hatte von dem Mädchen von ihr erfahren, sie hatte gehört, dass sie nett war, dass sie gern Geschichten vorlas. Sie bestellten das Hauptgericht, und sie erzählte ihm offen von ihrer Einsamkeit. Sie versprach, Dida alle zwei Wochen nach Jerusalem zu bringen, versprach, sie könnte alle Feiertage mit ihnen verbringen und mindestens die Hälfte der großen Ferien. Sie selbst brauche diesen Umzug unbedingt, sagte sie. Es sei ein Fehler gewesen, nach Jerusalem zu kommen, und es gebe keinen Grund, einen Fehler durch das ganze Leben mitzuschleifen. Sie beschrieb ihm den Norden in den schönsten Farben und in den höchsten Tönen, so dass sich kaum etwas einwenden ließ: ein starkes Grün, ein ewiges Blau, fließendes reines Wasser.

Von diesem Mittagessen mit Miep kehrte Nati erschöpft zurück, und eine ganze Weile beschäftigten sich alle mit der Frage, was am besten für das Mädchen sei. Nili konnte nicht anders, sie musste einfach anführen, dass das Wohl einer Tochter nicht darin bestand, sie von ihrer Mutter fortzureißen. Das hieß natürlich nicht, dass der Vater nicht wichtig war, aber ein Mädchen von der Mutter fortreißen?

»Warum sagst du das?«, wollte Nati wissen. »Warum ist eine Mutter wichtiger als ein Vater?«

Sie lächelte ihm ermutigend zu und schlug vor, sie sollten ganz ruhig darüber nachdenken. Sie wusste wenig über Kinder und noch weniger über Eltern. Trotzdem sagte sie: »Los, sortieren wir die Möglichkeiten. Machen wir Ordnung.«

Sie entwarfen verschiedene Szenarien, versuchten die Zukunft zu kartographieren. Wenn sie Miep die Möglichkeit verweigerten, Dida mit sich zu nehmen, würde sie vermutlich von der Idee mit dem Norden ablassen und in Jerusalem bleiben. Wenn sie in Jerusalem bleiben würde, wäre sie unglücklich. Sie wäre unglücklich und würde auch das Mädchen unglücklich machen und vermutlich gegen ihren Vater aufhetzen, dann wären alle betrübt, ohne dass man etwas dagegen tun könnte. Vielleicht würde sie nicht in Jerusalem bleiben, vielleicht würde sie allein in den Norden ziehen, und dann, im Lauf der Zeit, Dida vergessen. Nati würde seine Tochter nie vergessen, aber Miep war aus anderem Holz geschnitzt. Sie lebte nur in der Gegenwart, sie hatte nichts Sehnsüchtiges und nichts Anschmiegsames. Da war es vielleicht besser für das Mädchen, sich von der Mutter zu entfernen.

Es gab noch andere Möglichkeiten. Was wäre, wenn sie gegen Natis Willen in den Norden ziehen und das Mädchen mitnehmen würde? Schließlich war sie erziehungsberechtigt, sie konnte sich an das Gericht wenden, sie musste Nati nicht berücksichtigen. Und das wäre das Schlimmste, was passieren könnte.

Die Szenarien wurden von der einen Seite geprüft, von der anderen, und langsam, aber sicher kamen sie zu dem einzig möglichen Beschluss. Wie leicht war es, Dida während dieser Zeit zu lieben.

Bei ihren Besuchen in den folgenden Wochen sah Dida großartig aus. Der Norden hatte einen guten Einfluss auf sie – sie wuchs schnell, ihre Haut war gebräunt, ihr Blick tiefer. Sie war distanzierter als üblich, aber durchaus gelassen und ruhig. Wenn sie abends früh schlafen ging und morgens spät aufwachte, lag das vielleicht daran, dass sie wuchs.

Sie forderten sie auf, ihnen von dem neuen Zuhause in Galiläa zu erzählen, vom Kindergarten, der Kindergärtnerin. Sie fasste sich kurz, das war nichts Neues – sie hatte nie wild drauflosgeplappert –, aber die Gelassenheit, mit der sie sprach, war etwas Neues. Gelassenheit oder Gleichgültigkeit? Das konnten sie nicht entscheiden.

»Sie wird zu einer kleinen Frau«, sagte Nati in einer der Nächte, in der die kleine Frau im Nachbarzimmer schlief. Sie hatten einen guten Tag zusammen verbracht, alle drei. »Eine kleine Frau«, wiederholte Nati, »eine kleine Dame.«

Alle zwei Wochen, am Freitagnachmittag, setzt Miep Dida vor ihrer Haustür ab, und am Samstagabend hupt sie, damit sie hinunterkommt. Didas Tasche steht dann schon an der Tür bereit, sie selbst ist fertig angezogen. Es gibt eine kurze Zeremonie, ein Kuss für den Vater und ein Kuss für Nili, von unten dann noch ein Blick, von ihnen ein Winken, vom Balkon aus, einen Moment, bevor sie vom staubigen Subaru ihrer Mutter verschluckt wird. Und sie stehen da wie arme Reisende, die entdecken, dass ein Fremder heimlich Sachen mitnimmt, denn was sie von ihnen zu ihrer Mutter trägt und wieder zurück, das können sie nicht wissen.

Auch in den folgenden Monaten stellen sie ihr nicht die Fragen, die sie eigentlich hätten stellen wollen. Das heißt, sie fragen, aber nicht direkt. Die eigentlichen Fragen sind in anderen, unschuldigeren Fragen verborgen. Wie geht es deiner Mama? Gefällt dir Galiläa? Wie ist dein neues Zimmer?

Es stellt sich heraus, dass sie kein Zimmer hat. Ihre Mutter und sie schlafen zusammen im Wohnzimmer, auf dem ausgeklappten Sofa. Aber es gibt einen riesigen Garten und es gibt einen Hund.

»Ein Hund? Wie schön. Und wer passt am Wochenende, wenn ihr in Jerusalem seid, auf den Hund auf?«

»Golan.«

»Wer ist Golan?«

»Der Nachbar.«

»Der Nachbar, wunderbar. Es ist toll, wenn man gute Nachbarn hat. Spielst du mit Golans Kindern?«

»Golan hat keine Kinder.«

Und je angespannter ihre Fragen werden, umso durchsichtiger werden Didas Antworten. Sie beantwortet jede Frage, warum fragen sie dann nicht das, was sie wirklich wissen wollen?

»Es ist klar, dass Miep nicht für eine Nacht in den Norden zurückfährt«, sagt Nili zu Nati. »Es ist klar, dass sie, wenn Dida bei uns ist, irgendwo in der Nähe bleibt. Es fragt sich nur, wo?«

Nati hat keine Ahnung. Mieps Eltern leben in den Niederlanden, auch ihre Geschwister, außer einem Bruder, der in Australien lebt, und soweit Nati weiß, hat sie keine Freunde. Also wo ist sie, wenn sie auf ihre Tochter wartet?

»Eine seltsame Frau«, sagt Nili. »Gott weiß, was ihr durch den Kopf geht.« Sie fragt sich, ob es einen Mann immer noch interessiert, mit wem seine Exfrau fickt. Vermutlich ja.

»Gott weiß, was mir durch den Kopf gegangen ist, als ich sie geheiratet habe«, sagt Nati. Nicht dass das besonders kompliziert wäre: eine schöne Niederländerin, durch die Lücken der Sprache kaum eine Reibungsfläche, Geilheit der Gegensätze. Das alte Thema exotischer Anziehung, wie in so vielen Geschichten. Genau ein Jahr nach Jedidas Geburt ließen sie sich scheiden.

»Die Hauptsache ist, dass es Dida gut geht und sie fröhlich ist«, sagt Nili. Sie kennt Miep nur von Fotos, oder ganz klein, von weitem, ein Gesicht hinter der Windschutzscheibe. »Sie schläft in der letzten Zeit wirklich sehr viel, nicht wahr?«

»Sie wächst«, sagt Nati.

»Ja«, sagt Nili, »sie wächst.«

Letzten Endes geht Miep sie nichts an.

In Galiläa verändert sich Didas Spezialgebiet. Mit drei hatte sie sich für die Erforschung prähistorischer Geschichte interessiert. Die Periode des Ordovizium, die Periode des Silur, vor Milliarden von Jahren. Sie wusste alles, was es über die Dimorphodontidae zu wissen gab, die zum Himmel hüpften, die Stegosaurier, deren kleine Köpfe hart wie Nüsse waren, über den Allosaurus, der deftige Fleischmahlzeiten liebte. Sie konnte zwischen Dutzenden von Arten jener prähistorischen Kriechtiere mit kleinen Gehirnen unterscheiden, die physiologisch absolut unbrauchbar waren. Sie stellte sie – Dutzende von ihnen, aus Plastik gegossen und geformt – auf dem Teppich in ihrem Zimmer auf, machte das Licht aus und beleuchtete sie mit einer Taschenlampe. Dort, unter Decken, die ausgebreitet und an Fenstergriffen festgemacht waren, kämpften und ächzten sie, stürmten aufeinander und zogen sich zurück. Das laute Krachen, wenn die Schädel der Neandertaler aufeinanderprallten, mischte sich mit Bombardierungen aus der Luft.

Bei einem Spaziergang am Schabbat fand sie im Wadi ein Skelett, offenbar von einem jungen Hund, und lange Monate beharrte sie darauf, es sei der Schädel eines Compsognathus, eines Dinosauriers, der nicht größer war als ein Huhn. Sie baute dem Compsognathus aus einem Karton, den sie auf der Straße fand, eine Hundehütte. Die anderen Tiere durften diese Hundehütte nicht betreten, und wenn sie es versuchten, wurden sie bestraft.

Sie schaute sich unzählige Male *Jurassic Park* an. Sie baute Modellflugzeuge von Tyrannosauriern zusammen – jedenfalls sahen sie aus wie Modellflugzeuge –, allerdings gelang es ihr nie, sie anzustreichen. Sie wollte Dinosaurierforscherin werden, wenn sie groß war, und mit Natis Hilfe sammelte sie schon Informationen; er erzählte ihr von verschiedenen Fakultäten für Paläontologie überall in der Welt, und sie war sehr zufrieden.

Doch einige Zeit nach dem Umzug nach Galiläa ließ sie diese Pläne fallen. Fast von einem Moment auf den anderen verlor sie das Interesse. In Mizpeh ba-Galil war sie dem Himmel näher, nun eröffnete sich ihr der Himmel mit seinen Geheimnissen. Sie fing an, über den Mars zu sprechen, über den Saturn, über Sonnenflecken, über die dunkle Seite des Mondes. Ihr Interesse an vergangenen Zeiten wurde von ihrem Interesse an der Weite des Alls abgelöst. Oder, wie sie es Nili mit der sachlichen Stimme einer Viereinhalbjährigen erklärte, einer Stimme, die Nili immer wieder durch ihre Ernsthaftigkeit verblüffte: Sie interessiere sich für die Dimensionen von Raum und Zeit.

Die Plastiktiere lagen noch eine Weile in ihrem Zimmer herum, bis sie eingesammelt wurden und in der Kiste mit den Dingen verschwanden, die man nicht mehr brauchte: alte Puzzleteile, Legosteine, zerbrochene Spielsachen. Der Compsognathus fand sich eines Tages mit seiner Schachtel auf dem Balkon, Sonne und Wind ausgesetzt. Dida wünschte sich ein Teleskop.

Zu ihrem fünften Geburtstag kauft Nati ihr ein professionelles Mikroskop. Das Mikroskop wird noch am selben Tag aus der Verpackung geholt und auf dem Esstisch zusammengesetzt, bis zum Abendessen und auch während des Essens erforscht. Sie bereiten ein Präparat aus Blut vor, das sie aus einem Blutstropfen aus Natis Finger gewinnen: ein Präparat aus einem Reiskorn – man sieht gar nichts; ein Präparat aus Fleisch – man sieht Fasern. Doch dann bleibt das Mikroskop wochenlang einfach stehen, ohne dass jemand es anrührt.

Sie möchte ein Teleskop. Und die Idee, sie durch ein Mikroskop abzulenken, als handle es sich hier um eine Art sukzessiver Einführung, offenbart sich in ihrer ganzen Torheit. Dann, mitten im Jahr, fast ein Jahr nach ihrem Umzug nach Galiläa, bekommt sie zu Pessach ein Teleskop. Als sie nach Jerusalem kommt, wartet im Wohnzimmer ein Karton auf sie, so hoch wie sie selbst, und nachdem Nati und sie das Teleskop zusammengesetzt und am Fenster aufgestellt haben, bleibt Dida daneben stehen und wartet auf die ersten Sterne.

Nati kooperiert. Er schaut mit ihr durch das Teleskop und gibt Ausrufe des Erstaunens von sich. Er besucht Seiten von Liebhabern des Alls, um herauszubekommen, ob in naher Zukunft ein interessantes astronomisches Ereignis zu erwarten ist. Ein Meteoritenregen, eine Sonnenfinsternis, eine Mondfinsternis, egal was kommt. Es stellt sich heraus, dass im großartigen Planetarium des Weltalls jede Menge los ist. Dort oben passiert die ganze Zeit etwas. An jenem Pessach haben sie viele Stunden gemeinsam mit dem Teleskop verbracht.

Nili findet das großartig. Es passt so sehr zu Dida, es ist so anders. Sie selbst hat sich nie im Leben für Galaxien interessiert und sich nie nach einem Teleskop gesehnt. Sie fragt sich, warum das so ist. Vielleicht, weil Dida sich für sich selbst viel weniger interessiert, als es unter Mädchen ihres Alters üblich ist. Aber als die Pessachwoche vorbei ist und Dida nach Galiläa zurückfährt, gibt Nati zu, dass er erschöpft ist. Er sagt, er habe am Schluss die Stunden gezählt. Nach einer ganzen Woche Hingabe an das dunkle Rund des Teleskops – ein Guckloch zur Welt seiner Tochter – ist sein Trieb, ein guter Vater zu sein, ausgelaugt.

In den folgenden Monaten stellen sie fest, dass Dida aufhört, sich zu kämmen. Sie lehnt Nilis Versuche ab, die vorschlägt, ihr dabei zu helfen. Bei einem ihrer Besuche taucht sie mit einem lächerlichen grünen Hut auf dem Kopf auf, und er bleibt auf ihrem Kopf, Stunde um Stunde, bis zum Ende ihres Besuchs. Nur in der Nacht nimmt sie ihn ab und legt ihn auf den Stuhl neben ihrem Bett.

»In diesem Alter fällt es den Mädchen schwer zu sprechen«, sagt Nili. »Von dem, was man sagen möchte, lässt sich nur sehr wenig ausdrücken. Nie im Leben wäre ich bereit, dieses Alter noch einmal zu erleben. Für kein Geld der Welt.«

Nati glaubt, dass Nili die Sache dramatisiert. »Das ist doch normal«, sagt er.

»Meinst du?«

»Ja, völlig normal.«

Aber Nati ist ein Einzelkind, denkt Nili. Er hat keine Ahnung von Geschwistern, er konnte keine Erfahrungen mit den Gefühlen anderer sammeln. Je weniger Geschwister man hat, umso weniger lernt man als Kind.

Zwei Tage später, als Nati Dida anrufen will, stellt sich heraus, dass die Leitung zum Haus in Galiläa unterbrochen ist. Eine Ansage gibt an, es handle sich um eine vorübergehende Störung, aber eine Störung bedeutet, dass es keine Verbindung gibt. Nati tobt. Was glaubt Miep, was sie tut? Was treibt sie bloß, diese Frau? Sie hat kein Handy, im letzten Jahr hat sie behauptet, Handys wären gegen ihr Karma, und jetzt hat sie weder ein Handy noch einen Festnetzanschluss. Wie soll das gehen?

Er beschließt, gleich am nächsten Morgen in den Norden zu fahren. Es ist an der Zeit, sich alles aus der Nähe anzuschauen. Und falls er dort etwas vorfindet, was ihm nicht gefällt, verkündet er, wird er das Mädchen mitbringen. Sein Gesicht ist rot, und Nili bittet ihn, sich zu beruhigen. Nein und nochmals nein, er packt seine Tasche.

Am nächsten Morgen, um Viertel nach sieben, klingelt das Telefon. Es ist Miep, die anruft, um zu sagen, das es in den letzten Tagen Schwierigkeiten mit dem Telefonanschluss gegeben habe, ganz Mizpeh ba-Galil habe keinen Anschluss gehabt, sie wisse nicht, ob er Jedida habe anrufen wollen, sie rufe nur für den Fall an, dass er es versucht hätte und sich jetzt Sorgen mache.

Natis Tasche wird wieder ausgepackt. Aber von diesem Tag an ruft er zwei Monate lang das Mädchen jeden Abend an, und bei jedem Besuch Didas bei ihnen in Jerusalem gibt es Streit. Jedes Mal, wenn das Mädchen dort ist, ist alles, was Nili tut oder nicht tut, ein Zeichen für etwas. Jede ihrer Bewegungen zeigt zu viel Gefühl oder ein Fehlen von Gefühl. Sie stellt dem Mädchen entweder zu viele Fragen oder zu wenige, ihre Motive sind zu offensichtlich oder zu versteckt, sie macht entweder zu viele Bemerkungen oder sie zieht sich zurück, warum zieht sie sich zurück?

An einem Donnerstag, kurz vor Mitternacht, ruft Miep an. Sie wird Jedida morgen nicht bringen können, sagt sie. Es ist etwas dazwischengekommen, sie kann Mizpeh in den nächsten Tagen nicht verlassen. Aber sie hat eine Idee: Nati könne doch zu ihnen kommen. Jedida würde sich sehr freuen, wenn er käme. Er könne natürlich bei ihnen schlafen. Es gebe eine Reservematratze. Es gebe saubere Bettwäsche. Sie kenne ja Natis Spleen für den Geruch frisch gewaschener Wäsche. Sie lacht. Und am Schabbat könne er ihr Fahrrad benutzen und mit Jedida einen Ausflug machen. Was sage er dazu?

Er sagt ja. Er wird kommen. Ja.

Wie lange nach Natis Besuch bei ihnen hat der Norden aufgehört? Vielleicht hat es noch einen Monat gedauert, vielleicht auch einen Monat und eine Woche. Aber so, wie die Sache begonnen hat, fand sie auch ein Ende. »Miep kommt nach Jerusalem zurück«, teilte Nati Nili mit. »Sie hat es mir heute Morgen gesagt.«

»Was heißt das?«, fragte Nili.

»Schluss mit dem Norden. Sie hat eine Wohnung in En Kerem gemietet. Sie meldet Dida dort in der Schule an.«

Aber so war es nicht. Letzten Endes hat Dida die neue Schule in der neuen Gegend gar nicht besucht. Zwei Wochen nach ihrer Rückkehr, drei Wochen vor Schuljahrsbeginn, teilte Miep mit, sie habe vor, tiefer und weiter zurückzugehen, sie kehre zu ihren Wurzeln zurück. Diesmal nach Holland.

Die Waschbärfreundinnen am Nachbartisch ziehen weiter, die Handys verschwinden in den Hosentaschen, die Lippen werden nachgezogen, die langen schwarzen Haare nach hinten geworfen. Dann stehen sie auf, gleichzeitig, verlassen im Gänsemarsch das Café und setzen, als sie auf die Straße treten, Sonnenbrillen auf.

Freundinnen, eine Clique, Herdenbewegung – wann hat sie das erlebt?

Als sie noch ein kleines Mädchen war, im ersten Haus, in dem sie gewohnt haben, hat es einen Freundeskreis gegeben: Nachbarinnen, Kinder der Nachbarinnen, Ehemänner. Erschöpfte Mütter, Geschichten über Kinder, Klagen über Ehemänner, Haustüren, Türenschlagen, Lärm. Danach hörte das vollkommen auf, sie fingen an umzuziehen: der zweiten Wohnung folgte die dritte, die vierte. Leben als Teil eines Gebäudes, einer Straße, eines Viertels – es war klar, dass diese Möglichkeit für ihr Leben nicht mehr bestand, vom Glauben an lebenslange Freundschaften hörte man nur gerüchteweise.

Eines der Mädchen kommt hereingerannt – hat sie etwas vergessen? Ja, einen lilafarbenen Schal, Seide, den sie mit wütendem Gesicht umlegt, als hätte er sie im Stich gelassen, und zusammen mit ihm verschwindet sie wieder auf der Straße.

Nili versucht, sich Dida in so einem Schal vorzustellen, auf diese Art geschminkt. Ausgeschlossen. Höchstens an Purim. Nur zögernd wächst sie aus dem Kind heraus, das sie war, aber in anderen Dingen ist sie schwungvoll, verschwindet wie ein Windstoß, ein Hauch in der Luft.

Die Kellnerin wirft Nili einen ungeduldigen Blick zu: Will sie noch etwas?

Hinter Nilis Rücken erklingt Babygeschrei. Sie dreht den Kopf. Ganz langsam wird dieses Weinen jetzt anschwellen, es wird mit dem Kind wachsen, und eigentlich ist es üblich, die Mutter anzulächeln, sie zu ermutigen – das ist in Ordnung, alle Kinder weinen –, es ist üblich, sein Mitleid zu zeigen, ihr nicht noch zusätzlich den eigenen Missmut aufzuhalsen, aber Nili lächelt nicht.

Die Mutter beugt sich über eine pralle, karierte Tasche, holt eine Blechschachtel heraus, eine Flasche, einen Messlöffel – ihre mobile Notküche. Ein magisches Pulver verwandelt das Wasser in Milch. Es folgt das Schütteln der Flasche, eine bis zur Lächerlichkeit grobe Bewegung, dann landet der Gummisauger im Mund. Außer dem Baby gibt es noch ein kleines Mädchen, verschnupft, etwa drei Jahre alt, sie verlangt ihren Anteil an Aufmerksamkeit. »Mama!«

Die junge Frau ist voller Geduld. Sie fordert die Kleine auf, zu zeigen, wie groß sie schon ist, wie sehr sie sich verändert hat, seit sie ein kleines Baby war, wie das, das jetzt in der Tragetasche liegt. Sie stellt dem Mädchen Fragen, die eine Antwort schon in sich tragen: Musst du Pipi? Willst du eine Banane? Bist du müde?

Mit drei Jahren gibt es fast immer nur eine richtige Antwort, aber bei einer Jugendlichen sind die Gewichte anders verteilt. Als Nili und Re'uma jünger waren, liebten sie Fragen mit »oder«, als würde eine solche Trennung ihnen helfen, sich in der Welt zurechtzufinden, ihre Vorlieben zu ordnen. »Aber wenn du dich entscheiden *müsstest*«, hatte eine die andere gedrängt, »wenn du dich wirklich, wirklich entscheiden *müsstest*.«

Liebe oder Geld?

Hören oder Sehen?

Guter Sex oder gutes Essen?

Guter Sex oder gutes Essen? Mit zwanzig war eine solche Frage einfach nicht angemessen. Was sie damals wirklich am liebsten gehabt hätte, war Sex beim Essen. Essen beim Sex. Und jetzt?

Die Mutter fordert das Mädchen auf, ein Stück von der Banane zu probieren, die sie für sie geschält hat. Sich auf den Stuhl zu setzen. Das Wasserglas mit zwei Händen zu halten. Wenn Nili andere Mütter mit ihren Kindern sprechen hört, hat sie Angst, sie könnte sich genauso anhören. Sie möchte eine Stimme haben, die andere Mütter nicht haben. Aber das ist sehr schwer, vielleicht unmöglich.

Die Kleine hebt die Speisekarte hoch und sagt zornig: »Das da!«

Sie erinnert Nili an Nufar aus Asias Kindergarten. Die gleichen spitzen Bewegungen, das Ergebnis eines ständigen inneren Konflikts. Aber diese Mutter ist souveräner. Nufars Mutter hat zu ihrer Tochter gesagt, wenn sie auf dem Boden sitzt, wird sie später keine Kinder bekommen, und Nufar hat dieses Wissen schnell weitergegeben.

»Das da!«, ruft die Kleine wieder. In den Augen der Mutter klingt die Stimme ihrer Tochter wie ein Nebelhorn, erfüllt das Café und erschreckt die anderen Gäste – Stimmen sind so laut, wenn sie etwas unbedingt wollen. Die Mutter beeilt sich, der Kleinen die fleckige Speisekarte aus der Hand zu nehmen. Das Mädchen legt zornig die Hände auf den Tisch. Das Baby betrachtet seine Schwester über die Flasche hinweg mit dem trägen Blick eines satten Säuglings. »Es reicht«, sagt die Mutter mit einer neuen, metallischen Stimme zu ihrer Tochter, und Nili kommt es vor, als sei dieser Übergang zu schnell erfolgt, zu ernst.

Die Mutter erwidert Nilis Blick, lächelt entschuldigend.

Nili senkt die Augen. Was für ein Tag ist heute? Sie muss auf der Uhr nachsehen. Vier Tage sind vergangen, seit Asia weggefahren ist.

Am Anfang der Woche, als sich das Auto mit Uma und Asia die Straße hinauf entfernt hatte, nachdem sie wieder im Haus war, die Tür hinter sich zugemacht hatte und mitten im Wohnzimmer stand, ohne zu wissen, was sie jetzt tun sollte – nach dieser Minute des Erschreckens und der Ratlosigkeit –, war sie plötzlich ganz aufgeregt. Eine Woche für sich allein. Eine ganze Woche! Sie würde Bücher lesen. Sie würde Platten anhören. Sie würde in kleinen Cafés sitzen, so wie in diesem hier. Warme, improvisierte Orte. Asia und Uma sind in Eilat, Dida in Amsterdam, Hanna im Pflegeheim, Alfa lässt sich in weiter Ferne scheiden. Jetzt geht es nur um sie und Nati. Um sie, eigentlich. Eine Woche für sie allein.

Und nun sitzt sie tatsächlich im Café. Und kann sich nicht erinnern, was man hier tut.

Sie steckt das Notizbuch zurück in die Tasche, nimmt eine Zeitung von einem Nachbartisch. Lesen. Sich interessieren. Aber wann wurde das erste Samenkorn in ihren Kopf gepflanzt? Als Nati zu Miep und Dida in den Norden fuhr, ist dort die Möglichkeit aufgekeimt, dass Nati sie eines Tages verlassen würde?

Das erinnert sie wieder an Hanna. Sie muss auf dem Heimweg bei Hanna vorbeigehen, denn obwohl Hanna keine Ahnung hat, was für ein Tag ist, was für ein Jahr, in dem sie leben, weiß sie doch genau, wie lange man sie allein gelassen hat. Sie kann die Zeit mit einfachen Worten angeben: ein bisschen Zeit, viel Zeit, sehr viel Zeit. Und in dieser Woche, in der Uma nicht da ist, ist ihr nur Nili geblieben.

Die Erinnerung entwindet sich ihr, aalglatt, blitzt auf und verschwindet. Die Rückfahrt vom Norden war damals sehr lang, Hanna wollte ihre Ruhe, Uma und sie schnitten auf dem Rücksitz Grimassen.

Die Wahrheit ist, dass ihr das alles nicht helfen wird, wenn sie Hanna trifft. Seit Jahren haben sie andere Texte einstudiert, andere Geschichten. Schon seit Monaten weiß Hanna Asias Namen nicht mehr. Obwohl sie ihr noch immer die Hand gibt, sie streckt ihr die Hand entgegen und hält sie fest, und mit demselben Nachdruck wundert sie sich über das nette Mädchen, das sie besucht. *Wie heißt du, Mädchen? Wie? Asia?* Und immer schenkt sie dem netten Mädchen Asia Schokolade.

Heute, da ist Nili überzeugt, wäre sie der Sache nachgegangen. Sie hätte Hanna gefragt, wie sie auf die Idee gekommen ist, so etwas zu machen – ihre Töchter zu nehmen und das Haus zu verlassen. Das würde sie fragen, wenn es jemanden zum Fragen gäbe. Aber das Fenster zur Vergangenheit ist zugeschlagen. Sie weiß wenig über ihre Mutter, und so wird es bleiben. Vorbei und abgeschlossen.

Aber über ihre Tochter wird sie alles wissen. Alles. Der Moment ist gekommen, da Nili schwört: Ab jetzt – alles.

Nachdem Asia das Krankenhaus verlassen hat, lässt Nili das Mädchen nicht aus den Augen. Abends legt sie die Kleine im Ehebett schlafen und wird nie böse auf sie, keine Sekunde. Egal was das Mädchen tut. Sie weiß nicht, ob sie eine Katastrophe oder ein Wunder getroffen hat und wie man innehält.

Die erste Woche dauert ein ganzes Jahr. Tag und Nacht.

Die gemeinsamen Nächte führen zu einer vollkommenen Vertrautheit, und wenn Nili den Atemzügen ihrer schlafenden Tochter lauscht, sind sie eine wunderbar klare Sache – sie weiß genau, ob ihre Tochter schnell oder langsam träumt, sie weiß genau, welche Körpertemperatur sie hat, sie weiß, ob sie eine nasse Windel hat oder nicht. Mit ihrer Tochter in einem Zimmer zu sein reicht, um den Zustand des Kindes zu kennen: hungrig oder durstig, froh oder traurig, wach oder schläfrig. Ohne Worte. Lange Zeit sind Worte nicht nötig. Und obwohl sie meint, alles über Asia zu wissen, sind die Fragen der Krankenschwester sehr kreativ. Wenn sie einen Kuss gibt, geben ihre Lippen ein schmatzendes Geräusch von sich? Wenn sie die Treppe hinaufgeht, mit welchem Fuß fängt sie an? Immer mit rechts, jede Stufe? Und beim Essen – benutzt sie beide Hände? Nur die linke?

Es stellt sich heraus, dass es in diesem Alter noch keine dominante Hand gibt. Erst mit den Jahren zeigt sich, mit welcher Gewichtung die Menschen geboren sind. Nili verspricht der Krankenschwester, besser aufzupassen. Alles wird sie sehen. Alles wird sie über ihre Tochter wissen. Alles.

Was Hanna betrifft, werden die Konturen langsam klarer. Und am Schluss, nachdem sie von einem Arzt zum anderen gebracht worden ist, nachdem sie eine Reihe von Untersuchungen durchlaufen hat, Fragen, Blutuntersuchungen, andere Untersuchungen (die Schilddrüsenfunktion – in Ordnung; Folsäure – in Ordnung; Schizophrenie – nein; Delirium – nein; Dauergebrauch von Medikamenten – nein), nach langem Sitzen in Wartezimmern und angestrengtem Schweigen, nach all dem erklärt der bekannte Professor, dass eine gesicherte Diagnose erst nach dem Tod gestellt werden könne, erst nach einer Untersuchung des Hirngewebes unter dem Mikroskop. Für demente Personen sei eine Diagnose nur eine Sache der neunzigprozentigen Wahrscheinlichkeit.

Das heißt, fasst Nili zusammen, es besteht eine Wahrscheinlichkeit von zehn Prozent, dass es sich bei Hanna um eine andere psychische Krankheit handelt?

Der Arzt distanziert sich. Im Fall Ihrer Mutter, sagt er, muss man auch ihren Witwenstand in Betracht ziehen. Menschen, die allein leben, bekommen zweimal so häufig Alzheimer wie andere.

Im Nachhinein gesehen ist es leicht. Die Langsamkeit war das erste Zeichen. Es fing damit an, dass sie sich langsamer bewegte. Es fiel Hanna schwer aufzustehen, es fiel ihr schwer sich zu setzen. Im Gegensatz dazu wechselten ihre Stimmungen in schwindelerregender Geschwindigkeit. Aber wie bei jedem komplizierten Experiment war es schwer, die verschiedenen Beurteilungen zu werten, und Nili führte alles lange darauf zurück, dass Hanna Witwe war und dass ihr Zustand von Jahr zu Jahr schlimmer wurde und ihr ganzes Leben bestimmte. Was als allein essen und allein schlafen begonnen hatte, dehnte sich auch auf alles andere aus – es schien, als gäbe es unendlich viele Dinge, die Hanna lernen musste, allein zu machen. War es da ein Wunder, dass sie depressiv wurde?

Als Hanna Nili zum ersten Mal um Hilfe bat, sprach sie mit einer hohen, kindlichen Stimme. Sie wollte Hilfe bei der Herstellung von Püree. »Was tut man jetzt rein?« Sie fragte es in einem netten, freundlichen Ton. Offenbar hatte sie das Bedürfnis, das Ganze als Spiel zu tarnen.

Anfangs verstand Nili es nicht – erwartete sie tatsächlich eine Antwort? Aber als Hanna die Frage wütend und gekränkt wiederholte, war klar, dass etwas passiert war.

»Hast du Kartoffeln aufgesetzt?«, fragte sie ihre Mutter, und Hanna beruhigte sich sofort und lächelte erleichtert. Kartoffeln! Sie schälte die Kartoffeln, und dann legte sie eine nach der anderen auf einen Löffel und versenkte sie im sprudelnden Wasser.

Einige Zeit danach gingen sie zu dritt in ein Restaurant, Uma, Hanna und Nili, wie sie es nach Asarjas Tod jedes Jahr an seinem Todestag taten, und es lag etwas in der Luft, hinter ihren freundlichen Sticheleien lauerte ein Streit.

»Was bestellst du, Mama?«

Hanna bestand darauf, dass Nili und Uma zuerst bestellten, und nachdem Nili gewählt hatte, sagte sie: »Ich nehme dasselbe. Das, was sie auch nimmt.«

Aber Hanna hasste Meeresfrüchte. Sie konnte sie nicht ausstehen. Und als Nili sie darauf aufmerksam machte, brach es aus Hanna heraus: »Was ist? Warum gibt es immer Probleme mit dir? Ich möchte dasselbe wie du, hast du etwas dagegen?«

Am Tisch herrschte Verwirrung. Damals verstand Hanna noch, wo sie sich befand und was vor sich ging – aber bald danach wurde ihre Vernunft immer schwächer, schon wenige Wochen nach dem Vorfall im Restaurant standen sie vor dem steilsten Stück des Abhangs. Die Geschichten multiplizierten sich in ihrem Mund, manchmal mit wenigen Minuten Abstand. Oder sie behauptete steif und fest, geduscht zu haben, sah aber verschwitzt aus und roch seltsam – nicht gerade schlecht, nur irgendwie ungewohnt. Und jedes Mal, wenn Nili zu Besuch kam, fragte Hanna: »Was ist das für ein Parfüm? Ist es neu? Ist das ein neues Parfüm, Nilinka?«

Als sie das erste Mal vor Hanna stand und sie ermutigte, einen unsinnigen Satz zu Ende zu sprechen, einen Satz, der nur in ihrem vergesslichen Kopf verankert war, erschrak sie über das Gefühl des Betrugs. Aber was wäre richtiger gewesen? Sie auf ihren Fehler aufmerksam zu machen? Oder an diesem seltsamen Rollenspiel teilzunehmen, das eigentlich gar kein Spiel war?

Nicht dass das alles nur schlimm gewesen wäre. Hanna war nie fröhlicher gewesen als in jenen Tagen. Plötzlich neigte sie zu Blödeleien, erzählte Anfänge von Witzen, erinnerte sich an alte Wiegenlieder auf Englisch, Französisch, Russisch, an Verse, die ihre Mutter ihr vorgesungen hatte, als sie klein war. Sogar an ein preußisches Lied von Holzfällern, das sie sang, während sie im Wohnzimmer das Tanzbein schwang. Ein andermal war sie gefangen in der Erinnerung an ihre Studentenzeit an der Fakultät für englische Literatur und deklamierte sechs Minuten lang aus »Das öde Land«. Oder sie erinnerte sich an irgendein Unrecht, das ihr im Kindergarten in Ungarn zugefügt worden war – etwas, was mit einem Glockenrock zu tun gehabt hatte. Doch im Allgemeinen waren es schöne Erinnerungen.

Und das Wichtigste von allem: Sie hörte auf, sich um die geheime Welt der Katastrophen zu kümmern. Die ganzen Jahre über hatte sie sich, wenn sie das Haus verließ, Sorgen gemacht, etwas wäre nicht ausgeschaltet, der Wasserkocher, der Boiler, der Toaster. Ihre Sorge galt elektrischen Geräten, die nur auf eine Gelegenheit warteten, sie zu sabotieren, kaputtzugehen, in Brand zu geraten. Jetzt war sie in die geschützte, vorkatastrophale Welt der Kinder zurückgekehrt. Sie hatte vergessen, dass Dinge misslingen können, dass es dafür unendlich viele Möglichkeiten gibt. Und als Nili und Uma sie zum ersten Mal in das Pflegeheim brachten, war sie aufgeregt, als gehe es zu einem Urlaub in einem Wellness-Hotel. Sie verteilte fröhlich Schokolade an Asia, die sie noch am selben Abend besuchte. Sie wunderte sich, wer dieses nette Mädchen war, das neben ihrem Bett stand. *So ein nettes Mädchen, wie heißt du?* Sie betrachtete sie mit dem prüfenden Blick einer verwirrten fremden Frau, die jemanden auf der Straße aufgelesen hat. Das schien in Ordnung zu sein. Diese Lösung war irgendwie vernünftig.

Die Mutter bietet ihrer kleinen Tochter zwei Möglichkeiten an: Rührei oder Spaghetti?

Sie wiederholt: Willst du ein Rührei? Willst du Spaghetti? Spaghetti ohne alles? Also Rührei?

Manchmal lohnt es sich, eine Frage zwei- oder dreimal zu wiederholen. Doch dann zeigt sich, dass zwischen der Kleinen und ihrem Brüderchen etwas passiert ist, denn plötzlich fängt das Baby an zu schreien, während seine Schwester beschämt und zugleich zufrieden zu sein scheint. Das Baby entblößt den Gaumen, sein Kopf rutscht auf die Seite. Das sieht sehr unbequem aus, aber die Mutter ist zu müde, um etwas zu unternehmen. Als die Spaghetti endlich kommen, dampfend, in einem tiefen Teller, isst die Kleine sie schnell und klaglos, aber ohne Lust.

Es gibt ein Phänomen, das heißt Pica-Syndrom – ein Trieb, etwas zu essen, was eigentlich als ungenießbar gilt. Zum Beispiel Papier oder Sand; ein typisches Phänomen bei Anämie aus Eisenmangel. Aber was könnte es sein, was diesem Mädchen fehlt?

Unterschiedlichen Mädchen fehlen unterschiedliche Sachen. In Asias Fall rührt die Störung von einem Mangel an Widerstandskraft her. Deshalb ist Nili auch der Kragen geplatzt, als Asia Nufars düstere Prophezeiungen anführte.

»Das hat Nufar zu dir gesagt?«, fragte sie. »Wenn man auf dem Boden sitzt, bekommt man keine Kinder? Was für dummes Zeug hat Nufar denn noch gesagt?«

Asia verdrehte die Augen. »Das hat ihre Mama gesagt.«

»Dann redet ihre Mama eben dummes Zeug.«

»Die Ärmste«, sagte Asia.

Aber ein paar Tage später kam sie schon wieder besorgt vom Kindergarten nach Hause, ein Kind, dem man eine hirnrissige Idee eingepflanzt hat. Sie würde bestimmt keine Babys bekommen, sie habe im Kindergarten auf dem Boden gesessen, deshalb würde sie, wie Nufar sagt, keine Kinder bekommen.

»Ich glaube es nicht«, sagte Nili. »Schon wieder?«

»Stimmt das nicht?«

»Natürlich nicht.«

»Aber Nufars Mama hat das gesagt.«

»Nufars Mama sollte endlich eine Therapie machen«, sagte Nili.

»Was?«

»Nufars Mama ist nicht ganz richtig im Kopf. Das ist blödes Geschwätz.«

»Blöd darf man nicht sagen.«

»Du irrst dich, As. Man muss blöd sagen, wenn jemand blöd ist.«

Ohne Vorwarnung verlässt die Mutter mit ihren Kindern das Café, sie hinterlassen einen Trümmerhaufen aus Tellern und Tassen und zerknüllten Servietten. Die Kellnerin räumt schnell alles ab, als wären sie nie da gewesen.

Auch Nili muss sich auf den Weg machen – Hanna wartet. Oder ist das vielleicht ein Irrtum, den Nili aus anderen Zeiten noch mit sich herumschleppt? Im vergangenen Jahr hat Hanna den letzten Rest Erdung verloren, sie hat abgehoben. Ihr Zeppelingehirn bekommt seine Energie von zufälligen Luftströmungen, es wird getragen vom Wind. Es ist leicht, so leicht, und kennt keine Grenzen. Hanna wartet nicht mehr, auf nichts.

Nati versteht das sehr gut, deshalb hat er bei Hanna einen Stein im Brett. Ihn lächelt sie immer an, sie scheint ihn zu erkennen. Jedenfalls erkennt sie seine Hingabe, die bei ihm etwas ganz Natürliches hat. Er ist seinen Eltern ein treuer Sohn, und für Hanna ist er der vollkommene Schwiegersohn. Nicht nur treu, er ist großartig.

Als sie noch manchmal das Heim verließ, hat Nati für sie die Besuche bei ihnen zu Hause organisiert. Er hat ihr Fotoalben auf den Schoß gelegt, er hat ihr Frank Sinatra vorgespielt. Genau um sieben Uhr hat er sie an den Tisch gewinkt, zu einem Abendessen mit Omelette und Salat. Er verführt Hanna, er verführt die Kinder, er ist der Rattenfänger von Hameln, und sie folgen ihm voller Liebe.

Auch jetzt noch, bei seinen seltenen Besuchen bei Hanna, gelingt es ihm, wenn er sich über sie beugt und sie küsst, das junge Mädchen in ihr hervorzulocken, ein Geist, der lächelnd durch das Zimmer am Ende des Korridors weht. Beide genießen das, nur Nili nicht.

Seit das mit Hanna angefangen hat, bekommen Nilis und Natis Fotos Beschriftungen. *Ausflug zum See Genezareth, wir sind stundenlang herumgeirrt, aber am Schluss haben wir die Pension gefunden*. Und eine Seite danach: *Papa in Unterhosen. Er hat zu viel getrunken*. Beschriftungen und Erinnerungshinweise für die Jahre der Senilität. Denn es kommt der Moment, da ist noch alles in einem drin, wohl verwahrt, aber man kann es nicht mehr erreichen. Alles ist verpackt und verschlossen. Wie die Kindheit.

Sekundäre Zeichen

Der Morgen vor dem Abend des Sturzes ist ein wunderschöner Schabbat im Frühling. Es ist der Morgen nach dem Sederabend, sie gehen zusammen spazieren, Asia und sie, durch das ruhige Zentrum der Stadt. Eine Mutter mit ihrer Tochter im Sportwagen.

Die Straßen sind verlassen. Die Leute sind zu Hause, sie lungern, noch immer erschöpft von dem festlichen Mahl gestern Abend, in Sesseln, liegen auf Sofas oder in Betten; es herrscht ein allgemeines gesellschaftliches Bedürfnis zu verdauen. Die verrückten Bewohner Jerusalems sind noch nicht aus ihren Höhlen gekrochen, es herrscht Ruhe und Frieden.

Hanna ist in Griechenland, mit einer ihrer organisierten Reisen, die wie immer mit vielen Klagen enden wird, doch die andere Möglichkeit wäre, an den Feiertagen zu Hause zu bleiben, und das kommt nicht in Frage. Nach Asarjas Tod geht das Pessachfest über Hannas Kräfte. Deshalb ist sie weggefahren, und Nati und Nili und die Mädchen haben den Sederabend bei Natis Eltern verbracht, zu dem außer ihnen nur eine Schwester von Natis Vater gekommen ist, eine alte, unverheiratete Frau, um die sich in ihrer Jugend viele Gerüchte rankten und die ihr Leben jetzt mit dem Fernseher und einer Katze teilt.

Sie saßen gedrängt um den Tisch und waren doch zu wenige, um in festliche Stimmung zu verfallen. Aber auch dieser Abend, der sich in die Länge zog, ging irgendwann zu Ende, und jetzt, an diesem sonnigen Morgen danach, gehen sie spazieren, und innerhalb von Minuten ist das Mädchen eingeschlafen. Nili hält vor einer Bank an und zieht ein Buch aus der Tasche – sie hat immer ein Buch dabei, sie hofft immer auf eine unerwartete Pause, etwas Zeit zum Lesen –, aber sie liest nicht. Sie betrachtet Asia, die mitten am Tag im Wagen neben der Bank schläft. Das Mädchen glänzt wie eine Perle in der Muschel. Ihre Lippen sind im Schlaf leicht geöffnet und vorgeschoben. An ihrer verschwitzten Stirn kleben feine, seidenweiche Haarlöckchen. Hätte Nili sie in diesem Moment malen können, hätte sie silberne Tupfer auf der Stirn hinzugefügt, auf der Kinnspitze und vorn auf der Nase. Das Mädchen schläft mit gespreizten Beinen, die Beine hängen zur Seite. Was wird aus einem Mädchen, das so schläft? Welche Art Frau verbirgt sich in ihr?

Es heißt, man könne stundenlang die schlafende Tochter anschauen, und das stimmt, obwohl Nili es jedes Mal nur wenige Minuten tut und dazwischen immer wieder in ihr Buch schaut. Asia hebt im Schlaf die Hand und berührt ihr Gesicht.

Man muss auf Mädchen aufpassen, das weiß Nili. Aber man kann sie auch nicht im Zimmer einschließen, die Rollläden herunterlassen und die Welt draußen halten.

An normalen Tagen ist die Stadt laut; der Lärm der Stadt setzt sich aus dem Geschrei von Kindern und Eltern zusammen, dem Straßenverkehr, eine permanente Geräuschkulisse, deren Quellen sich nicht mehr unterscheiden lassen. Aber an diesem Morgen vor der Nacht des Sturzes kann man alles hören. Um die Bank herum ist es absolut still, sie ist eine Art Insel in der verlassenen Landschaft; aber dann atmet das Mädchen plötzlich schwer, nähert sich der Trennlinie zwischen Wachsein und Schlaf. Ihre Lippen schieben sich vor, etwas tanzt unter ihren Lidern, sie öffnet einen Moment die Augen – nur einen Moment, dann sinkt sie zurück in den Schlaf. Sie ist vollkommen entspannt, die kleine Brust bewegt sich leicht auf und ab.

Fehlendes Tastgefühl ist schlimmer als alles andere, denkt Nili. Nicht zu fühlen ist wie sterben, oder etwa nicht? Oder das quälende Paradoxon einer Schwangerschaft: Es ist ganz in dir, dein Embryo ist in dir, so nahe, wie es überhaupt möglich ist, und doch unsichtbar. Du hast keine Ahnung, wer sich in dir verbirgt, nicht die geringste Ahnung. Wer hätte gedacht, dass du dieses Kind so lieben würdest? Dass alle drei es so lieben?

Obwohl ihr letzter großer Streit mit Nati so weit entfernt zu sein scheint, hat sie keine sichere Art, an ihn zu denken. Sie hat die Beherrschung verloren. Sie hat eine Flasche genommen und nach Nati geworfen – zu ihrer beider Glück hat er schnell reagiert, es war nur der Bruchteil einer Sekunde, der zwischen der zerbrochenen Whiskyflasche auf dem Boden und der Katastrophe lag. In der nächsten Minute hat er schon ihre Hand gepackt und ihr direkt in die Augen gesprochen: »Schluss damit, hörst du? Wenn du nicht schwanger wärst, würde ich dich schlagen. Hörst du? Verstehst du noch, was du tust?« Und sie hörte, wie die Terrassentür geöffnet und geschlossen wurde – sie drehte sich um und sah Dida, die draußen spielte, sie versteckte sich in der blendenden Sonne vor ihnen, und Nati sagte: »Ich gehe jetzt raus, ich muss mich abregen, du musst dich abregen.«

Sie regte sich ab. Wie ein Tier im Winter verkroch sie sich in einer ruhigen Höhle. Ihr Puls wurde langsamer, sie kühlte ab. Um sicherzugehen, dass etwas Ähnliches nie wieder passierte, beschloss sie: Sie wird sich nicht mehr auf so etwas einlassen. Sie wird nie wieder schreien. Nie mehr. Nie mehr. Sie wird sich beherrschen.

Sie beugt sich vor, über den Wagen, nimmt mit zartem Griff erst eines der Beinchen, dann das andere, legt beide nebeneinander und hebt dann den Kopf. Ein Mann in schmutzigen Hosen kommt auf sie zu, im schlurfenden Gang der Obdachlosen, sie steht schnell auf, legt das Buch neben Asia, schiebt den Wagen die Straße hinunter.

An Feiertagen treiben sich mehr Obdachlose auf den Straßen herum. Vielleicht liegt das gar nicht an ihnen, sondern an den normalen Menschen, die in den Schoß der Familien getrieben werden und den Stadtstreichern das Feld überlassen. Sie dreht den Kopf – hat der Obdachlose sie gerufen? Vielleicht spricht er mit sich selbst? Sie wendet den Wagen zum Bordstein. Wie oft überqueren Frauen die Straße, um einer Gefahr zu entgehen? Sie beschleunigt den Schritt und flieht in das erste offene Café.

Bis der Kaffee kommt, wacht Asia schon auf, gibt sich dem geheimnisvollen Vergnügen ihrer Stimme hin – plappernd erzählt sie sich eine Geschichte, die alle paar Sekunden von einem Husten unterbrochen wird. Ein junger Mann am Nachbartisch blickt aus seinem Buch auf. Früher hätte Nili gedacht, dass er sich über das Mädchen für *sie* interessiert, aber jetzt denkt sie so etwas nicht mehr. Jetzt ist sie Mutter, sie hat eine neue Aufgabe, die Rolle der Liebhaberin überlässt sie anderen.

Der junge Mann fragt nicht um Erlaubnis, bevor er einen Fuß des Mädchens umfasst und interessiert die Sohle betrachtet. »Sie hat eine verborgene Empfindsamkeit in den Lungen«, sagt er, dann lässt er den kleinen Fuß los und nimmt den nächsten. »Erkennen Sie das an ihren Füßen?«, fragt Nili, aber er lächelt nicht. Er ist ruhig. Er bemüht sich, ihr zu zeigen, dass er ihr nichts verkaufen will, er will auch nicht plaudern. »Sagen wir einfach, dass ich etwas von Fußsohlen verstehe«, sagt er.

An allem Möglichen kann man etwas erkennen, das weiß Nili. An der Form der Fingernägel, an der Art, wie jemand sitzt oder wie er einen Geldschein hinhält, wenn er etwas kauft.

»Man kann das behandeln«, sagt der junge Mann. »Es ist ganz einfach.«

»Wirklich? Wie?«

Die Menschen sind scharf darauf zu diagnostizieren. Immer mehr und mehr Leute begutachten ihre Hände, die Windungen ihrer Ohren, die Geometrie ihrer Fingergelenke. Aber wenn es um ihre Tochter geht, kann sie sich erlauben, Interesse zu zeigen, Freundlichkeit zu demonstrieren. Soll er doch sagen, was los ist.

Asia genießt die Berührung ihrer Füße, sie schiebt die Zunge zwischen die Lippen. »Schauen Sie«, sagt Nili und deutet auf Asias Zunge, »sie ist herzförmig. Das ist ein Geburtsfehler. Bei ihrem Vater ist es genauso.«

»Das ist kein Fehler, das ist Persönlichkeit«, sagt der junge Mann. »Feuer und Wind verbinden sich. Sie ist wirklich außergewöhnlich.«

Vieles ist einfach in Krankenhäusern. Es gibt Apparate für Erfrischungsgetränke und gekühlte belegte Brote. Korridore und noch mehr Korridore. Sparsame Möblierung, nackte Beleuchtung. Nur die Zeit verrinnt langsam.

Die Landschaft jenes nächtlichen Ereignisses konzentriert sich am Schluss auf eine riesige, orangefarbene Resopaltür. »OP – Eintritt verboten«. Asia ist darin. Nati und Nili sind draußen.

Sie waren schon einmal mit Asia im Krankenhaus, etwa um die gleiche Uhrzeit, aber damals war es etwas ganz anderes. Es war an ihrem Geburtstag, Asia war ein Jahr alt geworden, und in dem allgemeinen Geburtstagstrubel und den erstaunten Ausrufen der Familie war ihnen nicht aufgefallen, wie das Mädchen langsamer wurde, immer langsamer, bis sie sich fast nicht mehr rührte. Als die Gäste gingen, war sie eingeschlafen, aber eine Stunde später war sie weinend aufgewacht, und innerhalb von Minuten war ihr Fieber auf zweiundvierzig Grad gestiegen.

Damals waren sie im eigenen Auto zum Krankenhaus gefahren, eine Fahrt, die sie als seltsames nächtliches Abenteuer in Erinnerung haben. Die Ampeln blinkten; es waren die Stunden, in denen der Staat seinen Bürgern erlaubt, allein miteinander zurechtzukommen. Das Motorgeräusch klang befremdlich, in der Luft lag eine ungewöhnliche Kälte. Sie fuhren, und irgendwie kamen sie an.

Eine ganze Nacht lang schwebte Asia in den tropischen Gefilden, in die ihr Körper geflohen war, aber gegen Morgen, von einem Moment auf den anderen, erreichte sie das sichere Ufer. Alle beruhigten sich. Ihr Fieber fiel sehr schnell, sie setzte sich im Bett auf und lutschte an einer Banane. Der Übergang ins normale Leben geschah fast zu schnell.

Sie saßen atemlos neben ihr und sahen zu, wie sie an der Banane lutschte. »Wenn Erwachsene doch eine Banane auf diese Art essen könnten«, sagte Nati und meinte damit die Hingabe. »Mit ganzer Seele, als gäbe es nichts anderes auf der Welt. Wenn Erwachsene auf diese Art Bananen essen könnten, würden sie die Sorgen der Welt hinter sich lassen.«

Aber diesmal ist es anders. Diesmal sind sie im Krankenwagen gekommen. Am Eingang zum Krankenhaus erstarrt das Bild einen Moment – und rast weiter: die geölte Maschinerie von Krankenhäusern, die quietschenden fahrbaren Tragen, die scharfen Winkel am Ende der Korridore.

»Ein Mädchen, zwei Jahre und drei Monate alt, aus dem zweiten Stock gefallen«, verkündet ein Sanitäter mit einer Kippa, und eine Schwester mit Formularen kommt zu Nili, um die Einzelheiten zu erfahren: Was ist passiert? Wie? Wann?

Es sei das erste Mal, dass sie Asia allein gelassen haben, sagt Nili, allein ohne Mutter und ohne Vater und ohne Hanna, die in Griechenland ist. Das erste Mal, dass ein Babysitter kam, ein nettes junges Mädchen mit Empfehlungen aus der Nachbarschaft, Merav Dokenberg, ein Mädchen, das einen guten Eindruck gemacht hat, fünfzehn Jahre alt, mit einer Zahnspange, mit dem süßen, aggressiven Parfüm junger Mädchen, mit Schulheften, die sie mitgebracht hat …

Die Schwester unterbricht: »Um wie viel Uhr ist es passiert?«

Um wie viel Uhr? Um halb zwei Uhr nachts, vielleicht ein bisschen später, aber davor, bevor sie das Haus verlassen hatten und Asia schlafend zurückließen, hatte sie kontrolliert, ob alles in Ordnung war, sie hatte den Vorhang zugezogen, Spielsachen vom Teppich aufgehoben, die Kleine zugedeckt, sie hat die samtige Stirn geküsst, hinter der sich die Träume abspielten, die ihre Tochter dazu brachten, sich im Schlaf zu bewegen, sie hatte die Decke glattgestrichen und die Tür zum Flur einen Spaltbreit offen gelassen. Auf dem Weg war sie an der Tür zu Didas Zimmer stehen geblieben, das Mädchen war noch wach, sie lag im Bett, ein Buch in der Hand, und nahm die Kopfhörer ihres MP3-Players heraus, um mit Nili zu reden. Sie winkte mit der Hand und bewegte zugleich die Zehen unter dem Gips, den ihre kleine Schwester mit Picasso-Bildchen geschmückt hatte. Eine Woche zuvor hatte sie sie alle mit dem Bein erschreckt, aber in diesem Alter, hatte der Arzt gesagt, heilen die Knochen schnell.

»Frau Schoenfeler«, sagt die Schwester.

»Das Mädchen hat geschlafen«, sagt Nili, »sie hat gut geschlafen, alles war in Ordnung.« Merav war schon da, als Nili ins Wohnzimmer kam, Nati zeigte ihr, wie die Fernbedienung funktioniert, dann lief Nili noch einmal durch die Zimmer, um zu sehen, ob sie nichts vergessen hatte, und wieder ins Wohnzimmer, Merav hatte in einer Tasche ihre Schulsachen mitgebracht, sie richtete sich auf dem Sofa schon ein, als sie die Wohnung verließen, sie sah so jung und gesund aus, und was sie zu tun hatte, schien ihr absolut klar zu sein. Sie war nicht wie Hanna mit ihren Kreuzworträtseln, mit ihrer Gelenkentzündung und ihrem Wust von neuen Katastrophengeschichten, haarsträubenden Geschichten, alle wahr, sie stammten aus der Zeitung (ein Mädchen erblindete durch einen Virus, der sich eigentlich im Mund befindet und durch einen Kuss auf das Auge übertragen wurde; ein Mädchen, drei Jahre alt, kein Baby, erstickt an einer Gurke), es waren immer Mädchen, denen die schlimmsten Sachen widerfuhren. Merav Dokenberg war ein vernünftiges Mädchen, die Nachbarn hatten sie aus ganzem Herzen empfohlen, und tatsächlich, als die Tür hinter ihnen ins Schloss gefallen war und sie die Treppe hinuntergingen und ins Auto stiegen, hatte Nili alles vergessen, die Wohnung, Asia, alles, und Nati und sie hatten sich unterwegs an den Händen gehalten, sie hatten ein gutes Gefühl.

»Kommen Sie«, sagt die Schwester. »Kommen Sie mit.«

Krankenschwestern sind geübt darin, Anteil zu nehmen, aber Nili spürt nicht Anteilnahme oder Mitleid, sie spürt Effizienz, und das ist viel besser. Jedenfalls kann sie zur Erhellung der Sache nicht viel beitragen. Sie sind nach Hause gekommen. Merav war auf dem Sofa eingeschlafen. Alles war in Ordnung. Merav wachte auf, suchte ihr Zeug zusammen, berichtete – alles war gut gegangen, ungefähr um zehn war die Kleine aufgewacht und hatte ein bisschen geweint, sie wollte zu Mama, zu Papa, wollte zu Dida, und Dida war einverstanden, dass sie bei ihr schlief, bis die Eltern zurückkamen. Dida an der Kante, Asia hinter ihr, damit sie nicht herausrollte, und zwei

Sekunden später war die Kleine wieder eingeschlafen. Während Nati bezahlte, betrat Nili Didas Zimmer, alles war in Ordnung, es war rührend, wie die beiden da schliefen, Dida auf dem Rücken, wegen des gebrochenen Beins, und Asia auf der Seite, die Hand auf dem Bauch ihrer Schwester. Es war nur ein bisschen warm im Zimmer, es fehlte frische Luft, es roch zu süß nach Merav Dokenberg und es roch nach Didas Bein, dem verletzten, nicht gewaschenen, deshalb öffnete Nili das Fenster über dem Bett, nur für ein paar Minuten, sie wollte es nach dem Zähneputzen gleich wieder schließen …

Die Schwester unterbricht wieder: »Ich bitte Sie, um welche Höhe geht es?«

Nili bewegt den Kopf von einer Seite zur anderen. Sie hat keine Ahnung. Sie sucht nach einem Anhaltspunkt, und zugleich macht es ihr Angst. Solange sie auf dem Weg hierher waren, im Krankenwagen, neben der Trage bis zum OP, und jetzt, solange Asia drinnen ist, solange sie nicht zu ihr hineindürfen – ist noch nichts entschieden. Sie muss hier draußen sitzen. Sie muss Fragen beantworten. Sie ist froh, auf Fragen antworten zu können, sie möchte der Schwester unbedingt die Geschichte so erzählen, dass sie zufrieden ist. Sie möchte Anweisungen, Richtlinien, Aufgaben erfüllen, sie wird alles tun, was jemand in einem weißen Kittel ihr zu tun aufträgt, aber sie weiß nicht, von welcher Höhe die Rede ist, es tut ihr leid, sie kann nicht angeben, aus welcher Höhe …

Sie setzt sich wieder auf die Bank. Sie sinkt nicht, sie bricht nicht zusammen. Sie ist der Katastrophe entronnen. Sie ist schwach, aber bei klarem Verstand. Nur für die Sache selbst hat sie keine Worte.

Bis zu diesem Sturz glich sie jedes Mal, wenn sie mit dem Kind zu einem Arzt ging, einer Art Raubtier, das sein Junges mit den Zähnen hält. Etwas Grundsätzliches und Wildes war daran: daran, wie das Kind getragen wurde, an den vielen Fragen. Das Kind war immer dicht neben der Mutter, die Mutter war oberste Instanz, der Arzt nur der Mann, der versucht, die Mutter von seinen Theorien zu überzeugen. Und immer meldete sich draußen, hinter der Tür, die sich nach dem nächsten Patienten schloss, ein gewisser Zweifel, entstanden neue Fragen. Doch diesmal ist es anders. Sie überlässt sich jedem, der bereit ist, ihr etwas anzubieten. Ohne Fragen, ohne Hysterie. Sie wartet. Sie wird so lange warten, wie es nötig ist. Schon vor langer Zeit, eigentlich ihr ganzes Leben lang, hatte sie einen Groll gegen Ärzte gehegt, die sich in nebulöse Formulierungen hüllen – vielleicht, möglicherweise, könnte sein, nicht ganz ausgeschlossen –, aber jetzt will sie keine klare Aussage. Vor allem darf sie nicht daran denken, wie viele Menschen schon vor dieser Tür gesessen haben und am Ende aufgestanden und allein nach Hause gegangen sind.

Nati bietet ihr einen Kaffee an. Ja, sagt sie, danke. Sie trinkt langsam, in kleinen Schlucken. Nichts ist eilig. Als sie im Krankenhaus ankamen, waren Asias Augen nach hinten verdreht, sie weinte sehr leise. Nein, es war etwas anderes als Weinen. Etwas Tieferes. Die Lichter des Krankenhauses, seine Geräusche, Gerüche, seine fordernde Vitalität, seine beschleunigte Existenz …

»Kommen Sie«, sagt die Schwester, und Nili folgt ihr. Ihre Tochter liegt in einem großen Bett. Vertraut. Bewacht. Gleich wird sie aufstehen.

Vier Tage vergehen. Dann wacht das Mädchen auf.

Drei Monate lang bleibt Asia im Krankenhaus. Erst wird der Aufwachraum zu ihrem neuen Zuhause, dann die Intensivstation und schließlich das Rehabilitationszentrum. In ihre alte Wohnung kommt Nili nur noch, um die Taschen zu leeren und gleich wieder zu füllen. Von ihrer alten Wohnung bringt sie Asia Spielsachen in ihr neues Zimmer, in dem immer zweiundzwanzig Grad herrschen und das mit Neonlicht beleuchtet wird. Sie lehnt es ab, Asia ihre Schmusedecke mit den Hasenohren zu bringen, obwohl sie glaubt, dass sie sie gern bei sich hätte. Das wäre, als würde man eine Pflanze herausreißen. Wenn Asia diese Decke unbedingt haben möchte, wird sie zu ihr zurückkehren. Sie wird nach Hause kommen, zu ihrer Decke.

Nili ist die ganze Nacht und den Vormittag im Krankenhaus, Nati kommt jeden Mittag und schickt sie nach Hause, sie solle sich ausruhen. Aber nein. Sie wird hier ruhen, sagt sie, hier im Sessel. Sie wird einen kleinen Spaziergang auf dem Rasen vor dem Haus machen, frische Luft schnappen. Und von diesem Spaziergang kommt sie eine halbe Stunde später zurück, noch besorgter als zuvor. Die Geschichten, die sich in den angrenzenden Zimmern abspielen, Tragödien oder Wunder – was nützen sie? Sie tragen nichts zu ihrer Verzweiflung oder ihrem Mut bei. Es sind Geschichten von anderen, sie sind kein Maßstab.

In den ersten Wochen kommt Dida oft ins Krankenhaus, zusammen mit Nati, später nur noch selten, und immer mit einem Buch und ihren Ohrenstöpseln. Sie sitzt in einer Ecke und liest, während Nati am Bett des Mädchens beschäftigt ist. Asia macht eine Katze nach, miau. Sie tut, als wäre sie ein Fisch. Sie spielt eine Uhr, tick-tack. Sie ist eine Fliege. Sie macht einen Hasen nach, haptschi! Dann sind ein großer und ein kleiner Drachen dran. Sie braucht noch ein paar Wochen, um einen Hund nachzumachen, aber was sie am Ende zustande bringt, ist so vollendet, dass sich sogar echte Hunde täuschen könnten.

»Wuff!«, sagt sie. »Wuff, wuff!«

Natis Augen werden feucht. »Es gibt auf der ganzen Welt keinen Hund, der so gut bellen kann wie du, mein Schatz«, sagt er.

Dida hebt den Blick von ihrem Buch. Schaut ihren Vater und ihre Schwester an. Lächelt sie?

Nili betrachtet die Szene von oben. Als würde sie Luftbilder entziffern. Wenn es etwas gibt, was wichtig ist, wird sie es entdecken. Die Frage ist nur, was sie mit dem Wissen anfangen kann.

Natis Liebe zu seiner genesenden Tochter ist stürmisch und laut, energisch und immer in Bewegung. Das Mädchen wird durch die Luft gewirbelt, stößt Jubelschreie aus, wird wieder ins Bett gelegt. Sie lachen laut, die Schwestern mahnen, aber niemand ist böse. Nur Nili. Er ermüdet das Mädchen. Er bombardiert sie mit Umarmungen, mit Küssen, mit Jubelschreien, mit Ermunterungen, ihn zurückzuküssen, mit gespieltem Trotz, wenn er nicht bekommt, was er will. »Weißt du, dass du ein ganz wunderbares Geschöpf bist?«, sagt er zu ihr. »Wie ein Einhorn, nur noch wunderbarer.« Und noch eine Umarmung und noch ein Streicheln. Aber irgendwann muss das Mädchen sich von alldem ausruhen.

Einmal, als Nili nach Hause kommt, bleibt sie vor der Tür zu Didas Zimmer stehen. Das Fenster ist offen, kalter Wind dringt herein. Einen Moment lang entweicht die Luft aus ihren Lungen – und wird dann mit Macht wieder eingesaugt.

Am Morgen der Entlassung sagt der Arzt, der die Abschlussuntersuchung vornimmt, man könne wirklich von einem Wunder sprechen. »Sie haben Ihre Tochter zurückbekommen«, sagt er. Aber Nili weiß, dass das Kind, das sie jetzt zurückbekommen, ein anderes ist als jenes, das Nati und sie an jenem Abend nach dem Sederfest ins Bett gelegt haben. Niemand kann sich dort aufhalten, zwischen Himmel und Erde, ohne sich zu verändern.

Vom Krankenhaus nach Hause fährt Nati lächerlich langsam. Er transportiert eine zerbrechliche Last – zerbrechlicher als zerbrechlich –, neben ihm sitzt Dida, Nili und Asia sitzen Hand in Hand auf der Rückbank, zu aufgeregt, um zu sprechen. Asias Augen glänzen, als sie abwechselnd durch das Fenster und dann zu ihrer Mutter schaut, immer wieder, während der ganzen Fahrt.

Zu viert verlassen sie das Auto und steigen die Treppen nach oben. Nati schließt die Tür auf und tritt zur Seite. Asia geht als Erste hinein, und nun warten alle. Warten auf das, was passieren wird.

Sie deutet auf den Schrank – »Da, da!« – und klettert auf den großen Sessel im Wohnzimmer. Sie zeigt nicht das geringste Interesse an ihrer Schmusedecke. Sie hat sie einfach vergessen.

Schweres Wasser

Nili hat Hanna vergessen.

Sie wirft einen Blick auf die Uhr, gibt der Kellnerin ein Zeichen. Das ist ein hübsches Café, aber sie zieht immer häufiger Plastikcafés vor, Orte, die man zufällig betritt, wenn man unterwegs ist, an Tankstellen, an Autobahnkreuzen. In einem Moment kann man eine Gruppe Soldaten sehen, die anhalten, um sich unterwegs eine Erfrischung zu gönnen, im nächsten Moment stürmt eine Teenagergang herein, mit einem Strom warmer Luft, wie ein Vogelschwarm.

Die junge Kellnerin kommt hüftschwingend auf sie zu, mit der Rechnung in der Hand. Sie heißt Stav. Oder Bar. Vielleicht Nufar. Ein außergewöhnlich fröhliches Mädchen, das nicht aufhört zu reden, sie lächelt, als wäre das Leben leicht. In ihrem Gesicht ist eine Zahnkorrektur zu sehen, kaum sichtbar, aber sie verleiht ihrem Lächeln etwas Künstliches, Schräges.

Das war bei Uma auch so gewesen. Die Spange hatte ihren Kiefer nach innen geschoben. Hatte ihr Lächeln in den Mundwinkeln spöttisch erscheinen lassen. Hanna und sie stritten damals jeden Abend, jeden Abend Geschrei und Weinen, gefolgt von einer Zeremonie verzweifelter Umarmungen, zugeschlagener Türen, eindringlicher Bitten, wieder Umarmungen, Versöhnungen. Und während Hanna und Uma in der Mitte des Zimmers tobten, drückten sich die anderen Bewohner der Wohnung an die Wand.

Nili hatte einmal darüber gelesen – über Kinder, die ihre Eltern beim Vornamen nennen. Es gibt Eltern, die das vorziehen, es sogar verlangen. Aber in ihrem Fall war es ein spontanes Ereignis; das deutete auf eine starke Persönlichkeit hin, auf Führungsfähigkeiten, aber auch auf Probleme mit der Akzeptanz von Autorität.

Nili wusste, dass es noch auf andere Dinge hindeutete, auch wenn sie nicht wusste, wie sie sie benennen sollte. Kälte? Herzenskälte? Letzten Endes brauchte Uma Nili immer mehr, als Nili es aushalten konnte. Und wie leicht es war, Uma zu erschüttern.

Aber dazwischen gab es ein paar Monate stürmischer Zuneigung. Eines Tages zogen sie gemeinsam los, um ein Geburtstagsgeschenk für Hanna zu kaufen – ihr erster Geburtstag als Witwe –, und da geschah etwas, es war, als wären sie plötzlich befreit, erlöst. Wie zwei Mädchen, die jahrelang in der Schule nebeneinandersitzen und kaum zehn Worte miteinander gewechselt haben, und erst beim Militär oder an der Uni, wenn sie sich in anderer Umgebung zufällig wiedertreffen, nehmen sie sich gegenseitig wahr. Und da es sich in diesem Fall um Schwestern handelte, hatte die Sache die Kraft einer Offenbarung.

Wäre Hanna dazu noch in der Lage gewesen, hätte sie die Augenbrauen gehoben und das Gesicht verzogen – Nili und Re'uma? Ist der Messias gekommen? Sie hätte Mittel und Wege gefunden, ihre neue Position in diesem Dreieck zu behaupten. Aber Hanna hatte keine Kraft mehr. Eine Witwe in einer Welt von Paaren; sie versank in ihrer Trauer. Sie verließ kaum das Haus, verweigerte jedes Vergnügen. Sie wollte nicht, dass man sie besuchte oder sich bemühte, sie mit seiner Lebensfreude anzustecken. Sie bemerkte überhaupt nicht, dass etwas an dem Bild nicht mehr stimmte: einmal war sie das Zentrum ihrer Töchter gewesen, jetzt waren Uma und Nili ein Team gegen die Welt.

An jenem Tag, als sie zusammen zwei Stunden lang durch die Stadt gestreunt waren und nichts gefunden hatten – Hanna hatte alles oder besser gesagt: Sie brauchte nichts, sie brauchte nicht noch mehr Gegenstände, die herumlagen und Staub fingen –, nach zwei Stunden gründlichen Suchens hatten sie plötzlich eine Idee. Sie waren euphorisch – es war eine großartige Idee, eine unter hundert, unter einer Million. Sie würden drei Tickets nach Amsterdam bestellen, und sie würden alle gemeinsam eine Genesungsreise unternehmen, eine Mutter und ihre beiden Töchter.

Sie stürmten in ein Reisebüro, mit einer Begeisterung, als würden sie eine Bank überfallen – ohne Preise zu vergleichen, ohne im Internet nachzuforschen, Amsterdam, sofort und auf der Stelle.

»Was für ein Amsterdam meint ihr?«, fragte die Angestellte.

»Entschuldigung?«

»Was für ein Amsterdam? Ich war dreimal dort, und jedes Mal war es ein anderes Amsterdam. Einmal Kunst. Einmal kiffen. Einmal Rad fahren.«

Welches Amsterdam meinten sie? Sie schauten sich an, unterdrückten den Impuls, laut zu lachen. Vielleicht hätten sie sich diese Frage früher stellen sollen.

»Supermärkte«, sagte Uma. »Wir nehmen das Amsterdam der Supermärkte. Danke.«

Fünf Tage in einem Hotel mit drei Sternen oder vier Tage in einem mit vier Sternen? Mehr gab es nicht zu bedenken. Als sie schließlich das klimatisierte Reisebüro verließen und in die Hitze der Stadt eintauchten, die Auftragsbestätigung in der Tasche, warf Uma sich ihrer Schwester um den Hals und es war klar, dass sie, obwohl sie noch eine weite Strecke zurücklegen mussten, eine mit der anderen, jetzt den richtigen Schwung hatten.

Hanna hätte das nie geglaubt: Sie waren so begierig darauf, zusammen zu sein. Jahrelang hatte es ausgesehen, als hätten sie keine Schnittmenge, höchstens leichte Berührungspunkte, doch nun gingen sie gemeinsam die Straße entlang, aßen, als sie hungrig waren, einen *business lunch*, erkannten Details, die sie nie eine an der anderen gesehen hatten.

»Und wenn Mamusch nicht fahren möchte«, fuhr Uma fort mit den Witzeleien, die in dem Moment begonnen hatten, als sie das Reisebüro verließen, »dann versprechen wir ihr einen ganzen Tag in der Gefrierabteilung, das wird sie überzeugen.«

Nili hätte sich fast mitten auf der Straße auf den Boden gesetzt, so sehr musste sie lachen. Hannas Freude an Supermärkten war grenzenlos. Sie konnte stundenlang in einem Supermarkt herumlaufen und alles genau kontrollieren und hinterfragen: Preise, Verfallsdaten, Inhaltsstoffe, Sonderangebote. So vieles gab es in einem Supermarkt zu entscheiden: Fettuccine mit Spinat oder mit Tomaten? Schokoladeneis oder Fruchteis? Das passte gut zu Hannas Neigung zu Monopoly – jeder hat seine Chance, jeder bekommt Spielgeld. Als sie mit ihnen in den Norden gefahren war, hatten sie stundenlang Monopoly gespielt. Sie hatte eine Schwäche für englische Lyriker vergangener Jahrhunderte, Typen wie Wordsworth und Coleridge, Leute, die in die Natur zogen, um dort ihren Gedanken nachzuhängen – bei Hanna war es anders, Hanna lief zu Höchstform auf, wenn sie die Hallen der großen Supermarktketten besuchte.

Uma stieß noch einmal ins gleiche Horn: »Eine Supermarktreise nach Amsterdam. Wenn man sich das vorstellt, bei aller Achtung für Museen, Parks, Mode, was kann das Leben einer fremden Stadt besser darstellen als Supermärkte?«

Und dann, in einem Anfall von gefährlicher Fröhlichkeit, riefen sie Hanna an – das Handy auf laut gestellt – und forderten sie auf zu raten.

Rat mal, was?

Hanna hat es nicht erraten. Nach zwei Versuchen weigerte sie sich, weiter mitzumachen. Entweder sie würden ihr sagen, um was es gehe, sagte sie, oder sie sollten sie in Ruhe lassen. Und als sie es ihr sagten, rief sie: »Wieso denn das! Hört auf mit dem Blödsinn. Ich fahre nicht in irgendein Amsterdam.« Und sie erschrak richtig, als sie ihr sagten, es sei alles schon bezahlt. Wütend legte sie auf.

Sie stiegen zwanzig Stufen hinunter zu einem kleinen italienischen Restaurant, dessen Kellnerin sie mit einem säuerlichen Gesicht empfing und ihre Bestellung ohne jede Freundlichkeit aufnahm.

Uma legte eine zerdrückte Schachtel Noblesse auf den Tisch.

»Gib mir eine«, sagte Nili. Drei Jahre lang hatte sie keine Zigarette angerührt, aber in den Wochen danach schnorrte sie von Uma immer mal wieder eine, bis sie eines Morgens wieder als Raucherin aufwachte.

»Das ist wirklich seltsam«, sagte Uma und hielt das Feuerzeug über den Tisch.

»Was?«

»Diese ganze Sache. Nach wem hat sie eigentlich Sehnsucht? Schließlich war Papa schon hundert Jahre lang nicht mehr wirklich zu Hause, mit dem richtigen Asarja war's vorbei, auf den Asarja, den sie mal geheiratet hat, hatte sie längst verzichtet, und dann, als er stirbt, erinnert sie sich wieder an ihn?«

Denn seit das damals mit Uma passiert war, war ihr Vater abgetaucht. Von Zeit zu Zeit ließ er sich an der Oberfläche sehen, aber ansonsten lebte er sein Leben als Kiemenatmer, versunken im Schweigen des tiefen Wassers.

»Andererseits«, sagte Nili, »kannst du nie wissen, was zwischen ihnen passiert ist, wenn wir nicht in der Nähe waren.«

»Gut, in Ordnung, erspar mir den Teil, dass er im Bett vielleicht ein Tier war.«

»Vielleicht hat das Experiment ja geklappt, weil nichts vorausgesetzt war.«

»Du meinst, es hat nur mit null Erwartungen geklappt?«

Nili stellte erstaunt fest, wie groß ihre kleine Schwester inzwischen geworden war. Früher hatte sie Nili immer damit aufgeregt, dass sie andere erstaunen und ärgern wollte, aber zur Abwechslung fand Nili sie jetzt hinreißend.

»Weißt du was, du hast recht. Null Erwartungen. Das ist gar keine schlechte Idee.«

»Was du nicht sagst«, sagte Uma und sog den Rauch ein. »Mamusch hatte viele Erwartungen an ihn. Aber sie hatte keine Ahnung, wie sie sein Herz berühren konnte. Er war für sie wie ein weiterer komplizierter Apparat.«

Sie gingen von der Vorspeise zum Hauptgericht über, und nach dem Essen servierte ihnen die Kellnerin Kaffee und Trikoladenkuchen, und sie leerte immer wieder den Aschenbecher. Sie tranken noch einen Kaffee, und zwei Stunden später, als sie sich endlich auf der

Straße verabschiedeten, lachten sie ausgelassen. Keine Stunde danach rief Uma schon bei Nili an und sagte: »Wir gehen heute Abend aus, vielleicht wollt ihr mitkommen, du und Ido?«

»Wir« bedeutete Uma und ein junger Musikredakteur des Armeesenders, den sie bei einer Party am Abend davor aufgegabelt hatte – Beziehungen verloren in Umas Augen ihre Frische so schnell wie Croissants auf dem Frühstückstisch; die Brenndauer ihrer Flammen betrug damals zwei, höchstens drei Tage, während Nili und Ido sich am Ende einer quälenden Beziehung befanden.

Nili hatte einen Moment lang Angst, sie würden vielleicht übertreiben und zu große Begeisterung könnte zu Enttäuschung führen, aber die Angst verschwand so schnell, wie sie gekommen war. An diesem Abend trafen sie sich zu viert in einem spärlich beleuchteten Pub, und schon bald zeigte sich, dass die Männer sich gegen die Frauen verbündeten, und ihnen war klar, dass sie beste Freundinnen werden konnten und dass es nur einen einzigen Nachteil gab – sie kannten sich schon immer, es gab keine Überraschungen. Als sie sich an jenem Abend im Pub voneinander verabschiedeten, küssten sie sich, und am Tag darauf küssten sie sich, als sie sich trafen, und gingen Arm in Arm weiter.

Freundschaft zwischen Schwestern? Nili hatte in Büchern darüber gelesen und Filme zu diesem Thema gesehen. Theoretisch hatte sie eine Ahnung, wie es gehen könnte.

Die Reise nach Amsterdam war ein Erfolg. Jeden Abend, nachdem sie Hanna ins Bett gebracht und alles Notwendige um sie herum geordnet hatten – die Fernbedienung, eine Flasche Wasser, Taschentücher, Schlaftabletten –, zogen sie los in die Stadt.

»Pass auf Re'uma auf«, sagte Hanna jedes Mal zu Nili, wenn sie in die Nacht hinaus gingen.

»Natürlich.«

»Du weißt, wie sie ist.«

»Geht klar, Mama.«

Und Uma schlug demonstrativ die Tür hinter ihnen zu.

Nachtmärsche, nannte Uma das, und bei ihren nächtlichen Streifzügen entlang der Grachtenufer zum Ursprung der fernen Lichter gaben sie sich der Betrachtung der Ruinen ihres Lebens hin, wendeten die Bruchstücke hin und her.

»Bei mir im Kindergarten war ein Junge«, erzählte Uma, »ein russischer Junge. So ein blonder, mickriger, immer mit entzündeten Augen. Igor. So ein Igor. Und wenn Mamusch kam, um mich abzuholen, rannte er immer zu ihr und hängte sich an ihr Bein, und sie streichelte seinen Kopf und umarmte ihn. Ich konnte ihn nicht ausstehen. Sie wollte ihn nur trösten, aber mich hat es verrückt gemacht. Ich beobachtete immer die Tür, lange bevor sie kommen sollte, um als Erste bei ihr zu sein. Es hat mich verrückt gemacht.«

»Ich erinnere mich noch genau, was für Kämpfe es zwischen euch gegeben hat«, sagte Nili. »Es gab eine Zeit, da hat das Haus gezittert.«

»Sie wollte, dass ich ihr Geschichten vorlese«, fuhr Uma fort. »Wir lagen im Bett und sie hatte die Augen geschlossen. Sie sagte: ›Ich höre dir mit geschlossenen Augen zu. Das ist sehr angenehm.‹ Aber sie hörte nicht zu, sie schlief ein. Und ich merkte manchmal erst am Ende der Geschichte, dass sie eingeschlafen war.«

»Ihr habt beide so leicht geweint«, sagte Nili.

»Aber wenn ich aufgehört habe zu lesen – das heißt, mitten im Satz oder so –, ist sie sofort aufgewacht«, sagte Uma. »Und sie hat mich furchtbar hart am Arm gepackt.«

»Ihr habt immer ein Affentheater aus allem gemacht«, sagte Nili. Was war damals passiert? Sie hatte Re'uma nur einen Moment allein im Garten gelassen, nicht mehr als eine Minute. Ein vierjähriges Mädchen, kein Baby, was war da schon bei? Sie ging für einen Moment ins Haus, sie wollte auch ein Plätzchen, und als sie zurückkam, war Re'uma nicht mehr da.

»Sie war viele Jahre lang verrückt, weil Papa sie nicht geliebt hat«, sagte Uma. »Erst jetzt wird sie langsam gesund.«

Und außer diesem einen Mal erwähnten sie ihren Vater nicht mehr, nicht in jenen Nächten an den Kanälen.

Hanna benahm sich während der ganzen Reise gut. Sie beklagte sich überhaupt nicht und folgte ihnen gefügig von einem Ort zum anderen. Wenn Nili und Uma gegen Morgen ins Hotel zurückkamen, fanden sie sie friedlich auf dem Rücken schlafend vor, im bläulichen Licht des Fernsehers, die Hände ausgestreckt an den Seiten. Und in der letzten Nacht zog sie sogar mit ihnen los, um einen Schluck auf das Ende der Reise zu trinken, und sie bedankte sich bei ihnen mit Tränen in den Augen dafür, dass sie sie gezwungen hatten mitzukommen.

Ein großer Erfolg.

Etwa drei Wochen nachdem sie aus Amsterdam zurückgekehrt waren, teilte Umas Mitbewohner ihr mit, dass er ausziehen würde, und Nili suchte gerade nach einer Wohnung – es bot sich also an. Sie organisierten einen Lieferwagen von einem von Umas Freunden und Nili zog ein.

Ein paar Tage gab es ein gewisses Durcheinander, Kleinigkeiten, die geregelt werden mussten – das Ruhebedürfnis beachten, die Ordnung in der Küche, die komplette Autonomie Nilis auf dem Schminkregal und ihr dringlicher Wunsch, eine Stunde nach dem Aufstehen nicht angesprochen zu werden. Aber nach weniger als einer Woche der schrittweisen Anpassung lief alles prima. Sie öffneten ihre Kleiderschränke, eine für die andere. Nilis Schrank erinnerte Uma an Geschäfte, in denen die Verkäuferinnen sie mit schiefen Blicken musterten, als könnte sie Fingerabdrücke auf den Kleidern hinterlassen; Umas Kleiderschrank glich in Nilis Augen einem Lager für einen Kostümverleih. Uma flocht Nili kleine Zöpfchen, danach flocht Nili Umas Haar. Beide ließen sich eine Tätowierung machen – Nili auf der Schulter, Uma am Knöchel. Abends gingen sie in Nachtclubs, zum Tanzen, und wie in einem Kibbuz widmete jede von ihnen ihre Fähigkeiten der Allgemeinheit: französische Maniküre – Nili; Fönen und Augenbrauen – Uma. Gewagte Anmache – Uma; langsame, eindringliche Flirts – Nili. Und danach: lange Gespräche im Dunkeln.

Nili hatte Schulhefte aufbewahrt, noch aus der ersten Klasse, und zeigte sie ihrer Schwester. Sie hatte eine Strähne ihres Haars aus jedem Lebensjahr aufgehoben, eine Sammlung, die von Anfang an mit Aberglauben verbunden war. Uma besaß eine Sammlung von Pornoheften – keine der abgedroschenen Hochglanzhefte, in denen polierte Geschlechtsteile gezeigt wurden, Plastik bester Qualität, ihre Sammlung bestand aus Untergrundheftchen mit kleinen privaten Fotos.

»Wir sind mal in den Norden gefahren«, sagte Uma in einer der Nächte, »weißt du noch?«

Nili zuckte zusammen. Sie hatte darauf gewartet.

»Ohne Papa«, sagte Uma.

»Ja«, sagte Nili, »nur wir drei.«

»Was wohl mit ihr passiert ist«, sagte Uma.

»Mit wem?«

»Mit Papas Geliebter.«

»Wem?«

»Echt«, sagte Uma, »stell dich nicht blöd.«

»Papa?«

»Deshalb ist sie mit uns in den Norden gefahren. Um ihn zu strafen. Bis er es eingestand. Eingestand und um Verzeihung bat.«

»Was?« Das war ihre einzige Gelegenheit, aus Uma ihre Version herauszubekommen. Ohne Wenn und Aber. »Was für eine Geliebte?«

»Sag mal, wo lebst du? Die ganze Nachbarschaft hat es gewusst. Diese Amerikanerin, Lora … Dora … Die Mutter der Zwillinge.«

»Nora?«

»Ich weiß nicht mehr genau, wie sie hieß. Sie war jedenfalls komplett verrückt.«

»Nora.«

»Aber sie hatte viele Süßigkeiten. Sie hat uns Tonnen von Süßigkeiten gegeben.«

»Uns?«

»Die ganze Zeit und Waffeln … Die haben so komisch gerochen, so … muffig. Und Karamellbonbons.«

»Wann?«

»Die ganze Zeit.«

»Wann waren wir bei ihr?«

»Die ganze Zeit.«

»Wir beide?«

Uma zuckte mit den Schultern. Ja, sie beide. Glaubt sie wenigstens.

»Und dann die Frisuren«, sagte Uma. »Sie wollte mich immer kämmen. Sie hatte nur Söhne, die Ärmste. Dabei hat sie andere so gern gekämmt.«

»Sie hat dich gekämmt?«

»Weißt du gar nichts mehr? Sie hat uns Haarspangen gekauft. Schleifen.«

»Ich erinnere mich nicht.«

»Na ja, du nicht.«

Nili zählt insgeheim. Sie ist nahe daran zu platzen, und sie zählt: eins und zwei und drei. »Erinnerst du dich, dass man dir eine Glatze geschoren hat?«, fragte sie.

»Was?«, sagte Uma.

»Erinnerst du dich daran?«

»Eine Glatze?«

»Das hat sie dir angetan«, sagte Nili. »Nora hat dir eine Glatze geschoren.«

Nili wartete, was passieren würde. Die erste Reaktion war Lachen. Uma stieß ihr schweres Lachen aus, bei dem sie den Kopf auf theatralische Art zurückwarf.

»Eine Glatze? Wie kommst du denn auf so was?«

»Sie hat dich aus unserem Garten geholt«, sagte Nili. »Du musst dich doch daran erinnern. Sie hat dich ein paar Stunden lang bei sich behalten, und niemand hat gewusst, wo du bist. Und dann hat sie dich zurückgebracht und einfach wieder in den Garten gesetzt. Mit einem ekligen Lutscher. Und mit einer Glatze.«

»Du spinnst ja, Nili«, sagte Uma. »Wie kommst du nur auf so beschissenes Zeug?«

»Egal.«

»Warum tust du das?«

»Lass doch«, sagte Nili. »Es ist egal. Schon gut.«

Aber es war nicht gut. Überhaupt nicht. Uma schrie, sie weinte, sie konnte ihren Zorn nicht beherrschen.

Einige Tage später verkündet Uma: Sie verlasse die Uni, sie habe bei einer Lokalzeitung eine Arbeit gefunden. »Eine Woche im Leben – eine bunte Serie von Reportagen«, hatte der Redakteur gesagt. »Eine

Woche im Monat tauschst du dein Leben gegen das Leben eines anderen.« Das war eine Warnung oder ein Versprechen. Und schon am gleichen Abend lud er Uma in sein Bett ein, mit einem Umweg über einen Pub gegenüber der Redaktion

Es fängt mit relativ leichten Sachen an. Eine Woche Fische verkaufen auf dem Markt. Eine Woche lang nachts als Fahrdienstleiterin bei einer Notrufzentrale. Eine Woche als Kellnerin in einem Stripteaseclub. Eine Woche in einem Seminar für religiös Bekehrte. Eine Woche als Pensionärin – morgens im Wellnesszentrum, mittags am Bridgetisch, die Nachmittagsstunden auf einer Parkbank, kurze Nächte, und Uma stellt fest, dass sie als Sechzigjährige wirklich gut sein würde. Sogar großartig.

Doch dann werden die Aufgaben schwieriger, unangenehmer. Und mit jeder Woche, die vergeht, fällt es Uma schwerer, so zu tun, als ginge es ihr gut.

Nili ist nicht nur heimlich an den Abenteuern ihrer Schwester beteiligt. Bis zu einem gewissen Grad ist sie sogar die Ursache dafür – oft kommt es ihr vor, als ziehe Uma nur deshalb los, diese fremden Kontinente zu erforschen, um sie zu beeindrucken.

Die Streitlustigkeit ihrer Kinderjahre bekommt jetzt eine neue Dimension. Wenn Uma nervös oder gekränkt ist, wird Nili sofort steif und starr und demonstriert Gleichgültigkeit. Sie lässt Geschirr im Becken stehen, Kleidung herumliegen und vergisst, Uma Anrufe auszurichten. Wenn sie sich dafür entschuldigt, tut sie es kühl und unbeteiligt. Sie kann dieses schwesterliche Festival von einem Moment auf den anderen beenden, es würde ihr nichts ausmachen. Ebenso wenig wie es ihr etwas ausmacht, wenn sie Uma eine Geschichte nicht zu Ende erzählt. Oder über das Ende hinaus.

Umas Woche als Obdachlose in den Straßen Jerusalems war zu viel, sagt ihr Redakteur. Uma sei zu weit gegangen, erklärt er und beendet das Projekt der getauschten Leben. Ab jetzt werde sie sich nur noch mit ernsthaften Recherchen beschäftigen, verspricht er, doch auch das erweist sich als Grauzone. Denn wenn Uma in etwas einsteigt, ist es sehr schwer, sie wieder herauszuholen. Im Sommer fängt sie mit einer neuen Serie an: Alle Beiträge haben auf die eine oder andere Weise mit Sex zu tun, immer an Orten, die ihr früher zu gefährlich waren. Und bis zum Ende des Sommers galoppiert sie schon ihrem Erfolg entgegen.

Das Institut zur Verstärkung der Sexualität umfasst drei Zimmer in einem Gebäude, das zur Hälfte Büros und zur anderen Studentenwohnungen beherbergt. Nili erklärt sich bereit, Uma zu begleiten.

»Du musst nur übers Telefon mit ihnen sprechen«, erklärt der Mann, der sie in Empfang nimmt. »Du verhilfst ihnen zu einem guten Gefühl, während sie sich einen runterholen, das ist alles.«

»Logisch«, sagt Uma. »Es ist wirklich erhebend, jemandem dabei zu einem guten Gefühl zu verhelfen.«

Der Mann nickt. »Gibt es noch Fragen?« Außer ihm gibt es nur noch eine junge Frau, die das Telefon im Nebenzimmer bedient und mit dem Rücken zu ihnen sitzt – ihre Haare sind schwarz und glatt und ab und zu erhebt sie ihre raue Stimme zu einem erregten Aufschrei, während ihre Finger mit dem alten Kabel des Telefons spielen.

Uma hat keine Fragen. Er zeigt ihr ihren Platz, ihr Telefon. Auf den Tisch ihr gegenüber stellt er eine Familienflasche Orangensaft und Plastikbecher. »Es ist wichtig, die Kehle anzufeuchten«, sagt er. »Es ist wichtig, zwischendurch zu trinken, damit du nicht die Stimme verlierst.« Und er erklärt noch, dass Nilis Anwesenheit eine Ausnahme sei, die er nur deshalb akzeptiere, weil es Umas erstes Mal sei, er bietet ihr sogar einen Stuhl an, den er aus dem Flur holt.

Das erste Klingeln ertönt, noch bevor sie sich auf ihren Stühlen zurücklehnen können, und Uma gleitet mit unparteiischer Fröhlichkeit in das Gespräch.

»Klar«, sagt sie, »klar kriegen wir ihn hoch. Aber wir machen es in meinem Tempo, okay?«

Es stellt sich heraus, dass Uma offenbar von Geburt an ein Mädchen mit Vinylstiefeln ist, all ihren Telefonpartnern gibt sie laute

Anweisungen, *mach es mir so, sag es mir so*. Und sie besteht auf einer genauen Ausführung des Auftrags: *Nein, nicht so, schneller, weiter unten, langsamer*.

Am Anfang lacht Nili – Lachen scheint die beste Option. Aber schon bald geht es nicht mehr. Man kann nicht lachen, wenn seine Schwester es tiefer haben will, wenn sie den Kopf zurückwirft, wenn sie sich auf der Trainingsjacke die Brüste streichelt, wenn sie einen pornohaften Seufzer ausstößt.

»Du bist ein Rindvieh«, sagt Nili. »Was soll das hier?«

Uma richtet sich im Stuhl auf. Sie versteht nicht, was Nilis Problem ist. »Was?«, fragt sie. »Was ist los?«

Nilis Problem ist, dass es Dinge im Verhältnis zu ihrer kleinen Schwester gibt, die sie lieber nicht sehen möchte.

Nili erklärt Uma die Sachlage ganz ruhig. »Ich gehe weg«, sagt sie zu ihrer Schwester. Sie stehen im Flur, dem dunklen Herzen der Wohnung.

»Was?«, fragt Uma. Sie lächelt noch immer, sie schwebt an einem der vielen Haken, die ihre Seele halten. Gleich wird sie fallen.

»Ich ziehe aus«, sagt Nili.

»Du ziehst aus?«

Nili lächelt, aber jede Bewegung, die sie macht – jede Bewegung, die kleinste Zuckung ihrer Gesichtsmuskeln, die sich weigern, ihrem Gehirn zu gehorchen –, wird von Uma registriert.

»Tu mir einen Gefallen«, sagt Nili, »fang jetzt nicht an.« Und sofort erklärt sie die Sache mit der Bezahlung: Sie wird Uma die Miete für zwei Monate dalassen, das ist mehr als anständig, sie hat nicht die Absicht, Schwierigkeiten zu machen. Uma wird mehr als genug Zeit haben, einen Ersatz zu finden.

»Aber warum?«, fragt Uma.

»Ich bitte dich«, sagt Nili, »ohne Hysterie, ohne Theater.«

Nili bezahlt und steht auf, dreht den Augen des Mannes am Nebentisch ihren Hintern zu. Sie spürt, dass sie noch immer angeschaut wird. Sie weiß genau, was wirkt. Aufrecht gehen. Lächeln. Mit weicher Stimme sprechen. Es war ein Fehler, nicht mehr darauf zu achten.

Sogar Uma hat sie darauf hingewiesen. Oder nicht direkt, war es nur ein Blick? Jedenfalls hat Nili geantwortet: »Ich an deiner Stelle …«, ohne den Satz zu beenden.

»Was?«, sagte Uma.

»Schau dich doch an.«

»Du hast mich nie gern gehabt.«

»Was für ein Blödsinn.«

»Du hast immer nach einer Möglichkeit gesucht, mir aus dem Weg zu gehen.«

»Also komm.« Uma übertrieb wirklich. Lange hatte Nili auf sie aufgepasst, auch wenn es nicht möglich war, auf sie aufzupassen. Selbst einfache Dinge wie einen Winterpullover oder lange Strümpfe – Uma zog sich immer zu dünn an, und dann musste sie in der Nacht ihren Husten ertragen.

»Was willst du von mir?«, sagte sie zu Uma. »Sag, was du willst, und bringen wir es zu Ende.«

Denn die Wahrheit ist, dass Uma nie sagt, was sie will. Sie schweigt, zieht sich zurück, verschwindet tagelang im Bett, hört auf zu essen, das ganze Programm. Oder sie ist beleidigt, und das hält Nili noch weniger aus. Und auch damals, als Nili aus der Wohnung auszog, bat Uma sie nicht zu bleiben. Sie hat nie gesagt: Bleib. Dreimal musste Nili in die Wohnung fahren, um all ihre Sachen zu holen, und jedes Mal fand sie ihre Schwester im Bett vor, Uma grüßte kaum. Sie ließ Uma die Dinge da, die sie beschlossen hatte, nicht mitzunehmen. Eine Augencreme, unverschämt teuer, Lippenstifte. Ein paar Schmuckstücke, die sie nicht mehr mochte. Einen Stapel Modehefte. Monate danach fuhr sie für acht Monate nach Paris, dort lernte sie einen Japaner kennen, ein Model, und später Alfa, der ihr in den ersten Tagen geduldig zuhörte und leidenschaftlich recht gab.

Jetzt durch die Tür des Cafés gehen, ohne einen Blick auf den Mann zu werfen, der sie aus seiner Ecke anstarrt. Er ist älter, aber gepflegt. Warum ist er allein? Ist er allein? Menschen, die ihr ganzes Leben lang allein leben, sind wie Uma. Sie haben niemanden, um den sie sich sorgen müssen, sie sorgen sich nur um sich selbst. Sie haben sich daran gewöhnt, die einfachsten Dinge auf die komplizierteste Art zu erledigen.

Der Mann lächelt ihr zu und sie wendet schnell ihr Gesicht ab. Sein Lächeln hat ihn entlarvt. Ein einsamer Mann. Kaum zu glauben, dass sie ihn für einen Moment in Betracht gezogen hat. Hat sie je Vorbedingungen gehabt? Sie glaubt nicht. Mit welcher Leichtigkeit sie in ihre Betten gesunken ist.

Guten Sex oder gutes Essen? Lächerlich. Für keine von ihnen beiden spielt das noch eine Rolle. Sie hat keinen Hunger mehr. Um ihn wieder zu wecken, müsste etwas Größeres geschehen.

Das war kein Kuss, es war etwas Ernsteres als ein Kuss. Auch mitten in einem lauten Restaurant gibt es tote Winkel. Unter Tischtüchern, zwischen Stühlen, eine versteckte Handlungsfreiheit, und es sah aus, als wolle Alfa sie küssen, aber er küsste sie nicht, er streckte die Hand aus, seine Hand funktionierte, Nili sagte nichts. Gar nichts. Und erst ein Jahr später, als er wieder zu Besuch kam und sie sich in ihrem Bistro trafen, an ihrem festen Tisch, sagte sie zu ihm: »Es wird niemals mehr als das sein. Alles, was wir tun, passiert hier in diesem Raum, an diesem Tisch, vor anderen Leuten.« Und Alfa sagte: »So ist es.«

Das Bett

Um zum Pflegeheim zu kommen, geht Nili zu Fuß bis zum Parkplatz des Büros. Ihr Telefon klingelt in dem Moment, als sie die Kreuzung überquert. Uma? Asia?

Auf der Kreuzung ist es sehr laut, man kann nichts verstehen. »Hallo?«, schreit Nili, und Uma schreit etwas zurück, und Nili ist es, als höre sie noch ein anderes Schreien – ein Schreien, Asia schreit –, und dann wird das Gespräch unterbrochen. Uma wollte ihr etwas erzählen, etwas Dringendes, Erstaunliches, etwas über Asia und einen Delphin. »Hallo?«, ruft Nili. »Hallo?« Aber die Verbindung lässt sich durch Willenskraft nicht wiederherstellen.

Sie läuft in ein Kleidergeschäft, stolpert über eine Stufe, vor der nicht gebührend gewarnt wird. Natürlich hat sie nicht die Absicht, etwas zu kaufen, sie benutzt dieses Geschäft als Telefonzelle, etwas, was der Verkäuferin sichtlich missfällt. Nili dreht der Verkäuferin den Rücken zu, wühlt in den Kleiderstangen, drückt auf die Tasten des Handys. Sie hört Umas Nachricht ab, Umas fröhliche Nachricht, und verlässt den Laden, ohne die Verkäuferin anzuschauen, und ihre Augen sind feucht vor Enttäuschung.

Mit einem unangenehmen Gefühl, als betrete man ein Zimmer, in dem jemand schläft, geht sie zur Tiefgarage. Hinter ihr sind Schritte zu hören, sie dreht erschrocken den Kopf. Es ist nur der Mann von der Putzkolonne. Gut möglich, dass er ebenfalls schon seit Jahren hier arbeitet, gut möglich, dass er jeden Tag ihr Zimmer putzt, mit seinen Händen über ihren Schreibtisch fährt, über ihre Tastatur, und dass er sich auf ihren Stuhl setzt, wenn er das macht. Sie nickt ihm zu, steigt schnell in ihr Auto, lässt den Motor an. Sie gibt Gas und fährt hinaus ins letzte Tageslicht. In ihrer Tasche läutet es. Während sie in der Tiefgarage war, in den beiden Minuten, die sie unter der Erde verbracht hat, hat Uma wieder versucht, sie zu erreichen, und jetzt gibt es in ihrer Voicemail eine Nachricht von Uma und Asia. Sie hört sich die Nachricht ein zweites Mal an, und auch beim vierten Mal fällt es ihr schwer zu entscheiden, wer was sagt. »Delphin!« – »Drachen!« – »Wir haben uns ein Tatoo gemacht.« Und jetzt Umas Stimme, die alles übertönt: »Mach dir keine Sorgen, Schwesterchen, es ist Henna, geht innerhalb von zwei Wochen weg.«

Die Straßen sind nass, der Rücksitz leichter als üblich. Zehn Minuten vor sechs. Acht Minuten vor sechs. Es bleiben ihr noch dreizehn Minuten, wenn sie Hanna in ihrem Zimmer antreffen will, aber die Ampel schaltet einfach nicht um.

Im Laufe der Jahre hat Nili die richtige Zeit herausgefunden, um Hanna zu besuchen: donnerstags, fünf Minuten nach sechs, kurz nach dem Waschen, kurz vor dem Abendessen. Dann legen sie zu dritt, Hanna, Asia und sie, den Weg von Hannas Zimmer zum Speisesaal zurück; gemeinsam sitzen sie vor dem lauwarmen Essen, zwanzig Minuten, in denen Nili aus Hanna das herausholt, was noch in Erfahrung zu bringen ist. Die restliche Zeit spricht sie mit der Schwester, kümmert sich um alles, während Asia ihre Großmutter mit ihrem kindlichen Geplapper unterhält. Schon zweimal hat Nili darum gebeten, dass man die Scharniere an Hannas Bett ölen solle; dreimal hat sie darum gebeten, Hanna zum Abendessen keine Suppe mehr zu servieren. Hanna hasst Suppe, und die Tatsache, dass sie sie im letzten Jahr gegessen hat, ist Nilis Meinung nach ein weiteres Anzeichen ihrer Tragödie. Obwohl Hanna sich in den letzten Wochen wenig beklagt hat, aber wenn es keine wirklichen Beschwerden gibt, ist das Schweigen noch viel schlimmer.

Nili parkt ihr Auto schräg, sie hat es eilig, springt heraus und läuft los. Die Neonbeleuchtung im Eingang des Gebäudes passt zu dem scharfen Geruch nach Reinigungsmitteln – sehr sauber ist es hier, viel sauberer als bei Nili zu Hause, die Sauberkeit des Altersheims ist der Beweis für Fürsorge, für Hingabe.

Die Angestellte am Empfang ist neu, sie schenkt Nili nicht das übliche zustimmende Kopfnicken, aber Nili bleibt nicht stehen, um sich zu beschweren, sie geht weiter – und trotzdem kommt sie zu spät. Hanna ist schon nicht mehr in ihrem Bett. Ausgerechnet heute, verdammt. Nili dreht sich um und läuft durch den Flur.

Auf den ersten Blick ist kaum zu erkennen, dass der Speisesaal voller alter Menschen ist. So viele körperliche Gebrechen verstecken sich unter bunter Kleidung, unter Blumenmustern, Sonnenblumen, tropischen Früchten. Aber auf den zweiten Blick verblasst die Strandparty, stattdessen erkennt man eine Mischung aus runzligen Gesichtern und hört das triste Klappern von Plastikgeschirr. Nur Plastikgeschirr. Nur Löffel. Zerbrechliches Geschirr oder spitze Gegenstände sind verboten.

Nilis Blick wandert zwischen den Tischen hin und her – Greisin, Greis, Greisin, Greisin –, die Greisinnen sind in der Überzahl. Geschirrklappern ist zu hören, nicht vermischt mit den Geräuschen, die man in einem Raum voller Menschen erwarten würde, es gibt keine Gespräche. Wenn man ganze Tage lang zusammen ist, was hat man sich da noch zu sagen?

Da ist Hanna. Nur ein paar Meter vom Eingang entfernt, konzentriert auf ihre Suppe, die sie langsam löffelt; schon seit einiger Zeit weiß sie nicht mehr, was sie gern isst und was nicht. Sie isst alles. Die zerbrechliche Beweglichkeit ihrer dünnen Arme und deren früheres rundes Fließen ist abgehackten Bewegungen gewichen. Sie müht sich, das Essen vom Teller in den Mund zu bekommen.

Nili nähert sich vorsichtig ihrer Mutter. Was hätte sie dafür gegeben, das nicht sehen zu müssen.

»Hallo, Mama«, sagt sie. Sie legt noch nicht die Hand auf Hannas Schulter, um sie nicht zu erschrecken. Sie wartet auf das kleinste Anzeichen eines Erkennens oder zumindest eines Einverständnisses mit ihrer Anwesenheit.

Hanna wendet langsam den Kopf zu ihr. Ihr Hals ist nur begrenzt beweglich, nur ihr Lächeln ist noch breit.

»Suppe«, sagt Hanna, als wäre das ein Witz.

»Ja, komm, ich helfe dir.«

»Wackelpudding«, sagt Hanna.

Aber die Schüsselchen mit dem Nachtisch werden erst verteilt, wenn alle mit dem Essen fertig sind – wenn man sie ihnen früher hinstellen würde, würden sie das Interesse am Hauptgericht verlieren.

»Hinterher«, sagt Nili. Vorsichtig nimmt sie Hanna den Löffel aus der Hand, führt ihn zu dem bereitwillig geöffneten Mund. Lauwarme Suppe, lauwarmes Püree, lauwarme Fischfrikadellen, sehr fein gemahlen: nur blasse Farben, nur weiche Textur.

Als Hanna fertig gegessen hat, reicht Nili ihr die Serviette. Eines der Dinge, die sie sich noch immer weigert zu tun, ist, ihrer Mutter den Mund abzuwischen, auch wenn das bald nötig sein wird. Am Ende, so hat sie gelesen, wird Hanna auch Begleitung brauchen, wenn sie aufs Klo geht, und dann, nach ihrem Tod, wird alles aufzulösen sein, man wird Gegenstände sortieren müssen, Möbel verkaufen, Schränke leeren. Sie wird mit einem feuchten Tuch Hannas Schränke auswischen; sie wird den Schmutz nicht sehen können, sie wird nur versuchen, ihn wegzuwischen. Sie wird natürlich berechtigt sein einzudringen, und trotzdem wird sie jedes Mal, wenn sie eine Schublade in der Wohnung ihrer Mutter öffnet, spüren, wie Hanna zusammenzuckt, weil sie nicht möchte, dass das passiert.

Im vergangenen Sommer hatte sie Hannas Tasche ausgeräumt, die schwarze Tasche, die sie die ganzen Jahre am Arm getragen hatte, eine Tasche aus feinstem Leder, das sich fast lebendig anfühlt, eine Tasche, die das Streicheln erwidert, wenn man sie berührt. Nili hatte Stück für Stück vorsichtig herausgenommen, es aufmerksam betrachtet, seinen Wert erwogen, und schließlich war sie fertig. Nichts blieb übrig. Die üblichen Ausweispapiere. Ein Parfümflakon. Lippenstifte in schweren, goldenen Rollen. Eine altmodische Puderdose, die beim Öffnen eine dichte Wolke ausstieß. Das alles räumte sie in eine alte Schuhschachtel, die sie ins oberste Fach des Kleiderschranks stellte.

Hanna berührt ihren Arm.

»Was?«

Ihre Mutter heftet den Blick auf sie. Offenbar hat sie etwas Seltsames an ihrer Tochter festgestellt, etwas, was ihr bisher nicht aufgefallen ist.

»Was ist, Mama?«

»Nati«, sagt Hanna. »Wo ist Nati?«

In der letzten Zeit hat sie solche Geistesblitze, Dinge, die in ihrer Schatzkiste verborgen sind, und manchmal kippt sie den Inhalt heraus und hebt einen glitzernden Gegenstand vor die kurzsichtigen Augen. *Wo ist Nati? Wie geht es Nati? Was ist mit Nati, diesem netten jungen Mann?*

Mütter, die sich plötzlich für den Ehemann ihrer Tochter interessieren, aber nicht für die Tochter selbst – gibt es etwas Gestörteres als das?

Nati hat Hanna immer seine volle Aufmerksamkeit geschenkt. Vor Jahren war er in ihre Wohnung gestürmt, als sei es in Wirklichkeit sie, die er kennenlernen wollte. Er hat sich lächelnd bei ihr über ihre Tochter beklagt, er hat geholfen, das Essen aufzutragen und nach dem Essen den Tisch abzuräumen, und er hat sich mit ihr über englische Lyrik unterhalten. Nilis Vater war damals schon nicht mehr da, schon seit fast fünf Jahren nicht mehr, und Hanna hatte gelernt den Tag allein zu verbringen. Es war Platz für andere Männer, und Nati gelang es schnell, ihre Zuneigung zu gewinnen.

»Nati ist bei der Arbeit«, sagt Nili zu ihrer Mutter.

Manchmal reagiert Hanna verärgert oder amüsiert darauf, diesmal beschäftigt sie sich jedoch sofort mit etwas anderem, etwas, was mit der Nacht zu tun hat. Etwas stimmt nicht mit ihrem Bett. Etwas passiert nachts. Nili versucht es zu verstehen: Die Matratze? Die Decke? Kratzt die Decke? Frierst du nachts?

Hanna ist frustriert, sie fuchtelt mit den Armen in der Luft. Nili kennt das. Sie steht auf dem Rasen und muss dringend, fast macht sie in die Hose; die Nachbarinnen sammeln sich um sie, bombardieren sie mit Fragen; ihre Mutter steht auf dem Rasen; blass, anders als sonst, fuchtelt mit den Armen – wenn die Worte ihre Kraft verlieren. Re'uma war hier, versucht Nili zu sagen, sie hat sie nur für einen Moment allein gelassen, und als sie wieder herauskam, war Re'uma nicht mehr da. Danach kommt ein Polizist. Erst geht er in die Knie, um mit ihr zu sprechen, dann seufzt er, greift an seinen Rücken und richtet sich wieder auf. »Gib dir Mühe«, sagt er, »denk nach.« Sein Gesicht verzieht sich.

Nachdem die Sache mit Re'uma passiert war, fand die Periode des Ersten Tempels ein Ende. Sie fingen an umzuziehen: eine andere Wohnung, noch eine und noch eine. Nie im Erdgeschoss; am liebsten im obersten Stock. Und die ganze Zeit Geschrei: Ihre Mutter und Re'uma schreien, knallen mit den Türen. Ihr Vater schweigt, Nili ist in ihrem Zimmer. Einmal verlässt sie ihr Zimmer, und jetzt ist sie es, die schreit: »Hört endlich auf!« Das Haus erstarrt, und als es wieder anfängt, sich zu bewegen, ist es ein anderer Film.

Die Beleuchtung ist anders, die Berührungen sind anders. Und ihre Mutter sagt: »Du wagst es? Du wagst es?« Und Nili sagt: »Ich? Ich?« Und ihre Mutter sagt: »Du hast sie allein gelassen, du hast sie im Stich gelassen und du wagst es?« Und wieder jammert Re'uma, und das ist die Wasserscheide: für Nili nie mehr Mama, ab jetzt nur noch Hanna. Und kein Geschrei mehr zwischen Re'uma und Hanna. Ab jetzt Schweigen.

»Was, was ist mit dem Bett?«, fragt Nili, und schließlich stellt sich heraus, dass es wieder die Scharniere sind. Sie quietschen, und Hanna wacht bei diesem Geräusch jede Nacht auf. Nili bittet die Schwester nachdrücklich, die Scharniere noch an diesem Abend zu ölen. Sie hofft, die Schwester versteht, dass sie es ernst meint, wirklich noch an diesem Abend.

Für den Rest des Besuchs ist Hanna sehr still. Das ist nicht immer so, noch vor zwei Monaten hat es Ausbrüche gegeben. Einmal war sie besonders gut gelaunt, ein fröhlicher Tag in dem kleinen Zimmer am Rand des Korridors. Sie erinnerte sich an ihre Flitterwochen, an die erste Woche ihres Ehealltags, und ein abenteuerliches Glitzern erschien in ihren Augen. Sie stieß einen entzückten Seufzer aus: das Hotel auf Zypern, das Hotelzimmer, der Speisesaal, der Hang zum Strand hinunter. Asarja brach sich am zweiten Tag das Bein, und nachdem sie einen ganzen Tag im örtlichen Krankenhaus verbracht hatten, kehrten sie mit Gips zum Hotel zurück und verbrachten den Rest der Woche im Bett.

Hier hielt Hanna inne, die Gegenwart drängte sich wieder auf, und was sich unter der Geschichte verbarg, konnte Nili nur erahnen.

Seit damals fürchtet sich Nili vor der neuen, zügellosen Hanna. Jeden Moment können Geschichten aus ihr herausbrechen, voller Informationen, die Nili nicht verifizieren kann. Aber an diesem Abend gibt es zu ihrer Erleichterung keine plötzlichen Ausbrüche. Hanna ist ruhig und weich, sitzt müde auf ihrem Bett. Sie sucht einen Weg, zur Ruhe zu kommen, und bleibt wieder stecken: Sie weiß nicht, was man jetzt tut. Nili hilft ihr mit einem sanften Druck auf die Schulter, und als Hanna sich auf dem Bett ausstreckt, deckt sie sie vorsichtig zu und macht den Fernseher an, der an einem Arm über ihr schwebt.

Gemeinsam schauen sie sich die Nachrichten an, das ist noch immer möglich. Die Eltern von Denis Bukinow stehen wieder vor der Kamera. Sie sind erschöpft, trotzdem strahlen sie eine Lebenskraft aus, die kein anderer, kein normaler Mensch mit einem normalen Leben hat. Von dem Punkt aus, an dem sie sich jetzt befinden, kann die Zukunft sie jeden Moment in den Abgrund stürzen, und sie haben keine Möglichkeit, dagegen anzugehen, außer ständig mit einer ungeheuren Anstrengung zu sprechen, zu erklären, das Herz eines Unbekannten zu rühren …

Die Reporterin wendet sich auf Russisch an die Mutter. Wie alle sucht sie einen Anhaltspunkt, einen Hinweis, ein Detail, das übersehen wurde.

Denis sei wie üblich zur Schule gegangen, erzählt die Mutter. Er sei aufgestanden, habe Cornflakes gegessen, habe wie üblich eine halbe Stunde gebraucht.

»Ein Junge eben«, sagt Nadja Bukinow.

»Nichts Außergewöhnliches?«, fragt die Reporterin. »Haben Sie vielleicht gestritten? Vielleicht ist er in der letzten Zeit bestraft worden?«

Sie schaue ihm immer vom Fenster aus nach, sagt Denis' Mutter. Sie warte immer, bis er die Straße überquert habe, erst dann könne sie ihm den Rücken kehren. Natürlich habe sie ihm auch diesmal nachgeschaut.

»Und Ihnen ist nichts Außergewöhnliches aufgefallen?«, hakt die Reporterin nach.

Aber wie sollte Nadja Bukinow jetzt darauf antworten? Wenn etwas Derartiges geschieht, wie kann man das im Nachhinein sagen?

Sie schüttelt nachdrücklich den Kopf. »Nein, nein, gar nichts.«

Sie ist eine sehr schlanke Frau mit ruhiger Stimme. Sie ist bei sich zu Hause, und trotzdem sitzt sie steif auf dem Rand des Sofas, sehr aufrecht, die Hände im Schoß. Ihr helles Haar und ihre blauen Augen haben eine eigene Überzeugungskraft und wecken zugleich Zweifel. Wer könnte die Tatsache leugnen, dass russische Mütter ihre Kinder ein bisschen anders lieben als israelische?

Die Zeit der Bukinows ist stehen geblieben. Nein, sie hat sich verbogen, und jetzt müssen sich die Bukinows, um sich mit ihr bewegen zu können, ebenfalls verbiegen. Doch was machen sie den ganzen Tag? Nadja ist Laborantin, Oleg Zahntechniker. Wie leicht können sie in der anomalen Stille ihres Arbeitsplatzes verrückt werden? Andererseits, wie lange können sie nebeneinander im Haus sitzen, in der erstarrenden Angst vor jedem Anruf?

Nili schaut Hanna an. Ihre Mutter scheint aufmerksam zuzuhören, sie runzelt sogar die Stirn. Wenn man sie anschaut, fällt es schwer zu glauben, dass in ihrem Kopf ihre eigenen Filme ablaufen.

Die Reporterin wendet sich an den Vater. Da ist die Sache komplizierter. Er nickt zwar zu den Erklärungen der Reporterin, hat aber große Schwierigkeiten, sich auszudrücken. Sie formuliert ihre Fragen neu. Sie spricht Russisch mit ihm, aber es stellt sich heraus, dass auch ihr Russisch eine Übersetzung benötigt – Oleg Bukinow hat offenbar aufgehört, Russisch zu verstehen, er scheint eine ganz neue Sprache zu brauchen.

Oleg Bukinow schaut die Reporterin einige Male an, bevor es ihm gelingt, einen Satz zu formulieren. »Wir beten dafür, dass es Denis gut geht«, sagt er. »Wir danken den Menschen in diesem Land, die uns helfen. Wir bitten denjenigen, der Denis festhält, Mitleid mit uns zu haben. Denis ist das Einzige, was wir haben. Hab Erbarmen mit uns.«

Die Bukinows sind für die Reporterin unerreichbar, und auch Nili kommt nicht an sie heran. Die zarte Landkarte ihrer Gesichter verlangt eine völlig andere Beleuchtung, eine andere Navigation. Nili fragt sich, ob sie einander misstrauen. Kann es sein, dass sie einander *nicht* misstrauen? Wenn Aisa verschwände, würde es ihr nicht einfallen, Nati zu misstrauen. Aber man kann nicht wissen, was die Polizei ihnen zutrauen würde.

Nun ist der Sprecher wieder an der Reihe, er erklärt den Hintergrund: Die Bukinows haben keine Verwandten in Israel, außer Nadjas jüngerer Schwester, die ebenfalls in Rischon Lezion lebt. Die Schwester ist unverheiratet. Jetzt zeigt man sie: Sie ist ebenfalls eine schöne blonde Frau, sie bewegt sich mit einem geschäftigen Gesichtsausdruck im Wohnzimmer ihrer Schwester. Sie scheint völlig in ihrer Aufgabe aufzugehen, der Schwester beizustehen.

Gibt es jemanden, der *sie* verdächtigt?

Israelische Kinder sind hier gefragter als russische; russische mehr als äthiopische; Tel Aviver mehr als Leute aus Dimona. Aber entscheidend ist die Frage der Schönheit, und Denis sieht aus wie ein Engel.

Der Kommissar wird interviewt. Fachleute für vermisste Personen werden interviewt. Kindersachverständige. Noch immer gibt es diesen Beruf, obwohl er in einer Welt von Spezialisierungen langsam an Bedeutung verliert. Auch Denis' Lehrerin wird interviewt und gefragt, wie seine Klassenkameraden mit Denis' Verschwinden umgehen. Die Sozialarbeiterin der Schule wird interviewt, sie sieht unzugänglich aus, es scheint, als könne man die Menge der tröstenden Worte, die auszusprechen sie in der Lage ist, auf einem Teelöffel sammeln. Der Leiter der Suchmannschaften wird interviewt …

Nili steht mit einer raschen Bewegung auf und macht den Fernseher aus. Hanna seufzt und streckt die Hand nach dem Bildschirm aus. Nili setzt sich neben sie, und Hanna beruhigt sich wieder.

»Erinnerst du dich noch an den dicken Franzosen, Mama?«, fragt sie. »In Paris, als Nati und ich das Portemonnaie verloren haben?«

Hanna dreht ihr langsam das Gesicht zu – eine Bewegung, die so etwas wie eine Antwort enthält.

»Er hat gestern bei uns angerufen. Er will uns morgen zum Abendessen treffen. Seltsam, nicht wahr?«

Hannas Mund ist geöffnet, wie bei einem Säugling.

»Ich habe dir doch erzählt, was er damals zu mir gesagt hat?«, flüstert Nili. »Nein? Das kann nicht sein. Ich habe es dir erzählt, und du hast es vergessen.«

Hannas Hand sinkt auf die Brust, ihre Augen fallen zu.

»Ich erzähle es dir noch einmal«, sagt Nili. »Ich erzähle es dir und du hörst zu, gut? Wir haben das Restaurant alle gemeinsam verlassen, es war so kalt, wir standen in der Kälte und Nati fiel ein, dass er seinen Mantel in der Garderobe vergessen hat. Er ging zurück, um ihn zu holen, und die Frau des Dicken stieg schon in ihr Auto, und plötzlich standen wir beide allein da, er und ich. Nur wir beide. Und da hat er gesagt, ich solle die Finger von Nati lassen. Kannst du dir das vorstellen? Er sagte, er sei eine Art Prophet und ich solle Nati verlassen. Er sprach über Nati, als wäre er ein Nichts.«

Hanna öffnet die Augen.

»Du hättest bestimmt angefangen zu toben, nicht wahr?«, sagt Nili. »Du hättest dir das nicht schweigend angehört. Aber ich habe kein Wort gesagt. Gar nichts. Und ich habe auch Nati nichts davon erzählt. Anfangs, weil ich Angst hatte, ich wusste nicht, wie dieser Ausflug enden würde. Ich hatte Angst. Und später war es schon zu spät dafür, es hätte nichts geändert, wir waren wieder in Israel. Ich erzählte nichts. Glaubst du, ich hätte es ihm erzählen müssen?« Sie hält den dünnen Arm ihrer Mutter – erst leicht, dann verstärkt sie den Griff.

Hanna sagt etwas, aber es ist so unverständlich wie alles, was sie sagt. »Warum ist ausgerechnet uns das passiert, Mama?«, fragt Nili, und gleich darauf sagt sie: »Gut, so ist die Lage. In all den Jahren gab es Momente, in denen ich Nati anschaute und das sah, was Duclos in ihm gesehen hatte. Und das ist die Wahrheit. Daran lässt sich nichts ändern.« Sie streckt sich, steckt die Decke um ihre Mutter fest, zupft das Kissen unter ihrem Kopf zurecht.

»Mama?«

Aber Hanna ist schon eingeschlafen.

Fünfter Teil

Mädchenspiele

Der Winter ist eine starke und klare Jahreszeit. Im Winter hat Nili Nati kennengelernt. Im Winter sind sie in die Dachwohnung umgezogen. Im Winter ist Nati zu Miep und Dida in den Norden gefahren. Im Winter hat Dida Nati gesehen, wie er mitten in der Stadt, mitten am Tag, eine fremde Frau in einem langen, weißen Mantel umarmte. Im Winter hat Asia wieder angefangen zu sprechen. Im Winter, fast drei Jahre nach dem Wunder, fährt Nati in die Schweiz und sie bleiben allein zurück.

Er packt im letzten Moment. Ein paar Stunden vor dem Flug holt er den silbernen Samsonite aus dem Schrank und legt ihn mit aufgesperrten Kiefern auf das Doppelbett. Jetzt ist der Koffer das Tor zu einer anderen Welt. Er steht vor dem Schrank und fragt Asia: »Und was jetzt?«

Nili weist Asia an, Mantel und Stiefel zu holen – sie würden Papa in Ruhe packen lassen; außerdem sei der Kühlschrank leer und sie müssten einkaufen. Nati nimmt Strümpfe aus dem Schrank und legt sie in den Koffer. Das Mädchen verlässt das Zimmer. Eine Weile verstreicht, in der Nili auf dem Bettrand sitzt. »Wir lassen dich in Ruhe packen, das Mädchen und ich«, sagt sie noch einmal, und Asia taucht wieder auf. »Mama«, sagt sie und wickelt sich einen Pelzschal in entsetzlichem Pink um den Hals, »das Mädchen ist bereit.«

Das Mädchen möchte glänzen. Die Vitalität ihrer silbernen Stiefel bringt sie ganz aus dem Häuschen; ihr goldbestickter Mantel erfüllt sie mit übermächtiger Kraft. Sogar jetzt, mit ihren Plastikstiefeln und dem hässlichen Mantel und ihren viereinhalb Jahren, sieht sie viel reicher aus als ihre Eltern.

»Bin ich schön?«, fragt sie. Mehr als alles andere wünscht sie sich Nagellack.

»Du bist eine Schönheit«, sagt Nili, »eine Superschönheit.«
»Danke«, sagt sie und schaut Nati an. »Papa glaubt das auch.«

Als sie vom Einkaufen zurückkommen, ist der Koffer schon gepackt und geschlossen, und in der Wohnung hängt noch der Geruch der Dinge, die aus den Tiefen des Schranks hervorgeholt und durch die Wohnung getragen wurden: seine beste Kleidung, kleine Seifenstücke, in raschelndes Seidenpapier gehüllte Schals, Krawatten. Im Schlafzimmer riecht es nach Bügeln und Rasierwasser; neben der Tür stehen blank geputzte Schuhe. Nati ist schon fast verschwunden.

Nili setzt sich auf das Bett, neben die Sachen, die er doch wieder aussortiert hat. Zwei weiße Hemden, eine Schlafbrille, ein Kulturbeutel aus Kord. Er fährt, wie ein Junggeselle fährt, all seine Sachen sind gediegen und poliert, das private Fest, an dem Nili nicht teilnimmt, erreicht den Höhepunkt. In zwei Wochen wird er für ein Wochenende zurückkommen, danach wieder für zwei Wochen wegfahren. »Das geht schnell um«, hat er ihr gestern versprochen. »Und wir werden ja telefonieren.«

Nili verzieht das Gesicht. Sie will nicht, dass er fährt. Und sie will, dass er endlich fährt. »Machst du irgendwelche Experimente mit dem Bügelbrett?«, fragt sie.

»Bitte?«

»Na ja, ich habe gedacht, dass du es vielleicht beobachtest. Du hast es aufgeklappt stehen gelassen, vielleicht wartest du ja darauf, dass es sich von allein zusammenklappt.«

Aber Nati fährt heute Abend, und nichts wird seine Stimmung trüben. Er klappt das Bügelbrett zusammen. »Fordere mich beim nächsten Mal einfach auf, es wegzuräumen«, sagt er. »Das ist viel einfacher.«

Das stimmt nicht. Gar nichts ist einfach. Sogar die kühle Abendluft ist nicht einfach, als Nati an der Tür Nili auf die Stirn küsst und mit dem silbernen Koffer das Haus verlässt und zu dem wartenden Taxi geht. Die Mädchen schlafen schon. Nur Nili steht in der Haustür, um mit Nati die Bürde der Trennung zu teilen.

Die Taxitür fällt zu, der Motor heult auf, das Taxi entfernt sich. Was würde sie empfinden, wenn er sie so verlassen würde? Wenn er in die Nacht fahren und nie mehr wiederkommen würde? Vielleicht ist sie es ja, die ihn in die Welt hinausschickt, in eine Parallelwelt, und er verzieht das Gesicht, wie Männer das Gesicht verziehen, wenn sie das Urteil empfangen, weil sie ihren Schmerz nicht zeigen wollen?

Nun ist er weg. Die Straße wird still. Aus und vorbei.

Der Winter bringt Kälte. Kälte. Noch mehr Kälte. Es friert. Das Licht nimmt ab und blendet doch. Normalerweise sitzen sie nie zusammen am Tisch, aber ausgerechnet nun, da Nati nicht da ist, hat das einen gewissen Zauber. Jetzt ist es ein Spiel. Ein Familienspiel. Sie ist eine alleinerziehende Mutter mit zwei Töchtern, eine der neuen, autarken Frauen. Eine Frau in einer Welt von Frauen, die selbst die Verantwortung tragen.

Sie hat Natis Pläne verständnisvoll aufgenommen. Beruf ist Beruf. Aber ausgerechnet im Januar? Für einen ganzen Monat? Im Januar ist es kalt. Die Schwierigkeiten mit der Elektrizität fangen jedes Jahr im Januar an. Im Januar kann es schneien, man ist im Haus begraben, ohne Ausweg. Ausgerechnet im Januar?

Dida hat gesagt, wenn es so ist, wenn Papa für einen ganzen Monat wegfährt, wird sie zu ihrer Mutter fliegen. Sie soll sie zweimal im Jahr besuchen. Dann wird sie dieses Jahr eben im Januar fahren. Das hat sich vernünftig angehört. Aber Miep hatte zu viel zu tun, es gehe nicht, sagte sie zu Dida. Dida hatte sie angerufen – Nili hörte zu –, und als sie auflegte, sagte sie zu Nili: »Sie hat gesagt, es geht nicht.«

Jede Tochter kann jeder Mutter passieren, denkt Nili, aber es ist schrecklicher, dass jede Mutter jeder Tochter passieren kann. Wenn Nili in der Wochenendbeilage über Dida gelesen hätte, hätte sie den Wunsch verspürt, sie ans Herz zu drücken. Aber die Sache ist die, dass das Mädchen bereits da ist, und da ist es weniger naheliegend.

»Nicht schlimm«, sagte Nili zu ihr.

Dida schaute sie fragend an. Ein junges Mädchen. Hängt zwischen Kindheit und Erwachsensein, die Füße berühren den Boden nicht.

»Wir machen hier ein Mädchenfest«, sagte Nili.

»Ja«, sagte Dida, »schön.«

Der Plan ist, ein Abenteuer daraus zu machen. Ohne den Vater im Haus können sie über die Stränge schlagen. Einen ganzen Monat mit Picknicks im Wohnzimmer, mit Camping im Schlafzimmer, Süßigkeiten am Abend. Sie würden konzentrierte Nostalgie aus ihrem Leben zu dritt ziehen: Weißt du noch, als Papa in der Schweiz war und wir allein waren? Weißt du noch, was das für ein Spaß war?

Und tatsächlich, auch am dritten Abend ohne Nati ist es ein Spaß. Es gibt Tomaten, Gurke, Paprika, geschnitten auf einem Teller, und Spaghetti bolognese, und eine Überraschung zum Nachtisch: Windbeutel!

»Oh!« Asia deutet auf eine Paprika. »Oh, schaut doch!«

In einer großen roten Paprikaschote liegt eine kleine rote Paprikaschote.

»Sie hat ein Mädchenbaby!«, ruft Asia.

»Ein Mädchenbaby?«, fragt Dida.

»Ja, schau doch.« Sie deutet auf die winzige Vertiefung, an der ein Stiel entfernt wurde. »Siehst du da einen Pimmel? Wenn er keinen Pimmel hat, ist er ein Mädchen. Stimmt's, Mama?«

»Meine Süße«, sagt Nili, »meine kluge Tochter.«

»Mama, darf ich das Mädchenbaby essen?«

»Klar«, sagt Nili.

»Entschuldige«, erklingt Didas Altstimme. »Findest du es anständig, das Baby zu essen? Noch dazu vor den Augen seiner Mutter?« Sie bricht die kleine Paprika aus der großen und legt die große hinter die Spaghettischüssel. »Erspare ihr wenigstens den Anblick.«

Asia verzieht das Gesicht, sie ist dem Weinen nahe. Seit Natis Abreise ist sie ein bisschen erkältet und ihre Stimme besorgniserregend heiser. »Mama, das darf man doch, oder?«

»Natürlich, meine Süße.«

»Und was den Pimmel betrifft«, sagt Dida zu Asia. »Es wird Zeit, dass du etwas lernst. Vegetative Fortpflanzung, schon mal gehört?«

Asia dreht sich zu Nili. »Mama, will sie mich auf den Arm nehmen?«

»Vegetative Fortpflanzung heißt, dass es kein ›männlich‹ und kein ›weiblich‹ gibt«, fährt Dida fort. »Ein Geschöpf schafft eine genetische Kopie von sich selbst, ohne andere damit zu belästigen. Ganz anders als bei den Menschen.«

»Stimmt das?«, fragt Asia.

»Ja«, sagt Dida. »Auch bei den Paprikaschoten ist es so. Sie sind zweigeschlechtlich. Oder ungeschlechtlich. Kommt drauf an, wie man es betrachtet.«

»Ist das wie bei Homos?«

»Homos?« Nilis Gabel bleibt in der Luft hängen.

»Sind Paprikas Homos?«, fragt Asia.

»Wer hat dir von Homosexuellen erzählt?«, fragt Nili.

»Sehr richtig«, sagt Dida. »Die Paprikas sind homosexuell. Sie sind sogar homosexueller als Homos, sie machen es wirklich nur mit sich selbst. Irgendwelche Leute werden dir sagen, es handle sich da um eine ausgeklügelte Onanie, aber das stimmt nicht. Der ganze Unterschied liegt in der Art der Fortpflanzung.«

Asia nickt. Nili wartet mit angehaltenem Atem, aber Asia fragt nicht, was Onanie ist. Und vielleicht sollte gerade das alle Warnlampen in ihr aufleuchten lassen? Was erzählt ihr Dida noch alles, wenn sie nicht da ist?

»Also ich nenne meine kleine Paprika Mini«, verkündet Asia. »Weil es beides ist, ein Jungenbaby und ein Mädchenbaby, und es ist unmöglich.«

»Was ist unmöglich?«, fragt Nili.

»Zu entscheiden«, sagt Asia, und dann beißt sie ein Stück von Mini ab und leckt sich die Lippen.

Und jetzt? Etwas muss sie doch sagen.

»Können wir jetzt anfangen zu essen?«, fragt Nili. »Oder hast du uns vielleicht noch wichtige Informationen mitzuteilen, Dida?«

»Von mir aus«, sagt Dida und zuckt mit den Schultern.

Nili verteilt die Spaghetti auf den Tellern. Die Bolognese ist heute mit Pilzen und Pinienkernen garniert. Aber als sie die Schüssel in die Hand nimmt, hebt Dida abwehrend die Hand.

»Was?«

»Kann ich Ketchup haben?«

Nili seufzt.

»Ja, Ketchup!«, ruft Asia.

Nili bläst die Luft aus. Es ist klar, sie hat zugestimmt. Dida schiebt ihren Stuhl zurück, geht zum Kühlschrank, nimmt die Ketchupflasche heraus. Sie setzt sich wieder an den Tisch, mit einem vergnügten Gesicht. In der letzten Zeit kommt ihr wirklich alles witzig vor. Auch Nili. Und das Leben selbst – ein Witz.

»Soll ich dir was geben?«, fragt sie ihre Schwester und dreht die Flasche über Asias dampfendem Teller um. Eine Ketchupschlange kriecht aus der Öffnung und kringelt sich über den Spaghetti, formt rote, glänzende Spuren.

»Noch mehr«, sagt Asia.

»Das reicht«, sagt Nili.

»Ich möchte mehr!«, protestiert sie, und als ihre Schwester weitermacht, klatscht sie in die Hände.

Dida schneidet eine Grimasse. »Wenn es einen heißen Draht für Spaghetti gäbe, würden deine anrufen. Das ist ein Verbrechen an den Nudeln, solch eine Menge Ketchup.«

»Stimmt das, Mama?«, fragt Asia.

Nili schüttelt den Kopf. »Aber nein, meine Süße. Guten Appetit.«

Nili lächelt ihre Tochter an. Das Mädchen sieht wie immer aus, und das ist wichtig. Denn gestern Abend hat es beim Essen einen Moment gegeben – es *gab* einen Moment, sie ist überzeugt, dass es ihn wirklich gegeben hat –, da hat sich Asias Kopf plötzlich gedreht, die Welt knirschte in den Angeln und bewegte sich dann weiter. Dida und Nili haben sich angeschaut. *Was war das?* Aber sie sagten nichts. Kein Wort. Und Asia fuhr fort zu essen.

Und jetzt essen sie alle drei Nudeln. Asia, erkältet, atmet schwer, ein kleiner Blasebalg bewegt ihre schmale Brust auf und ab. Alles ist in Ordnung. Es gibt viele funktionale Familien auf der Welt, ihre Familie ist eben anders. Eine lernende, überlebende. Asia schenkt ihrer Mutter ein Ketchuplächeln.

»Gestern habe ich von Ungeheuern geträumt«, sagt sie. »Aber es waren nette Ungeheuer. Sie haben nur Gras gefressen. Und auch ein bisschen Menschen.«

»Dann waren sie doch nicht nett.«

»Nein, eigentlich haben sie keine Menschen gefressen. Nur Tiere im Gras.«

»Insekten?«

»Was im Gras war. Kleine Elefanten und kleine Menschen. Alles, was …« Der Satz wird länger als geplant, sie schnappt nach Luft.

»Du hörst dich an wie eine Spülmaschine«, sagt Dida.

Nili lacht.

»Du hörst dich an wie beim Spülen«, erklärt Dida.

»Mama, stimmt das?«, fragt Asia.

Nun ist es Nili, die einen Moment schweigt.

»Mama?«, wiederholt Asia.

»Manchmal seid ihr die süßesten Mädchen des Universums«, sagt sie schließlich.

»Der sichtbaren Welt«, sagt Dida.

»Was?«

Dida nickt. »Mehr als das sollte man nicht behaupten.«

Es gibt Familien, deren Prägung in jedem Schritt zu erkennen ist, den sie machen. Die Laken in den Betten sind gespannt, es gibt persönliche Handtücher, die Mahlzeiten finden zu bestimmten Uhrzeiten statt. Der Kühlschrank ist voll mit richtigem Essen – Töpfe und Dosen –, und was abgelaufen ist, wird sofort weggeworfen. In solchen Familien weiß man, wie man streitet und wie man sich wieder abregt, wie man sich verheddert und entwirrt, die Kinder sind musikalisch, zu jeder Tageszeit kommen und gehen Freunde, und unaufhörlich klingelt das Telefon. Die Heranwachsenden unter den Kindern ziehen sich zwar in ihre Zimmer zurück, aber sie kommen auch wieder heraus – zu jeder Härte gehört auch eine gewisse Weichheit, Verletzlichkeit, erstaunliche Lebensklugheit. Und am Abend, um den Esstisch, möchte jeder den anderen von sich selbst erzählen, das Gute, das er an diesem Tag erlebt hat, und das Schlimme, und alle nehmen Anteil und legen ihre Karten offen auf den Tisch. Und es ist immer richtig, es funktioniert immer. In solchen Familien klingt alles, was gesagt wird, spannend. Spannend und gerechtfertigt.

Aber in Patchworkfamilien ist es anders. In einem Moment lehnt man sich an die Wand, um auszuruhen, da dreht sich auch schon ein unsichtbarer Backstein, die Wand öffnet sich und ein Geheimgang wird sichtbar. Die Erde ist nicht fest. Die Mutter hat genug Liebe in ihrem Herzen, dass es für viele Kinder reichen würde, aber sie verteilt sie schlecht.

Dida schiebt sich mehr Nudeln in den Mund, das Ketchup färbt ihre Lippen. Ihre beginnende Sexualität verändert ihr Aussehen, Nili muss an eine Wachspuppe denken. Im letzten Jahr hat sie sich die Haare wachsen lassen, und alles, was sie mit ihnen anfängt, wirkt unordentlich.

»Wie läuft es in deinem Kurs?«, fragt Nili.

»Alles in Ordnung«, sagt Dida.

»Machst du Fortschritte?«

»Al-les-in-Ord-nung.«

»Witzig.«

»Nein?«

»Nun«, drängt sie, »ehrlich. Ich möchte es wissen.«

Vor zwei Jahren machte sie einen kleinen Ausflug zum Arbeitskreis Robotik, und im letzten Jahr probierte sie die AG Strategiespiele aus. Beim ersten Teilnehmertreffen wurden sie aufgefordert, sich zu überlegen, was sie getan hätten, wenn sie am Tag des Angriffs auf die Twin Towers Präsident der Vereinigten Staaten gewesen wären. Als Hausaufgabe – Hausüberlegungen, nannte Dida sie – sollten sie sich weiter damit beschäftigen, sich in die gequälten Köpfe von Präsidenten zu versetzen: Was hätten sie an Clintons Stelle getan, an dem Tag, an dem seine Liebesaffäre in die Öffentlichkeit geriet?

Das überraschte Nili sehr. Jugendliche sollten sich den Kopf über solche Fragen zerbrechen? Alle Achtung.

»Es gibt auch Bonusfragen«, berichtete Dida. »Was hättest du getan, wenn du die Geliebte des Präsidenten der Vereinigten Staaten wärst, an dem Tag, an dem seine Geschichte in die Öffentlichkeit geriet?« Ausgerechnet im Fall der Geliebten überraschte Dida, sie hatte viele praktische Ideen.

Trotzdem verkündete sie nach weniger als zwei Monaten, dass sie mit der AG aufhörte. »Dieser Arbeitskreis hätte meine rhetorischen Fähigkeiten verbessern sollen«, erklärte sie Nili in jenem Sommer, an einem der raren Abende, an denen sie aus ihrem Zimmer kam, bewaffnet mit ganzen Sätzen. »Aber er hat mir überhaupt nicht geholfen.«

»Nein?«

»Mit dir, zum Beispiel. Er hat mir nicht geholfen, was dich betrifft. Du sagst mir dauernd, tu das, tu jenes, und das ist immer das letzte Wort. Wenn ich mit dir spreche, schaffe ich es nie, mich so aufzustellen, wie ich es sollte.«

Nili schwieg. In den letzten Jahren hatte Dida nicht viele verschlüsselte Botschaften von sich gegeben. Was sie zu sagen hatte, schob sie geradewegs über den Tisch, wie ein Salzfass.

»Aber he«, sagte Dida mit einem plötzlichen Lächeln, »ist es dir aufgefallen? Gerade hat es geklappt. Gerade habe ich mich richtig aufgestellt. Spitze.«

»Ich sage dir die ganze Zeit, tu das, tu jenes?«

Dida nickte.

»Was zum Beispiel? Was sage ich dir?«

»Alles Mögliche. Keine Ahnung. Sachen halt.«

»Gib mir ein Beispiel. Ich möchte ein Beispiel hören.«

»Genau wie jetzt. Du willst ein Beispiel, und ich muss es dir geben.«

»Ehrlich, Dida …«

»Genau das ist es. Ich versuche es dir doch zu erklären.«

»Du hast keine Beispiele? Parolen statt Beispiele, ist das die Idee?«

»Egal«, sagte Dida. »Vergiss es, gut? Entschuldige. Vergiss es.«

»Ach ja, klar«, brach es aus Nili heraus. »Ich vergesse es sofort.

Schau, ich habe es schon vergessen. Nein, ich wollte eigentlich fragen, ob das bei euch vielleicht genetisch bedingt ist. Dinge aufzurühren und dann zu verlangen, dass sie aus dem Protokoll gestrichen werden, ist das genetisch? Ich habe das schon bei deinem Vater festgestellt, deshalb frage ich das. Im Ernst, merk dir, du kannst das mitnehmen in den Biologieunterricht, als Beispiel für Umwelt plus Vererbung. Wenn Umwelt und Vererbung zusammentreffen, kann keine Kraft der Welt das verhindern.«

Nach diesem Gespräch schickte sie die Mädchen in ihre Zimmer und blieb allein im Wohnzimmer, vor dem Fernseher, und als Nati nach Hause kam, fragte er, was passiert sei, warum alle sauer in ihren Zimmern hockten. Er knipste die Lichter in der ganzen Wohnung an und fragte noch einmal: »Was ist los? Was ist passiert?«

Dida und Nili schwiegen, nur Asia sagte: »Mama und Dida haben gestritten.«

Zwei Wochen danach schrieb Dida sich in einem anderen Arbeitskreis ein, »Das Universum expandiert«, und diese Entscheidung erwies sich als gut, denn das passte zu ihr und zu ihren Neigungen. Was können uns Blutstropfen am Ort eines Verbrechens sagen? Wie könnten menschliche Siedlungen auf dem Mars aussehen? Was passiert mit uns, wenn wir tot sind? Und so weiter.

»Was passiert mit uns, wenn wir tot sind?«, fragt Dida jetzt.

»Wie bitte?«

»Du wolltest es doch wissen, oder? Das ist es, was wir jetzt in der AG machen. Was passiert mit uns, wenn wir tot sind.«

»In welchem Sinn tot?«

»Welchen Sinn kennst du? Tot im Sinn, dass man nicht mehr lebt.« Sie betrachtet Nili, als wäre sie komplett überaltert, Fundstück einer vergangenen Zeit. Nein, sie betrachtet sie wie jemanden, dem sie mentale Hilfe zu geben bereit ist.

»Gut«, sagt Nili. »Das ist ein gutes Thema. Also, was passiert wirklich mit uns?«

»Wir verfaulen«, sagt Dida. »Aber das braucht Zeit. In der letzten Stunde hatten wir einen Gastdozenten, einen Einbalsamierer. Du hättest seine Werkzeuge sehen sollen. Messer, Scheren, Zangen, Salben. Puder, Cremes, Sprays ...«

»Aerosol.«

»Ja. Und alles speziell für Leichen. Alle möglichen Sachen zum Aufweichen, zum Krümmen, zum Erweitern, zum Trocknen, zum Befeuchten ...«

»Zum Befeuchten?«

»Ja. Und er hat einen besonderen Gips, um Körperteile wiederherzustellen. Wenn man ihm Menschen bringt, die bei einem Unfall umgekommen sind, dann kann er ihnen ein Bein oder die Nase neu formen, falls sie ihnen fehlen. Oder er kann ihnen mit einer Nasenkorrektur einen letzten Wunsch erfüllen.«

»Es reicht.«

»Einfach so, ein Witz. Wollt ihr die ekligsten Dinge hören?«

Asia klatscht in die Hände. »Ja!«

»Dida ...«

»Nicht wirklich eklig, halb eklig. Zuerst entfernt man das Blut, okay? Dann spritzt man Konservierungsmittel in die Adern. Ungefähr vierundzwanzig Liter bei einem durchschnittlichen Erwachsenen. Einem durchschnittlichen männlichen Erwachsenen.«

»Konservierungsmittel?«, fragt Asia. »Ist das scharf?«

»Keine Ahnung, das ist ein Geheimnis. Seine Zusammensetzung ist ein Geheimnis. Man mischt Formaldehyd und Glyzerin und Alkohol und Wasser und noch ein paar Sachen, aber was die noch ein paar Sachen sind, hat der Einbalsamierer nicht verraten. Er hat uns an einer Puppe gezeigt, wie man den Mund mit Nadel und Faden zunäht, von der Oberlippe durch das Zahnfleisch in die Nasenlöcher. Das macht man, um einem Toten einen angenehmeren Ausdruck zu verleihen. Zufriedener. Denn wenn die Lippen zu fest geschlossen sind, sehen die Toten wütend aus, aber wenn man die Oberlippe ein bisschen anhebt, wirkt jede Leiche fröhlicher. Lebendiger.«

Nili legt Messer und Gabel auf den Tisch. »Gut«, sagt sie. »Das reicht uns.«

»Sie sieht lebendiger aus?«, fragt Asia.

Dida nickt.

»Aber sie ist tot«, sagt Asia.

»Das ist es eben«, sagt Dida. »Es geht um eine Illusion.«

»Wie Ungeheuer«, fragt Asia, »die es auch nicht wirklich gibt?«

»Okay«, sagt Dida, »deine Mutter bringt mich gleich um.«

»Weil es hier keine Prinzen beim Essen gibt?«, sagt Asia.

»Nein, das …«

»Prinzen dürfen reden, während sie essen, nur wir nicht«, sagt Asia.

»Gut«, sagt Nili. »Seien wir wirklich ein bisschen still.«

»Kein Problem«, sagt Dida. »Ich möchte nur mitteilen, dass ich, wenn ich sterbe, zu Hause sterben will.«

»Wie bitte?«

»Ich habe gesagt, wenn ich sterbe, möchte ich zu Hause sterben. Die Menschen sterben heute nicht mehr zu Hause, und das ist sehr schade. Seit hundert Jahren ungefähr gehen alle zum Sterben ins Krankenhaus, alle wollen sterben, während Ärzte auf sie aufpassen. Und was früher einmal das Natürlichste und Normalste auf der Welt war, ich meine, dass Menschen bei sich zu Hause geboren werden und bei sich zu Hause sterben, im Kreis ihrer Familie und der Menschen, die sie kennen und mögen, passiert heute fast nicht mehr. Heute ist Sterben kommerzialisiert, und ausgerechnet der Mensch, der dir ein Leben lang am nächsten stand, pflegt dich nicht, wenn du krank bist. Es sind Krankenschwestern, die dich pflegen, Ärzte, du bist ihnen ausgeliefert. Die Menschen schieben den Tod von Menschen, die ihnen nahestehen, an Krankenhäuser ab, sie wollen nichts sehen. Der Tod wird etwas ganz und gar Unwirkliches, nicht Privates, meine ich. Die Menschen haben die Herrschaft über ihren Tod verloren. Deshalb möchte ich zu Hause sterben. Das wollte ich klarstellen.« Sie hört auf zu sprechen, dreht mit der Gabel Spaghetti auf und führt sie zum Mund.

Nilis Augen sind weit offen, verraten nichts von ihren Gefühlen. »Ich denke, du solltest diese AG wechseln«, sagt sie. »Ich werde mit deinem Vater sprechen, wenn er zurückkommt.«

Dida zuckt mit den Schultern, und ab da kaut sie schweigend.

»Es gibt Windbeutel zum Nachtisch«, sagt Nili müde.

Asia schlägt mit der Gabel auf den Teller: »Prima!«

Hanna erzählte Nili einmal vom Bellen. Als Nili anderthalb Jahre alt war, erzählte Hanna, habe sie plötzlich angefangen zu bellen. Ihre kleinen Ohren richteten sich auf, ihre Nasenflügel blähten sich. Mit anderthalb Jahren hörte sie Geräusche, die in den Ohren der anderen nur Hintergrundgeräusche waren – zum Beispiel das ferne Bellen von Hunden in der Nachbarschaft –, und reagierte heftig darauf.

Aber danach war sie, wie alle Menschen, gleichgültig geworden. Das Leben hatte die Hunde aus ihrem Wahrnehmungsbereich geschoben, und wer weiß schon, was sonst noch alles. Sie weiß nicht, ob die Hintergrundgeräusche die ganze Zeit um sie sind, ohne dass sie sie wahrnimmt, und welche Warnungen in ihre Richtung gerufen werden, ohne dass sie es bemerkt.

Den ganzen Abend beobachtet Nili das Mädchen aus dem Augenwinkel. Sie belauert ihre Bewegungen, jedes Zaudern im Bewegungsablauf. Sie will Dida fragen, ob ihr der Moment gestern ebenfalls aufgefallen ist, aber sie muss überlegen, wie sie die Frage formuliert. Sie hat ihre Tochter einmal zurückbekommen, sie muss vorsichtig sein.

So hatte es der Arzt gesagt, *Sie haben ihre Tochter zurückbekommen*. Er sagte es langsam, betont, wie ein Lehrer am Elternsprechtag; eine freundliche Bestätigung als Grundierung für das volle Bild. *Aber man muss vorsichtig sein*, hatte er gesagt, *man muss aufpassen*.

Nili wollte wissen, worauf sie aufpassen solle, wonach sie suchen müsse.

Der Arzt war ein literarischer Typ, er benutzte Metaphern, seine liebsten Bilder kamen aus der Elektronik, Elektronik und Wetter. Er bat sie, die ganze Sache als eine Art Wirbelsturm im Gehirn zu betrachten, als Kurzschlüsse. Als Resultat des Sturzes war an einem bestimmten Punkt eine Nervenverbindung im Gehirn gekappt. Das epileptische Zentrum, nannte er es, und erklärte, es gebe keine Möglichkeit, die Konsequenzen vorauszusagen, man könne nur von künftigen Geschehnissen lernen. Man müsse abwarten, welches Bild der Krankheit sich letztlich manifestiere.

Nili wollte Beispiele hören. Das Wort Sturm im gleichen Atemzug mit dem Wort Phänomen weckte in ihrer Vorstellung das Bild sengender Winde und Sand; gelber Staub, eine dürre Savanne, wilde Tiere am Horizont.

»Gibt es Beispiele?«, wiederholte sie.

Der Arzt zögerte. Er war nicht überzeugt, dass in diesem Stadium eine genauere Erklärung nützlich wäre.

»Epileptische Anfälle«, sagte er schließlich, »solche Absencen können viele Male am Tag passieren. Es geht um eine Abwesenheit, eine Trennung von der Umgebung, für ein paar Sekunden, aber ohne den Verlust der Kontrolle über die Schließmuskeln und ohne Krämpfe. Der Anfall kann von einer plötzlichen Bewegung begleitet werden, einem Verdrehen der Augen oder einer Apathie von einigen Minuten, aber ohne Verwirrung nach dem Ereignis.«

»Und das ist alles?«

»Rechnen sie mit Halluzinationen des Geruchs, des Geschmacks und des Gehörs. Mit Übelkeit, Angst und Wutanfällen, die zu einem Anfall führen können.« Er erklärte Krampfanfälle und wie man sich verhalten müsse, wenn sie eintreten, und wieder betonte er, es sei sinnlos, sich das Schlimmste vorzustellen.

»Doch, es ist sinnvoll«, sagte Nili. »Man kann nie vorsichtig genug sein.« Aber sie wusste, dass man es sein konnte. Und ob.

An diesem Abend, kurz vor dem Essen, hatte Nati angerufen. Er klang nicht so müde wie in den letzten Tagen, trotzdem war er gefühlsbetonter als sonst. Er fragte, ob sie Sehnsucht nach ihm hätten, und sie sagte: »Klar, natürlich.« Er fragte: »Hast du Sehnsucht nach mir?«, und sie antwortete: »Was für eine Frage.«

Aber in Wahrheit ist es leichter ohne Nati. Die Mädchen sind ruhiger, klarer. Sie beteiligen sich am Familienspiel, sie merken, wann es anfängt und wann es aufhört. An diesem Abend sind die Windbeutel die Überraschung; am Tag davor erlaubte sie, dass sich alle drei im Ehebett zusammen ein Video anschauten; an einem anderen Tag war es ein nächtlicher Spaziergang zur Eisdiele des Viertels, was spielt es schon für eine Rolle, wenn es ein bisschen regnet.

Seit Natis Abreise duschen die Mädchen zu festen Zeiten, stehen zu festen Zeiten auf. Sie kommt sehr gut mit ihnen zurecht, mit Hilfe von Ermutigungen und Grenzen, sie ist eine Künstlerin, was Milde und Strenge betrifft.

Jetzt, zum Beispiel, sind die Mädchen in Asias Zimmer, Dida liest ihr eine Gutenachtgeschichte vor, alles in Ordnung. Nur was gestern Abend passiert ist, irritiert Nili noch immer, und es ist die Frage, ob sie damit allein ist. Die Frage ist, ob eine direkte Erkundigung eine direkte Antwort zur Folge haben wird; ob Dida für Nili ist oder gegen sie.

Das ist kein Fehler, das ist Persönlichkeit, hatte der junge Mann im Café, der selbsternannte Fachmann für Fußsohlen, zu ihr gesagt. *Feuer und Wind verbinden sich. Sie ist außergewöhnlich.*

Aber in jener Nacht hatte ihre Tochter nicht abgehoben, um der Schwerkraft zu trotzen, sie war gesunken.

Nili räumt die Küche fertig auf, breitet das Küchenhandtuch zum Trocknen aus und löscht das Licht. Das Bild auf dem Wohnzimmerboden erinnert sie daran, dass sie noch immer den Nagel finden muss, der von der Wand gefallen ist, jemand könnte auf ihn treten. Sie wird in ihr Zimmer gehen, sich aufs Bett legen und lesen.

Aber die Tür zu Asias Zimmer ist einen Spaltbreit geöffnet, sie kann alles hören, auch ohne näher zu treten.

»Was ist das?«, fragt Dida.

»Ein a!«, ruft Asia.

»Nein, ein k, und das?«

»Ein a!«

»Nein, ein r, und das?«

»Ein a.«

»Stimmt, das ist wirklich ein a. Sehr schön. Und wo ist ein i?«

»Da.«

Nili schaut auf die Uhr. Noch nicht acht, sie können noch einen Moment aufbleiben.

»Meine Puppe ist sehr krank«, sagt Asia hinter der Tür. »Ich bringe sie ins Krankenhaus.«

»Warum ins Krankenhaus? Komm, pflegen wir sie zu Hause«, schlägt Dida vor.

»Bist du Ärztin?«

»Willst du, dass ich die Ärztin bin?«

»Im Spiel?«

»Willst du es?«

»Ja«, sagt Asia. »Gut, wir bleiben hier.« Sie spricht mit weicher Stimme, bevor sie zu ihrer normalen Stimme zurückkehrt. »Also, dann musst du sie jetzt untersuchen.«

Es sind keine Geräusche zu hören, doch dann sagt Dida: »Jetzt braucht sie eine Spritze.«

Asia ruft: »O weh, Mamas armer kleiner Schatz.« Und dann, mit einem Ton, in dem sich Hingabe und Vorwurf mischen, sagt sie: »Nicht schlimm, Püppchen, meine Süße, du brauchst nicht zu weinen.«

»Halt sie fest, damit sie stillhält«, sagt Dida. »Sie darf sich nicht bewegen.«

»Dida, wenn ein kleines Mädchen weint, was kann man dann sagen, außer dass sie nicht weinen soll wie ein kleines Kind?«

»Nun, man kann sagen, sie soll nicht weinen wie ein Baby.«

»Und wenn sie ein Baby ist?«

»Dann weiß ich es nicht. Nicht für alles gibt es eine Lösung.«

»Weine nicht wie ein Baby«, sagt Asia zu ihrer Puppe. »Mama ist ja da.«

»Es hat nicht geklappt«, verkündet Dida. »Ich finde einfach keine Vene. Wir werden ihr noch eine Spritze geben müssen.«

»Noch eine Spritze?« Asias Stimme zittert, sie ist kurz davor zu weinen.

»Sei kein Baby«, sagt Dida. »Du musst stark sein für deine Puppe.«

Nilis Hand liegt schon auf der Türklinke, sie ist bereit, ins Zimmer zu stürmen. Sie muss aufpassen. Sie weiß, dass sie tief in ihrem Herzen Dida segnen müsste – wenn sie und Nati einmal alt und krank sind, wird Asia niemanden außer Dida haben –, und trotzdem, viele Male beharrt Dida darauf, ihrer Schwester bittere Wahrheiten zu verkünden, wenn es eigentlich gar nicht nötig ist. Es macht ihr Spaß, Sprünge in die Glasglocke zu schlagen, die ihre kleine Schwester beschützt, sie mit Tatsachen zu bewerfen, die so schwer sind wie Steine. Asia spürt die Böswilligkeit nicht, die Didas Schritte lenkt, sie vertraut ihr, sie möchte ihr vertrauen. Sie hängt sich bei jeder Gelegenheit an sie, sitzt in ihrem Zimmer, unterhält sich mit ihr, spricht und spricht, malt Bilder für sie, sammelt für sie kleine Schätze, bringt ihre unschuldigen Fragen vor. Und Dida schickt sie nie weg. Nie. Wenn Asia bei ihr ist, stellt sie auf Autopilot. Sie wiederholt Asias Satzenden mit einem Fragezeichen – das ermöglicht es ihr, stundenlang mit ihr zu sprechen, ohne zuzuhören. *Die Bären sind eingeschlafen? Die Fee fliegt?* Diese Technik ist einfach und verlangt trotzdem eine gewisse Wachsamkeit.

Aber es gibt auch die seltenen Ausnahmen, an denen Dida Nähe sucht, dann gerät Asia außer sich. Dida kommt zu ihr ins Zimmer, bringt ihre herrliche Existenz mit sich. Asia wird ihrer Puppe Spritzen verabreichen lassen, viele Spritzen, so viele Spritzen wie nötig.

Endlich beruhigt sich die Puppe und schläft ein. Dida überträgt Asia die Verantwortung für die weitere Behandlung. Sie zählt alle Begleiterscheinungen auf, auf die zu achten ist, und am Schluss kommt sie auch zum Thema Anfälle.

Die Tür wird aufgestoßen. »Okay«, sagt Nili. »Das reicht für heute.«

»Einen Moment«, sagt Asia, »die Ärztin ist noch mittendrin.«

»Die Ärztin ist fertig«, verkündet Nili. »Die Ärztin geht jetzt in ihr Zimmer.«

»Aber Mama …«

»Sofort«, beschließt Nili. Und dann, mit einer Stimme, die lauter wird, als alle drei erwarten: »Jetzt. Auf der Stelle.«

Die Nacht kommt früh. Um neun schläft Asia, Dida liest in ihrem Zimmer. Sie liegt im Bett, ruhig, beherrscht. Früher, als Asia gerade auf die Welt gekommen war, hatte Dida sich zu schnell bewegt, wie ein Tier. Ihre Bewegungen waren grob, unkontrolliert, die Hände zu schmutzig, die Stimme zu laut. Nie war ganz klar, was sie wollte, woran sie dachte, was sie vorhatte. Wenn sie endlich für zwei Wochen zu ihrer Mutter fuhr, wurde die Situation klarer: Vater, Mutter, Asia. Fast jeden Abend hatte Nili Lust, mit Nati und Asia spazieren zu gehen. Draußen zu essen. Gesehen zu werden. Didas Abwesenheit war wie eine absolute Gelassenheit. Es war schwer, sich danach wieder zu fassen.

Doch nach Asias Sturz wurde Dida ruhiger. Oder es sah zumindest so aus.

Nili schenkt sich ein Glas Wein ein und macht es sich auf dem Sofa bequem. Am besten ist es ohne Fernseher, ohne Buch, ohne Puppen. Mädchen widmen ihre ganze Kindheit Rollenspielen, üben vom ersten Tag an gesellschaftliche Situationen. Aber was kommt am Schluss dabei heraus?

Sie ist müde. Diese Woche hat sie müde gemacht. Wenn sie ihrem Körper keinen Schlaf gönnt, wird er in Etappen schlafen. Die Hand schläft ein, das Bein, der Po. Auch das Gehirn kann mitten im Reden eindösen, wird langsamer und dunkler, und dann, wenn man gerade nicht aufpasst, passiert etwas. Das ist es, was mit ihr geschehen ist. Als sie mit Asia schwanger war, hatte sie aufgehört aufzupassen.

Dida und Asia verstehen sich gut. Sie sind wie echte Schwestern. Sie sind das beste Paar im Haus. Sie kümmern sich eine um die andere, helfen einander – Asia besorgt Süßigkeiten und andere Dinge von den Eltern, Dida lässt Asia an ihrem Computer Spiele spielen, die sie eigentlich noch nicht spielen darf.

Langsam öffnet Nili den Blick, sie versucht es: zwei Schwestern in einer Familie in einer Wohnung in einem Gebäude in einem Viertel in einer Stadt in einem Land in einem Erdteil in einer Welt in einer Galaxie – in ihrem Kopf. Ihr Kopf tut weh. Als Miep nach Holland zurückkehrte, stellte sich heraus, dass viele Menschen das längst vorausgesehen hatten – sie erinnerten sie daran, dass sie es von Anfang an gesagt hatten, dass ein Mann mit einer Tochter immer auch eine Geschichte mit einer anderen Frau hat, eine Geschichte, an der sie, Nili, in großen Bereichen keinen Anteil haben wird. Sie hatten nicht versucht, ihr Angst zu machen, es war nur ihr Ton, der Schlimmes versprach. Du wirst schon sehen, hatten sie gesagt, jetzt ist es leicht, aber in einem Jahr, in zwei Jahren, wenn du ein eigenes Kind hast …

Gibt es nie neue Anfänge? Nie? Ist alles festgelegt?

Das Sofa, das warme Licht, das Glas Wein: Nili hat alles, was sie braucht, alles ist gut. Aber da hört sie Schritte. Auf dem Rückweg von der Toilette lauert sie Dida auf.

»Magst du Wein?«, schlägt sie ihr vor. »Komm, trink einen Schluck.«

»Ich bin noch nicht zwölf«, sagt Dida. »Das ist gegen das Gesetz.«

»Nicht schlimm«, sagt Nili. »Noch zwei Monate, und du bist Bat-Mizwa, in deinem Alter hatte ich schon meine Tage. Was passiert schon, wenn du ein bisschen Wein trinkst?«

Dida lächelt; das ist vermutlich ihre Antwort. Nili holt noch ein Glas aus der Vitrine und schenkt ihr ein. Dida schnuppert vorsichtig an dem Glas, aber der Schluck, den sie nimmt, ist zu schnell und sehr sicher.

»He«, sagt Nili, »das ist kein Traubensaft.«

Dida nimmt noch einen Schluck. »Wirklich? Deine Tage an Bat-Mizwa?«

Nili gibt ihr ein Zeichen näher zu kommen – noch ein bisschen – und betrachtet sie aus der Nähe. Ihr Mund ist fest geschlossen, sie atmet kaum. Schließlich lehnt sie sich zurück. »Ich könnte dir helfen, die Augenbrauen zu zupfen. Wenn du willst.«

Dida streicht sich über die Brauen, vorsichtig, als wären es schmerzhafte Stellen. In dem Jahr, in dem sie ins Bett gemacht hatte, hatte

Nati jede Nacht die Bettwäsche gewechselt. Jede Nacht. Aber Nili war es gewesen, die die Laken gewaschen, aufgehängt und zusammengelegt hatte.

»Papa war auch früh entwickelt«, sagt Dida. »Er hatte schon bei seiner Bar-Mizwa ein bisschen Schnurrbart. Ich habe es auf Fotos gesehen.«

»Als ich deinen Papa kennengelernt habe, hatte er einen Schnurrbart *und* einen Backenbart«, sagt Nili.

»Im Ernst?«

»Ganz im Ernst. Ich habe in einem Café gesessen und Zeitung gelesen und plötzlich hörte ich, wie jemand mich fragte: ›Kann ich Ihnen helfen?‹ Ich habe mich umgedreht, und da stand ein junger Mann mit Bart. Er hat ziemlich gut ausgesehen, aber mit Bart, verstehst du. Viele Haare im Gesicht. Und dann hat er gesagt: ›Kann ich Ihnen helfen, einen Teil der Zeitung zu lesen?‹ Ich habe gesagt: ›Was?‹ Und er: ›Es ist schwer, allein die ganze Zeitung zu lesen. Soll ich Ihnen helfen und einen Teil übernehmen?‹«

»Pffft«, macht Dida.

»Stimmt. Ich habe zu ihm gesagt: ›Klar. Übernehmen Sie den Sport.‹«

»Mmh.«

»Er war sehr gut darin, eine Frau anzumachen, verstehst du?«

»Und er hatte einen Bart.«

»Ja.«

»Das hat dir keine Sorgen gemacht?«

»Warum?«

»Die meisten Menschen glauben, dass Männer mit Bart weniger aufrichtig sind als Männer ohne.«

»Wirklich?«

»In der westlichen Welt jedenfalls. Ein Bart wird mit bösen Absichten verbunden.«

»Böse Absichten?«

»Ein Versuch, sich zu verstecken. Etwas zu verheimlichen. Es hat etwas Schmutziges.«

»Was?«

»Etwas Schmutziges«, sagt Dida. »Unhygienisches. Wenn die Leute einen Bart sehen, denken sie, dass sich wer weiß was darunter verbirgt.«

Nili seufzt. »Das ist nicht normal. Das habe ich nicht gesehen. Ich stand unter Schock. Verblüfft von dem Trick mit der Zeitung.«

Sie erzählt Dida nicht, was danach geschah. Sie erinnert sich auch nicht genau. Das heißt, Natis Strategie war es, sofort mit Komplimenten loszulegen, und als er mit ihr sprach, legte er seine Hand auf ihren Rücken und fing sehr schnell an, sie zu streicheln. Und dann unter der Bluse. Und es gab keinen Weg, ihn davon abzuhalten. Und noch ein bisschen später flüsterte er ihr schon seinen Traum ins Ohr: »Wenn wir in vierzig Jahren mit Freunden zusammensitzen und ich meinen üblichen Blödsinn rede, wirst du leicht und ermutigend lächeln. Du wirst denken, ich kenne ihn so gut. Du wirst voller Liebe sein.«

»Krieg ich noch ein bisschen?«, fragt Dida und hält ihr das Glas hin.

Nili runzelt die Stirn. »Pass auf«, sagt sie. »Das kann auch das Gegenteil bewirken.«

»Was?«

»Der Bart. Wenn jemand einen Bart trägt, achtet man mehr auf seine Stimme und weniger auf seinen Gesichtsausdruck.«

»Weshalb?«

»Deshalb. Die meisten Leute, die sich in einer langen Partnerschaft befinden, sind nicht besonders gut darin zu merken, wenn ihr Partner sie belügt. Das ist wissenschaftlich belegt. Vermutlich bleiben die meisten Menschen deshalb zusammen, weil sie die Lügen ihrer Partner nicht erkennen.«

»Okay«, sagt Dida. »Sind wir jetzt auf dem Weg zur Pointe?«

»Es ist leichter, eine Lüge zu erkennen, wenn man nur zuhört«, sagt Nili, »ohne hinzuschauen. Oftmals stört das Sehen nur. Menschen fällt es leichter, ihre Bewegungen zu verstellen als ihre Stimmen. In dieser Beziehung ist ein Bart ein Vorteil. Als ich deinen

Vater kennenlernte, konnte ich leichter erkennen, mit wem ich es zu tun hatte. Seine Maske hat ihn eigentlich demaskiert.«

»Spannend«, sagt Dida mit einem leichten Nicken. Das ist der Abschnitt, in dem sie sich jetzt befinden, eine Periode demonstrierter Gleichgültigkeit. Niemand wird Dida dabei ertappen, dass sie etwas, was ihr Vater oder Nili sagen, spannend findet, es sei denn, sie hat ein verborgenes Motiv. Sie hebt wieder ihr Glas. »Kriege ich noch Wein?«

»Jetzt wird's langsam kriminell«, sagt Nili und nimmt ihr das Glas aus der Hand. Sie betrachtet das Glas lange, als enthalte es eine Lösung, und am Schluss gießt sie es doch noch einmal halb voll und gibt es Dida zurück. »Das ist deine Ration für heute Abend. Damit das klar ist.« Sie möchte einen Weg finden, sie milde zu stimmen, bevor sie nach Asia fragt. Aber wenn es um Kinder geht, die nicht die eigenen sind, muss man vollkommen überzeugt vom eigenen Motiv sein, bevor man anfängt. Unbedingt. Sonst hat man von vornherein verloren.

Dida versinkt im Sofa. Jetzt, mit dem Gesicht zum Zimmer, fällt ihr die nackte Wand auf. »Was ist mit dem Bild passiert?«, fragt sie schließlich.

»Runtergefallen«, sagt Nili und zeigt es mit einer Handbewegung: »Wusch, bumm.«

Früher am Abend, genau als sie nach dem Gespräch mit Nati den Hörer aufgelegt hatte, hatte es hinter ihr einen Schlag gegeben. Sie erschrak, aber es war kein besonders großes Erschrecken; noch während sie aufsprang, verstand sie, was geschehen war. Der Nagel hatte nach drei Jahren den Dienst quittiert und sie drei, Nati und Dida und sie, alle in den gleichen Windjacken und lachend, bis die Gesichter schmerzten, lagen auf dem Boden.

»Einfach runtergefallen?«, fragt Dida, und ihrer Stimme ist schon ein leichter Schwindel anzuhören.

»Einfach so.« Nili nickt langsam. »Aber was haben wir mit dem Mädchen gemacht?«

»Mit welchem Mädchen?«

»Mit deiner Schwester. Wo war deine Schwester auf dem Bild, weißt du das noch? Es war auf dem Hermon. Da haben wir uns fotografieren lassen. Sie hätte damals – wie alt sein müssen, ein Jahr? Also wo ist sie? Warum ist sie nicht auf dem Bild?«

»Tja«, sagt Dida.

»Und warum sind wir so fröhlich? Wir sehen aus, als hätten wir die Fahne am Nordpol gehisst.«

Dida lacht, und aus ihrem Lachen wird ein Husten. Doch bevor es umschlägt oder sich verkleidet oder den Halt verliert, sagt Nili: »Ihr habt heute Abend sehr schön gespielt.«

»Ja«, sagt Dida.

»Du bist sehr lieb zu deiner Schwester«, betont sie. Obwohl – wenn Nati hier wäre, hätte er einen Weg gefunden, auch davon beunruhigt zu sein. Die Tatsache, dass Dida sich auf Spiele mit einem kleinen Mädchen einlässt, macht ihm Sorgen. Er würde sie am liebsten umgeben von Freundinnen sehen, von Gleichaltrigen, sie sollte angerufen und hierhin und dahin eingeladen werden.

Dida nickt. »Meine Schwester«, sagt sie, und es hört sich an wie der Anfang eines Satzes, ist es aber nicht. »Meine Schwester«, wiederholt sie nach einer Pause.

»Sie ist erkältet«, sagt Nili.

»Meine Schwester ist erkältet«, bestätigt Dida, und schon ist klar, dass das zweite Glas zu viel war. Es ist nicht sicher, denkt Nili, dass sie jetzt auf ihren Beinen stehen oder allein in ihr Zimmer kommen kann. Sie atmet tief, es gibt keinen anderen Weg. »Denn gestern Abend …«, sagt sie, »du weißt es nicht, gestern Abend hat sie … ein bisschen krank ausgesehen.«

»Gestern?«

»Verlangsamt. Sie hat irgendwie verlangsamt ausgesehen, nicht wahr?«

»Verlangsamt?«

»Sie … hat innegehalten. Es war so was wie ein Innehalten, nicht wahr?«

»Sie hat innegehalten.« Dida schließt die Augen und legt den

Kopf zurück. Es ist klar, dass Nili den Zeitpunkt verpasst hat. Sie hätte ein paar Minuten eher fragen sollen. Sie hat gewartet und gewartet und gewartet, sie hat einfach zu lange gewartet.

»Mitten beim Essen«, sagt Nili. »Sie hat gegessen und dann plötzlich innegehalten. Wie erstarrt. Und nach ein paar Sekunden hat sie normal weitergegessen.«

»Wie …«, Dida denkt einen Moment nach, »wie ein Video? Als ob …« Sie gibt sich Mühe, die Worte zu finden. »… als ob man auf Pause gedrückt hätte?«

»Ja«, sagt Nili. »Genau. Als hätte man auf Pause gedrückt.«

Dida summt. Sie überlegt. »Nein, nein, nicht gedrückt. Ist mir nicht aufgefallen.«

Und wieder schweigen beide. Aus. Vorbei.

»Ich glaube, ich bin betrunken«, sagt Dida.

»Komm«, sagt Nili und steht auf. »Komm, ich bringe dich ins Bett.«

Als die Schulkrankenschwester anruft, erwischt sie Nili im Büro. »Jedida klagt über Bauchschmerzen«, berichtet die Schwester, in diesem Moment sei sie bei ihr im Zimmer und ruhe sich aus. Nein, sie habe kein Fieber, sie sei nur blass. Die Schwester entfernt sich für einen Moment vom Telefon und kehrt alarmiert zurück: »Sie ist sehr blass.« Aber um sie früher nach Hause zu lassen, brauche sie natürlich die Erlaubnis der Erziehungsberechtigten.

Nati sei im Ausland, sagt Nili, und sie selbst sei keine Erziehungsberechtigte. Also was ist sie?, erkundigt sich die Schwester, und ihrer Stimme ist schwer anzuhören, was die richtige Antwort wäre. Die Frau des Vaters? Das gehe, sagt die Schwester. Für diesen Fall reiche das.

»Ich erlaube ihr also, früher nach Hause zu gehen«, sagt Nili. »Möchten Sie, dass ich es Ihnen faxe?«

Aber die Krankenschwester, die allein die Bedingungen der Transaktion festlegt, interessiert sich für etwas anderes. »Geht sie zu Fuß?«, fragt sie.

»Wohin?«, fragt Nili.

»Soll sie allein nach Hause gehen?«

»Nein, nein«, sagt Nili schnell. »Ich hole sie ab.«

Einmal, als sie Nati gerade kennengelernt hatte, hatte Didas Existenz für großes Aufsehen gesorgt: Es gibt ein Mädchen in der Geschichte. Und sofort stellte sich heraus, dass Geschichten mit Kindern immer in der Mitte anfangen. Von allen Ecken und Enden kamen Räubergeschichten. Plötzlich sammelte sich eine ganze Welt von Freundinnen und Freundinnen von Freundinnen um sie; Frauen, die in der Vergangenheit selbst in der Situation gewesen waren, wollten ihr die eigenen Erfahrungen mitteilen. Der Fehler, erklärten sie, läge jetzt noch tief verborgen, aber früher oder später würde er zutage treten.

Aber Nili hörte nicht zu. Zuhören ist eine Kunst.

Auch jetzt hört sie nicht zu, vielleicht hört sie es noch nicht einmal. Sie muss das Büro gleich verlassen, aber wie in Albträumen wird sie unendlich lange festgehalten. Von einer Minute auf die andere tauchen immer neue Angelegenheiten auf, noch eine Frage, noch ein Anruf, und als sich schließlich die Aufzugtür hinter ihr schließt, fühlt sie sich für einen Moment dem Wahnsinn nahe. Über eine Stunde ist seit dem Anruf der Schwester vergangen – vielleicht hätte sie Dida ans Telefon rufen lassen sollen, um ihre Sorge für das Mädchen zu demonstrieren –, sie kann sich leicht den Blick vorstellen, der sie erwartet, wenn sie Dida endlich abholt.

Bauchschmerzen? Sie glaubt ihr nicht. Sie hat auch nicht an die Wirkung des Weins geglaubt, die sie dazu gebracht hatte, sich an sie zu lehnen, als sie sie gestern Abend in ihr Zimmer führte. Sie hat sich verstellt. Sie hat einen einfachen Weg gefunden, ihr nicht zu antworten. *Pause? Nein. Nicht gedrückt. Mir ist nichts aufgefallen.* Der alte Fehler überflüssigen Leugnens, so durchschaubar. Aber sie wird sie abholen und nicht über sie herfallen. Sie wird zu ihr kommen, ohne Moralpredigten und ohne großes Theater. Sie wird sich mit ihr verbünden. Sie weiß nicht, wie ihre Tochter in jener Nacht nach dem Sederabend ans Fenster gekommen ist, sie wird es nie wissen, aber Dida war dort, sie war dort ...

Kann sie nicht irgendwann loslassen?

Die Krankenschwester ist eine angenehme Überraschung. Sie ist ein sachlicher Typ. Sie ist erfahren und überhaupt nicht neugierig. Sie nickt Nili vom Ende des Korridors zu, gibt ihr ein Zeichen, sich nach rechts zu wenden – dort sei der Abholbereich, ihr Bündel erwarte sie.

Dida steht schwerfällig vom Stuhl auf. Die wenigen Male, die sie sie in der Schule getroffen hat, hat sie immer anders ausgesehen – größer und zugleich kindlicher. Und immer so, als brauche sie dringend einen Kamm. Aber jetzt sieht sie krank aus. Wirklich krank. Sie hat noch nicht einmal die Kraft, Nili wegen der Verspätung Vorwürfe zu machen. Sie hängt sich die Tasche über die Schulter und verlässt gebückt den Raum.

»Gib her«, sagt Nili und will ihr die Tasche abnehmen, aber Dida winkt ab. Sie schaffe das schon.

Sie kennt diese Dida der Schule nicht. Auch nicht Mieps Jedida. Sie kennt die Dida der AGs nicht, auch nicht die Dida ihrer seltenen Besuche in anderen Häusern. Sie kennt dieses Mädchen nicht, das schlief, als sie das Licht ausmachte, sie kennt kaum das Mädchen, das zum Essen an den Tisch kommt. Aber während sie schweigend zu ihrem Auto gehen, scheint es, als hätten sie doch etwas miteinander zu tun. Besonders, weil Dida zu ihrer Überraschung nichts über gestern Abend sagt, über ihre Kopfschmerzen, über Nilis Anteil daran. Bauchschmerzen ist eigentlich eine elegante Lösung. Sie müsste ihr dankbar sein.

Als Nili Didas Zimmertür schließt, steht Asia im Flur und wartet auf sie. Sie haben sie mitten am Tag vom Kindergarten abgeholt – sie bauten sich in der Tür auf wie eine Fotomontage –, und Asia schaute sie an wie jemand, der auf frischer Tat ertappt worden ist. Zu dritt fuhren sie nach Hause, Asia hörte den ganzen Weg nicht auf zu plappern, und jetzt liegt Dida im geschützten Raum ihres Zimmers, in einer Dämmerung, die nur vom Quadrat des Fernsehschirms durchdrungen wird. Sie liegt im Bett, ein Glas Tee und Kekse auf dem Nachttisch, und es ist zu hoffen, dass sie schnell einschlafen wird.

»Wenn man Tee trinkt, ist das gut für den Bauch«, flüstert Asia.

»Stimmt«, sagt Nili und schiebt sie Richtung Küche. Gut, dass ich sie abgeholt habe, denkt sie. Wenn ein Familienmitglied krank ist, sollten alle zusammenkommen.

»Das ist wahr, sie haben es im Fernsehen gesagt«, beharrt Asia.

»In Ordnung«, sagt Nili. »In Ordnung, worum geht es?«

»Mir tut auch der Bauch weh«, sagt Asia.

»Ach, so ist das also.«

Das Mädchen schweigt eine Weile, leitet ihre Glaubwürdigkeit ein – ein unbestimmtes Schweigen, bevor man zum Ziel kommt. »Dann wäre es besser, wenn du mir auch Tee kochst«, sagt sie, und wieder zählt sie insgeheim bis drei, »wie für Dida.«

»Hat man im Fernsehen nicht auch gesagt, dass es sehr gut für den Bauch ist, wenn man Kekse in den Tee taucht?«

»Ja. Das habe ich gehört.«

»Habe ich mir doch gedacht.«

»Geht es?«

»Warum nicht, das ist Medizin.«

»Ich habe nur gefragt, Mama«, sagt Asia.

»Also los. Geh in mein Bett und warte auf mich. Ich bringe Tee und Kekse und wir machen es uns gemütlich.«

Es ist gut, Ordnung zu halten. Das verbindet sofort mit der Seele. Schuhe nebeneinander, das Laken über der Matratze gespannt, die Kleider im Schrank – da werden die Gedanken sofort klar, zum Beispiel wenn es um Nati geht; ihre Überlegungen zu Nati erscheinen ihr klarer als je zuvor. Und während ihre Tochter, abgefüllt mit Keksen, im traurigen Charme einer eingebildeten Kranken neben ihr liegt und eine Kindersendung anschaut, kann Nili sich einer methodischen Prüfung der Beweislage widmen.

Am Tag, bevor Nati fuhr, hatte Nili alles Mögliche unternommen; sie hatte das Bett frisch bezogen, das Licht gedimmt, eine Duftkerze angezündet, und um zu verhindern, dass Asia plötzlich hereinplatzt, hatten sie die Tür von innen abgeschlossen – eine private Feier.

Sie standen davor, sich für einen Monat zu trennen, mit einer kurzen Unterbrechung in der Mitte, und da es keine Chance gab, sich darauf vorzubereiten, befanden sie sich am Rand dieser romantischen Posse, in der alles in allem aufging: Erschrecken, Erleichterung, Bedrückung, Abenteuer.

Sie saßen sich mit gekreuzten Beinen im Bett gegenüber, Gläser mit Wein in den Händen, und Nili sagte: »Die Schweiz, was?«

»Ja.«

»Die Schweiz«, wiederholte sie. »Ich habe ein bisschen darüber gelesen. Man sagt, es gibt viele Schweizerinnen in der Schweiz.«

»Na und ob.«

»Ein ganzer Monat in der aufreizenden Gegenwart von Schweizerinnen aus der Schweiz«, sagte sie. »Ist das nicht gefährlich?«

Aber sein Lächeln war langsam und müde. »Kann sein«, sagte er. »Ich nehme an, dass es nicht ohne Wirkung auf den Blutdruck bleibt. Aber was das Cholesterin betrifft, ist es zu vernachlässigen.«

»Sehr gut, denn ehrlich gesagt, ist dein Problem eher das Cholesterin«, sagte sie.

»Cholesterin und Haarausfall«, korrigierte er. »Glaubst du, dass die Schweizerinnen den Haarausfall befördern?«

»Glaubst du, dass du eine Schweizerin in der Schweiz ficken wirst?«

Und er, angeregt durch die Witzelei, antwortete vielleicht zu schnell: »Nur Schweizerinnen?«

»Wie bitte?«

»Es gibt auch ein amerikanisches Team, auch Amerikanerinnen werden dort sein«, sagte er. »Die Frage ist, ob du dich nur nach Schweizerinnen erkundigst.«

Man hätte eine Nadel fallen hören können – und plötzlich gingen beide Nachttischlampen aus und gleich wieder an. Sie hätten die Hauptsicherung längst austauschen müssen; sie hatten den ganzen letzten Winter darüber gesprochen, und nichts war geschehen.

»Das ist doch nur Spaß, Nil«, sagte Nati. »Weder eine Schweizerin noch eine Amerikanerin. Vielleicht nur im Notfall.«

»Erkläre Notfall.«

»Ups, ich bin in eine Falle getappt.«

»Definiere Notfall.«

»Gut, wenn jemand hier mit dir rummacht, während ich nicht da bin, dann vielleicht.«

»Mit mir? Wie sind wir jetzt bei mir gelandet?«

»Nun, sind wir eben. Warum stellst du mir all diese Fragen? Was für Partys planst du ohne mich?«

»Du wirst immer besser«, sagte sie.

»Ja?«

»Früher hättest du längst gefesselt auf dem Boden gelegen.«

»Ich weiß.«

»Ich plane keine Sexpartys. Auf mich warten mindestens zehn Bücher, die ich schon längst hätte lesen sollen, und ich habe einen Monat lang ein ganzes Bett für mich allein. Das erregt mich, glaub mir das. Eine sehr ernste Erregung.«

»Ich glaube dir«, sagte er. »Ich glaube dir. Können wir jetzt aufhören zu reden?«

Und sie stellten die Weingläser zur Seite.

Sie duschten, zogen sich wieder an, und als sie nebeneinander im Bett lagen, war der Zauber verschwunden. Die Liebe war, wie die meiste Zeit, eine Erinnerung, die wieder auflebt, wenn man in alten Alben blättert.

»Es zeigt sich, dass die Schweizerinnen über andere Witze lachen, als es die meisten Leute in der westlichen Welt tun«, sagte Nili und schüttelte ihr Kissen auf.

»Das hast du auch gelesen?«

»Nein, ich habe es geträumt. Ich habe geträumt, dass sie Witze über Tiere lieben. Dass Witze über Tiere ihre Stärke sind.«

»Sie sind nett, die Schweizerinnen. Nett, sie mögen Tiere.«

»Besonders Witze über das Liebesleben der Tiere.«

»Was du nicht sagst.«

»Und was sie am allermeisten lieben, sind Witze über das Liebesleben der Kühe. Man hätte denken können, dass ich so etwas über Neuseeländerinnen oder Australierinnen träume. Aber es waren Schweizerinnen.«

»Okay.« Er küsste sie auf die Wange und knipste auf seiner Seite das Licht aus.

»Und dabei haben wir noch nichts über ihre Beine gesagt. Die Beine der meisten Schweizerinnen fangen nicht unter anderthalb Meter an.«

»Machen wir das ein andermal.«

»Was?«

»Darüber reden«, sagte er. Und dann: »Gute Nacht, meine Schöne.«

»Das war's?«

»Ja«, sagte er.

»Finito?«

»Gute Nacht, Nili. Ich habe morgen einen langen Tag. Ich bin fix und fertig.«

Ich bin fix und fertig.

Ich bin tot.

Ich bin erledigt, ich habe die ganze Nacht nicht geschlafen.

Ausgerechnet nach Asias Rückkehr aus dem Krankenhaus fing er an, unter Schlafstörungen zu leiden, und war die meiste Zeit müde. Und obwohl es nach ein paar Monaten besser wurde, allerdings nur langsam, wachte Nili oft mitten in der Nacht auf, allein mit Asia im Bett, während er im Wohnzimmer war – ein Mann, dessen Energie verschwendet wird, der auf dem Sofa sitzt, den Laptop auf dem Schoß. Er wendete sich nicht gegen sie, trotzdem tat es weh. Er mach te nichts, er zerbrach nichts, er vernachlässigte sie nicht; er ging zur Arbeit, kam zurück, benahm sich, als wäre alles ganz normal, und dann stand er mitten in der Nacht auf und konnte nicht mehr schlafen. Auch das war ein Vergehen. Sie war ihm nie nachgegangen. Nur ein einziges Mal hatte sie den Weg vom leeren Bett ins Wohnzimmer hinter sich gebracht, aber dort hatte sie ihn nicht gefunden, er war in der Küche; ein einziges Mal stand sie in der Küchentür und fragte, was passiert sei.

Was ist passiert?

Dida schlief in ihrem Zimmer, Asia im Ehebett.

»Gar nichts«, sagte er mit seiner normalen Stimme und schlug die Zeitung zu. Er stand auf und stellte seine Teetasse ins Spülbecken. Er habe nicht schlafen können, sagte er. Der Rücken tue ihm weh. Asia drehe sich die ganze Zeit um.

»Alles okay?«, fragte sie.

»Außer dem Rücken.«

Sie standen sich in der Nachtstille gegenüber, und es nützte nichts.

Später, nach Wochen, beharrte er auf seiner Version. Nichts, wiederholte er. Außer Asia mache ihm nichts Sorgen, antwortete er ihr immer wieder. Warum fragte sie das? Musste ihm etwas Sorgen machen?

Fast war er gestolpert. Fast, fast. Sie hätte ihn fast dazu gebracht, etwas zuzugeben, aber am Schluss hielt er sich immer rechtzeitig zurück, und das Gespräch glitt mit Leichtigkeit ins vertraute Gebiet häuslicher Probleme. Übrigens, sagte er eines Morgens zu ihr, er müsse wirklich mit ihr über das Schweizer Projekt sprechen. Das Geschäft mache große Fortschritte, und vermutlich müsse er im nächsten Jahr für einige Wochen hinfahren. Das heißt, als Berater für die Entwicklung der Software erwarte man von ihm, im ersten Monat nach der Einführung rund um die Uhr bereitzustehen.

»Gestern hatte ich einen ganz schlimmen Traum«, sagt Asia plötzlich. Von einer Minute auf die andere verliert sie das Interesse am Fernseher und dreht sich zu ihrer Mutter, in der Haltung der Meerjungfrau von Kopenhagen.

»Einen schlimmen?«

»Ich erzähle ihn dir«, sagt sie und setzt sich auf. »Da war eine schreckliche Hexe. Sie hat eine Katze verfolgt. Die Katze war klein und süß. Und die Hexe ist hinter ihr hergelaufen, und dann ist die Katze zu ihrem Haus geflohen.«

»Was für ein Glück.«

»Nein, das Haus war abgeschlossen.«

»Abgeschlossen?«

»Die Hexe hat sie erwischt.«

»O weh.«

»Und sie hat sie umgebracht. Schwupp. Mit einem Schwert.«

»Mit einem Schwert?«

Asia beugt sich zu ihrer Mutter. »Sie hatte auch ein Gewehr.«

»Wie schrecklich«, sagt Nili, und der vertraute, berauschende Duft ihrer Tochter steigt ihr in die Nase. Eine trockene Süße, die aus der Tiefe ihres Mundes steigt. Ob die anderen Kinder im Kindergarten das merken? Die Kindergärtnerin? Dida? Wer außer ihr riecht das noch?

»Einen Moment«, sagt Asia. »Und dann habe ich die Hexe verfolgt.«

»Du warst dort?«

»Ja. Ich habe sie verfolgt und wir haben gekämpft! Sie hat mich zerkratzt.«

»Was? Wer? Die Hexe?«

»Und du hast mir ein Pflaster draufgeklebt.«

»Schön, meine Süße. Ist es gut verheilt?«

»Nein. Das geht nicht weg.«

»Es reicht, As, das ist zu grausam.«

»Und dann ist die Katze aufgewacht. Sie war eigentlich nicht tot.«

»Wirklich?«

»Und ich habe die Hexe weggejagt.«

»Danke, vielen Dank, meine Süße.«

»Du musst es glauben, Mama.«

»Hundertprozentig.«

In einer Sekunde hat sich das Mädchen wieder zur Seite gedreht und schaut fern.

Nili ist nicht sicher, was Nati treibt. Denn im gleichen Maß, wie sie sich sicher ist, ist sie sich sicher, dass es nicht sein kann. Denn jede Möglichkeit in diese Richtung oder in jene – jede Möglichkeit bedeutet die Unmöglichkeit einer anderen Möglichkeit. Das heißt, kurze Zeit nachdem Asia nach Hause gekommen war, fing er an nachts herumzulaufen. Es war wie der Aufschlag bei einem Tennismatch.

Er umgab sie mit deutlichen Anzeichen, von denen sie die meisten vernachlässigte. Nächtliches Herumwandern. Mangelnder Appetit. Endloses Duschen. Die Löffelchen, die verschwanden. (Wohin verschwanden Löffelchen? Sie musste den Vorrat alle paar Monate auffrischen.) Er gab sich voll und ganz einem Leben als Fernsehzuschauer hin – nach dem Laufen lungerte er vor dem Sportkanal, bis spät in die Nacht, und wenn er schließlich ins Bett kam, tat er es nur, wenn er sicher sein konnte, dass sie schlief, und ein paar Stunden später stand er schon wieder auf. So kam es, dass man, drei Jahre nachdem Dida ihn gesehen hatte – plötzlich, mitten am Tag, aus dem Nichts heraus, hatte sie gesehen, was nicht für ihre Augen bestimmt war –, sagen konnte, dass es wieder viele Anzeichen gab. Anzeichen ohne Ende.

Doch auch durch das alles schritt sie, ohne zu blinzeln. Immer weiter. Geradeaus. Und wieder hatte sie letzten Endes recht. Denn wenn man die Dinge nur weit genug von sich entfernt, verschwinden sie wirklich.

Im Zimmer breitet sich plötzlich Stille aus, das Mädchen sitzt wieder im Bett, ihre Hände liegen zwischen ihren Beinen, sie betrachtet ihre Mutter wie jemand, der darauf wartet, großartige Dinge zu erfahren. Großartige, geheimnisvolle Dinge.

»Freak Boy und Chum Chum sind zu Ende«, sagt das Mädchen. »Wir haben nicht gegessen.«

»Schauen wir mal nach deiner Schwester«, sagt Nili.

Nili steht auf, das Mädchen folgt ihr. Sie gehen zu Didas Zimmer, als handle es sich um einen offiziellen Krankenbesuch; als müssten sie, um hinzukommen, die Wohnung verlassen und zu einem anderen Haus gehen.

Der Fernseher in Didas Zimmer ist ausgeschaltet, die Teetasse unberührt, die Kekse liegen auf dem Teller, Dida hat sich mit dem Gesicht zur Wand gedreht.

»Dida?«, flüstert Nili.

Sie warten. Nili tritt näher, beugt sich über sie, versucht, den unbedeckten Teil ihres Gesichts zu sehen. Ihre Augen sind geschlossen, sie schläft. Oder tut, als würde sie schlafen.

»Komm«, flüstert Nili, »lassen wir sie schlafen.«

»Kann ich ihre Kekse haben?«, fragt Asia und hat sie schon in der Hand.

Als sie noch kleiner war, konnte man Asia leicht beeinflussen, wenn es um die Bedürfnisse ihres Körpers ging. Du hast Hunger. Du bist müde. Du bist satt. Du musst Pipi machen.

Nein.

Doch.

Nein.

Versuch's mal.

Als sie klein war, konnte man noch mit Keksen ein Abendessen ersetzen und das Duschen überspringen. Aber die Jahre haben eine gewisse Halsstarrigkeit und altkluges Wissen über die Welt mit sich gebracht. Draußen hat das Mädchen Dinge aufgeschnappt, die ihr nun nützlich sind, sich der elterlichen Übermacht zu widersetzen.

»Kekse sind kein Essen«, sagt Asia jetzt. »Das ist eine Schleckerei. Erst muss ich etwas Gesundes essen.«

»Das ist eine Ausnahme, Asia. Ich erlaube es.«

»Mama, im Ernst. Gesund heißt *gesund.*«

»Also, was willst du?«

»Was gibt's?«

»Sag du, was du willst.«

»Was gibt's?«

»Ich mag es nicht, wenn du mit dem ›was gibt's‹ anfängst. Sag nicht die ganze Zeit: Was gibt's, was gibt's?«

»Gut. Kannst du mir einen Rat geben, Mama? Was sollte ich jetzt am besten essen, bitte?«

Bis der Salat und die Eier auf dem Teller sind, ist sie schon schlecht gelaunt. Sie schiebt das Essen von sich und verzieht das Gesicht. An diesem Abend stehen sie einer Wand aus Müdigkeit gegenüber.

»Komm, Süße, ohne Duschen. Nur Zähne putzen.«

»Nein.«

»Asia, los jetzt.«

Tränen treten ihr in die Augen. »Ich will nicht.«

»Du willst. Das ist genau das, was passiert, wenn du deinen Punkt überschritten hast.«

»Was für einen Punkt?«

»Deinen Schlafpunkt. Wenn man den Schlafpunkt überschreitet, hat man nicht einmal genug Kraft, um einzuschlafen, und alles macht einen nervös und man fängt wegen Kleinigkeiten an zu weinen.«

»Das ist nicht wahr!«

»Von mir aus, dann ist es nicht wahr. Was ist jetzt?«

Das Mädchen steht demonstrativ auf und geht in ihr Zimmer, um sich selbst zu bemitleiden. Sie hat Hunger, sie ist müde, sie war einen ganzen Tag allein mit ihrer Mutter, ihre Schwester schläft weit weg in ihrem Zimmer, und weit und breit ist niemand da, der alles in Ordnung bringen könnte.

Von Müttern wird erwartet, dass sie ihren Kindern bis zum Alter von fünf Jahren ein Gefühl für Realität vermitteln – Nili ist sicher, dass sie das irgendwo gelesen hat –, aber bei Asia ist es genau andersherum. Vom Tag ihrer Geburt an bringt sie Nili ein Gefühl für Realität bei, und an manchen Tagen tut sie es auf eine Art, die Nili fast verrückt macht.

Doch letzten Endes geht auch dieser Abend vorbei, und Stille senkt sich über die Wohnung. Asia, angezogen auf dem Bett, ohne die Zähne geputzt zu haben, schläft innerhalb von Sekunden ein. Dida verlässt die Dunkelheit ihres Zimmers nur, um schnell ins Bad zu gehen – sie will nichts, kein Trinken, kein Essen, kein Aspirin, nur wieder schlafen. Nili geht unter die Dusche, und als sie wieder herauskommt, in ein Handtuch gehüllt und nach Lavendel duftend, bemerkt sie das Blinklicht des Anrufbeantworters.

Nati hat angerufen. Das Telefon hat geklingelt und geklingelt, als sie unter dem Wasserstrahl stand und nichts gehört hat. Oder nichts hören wollte, wie er manchmal glaubt.

»He«, fängt er vorwurfsvoll an. »Wo seid ihr? Ruft mich doch mal zurück.«

Aber als sie ihn auf dem Handy anruft, meldet er sich nicht, und als sich schließlich seine Voicemail einschaltet, wird sie von einer neuen Ansage überrascht, erst auf Englisch, dann auf Hebräisch. Der Text ist noch immer banal, aber die Stimme ist anders. Das ist eine rauere Version, eine Stimme mit Vibrato.

»Ich war unter der Dusche«, spricht sie aufs Band. »Die Mädchen schlafen. Ich gehe jetzt auch ins Bett. Wir sprechen uns morgen.«

Zwei Tage lang krümmt Dida sich unter Bauchschmerzen, bis sie endlich nachlassen. Asias Pausetaste wird nicht wieder betätigt. Nili geht zur Arbeit und kommt fast auf ihr Pensum. Morgen, mit dem Flug um halb drei Uhr nachts von Luzern, kommt Nati für ein verlängertes Wochenende nach Hause.

Jetzt, im Parkhaus des Supermarkts, ist es achtzehn Uhr zwanzig. Das wird ein schneller Durchlauf, rein, raus. Um sieben müssen sie Dida von der AG abholen, sie haben genau zwanzig Minuten von dem Moment an, an dem die Münze in den Schlitz des Einkaufswagens geschoben wird.

Das Mädchen zwängt sich in den Sitz, wird nach hinten gedrückt, als Nili ihn aus der Reihe herauszieht. Aber der Stoß ist für Asia das reinste Vergnügen – es erhöht ihre Lebendigkeit.

»Speed, Mama!«, ruft sie.

»Was?«

»Los, fahr den Wagen schneller!«

»Aber, As –«

»Speed!«

Die Kosenamen, die sie früher allem gegeben haben: Milchi, Flaschi, Tip-Tip, Speed; überall finden sie kleine Schlupflöcher für sie. Das Mädchen will Speed. Aber sie wiegt schon neunzehn Kilo, und der Wagen ist schwer und hat einen Rechtsdrall, und ihren Job als Mutter erfüllt heute eine Frau mit Halsschmerzen und hohen Absätzen.

»Gut, bist du bereit?«

»Ja!«, ruft Asia und ein Adrenalinstoß färbt ihre Wangen rot. »Bereit!«

»Sicher?«

»Sicher! Los!«

Nili packt den Wagen, nimmt mit langen Schritten Anlauf – eins, zwei, drei – und los. Die Anstrengung läuft ins Leere. Sie fährt mit der Geschwindigkeit eines Ruderboots.

»Mama, schneller!«

»Süße, das ist wirklich schnell. Ich habe Schuhe mit Absätzen an.«

»Nein, Mama. Schneller, schneller. Ich habe keine Angst. Mach so schnell wie möglich!«

»Ich habe hohe Absätze«, sagt Nili. »Mein Rücken schafft das nicht. Bitte, Asia.«

»Gut, okay.«

»Liebes Mädchen. Liebes, süßes Mädchen.«

»Ich verstehe dich, Mama.«

»Du bist das verständigste Mädchen von der Welt. Keiner versteht mich so gut wie du. Wie habe ich das geschafft, sag?« Sie hält den Wagen an, nähert ihr Gesicht dem des Mädchens, ihre Nasen berühren sich, ihre Hände streichen über das kleine Gesicht. Sie geben sich einen Kuss. »Wie habe ich ein so wunderbares Mädchen bloß hingekriegt?«

»Ein so verständiges Mädchen«, lobt Asia.

»Wie?«

»Ich habe Durst.«

»Bald sind wir zu Hause.«

»Ich habe jetzt Durst.«

»As, vergiss es. Ich kaufe dir kein Wasser in der Flasche, das weißt du.«

»Aber ich habe Durst. Ich werde ohnmächtig.«

»Du wirst nicht ohnmächtig. Ich habe auch Durst, und wir werden beide warten, bis wir zu Hause sind.«

»Ich habe nicht Wasser gesagt.«

»Was?«

»Ich habe nicht Wasser gesagt. *Du* hast Wasser gesagt. Ich nicht.«

»Verstehe, wir sprechen also über Kakao.«

Das Mädchen reißt die Augen weit auf. An ihrer Unschuld ist nicht zu zweifeln; sie wird jede Prüfung mit dem Lügendetektor bestehen.

»Ich habe nicht Kakao gesagt«, sagt sie. »Du hast Kakao gesagt.«

»Ich verstehe genau, was du sagst. Und ich kaufe dir keinen Kakao.«

»Aber ich bin so, so durstig.«
»Keinen Kakao.«
»Schade.«
»Sehr schade.«
»Ich bin sehr traurig.«
»Ich auch.«
»Mein Herz ist traurig.«
»Ich weiß. Meines auch. Wir werden es beide überleben.«
»Dann vielleicht ein Pudding?«
»Nein.«
»Joghurt?«
»Vielleicht Hüttenkäse. Willst du Hüttenkäse?«
»Nein.«
»Das ist das, was du haben kannst.«
»Gut, Hüttenkäse. Aber ich suche ihn aus!«

Sie laufen im Zickzack in dem weißen Licht herum, sie tauchen in das Weiß der Gefriertruhen, in die heißen Dämpfe der Grillhähnchen. So viele Düfte dringen von allen Seiten auf sie ein. Der Wagen füllt sich ohne große Inspiration: Weißbrotfladen, Käse, Orangen. An diesem Wochenende wird nicht groß gekocht werden. Heute Abend wird sie Pizza bestellen, und morgen Abend, wenn Nati da ist, werden sie essen gehen.

»Das war's, Püppchen, wir sind hier fertig«, verkündet Nili. Sie schwenkt den Wagen scharf Richtung Kasse und stört mit einer Drehbewegung erneut das Gleichgewicht ihrer Tochter.

»He«, schreit Asia, »pass doch auf.«
»Entschuldige, meine Süße.«
»Du hast mich umgeschmissen!«
»Entschuldige, Püppchen.«
»Ich habe Durst.«
»Ich weiß.«
»Aber wir kaufen keinen Kakao.«
»Ja.«

Die Kassen liegen in quälend hellem Licht. Die Regale mit den Süßigkeiten zeigen der Welt ihr Mona-Lisa-Lächeln. Asia atmet tief ein. Jetzt kommt der Kampf der letzten Chance.

»Du erlaubst mir keinen Diätkaugummi«, sagt das Mädchen übertrieben wissend.

»Sehr richtig.«

»Diätkaugummi ist nur für Erwachsene.«

»Ja.«

Sie sind drei hochbeladene Wagen von der Kasse entfernt, das ist noch sehr weit. Mutter und Tochter werden ihre Einsatzfähigkeit Schlag um Schlag beweisen, sie werden die restliche Zeit mit allen Mitteln versuchen, ihre entgegengesetzten Ziele zu erreichen.

»Oh, schau doch!«, ruft Asia in einem unendlich überraschten Ton. »Schau mal, Mama.« Sie streckt die Hand nach einer Rolle Süßigkeiten aus, bunt, mit einem Propeller am Ende.

»Das ist hübsch«, sagt Nili. »Sehr hübsch. Ein kleiner, netter Ventilator.«

»Kann ich ihn mal anmachen?«

»Natürlich. Du kannst es probieren.«

»Er macht Wind, schau.«

Asia hält den roten Ventilator vor ihr Gesicht und ihre Haare flattern fröhlich im Wind.

»Schau doch!« Sie lacht dieses glockenhelle Lachen, dem keiner widerstehen kann. »Es weht mich weg.«

»Ist ja großartig«, sagt Nili.

»Ich habe so etwas nicht«, sagt Asia. »Noch nie habe ich so einen Ventilator gehabt.«

»Da hast du recht.«

»Schau«, sagt sie und hält den glitzernden Gegenstand ihrer Mutter hin. »Hast du gesehen, wer das ist?«

Ein schneller Blick auf die Kasse zeigt eine Störung. Kassiererinnen umringen das Kassendisplay – etwas ist schiefgegangen.

»Ja«, sagt Nili. »Das ist … wie heißt sie … das Kätzchen.«

»Hello Kitty!«

»Stimmt.« Nili lächelt breit. Dieses Glück ist sie bereit, mit ihrer Tochter zu teilen. »Das ist Hello Kitty.«

»Ich habe gar nichts von Hello Kitty«, sagt Asia.

»Nein?«

Das Mädchen schüttelt den Kopf, aber die Bewegung drückt eine Ergebenheit in ihr Schicksal aus. Und jetzt warten sie. Alle warten auf die Kassiererin, die den Stau auflöst.

»Was für ein Herzchen«, sagt die Frau, die vor ihnen in der Reihe steht. Und zu Asia sagt sie: »Du bist ein besonders niedliches Mädchen.«

Asia lächelt Nili zu. Nili lächelt Asia zu. Die Frau hat sie an das Wichtigste erinnert: Das Wichtigste ist, dass sie einander haben. Es ist gut, sich manchmal daran zu erinnern.

»Meine Mama hat mir noch nie was von Hello Kitty gekauft«, sagt Asia zu der Frau. »Ich habe überhaupt nichts von Hello Kitty.«

Die Frau lacht. »Was für ein goldiges Mädchen.«

»Ich möchte etwas von Hello Kitty«, sagt Asia zu Nili.

»Ich weiß.«

»Ich möchte auf den Arm. Ich bin so müde.« Sie wird lauter. »Mir geht es schlecht, weil meine Mama mir kein Hello Kitty kauft.«

Die Frau schlägt in die Hände. »Sie ist super«, sagt sie zu Nili.

Nili lächelt vorsichtig. In einer Entfernung von zwei Wagen ist Bewegung zu erkennen – die Kassiererin tippt den Code ein, Äpfel der Marke Alexander rollen übers Band, es geht weiter.

»Komm, Kleine«, sagt Nili. »Hilf mir, die Sachen aufs Band zu legen.«

»Nein.«

»Warum nicht?«

»Du kaufst mir kein Hello Kitty – also helfe ich dir nicht.«

Der Blick der Frau vor ihnen ist höflich nach vorn gerichtet, aber ihren Schultern ist die Enttäuschung anzumerken.

Das Lächeln verlässt Nilis Gesicht. »Du wirst frech.«

»Ich werde frech?«

»Asia, es reicht.«

»Ich möchte Hello Kitty.«

»Asia, genug.«

»Hello Kitty!«

»Genug!«

»Hello Kitty!«

»Wenn du nicht sofort damit aufhörst, wirst du überhaupt nie Hello Kitty bekommen.«

»Helloooo Kiiiiitty!«

»Gut, wie du willst.«

Das Gesicht des Mädchens verzieht sich. Sie zerrt ihre Füße zwischen den Stangen des Wagens hervor und stellt sich im Wagen auf. Der Mutter bleibt nichts anderes, als sie zu packen.

»Setz dich!«

Sie bleibt stehen.

»Setz dich, sofort!«

Das Mädchen setzt sich. »Ich – will – Hello – Kitty«, sagt sie behutsam. Es sieht aus, als habe sich eine neue Idee in ihrem Kopf eingenistet, ein Versuch aus der Ruhe heraus, eine kontrollierte Wiederholung ihrer Prinzipien. Sie will und sie wird nicht schreien. Sie will und sie wird nicht aufhören zu wollen. »Ich möchte Hello Kitty.«

»Genug.«

Die Frau vor ihnen hat schon bezahlt und packt jetzt ihre Einkäufe ein. Offenbar hat sie eine Methode, inspiriert von der klassischen Teilung der Nährstoffe, und das braucht Zeit. Es geht langsam, sehr langsam.

Nili muss sich konzentrieren. Hauptsache, in Bewegung bleiben. Die Kunst ist es, eines nach dem anderen zu machen, bis man am Ziel ist.

»Meine Mama kauft mir kein Hello Kitty«, sagt das Mädchen zu sich selbst.

Schritt für Schritt, denkt Nili. Eins nach dem anderen. Die Karte hinhalten. Sie zurücknehmen. In die Tasche stecken. Unterschreiben.

»Meine Mama kauft mir kein Hello Kitty«, wiederholt das Mädchen.

Alles in Tüten packen, denkt Nili. Einpacken, in Bewegung bleiben.

»Meine Mama kauft mir kein Hello Kitty, meine Mama kauft mir kein Hello Kitty, meine Mama kauft mir kein …«

Der Schrei stammt von Nili, auch wenn man das nur schwer glauben kann. Und direkt hinterher – der Schlag durch die Luft, am Gesicht des Mädchens vorbei, ohne es zu berühren. Sie hat nur den Einkaufswagen geschlagen.

»Ruuuuuhe!«

Sie schreit.

»Ich schaffe es vermutlich nicht zu kommen«, sagt Nati.

Nili hat das Gespräch nach nur einem Mal Klingeln abgehoben. Sie hat die Einkäufe noch nicht weggeräumt; Asia, noch immer durcheinander, hat sich, sofort nachdem sie hereingekommen sind, in ihr Zimmer zurückgezogen; Dida, die eine Viertelstunde vor dem Gemeindezentrum ohne Mantel auf sie gewartet hat, kauert jetzt vor dem elektrischen Ofen und wartet darauf, dass die künstliche Glut sie wärmt. Nili war auf dem Weg ins Bad.

»Was heißt das?«, fragt sie.

»Sie stecken fest«, sagt Nati mit ernster Stimme. Niedergeschlagen.

Er hatte noch einmal eine Phase mit Bart, fällt ihr plötzlich ein. Eine so kurze Phase, dass sie sie fast vergessen hat. Es war, kurz bevor Dida zu ihnen gezogen ist. Ihnen übergeben wurde.

»Wer steckt fest?«

»Die Schweizer. Sie sind im Zeitplan zurück. Ich schaffe es vermutlich nicht wegzukommen.«

»Gut«, sagt sie.

»Wenn sie am Wochenende hier die Software in Betrieb nehmen und ich nicht da bin – dann ist alles im Eimer.«

»Okay«, sagt sie.

»Alles in Ordnung bei euch?«

Sie wartet keine Minute. Sie kann jetzt in Tempo und Ton spielen – in solchen Situationen sind Tempo und Ton wichtiger als alles –, aber sie hat keine Nuancen in der Stimme, sie macht keine große Sache daraus. »Ja«, sagt sie. »Es geht uns gut.«

»Ich muss am Wochenende hierbleiben«, sagt Nati. »Versteh mich doch.« Er ist auf ein längeres Gespräch eingestellt. Er hat noch andere Erklärungen und Ausreden in der Hinterhand.

»Ich verstehe«, sagt Nili. »Wir sind gerade nach Hause gekommen. Wir sprechen später, okay?«

Das Gewicht der Sonne

Am Freitag, um halb sieben Uhr abends, als am Himmel schon die niedrigen, bedrückenden Lichter des Winters hängen, steigen sie zu dritt ins Auto. Mit Nati oder ohne ihn – essen muss man. Und auch wenn sie jetzt alle gut gelaunt sind, darf man nicht vergessen, dass gute Laune nicht auf Bäumen wächst. Man darf nicht vergessen, dass vor gar nicht langer Zeit – nur einen Abend zuvor – alles anders ausgesehen hat. Vollkommen anders.

Gestern, nachdem sie das Gespräch mit Nati beendet hatte, setzte sie sich sofort in Bewegung. Klo, Kühlschrank, einräumen, ein Blick ins Zimmer ihrer Tochter – der Tochter, die im Supermarkt eine Vorstellung geliefert hat, die sie nicht so schnell vergessen wird; der Tochter, die von ihrer Mutter ins Auto geschubst wurde, wortlos und nicht gerade sanft.

Es hat die Szene an der Kasse gegeben, den Wutausbruch, das Schreien. Andere beteiligten sich. Die Frau fühlte sich bei ihrer Ehre gepackt, und der alte Mann, der hinter ihnen stand, stimmte sofort mit ein. Sie schrien Nili an. Nein, sie schrien nicht wirklich, es war keine Frage der Lautstärke. Was sie glaube, was sie da tue?, fragte die Frau. Und der Alte fiel ein: Ja, und später wundere man sich, wenn man solche Dinge in der Zeitung lese.

Sie hat Asia nie im Leben geschlagen, sie ist noch nicht mal in die Nähe eines Schlages gekommen, aber der Wagen zitterte als Zeichen des Kommenden. Oder es muss jedenfalls so ausgesehen haben. Und es dauerte eine Ewigkeit, bis sie den Weg hinter die Kulissen fand.

»Ich möchte eine Orange.«

Nili fuhr los.

»Ich habe gesagt, ich möchte eine Orange«, wiederholte Asia mit heiserer Stimme vom Rücksitz aus. »Warum gibst du mir keine Orange?«

»Ruhe, Asia.« Die Stimme der Mutter war flach. »Ich habe dir gesagt, ich möchte jetzt nicht mit dir sprechen, also sprich mich nicht an.«

»Orange.«

Nili stellte das Radio an und suchte einen Sender.

»Orange!«

»Orange!«

»Orange!«

»Ruhe, habe ich gesagt.«

»Orange!«

Das Radio lief, sie fuhren, der Puls raste noch immer. Man verliebt sich schneller, wenn der Puls rast – wer hatte das zu ihr gesagt? Mit erhöhtem Puls ist der Körper eher bereit zur Liebe.

»Ich höre nicht auf zu sprechen«, sagte Asia.

Nili warf ihr über den Vorderspiegel einen Blick zu. Das Gesicht des Mädchens war rot, ihre Augen brannten.

»Ich spreche, Mama. Ich sage lalalalala.«

Nili blinkte, hupte das Auto vor ihr an.

»Orange.«

Sie überholte wild – ein protestierendes Hupen.

»Orange.«

»Asia, ich warne dich …«

»Orange.«

»Wir werden schon noch sehen.« Nilis Stimme schnitt durch die Luft.

»Was, Mama?«

»Sei still.«

»Was werden wir sehen?« Die heisere Stimme ihrer Tochter wurde zu einem Winseln.

Noch ein Hupen, diesmal länger und aggressiver. Sie wechselte die Fahrbahn.

»Was, Mama …« Die Stimme des Mädchens wurde leiser und erstarb. »Du hast gesagt, wir werden schon noch sehen, also erkläre mir, was wir sehen werden.«

»Genug!«

»Erkläre es mir.«

»Genug!«

»Nein!«

»Genug!!«

»Nein!«

»Genug!!!«

»Ich werde sprechen! Mama. Meine. Mama. Ist. Am. Klügsten. Am. Schönsten. Am. Besten. Am …«

Das Auto glitt zum Straßenrand und blieb mit quietschenden Reifen stehen.

In einem geschlossenen Auto kann die Hitze sehr schnell steigen. Aber auch Stille kann das. Und als sie schon nicht mehr atmen konnte, drehte sich Nili um. »Gut«, sagte sie. Sie ergriff die Hand ihrer Tochter, streichelte die Handfläche, feucht und pochend wie ein Wassertier. »Genug, Asia. Es ist genug. Es reicht.«

»Du wirst zu schnell böse, Mama«, schluchzte das Mädchen. »Du sollst nicht dauernd böse werden.«

Papa kommt nicht.

Diese Nachricht – ausgewählt aus einer Vielzahl möglicher Formulierungen – wurde den Mädchen am selben Abend mitgeteilt.

Papa kommt nicht. Er kann nicht von dem Projekt weg. Die Schweizer brauchen ihn.

Dida verdrehte die Augen, die feucht von Tränen waren. Asia fing sofort an zu weinen.

»Aber wir machen uns ein tolles Wochenende«, sagte Nili lächelnd, »mit ihm oder ohne ihn.« Überrascht stellte sie fest, dass sie versuchten zurückzulächeln. »Und heute Abend bestellen wir Pizza«, erklärte sie mit einer Stimme, die das Versprechen für etwas Größeres als Pizza enthalten sollte.

Doch nach einer Stunde war alles zerstört. Das Haus warf sie, wie eine gewaltige Turbine, alle in die Ecken. Asia lag in ihrem Bett und wollte in Ruhe gelassen werden, Dida schloss ihre Tür hinter sich. Nili verkroch sich in ihr Bett und schaute fern – eine Kochsendung für Paare, ein Mann und eine Frau in der gefährlichen Hitze einer Küche. Ausgerechnet darin waren Nati und sie früher gut gewesen. Was Essen betraf, waren sie ein ausgezeichnetes Team. »Ich sterbe vor Hunger«, sagte er zu ihr – und Hunger war außerhalb des Hoheitsgebiets ihrer Streitereien. Was Hunger betraf, sorgten sie immer gut füreinander, auch in ihren schwierigsten Zeiten, und wenn sie gemeinsam eine Kochsendung anschauten, fühlten sie sich immer sicher in ihrer Fähigkeit zu improvisieren. Hatten sie keine Scheibe Zackenbarsch? Nicht schlimm. Es gab ja Nilbarsch. Gefroren? Dann taute man ihn eben auf. Sie brieten den Fisch in Olivenöl und Knoblauch, behalfen sich mit gemischten Gewürzen. Die Portionen wurden auf die Teller verteilt, Basilikum darüber gestreut, die Teller ins Wohnzimmer getragen …

Das kann noch immer passieren, dachte sie. Manchmal essen sie noch immer so, oder etwa nicht? Vor dem laufenden Fernseher, nur sie beide, ohne die Mädchen im Blickfeld. Das ist eine nostalgische Art des Essens, so haben sie früher gegessen. Und trotz der Kluft zwischen dem, was sie zusammengemischt haben, und dem, was ihre Phantasie angestrebt hatte, ist es jedenfalls viel mehr als einfach ein Fisch aus dem Tiefkühlfach.

Nati hat Jugendfreunde. Aber was ist das genau? Eine Verpflichtung zu einem Bündnis? Menschen, die man von früher kennt? Bevor man sich hinter Masken versteckt hat. Oder bevor man sie abgesetzt hat.

Nili ist sich nicht sicher, dass die Menschen wirklich nackt geboren werden; dass sie auf die Welt kommen und erst dann anfangen, sich eine tarnende Schutzschicht zuzulegen. Von sich selbst glaubt sie, dass sie in der Kindheit wie eine Spionin in der Welt war, dass niemand sie gekannt hat, dass sie gezwungen war, im Geheimen zu wachsen.

Nicht immer hat Nostalgie sie gerettet. In der ersten Nacht, in der sie wieder allein im Ehebett schliefen – Asia war dreieinhalb und kehrte endlich in ihr eigenes Bett zurück –, war es seltsam. Wie die Fahrt in einem vollen Bus, die Berührung war nicht zu verhindern, der Hintern eines fremden Menschen drückt gegen den eigenen, und es ist auf eine seltsame Art legitim, man lernt aufs Neue die Körperwärme des anderen kennen – und auch damals dachte sie an ihn, an den dicken französischen Millionär mit seinen anmaßenden Einsichten, was er zu ihr gesagt hatte, wie er sie verachtet hatte, erniedrigt …

Nati hat Jugendfreunde, sie nicht. Das ist es. Die Wahrheit ist, dass es auf der Welt Menschen gibt, die Natis Geschichte kennen, und auch wenn er sich zu einem anderen Menschen entwickelt hat, können sie noch bezeugen, dass es sich um Geologie handelt, um den Aufbau von Schichten um Schichten, während Nili nur Uma hat, Uma und sie sind alles füreinander. Freundinnen? Sie hat keine Freundinnen. Wenn sie ein gutes Wort braucht, einen ermunternden Klaps auf die Schulter, kann sie sich nur an Uma wenden. Uma ist in der Lage, ihr ein gutes Gefühl zu geben: Nili hat es geschafft, sie hat ein Haus, eine Familie, einen Platz in der Welt. Uma ist für sie da, sie ist eine gute Freundin, Nili kann daran glauben und gleichzeitig auch nicht …

Nati glaubt daran. Er mag Uma und sie ihrerseits verehrt ihn. Sie schätzt seine Art zu kochen. Sie kann nicht oft genug sagen, wie gut alles schmeckt, was er zubereitet. Und vielleicht freut er sich seinerseits darüber, sie zu füttern, er verhält sich zu ihr, als wäre sie ein normaler Mensch, eine normale Schwester, ein klarer Mensch, als wäre sie ein Mensch, der versteht, was er selbst sagt und was ihm gesagt wird.

Eine erfahrene Sekretärin in einer Rechtsanwaltskanzlei sollte sich in der Welt auskennen, nicht wahr? Zumindest in grundsätzlichen Dingen. Obwohl Nili den Verdacht hegt, dass Umas Chef mit ihr schläft. Nicht dass es ihr etwas ausmacht, und sie sehnt sich auch keine Sekunde danach, etwas darüber zu erfahren. Wirklich, sie muss nicht alles wissen. Ihre Schwester schläft mit offenem Fenster, sie kontrolliert nie etwas zweimal, sie hat vor nichts Angst, sie ist zwischen Kindheit und Erwachsenenleben stecken geblieben, sie hängt in der Luft.

Drei Stunden später, als sie erschrocken aus einem tiefen Schlaf aufschreckt – einem verrückten, nicht beabsichtigten Schlaf –, steht sie auf, um nachzuschauen, ob Ebbe und Flut in ihrer Abwesenheit das Haus überschwemmt haben, und findet die beiden Mädchen in Didas Bett. Die große Schwester liegt am Rand der Matratze, Asia neben ihr, mit gespreizten Beinen: der Fernseher läuft, der Computer ist an, der Rollladen noch oben. Nur das Licht haben sie gelöscht.

Sie stellt die Geräte aus und lässt langsam den Rollladen herunter.

Nati kommt nicht. In Ordnung. Es ist besser so. Besser, dass er nicht kommt und geht und wieder kommt. Weniger Ankünfte, weniger Abfahrten. Und wenn er zurückkommt, wird er ganz und gar zurückkommen.

Das Gewicht des Mondes

Die Burger-Bar *Micky* ist das Lieblingsrestaurant der Mädchen, dorthin fahren sie jetzt, geduscht und angezogen und hungrig, zwei Strohwaisen, deren Vater versprochen hat zu kommen und sie enttäuschte. Aber auch wenn das Herz der Mädchen einen Sprung bekommen hat, schlägt es noch immer im Käfig ihrer Rippen und sie haben die Kraft weiterzumachen.

Nein, denkt Nili. Man merkt ihnen nichts von ihrem Unglück an. Die Wahrheit ist, dass die Mädchen, bevor sie loszogen, noch mit ihrem Vater telefoniert haben. Er hat sein Ausbleiben leicht mit dem Versprechen großer und zahlreicher Geschenke gutmachen können, jedenfalls sehen sie jetzt sehr zufrieden aus. Zufrieden mit dieser Welt, die vernünftig genug ist, Platz für einen großartigen Tauschhandel zu lassen.

Die Burger sind saftig, die Pommes dick, die Cola wird in hohen Gläsern serviert, die sich für Storchenschnäbel eignen – alles in der Burger-Bar ist vollkommen, und vollkommener als alles ist der Nachtisch des Hauses: Eis, Nougat, Schlagsahne, Bonbons und Kirschen, und das alles im Glas von unten nach oben geschichtet.

Im Restaurant ist es erstaunlich laut, aber das Verhältnis von Kindern zu Lärm beruht auf Gegenseitigkeit; sie drehen selber auf.

Dämmrige Lampen, Sofas aus rotem Leder, Wände mit einem Lochmuster wie riesige Lautsprecher, schwarz und ohne Fenster. Luftballons, die zu Ehren von Geburtstagsfeiern zur Decke steigen, platzen von Zeit zu Zeit, ohne dass dies in der allgemeinen Lautstärke besonders auffällt. Es ist die ganze Zeit laut. Es macht ihnen Spaß.

Asia bestellt einen Hamburger für Mädchen (auf einem pinkfarbenen Teller), Dida einen Hamburger für Teenies (auf einem Teller mit Comics). Beide möchten Cola, und jetzt diskutieren sie über die Größe der Pommes. Medium? Large?

Die Kellnerin hat den Blick einer Frau, deren Tage hier gezählt sind – sie ist auf dem Weg nach Südamerika, in den Osten, irgendwohin, weit weg von hier. Large? Dann eben large. Was ihr wollt.

Dida bemüht sich um eine aufrechtere Haltung als üblich. Folgerichtig, fast lächerlich, vermeidet sie, die Mitte ihres Blickfelds zu überschreiten – zwei Tische links von ihnen sitzt ein Junge, den sie sofort beim Hereinkommen als einen Jungen aus ihrer Klasse erkannt hat, und als Nili fragte: »Gehst du nicht hin, um hallo zu sagen?«, schaute sie sie an, als wären ihre Worte nicht nur vollkommen sinnlos, sondern als fehlte ihnen auch jeder Schimmer von Witz. Ab da bestimmt die Gefahr eines Augenkontakts ihr Dasein, sogar wenn es manchmal für einen Moment aussieht, als würden ihre Schwester und Nili es schaffen, unverdient mehr Aufmerksamkeit zu erlangen, in Wirklichkeit müssen sie sich mit einem Tier auseinandersetzen, das sein ökologisches Gleichgewicht verloren hat.

»Ketchupbeutel in Restaurants …«, sagt Dida, während sie das Körbchen mit den Soßentütchen zu sich herüberzieht, »das ist eine der interessantesten Arten zu sparen.« Sie nimmt eine Handvoll heraus und steckt sie in die Tasche ihrer Jacke.

»Ich möchte auch!«, ruft Asia.

Dida nimmt noch eine Handvoll und steckt sie in die zweite Tasche. »Die sind für dich«, sagt sie.

»Hört auf«, sagt Nili, obwohl sie sich vorgenommen hat, während dieses Essens nichts dergleichen zu sagen. Sie hat es sich eingebläut, bevor sie das Haus verließen: Sie wird sie gewähren lassen, sie wird sie den ganzen Abend mit der Hingabe einer Ornithologin beobachten, sie wird sie nicht stören und sich nicht einmischen. Und nun sind noch nicht einmal fünf Minuten vergangen.

»Ketchupbeutel zu klauen ist eine Bagatellsünde, die jeder begeht«, sagt Dida, »deshalb glaube ich, dass es nicht lohnt, daraus eine Affäre zu machen.« Sie ist aufs Äußerste gespannt, sie wird den Blick nicht in die andere Richtung wenden, selbst wenn dort eine Rakete einschlägt.

»Du irrst dich«, sagt Nili. »Ketchupbeutel zu klauen ist keine Bagatelle. Es ist Diebstahl, Punkt.«

»Bezahlst du manchmal an der Expresskasse?«

»Wie bitte?«

»Ist es schon passiert, dass du an der Expresskasse gestanden hast, obwohl du mehr als zehn Sachen im Korb hattest?«

»Warum fragst du das?«

»Das bedeutet, anderen die Zeit zu klauen. Ein bisschen Zeit, in der Größe von Ketchupbeuteln.«

»Was für ein Unsinn.«

»Hast du schon mal in einem Geschäft zu viel Geld zurückbekommen? Bestimmt. Als du es gemerkt hast, hast du das Geld zurückgegeben?«

»Aber das ist nicht …«

»Ich wette, du hast es nicht zurückgegeben. Und du reißt Kreuzworträtsel raus. Das habe ich mit eigenen Augen gesehen. Wenn wir in einem Café sitzen, suchst du das Kreuzworträtsel in der Zeitschrift des Cafés und reißt es heraus.«

Nili seufzt. Die Anwesenheit des Jungen aus der Klasse hat Dida nicht aus der Bahn geworfen; im Gegenteil, sie hat sie tiefer hineingeführt in ihren Orbit, in dem sie jetzt mit außergewöhnlicher Geschwindigkeit herumrast.

»Wie ich gesagt habe«, fasst Dida zusammen, »Bagatellsünden sind allgemein üblich.«

»Mama klaut nicht«, sagt Asia. »Stimmt's, Mama?«

»Mädchen«, sagt Nili, »lassen wir das. Ich habe Hunger, fangen wir an zu essen.«

Auf dem Weg zum Restaurant hat sie von oben ein Vollmond begleitet, den man nicht übersehen konnte. Sie sprachen über ihn, über seine Entfernung, seine Größe, über das konkurrenzlose Kunstwerk am Himmel. Dida erzählte Asia von der Hündin Laika, dem ersten Tier, das in das Weltall flog und die Erde umkreiste; über den ersten Menschen auf dem Mond. Sie habe nie gewusst, wie schwer es sei, zum Mond zu fliegen, bekannte Asia ernst. Sie habe nicht gewusst, dass man auf dem Mond schwebe. Sie habe nicht gewusst, dass er so rund wie ein Ball ist und dass dieser Ball eine dunkle Seite habe.

»Eine Seite, die man nie sieht«, betonte ihre große Schwester.

»Nie, nie?«

»Nie.«

»Nur wer dorthin fliegt?«

»Nur der.«

»Wirst du hinfliegen?«

»Das ist nicht sicher«, sagte Dida. »Man wird sehen.«

»Wird Mama hinfliegen?«

»Garantiert nicht«, sagte Nili. »Ich würde sterben vor Angst, wenn ich so weit von der Erde wegfliegen müsste.«

Dida machte ihr Fenster auf und heulte hinauf zum Mond: »Aaauuuuuu.«

»Dida«, sagte Asia, »hast du auch Angst?«

»Eine gute Frage«, sagte Dida. »Sagen wir mal so: Die Entfernung vom Erdball ist nicht das, was mir Angst macht. Ich hänge nicht so sehr an der Welt, okay? Aber es gibt etwas anderes.«

»Was?«

»Dafür bist du zu klein, As. Erspare dir das.«

Und jetzt, kaum eine halbe Stunde später, nachdem sie sich geweigert hat, ihre Gründe dafür, warum sie sich an die Anziehungskraft klammert, weiter auszuführen, sieht es aus, als würde sie sich freuen, möglichst schnell von hier wegzufliegen. Nili hat fast das Gefühl, dass es etwas zwischen ihr und dem Jungen dort gibt; dass es einen wichtigeren Grund für ihr Ausweichen geben muss als die zufällige Schüchternheit von Pubertierenden. Und als ihr Essen kommt, ist ihr klar, dass es ihr sehr schwerfallen wird, nicht weiter nachzuforschen.

»Dida«, fängt sie mit lauter Stimme an – aber Dida, mit dem sechsten Sinn einer Heranwachsenden, ignoriert Nilis Worte. Sie entfernt von ihrem Hamburger die obere Lage, zieht einen Ketchupbeutel aus der Tasche und drückt ihn über dem Burger aus.

»Gib mir auch was«, bittet Asia, und als Dida noch einen Beutel aus der Tasche zieht, protestiert sie. »Nicht aus deiner Tasche! Aus meiner!«

Aber die große Schwester, die sich um die Bedürfnisse ihrer kleinen Schwester kümmert, ist nicht bereit, auf deren Willen Rücksicht zu nehmen: »Ich hab's draufgemacht und du isst jetzt«, sagt sie. »Basta.«

Nili hat sich einen Salat des Hauses bestellt, der sich letztlich als eine stupide Mischung aus welligem grünem Salat und fleischigen Tomatenstücken herausstellt, aber jetzt sind die Hamburger der Mädchen in Reichweite, und sie bekommt Appetit auf Fleisch. Der Hamburger auf dem pinkfarbenen Teller sieht weniger schmackhaft aus als der auf dem Comicteller, aber es hilft nichts, sie muss trotzdem ihre Hoffnung, einen Rest zu bekommen, auf ihre Tochter richten. Dida wird zwei Stunden lang kauen, aber sie wird alles aufessen. Und ihr Getränk wird sie in einem Zug leeren und dann ihre Schwester anbetteln.

Aber der Junge an dem Tisch, zu dem man nicht hinüberschaut, strahlt eine magnetische Energie aus, die schon bald bis zu ihnen dringt und Dida erfasst. Dida ergreift ihr Besteck und viertelt ihren Hamburger. Sie nimmt ein Viertel in die Hand und beißt systematisch ab, und zwischen einem Biss und dem nächsten wischt sie sich den Mund mit der Serviette ab.

»Wie heißt er?«, schreit Nili. In diesem Restaurant muss man schreien, es bleibt einem nichts anderes übrig.

Dida schaut sie an und kaut. Was will sie?

»Der Junge aus deiner Klasse, wie heißt er?«

»Was? Schlomi.«

»Er ist nett, dieser Schlomi.«

»Was du nicht sagst.«

»Findest du nicht?«

»As, reich mir mal das Salz.« Dida wendet sich an ihre Schwester.

»Er lächelt viel«, sagt Nili. »Er scheint gute Laune zu haben.«

Dida hat das erste Viertel gegessen, sofort wendet sie sich dem nächsten zu. Im vergangenen Jahr hatte sie sich in einen Jungen namens Alex vergafft, dessen Existenz sie nur flüchtig, aber durchaus absichtsvoll, als hellsten Kopf der Klasse erwähnte. Ja, er gefalle ihr, hatte sie Nati und Nili auf ihre Fragen geantwortet. Ja, sie halte ihn für sehr nett. Ja, sie unterhielten sich manchmal in der Pause. »Sieht er gut aus?«, fragte Nati, hochmütiger als sonst von seinem feuerfesten Erwachsenenstatus aus, und Dida sagte: »Er hat so ein nettes Lachen.« Aber als sie sie baten, ihn auf dem Klassenfoto zu zeigen, wollte sie nicht. »Beruhigt euch, okay?«, sagte sie und verschwand in ihrem Zimmer, und den ganzen Tag sprach sie nicht mehr mit ihnen. Zwei Tage später, als Nati sie von der Schule abgeholt hatte und beide die Wohnung betraten, von einer Woge des Protests getragen – sie hatte eine schlechte Note in Geschichte bekommen und Nati hatte die ganze Zeit auf dem Weg mit ihr geschimpft –, benutzte Nati die erste Gelegenheit, um Nili mitzuteilen, dass er Alex gesehen habe und da sei Gott vor.

»Er sieht nicht gut aus?«, flüsterte Nili.

»Da sei Gott vor, sage ich dir.«

»Bestimmt ist er sehr nett. Bestimmt übertreibst du.«

»Nil, bitte, lass mich hinabtauchen in den Strom des Vergessens.«

»Wie erklärst du dir das?«, fragte sie. Sie folgte ihm in die Küche und sagte leise: »Warum ausgerechnet er?«

»Er ist der Erste, der sich an sie rangemacht hat, der sie angesprochen hat, also hat sie sich in ihn verliebt«, sagte Nati und knallte die Kühlschranktür zu, als wäre es ihm gelungen, etwas darin einzusperren. »Es ist trivial. Sie ist meine Tochter, vergiss das nicht. Das Triviale liegt in unseren Genen.«

Die Lautstärke in der Burger-Bar erreicht den Höhepunkt: Ein paar Kellner kommen im Gänsemarsch aus der Küche, in den Händen Kuchen, jeder mit brennenden Wunderkerzen. Das Publikum im Lokal jubelt, die Musik im Hintergrund wird laut. Es ist kaltes Feuer, Nili weiß es, trotzdem macht ihr die Nähe von Feuer und Kindern, Gedränge und Lärm Angst.

Der Zug zieht an ihrem Tisch vorbei, windet sich und dreht sich nach links – und, in einer verwirrenden Waghalsigkeit, direkt auf den verbotenen Tisch zu, an dem Schlomi sitzt und verlegen das Gesicht bedeckt.

Einer der Kellner legt jetzt ein großes Paket, das er hinter seinem Rücken versteckt hielt, vor ihn auf den Tisch.

Dida nimmt das nächste Viertel in die Hand.

»Dein Freund hat Geburtstag«, sagt Nili.

»Mir egal.«

»Jetzt solltest du wirklich hingehen und ihm gratulieren.«

»Lass mich in Ruhe«, sagt Dida.

»Was ist denn los«, sagt Nili, »warum ist das so schwierig?«

»Nili«, sagt Dida, »tu mir den Gefallen.«

»Nein, wirklich.« Nili verstrickt sich in den Worten, die sie nicht sagen wollte, sie scheinen eine eigene Dynamik zu entwickeln, eine Dynamik, die sie dazu zwingt, das Mädchen zu quälen. »Das ist kein Freundschaftsantrag, weißt du. Du gratulierst ihm zum Geburtstag. Das ist alles. Niemand wird dir deshalb etwas nachsagen.«

»Ich gratuliere im Kindergarten immer«, sagt Asia. »Ich sage herzlichen Glückwunsch und du sollst gesund sein und viele Freunde haben.«

Dida stopft sich den Rest des Viertels in den Mund und saugt sofort an ihrem Strohhalm. Neben ihnen nimmt das Gedränge um das Geschenk zu. Schlomi reißt das Geschenkpapier auf und weicht ungläubig zurück. Etwas springt heraus, bewegt sich zwischen seinen Händen. Lautes Klatschen erfüllt den Raum.

»Ich glaube es nicht«, sagt Nili, »er hat einen Hund bekommen.«

Didas Blick flitzt für den Bruchteil einer Sekunde zur Seite.

»Das ist perfekt, Dida«, sagt Nili. »Jetzt hast du einen guten Grund, zu ihm zu gehen.«

»Das ist doch schön von mir, nicht wahr?«, sagt Asia. »Meine Glückwünsche sind schön, oder?«

Dida wendet sich dem dritten Viertel zu, und der Rhythmus, den sie den beiden ersten Vierteln zugestanden hat, gilt nicht mehr – drüben steht Schlomi jetzt von seinem Stuhl auf, und das Burger-Viertel sinkt aus ihrer Hand auf den Teller.

»Stimmt's, Mama?«, sagt Asia.

»Ja, meine Süße«, sagt Nili. »Es sind wunderbare Glückwünsche.« Sie streckt die Hand aus, streichelt ihrer Tochter über den Kopf, aber jetzt stimmt etwas an dem Bild nicht, etwas fühlt sich unter ihrer ausgestreckten Hand anders an …

»Asia?«, sagt Nili. »Asia?«

Das Mädchen schaut – aber sie schaut nicht das an, was vor sich geht, sie schaut nicht geradeaus, im Gegenteil, sie schaut in sich hinein, sie hat sich zurückgezogen, eine ganz andere Dimension geht von ihrem Gesicht aus …

»Dida!«, ruft Nili.

Auch Didas Gesicht hat sich entfernt. »Hi«, sagt sie.

»Dida!«, sagt Nili. »Asia? Was ist mit ihr? Dida?«

»Herzlichen Glückwunsch«, sagt Dida.

Schlomis Mitte, strahlend in Gelb und Rot, tanzt vor Nilis Augen und verliert sich in der Ferne, Dida und der Junge stehen neben dem Tisch, den Hund zwischen sich, sie sprechen miteinander …

»Asia!« Nili packt ihre Tochter an den Schultern. »Asia?« Sie schüttelt sie. »Asia …«

Der Rest der Nacht

Nili stellt sich einen Blitz vor: ein Z vor dem Hintergrund der rosafarbenen Gehirnwand ihrer Tochter. Oder wie in einer Raffinerie: Funken und siedend heiße Gerüche. *Ein Wirbelsturm im Gehirn*, ist ihr gesagt worden. *Ein Sturm von Kurzschlüssen.* Aber nun, da das Mädchen endlich neben ihr auf dem Sofa im Wohnzimmer eingeschlafen ist, nachdem sie, nach stundenlangen Untersuchungen, wieder zu Hause sind, sieht sie alles wieder vor Augen, eine unklare Warnung, eine schwache Einschüchterung.

Dida betritt das Wohnzimmer. Sie ist todmüde, sie muss todmüde sein, aber sie sieht heiter und ruhig aus, wie eine junge Ärztin, die ihre Diagnose im richtigen medizinischen Ton trifft. Sie stellt zwei Tassen Tee auf den niedrigen Tisch und setzt sich. Sie wirft Nili einen direkten Blick zu. Direkt, aber nicht forschend.

Noch am Anfang des letzten Jahrhunderts hat man Epilepsiekranke wie Verrückte betrachtet, denkt Nili. Und noch früher, am Anfang des Jahrtausends, hatten zwölfjährige Mädchen schon Familien.

»Trink«, sagt Dida. »Trink und geh dann schlafen.«

Fünf Stunden haben sie in der Notaufnahme verbracht; fünf Stunden lang dirigierte Dida das degenerierte nächtliche System der Verwaltung, sie manövrierte sich perfekt in die Rolle ihres Vaters. Und jetzt kocht sie Tee für Nili, kümmert sich um sie, führt sie langsam durch den verbliebenen Rest der Nacht, und Nili lässt sie gern gewähren, eigentlich hat sie keine Ahnung, was sie heute Nacht ohne sie getan hätte, wie sie Asia aus diesem Loch herausgezogen hätte. Ihr Puls rast, ihr Kopf droht zu platzen, sie hält ihr Handy noch immer umklammert, eine krankhafte Version des Brütens, als würde, wenn sie es nur warm genug hielte, endlich das ersehnte

Klingeln ertönen – und dann würde sie platzen. Zehn Nachrichten hat sie Nati hinterlassen, vielleicht mehr – von dem Moment an, als Asia im Restaurant den Anfall bekommen hat, hat sie jede halbe Stunde bei ihm angerufen, ohne Antwort, ohne Antwort, ohne Antwort, und das war schon zu viel für sie.

Sie ist erschöpft, ihr Körper hart und zusammengepresst wie eine Spanplatte – würde sie ein bisschen tiefer atmen, würde sie zersplittern. Nati betrügt sie. Er fickt Schweizerinnen in der Schweiz. Vielleicht keine Schweizerinnen, vielleicht eine Reisebegleiterin. Vielleicht die Frau, die Dida gesehen hat. Am schlimmsten war es, als sie mit Dida in dem ewig neonbeleuchteten Krankenhaus saß und darauf wartete, dass die Ärzte kamen und gingen und gingen und kamen, es stieg in ihrer Kehle auf und erstickte sie, es vergiftete sie und schwächte sie, sie sprachen mit ihr über ein EEG und PET und MRI, brachten ihr Mädchen auf einem metallenen Wagen von einem Zimmer ins andere, winkten mit Fragebögen und verlangten Details und gaben Erklärungen – und die ganze Zeit stand sie und saß sie und sprach mit dem Telefon in der verschwitzten Hand und wartete auf das Klingeln.

»Soll ich sie ins Bett tragen?«, fragt Dida. Nili weiß, was sie fragt, sie weiß, was sie denkt.

»Nein«, sagt sie. »Ich nehme sie mit, wenn ich schlafen gehe. Sie schläft heute Nacht bei mir.«

»Willst du, dass ich mit ihr hierbleibe? Ich kann auf sie aufpassen.«

Nili schüttelt den Kopf, lächelt. Wenn sie gekonnt hätte, hätte sie Dida gebeten, sie zu umarmen.

»Nein.« Sie würgt das Schluchzen mit einem Schluck Tee hinunter.

»Sie wird wieder hundertprozentig die Alte«, sagt Dida.

»Mit Gottes Hilfe.«

»Zweihundertprozentig«, sagt Dida.

Nili nimmt langsam noch einen Schluck Tee. Dida war schon immer sehr einfallsreich; ein frühreifes Mädchen, das sich auf die tiefsten Geheimnisse seiner Eltern stürzte, ein frühreifes Mädchen im Zentrum eines Gefühlswirrwarrs. Und sie bewahrt immer einen kühlen Kopf. Immer. Was auch geschieht, sie tappt in keine Falle.

»Es tut mir leid, dass es dir die Sache mit Schlomi kaputtgemacht hat«, sagt Nili.

»Ich warne dich.«

»Er ist gerade gekommen, und ausgerechnet da ...«

»Du bist gewarnt.«

»Gut.«

»Aber er ist ziemlich nett«, sagt Dida. »Kann man nicht anders sagen.«

»Er ...«

»Und jetzt lass mich in Ruhe, im Moment werde ich dir nichts mehr sagen.«

»Ich bin ja schon still.«

Nili legt die Hand auf die Schulter ihrer schlafenden Tochter. Die Menschen nehmen ihren ewigen Herzschlag nicht wahr, die unermüdliche Schwingung, die von ihm ausgeht, aber sie achtet darauf. Sie spürt, wie das Herz, größer und heißer, in der Brust ihrer Tochter klopft. Sie atmet kaum, und noch immer schafft sie es, zu sprechen, anzurufen.

»Dann gehe ich jetzt schlafen«, sagt Dida.

»Ja, geh schlafen.«

»Du kommst jetzt klar, oder?«

Aber sofort, nachdem Dida das Wohnzimmer verlassen hat, fängt sie an zu weinen wie ein Kind. Wie Uma früher geweint hat.

Die meisten Katastrophen passieren nachts, das weiß Nili. Denn obwohl viele Menschen nachts schlafen und es bei weniger Straßenverkehr weniger Unfälle gibt, ist die Nacht prädestiniert für Unglück. Menschen haben nachts eine verletzlichere Qualität. Sie verirren sich leicht und geraten zu oft an den Rand der Welt.

Nach Asias Sturz, in den vier Tagen, die sie ohne Bewusstsein war, hatten Nati und sie kaum miteinander gesprochen. Sie saßen an beiden Seiten des Bettes, aschgrau, und ließen die Blicke nicht von ihr, mit höchster Konzentration, mit der Geistesabwesenheit einer tiefen Trance, auf jede Bewegung achtend, auf jede Änderung des Gesichts – der Nasenflügel, der zarten Muskeln in den Mundwinkeln –, auf die weiche Haut ihrer Babyhände; sie versuchten, das schlaffe, im Kissen versunkene Gesicht ins Leben zurückzuhypnotisieren, und in der ganzen Zeit waren die üblichen Geräusche im Hintergrund zu hören – Menschen in den Gängen, telefonierende Stimmen, Dida –, eine lange Reihe von kontrollierten Explosionen.

Und dann wurde Asia wieder wach. Kleine Kinder haben kleine Hände, einen kleinen Mund, kleine Ohren, aber alles ist molliger und saftiger, und als das alles wiederkam, war es ganz plötzlich.

Es gibt, es gibt nicht.

Dort, hier.

Am Morgen danach saß Asia schon in ihrem Bett, inmitten von Malheften, Farbstiften und Papierschnipseln, ihre Zunge schob sich zwischen die Zähne wie bei einem kleinen Tier, gleich würde ihr das Fell wachsen, das sie brauchte, ein rotes, muskulöses, geschmeidiges kleines Tier. Sie winkte ihnen mit ihren Zeichnungen entgegen. »Da! Da!«

»Die Sprache wird wiederkommen«, versprach der Arzt. »Alles wird wiederkommen, man braucht bloß Geduld.«

Geduld hatte Nili im Überfluss. Nun, da sie das Schlimmste hinter sich hatte, würden sie warten, solange es nötig war. Aber Nati verwelkte. Kaffee, Zigaretten, Kaffee, Zigaretten, er wurde sehr mager, seine Haut überzog eine Art Glanz. Er schreckte vor der tiefen, verletzten Stimme seiner Tochter zurück, vor dem Speichelstrahl, der ihre wilden Silben begleitete.

»Da«, sagte Asia und deutete auf dies und jenes, tat ihren Willen mit Hilfe ihres Zeigefingers kund, stieß Töne aus wie ein Tier, drückte ihr Gesicht in die Hände. Als sie noch kleiner gewesen war, hatte sie versucht, sich alles anzuziehen, was man ihr hinhielt. Sie versuchte sich eine Birne anzuziehen, eine Zeitung. Was dachte sie, wenn sie die Dinge über den Kopf hielt und versuchte, sich hineinzuwinden? An was dachte sie, als sie die Augen aufmachte und wieder ins Leben zurückgekehrt war?

In den folgenden Monaten war es, als gäbe es keinen Weg, die Kräfte zu vergeuden, die sie in den vier Tagen ihrer Bewusstlosigkeit gesammelt hatte – ganze Tage lang war sie gefangen in einer unruhigen Bewegung. Asia war bei sich, nur ohne Worte. Auch vier Monate nachdem sie wieder zu Hause war, waren noch viele Worte tief in ihrem Gehirn verborgen, stießen gegeneinander und fanden nur schwer einen Ausgang.

Sie sitzen im Park, Mutter und Tochter, bald drei, die fast nicht spricht, und halten sich an den Händen. »Wiese«, sagt Nili mit strahlenden Augen. »Wiese.«

»Da!«, sagt Asia ruhig.

»Himmel«, sagt Nili, den Kopf erhoben.

Asia schaut hinauf, lächelt den Himmel an.

»Himmel, sag Him-mel.«

»Mama«, sagt Asia.

Und die Welt bleibt stehen.

»Was, meine Süße?«, fragt sie atemlos. »Was?«

Asia heftet den Blick auf den Horizont. »Dort«, sagt sie.

»Wo?«

»Himmel.«

Und in einem Augenblick, als habe man einen elektrischen Kontakt erneuert, ist alles wieder da. Himmel, Wiese, Mama, ich habe Hunger.

»Ich habe Hunger«, sagt Asia, und Nili stockt wieder der Atem. Einmal, vor langer Zeit, hatte sie auf diese Art Hunger. Mit Worten.

»Was willst du essen?«

»Essen.«

»Was du willst. Was möchtest du?«

»Essen.«

»Ein Rührei? Toast mit Käse? Eine Karotte?«

»Eine Karotte knirscht im Mund.«

»Wirklich?«

Sie tut, als würde sie einen Bissen nehmen. »Hörst du? Es knirscht.« Und wieder gibt es keinen Weg, sie aufzuhalten.

Die meisten Katastrophen passieren nachts, aber die kleinen, unerträglichen Fehler drängen sich tagsüber zusammen. Streit wegen nichts, dumme, aufgeheizte Stimmungen und all die Dinge, von denen man denkt, man würde sie nie vergessen, und die man trotzdem vergisst. Und am Morgen redet Asia, redet, redet, redet. Es gibt Tage, an denen sie gar nicht mehr aufhört damit.

Ihr Haus gerät sehr leicht aus den Fugen. Gegenstände setzen sich im Wohnzimmer fest; Kleider fallen in den Schränken übereinander her; in der Spüle bilden sich Geschirrtürme, kurz vor dem Zusammenbrechen.

Und das ist in Ordnung, mehr oder weniger. Denn so etwas wie eine nette, ruhige Familie gibt es nicht, entscheidet Nili. So etwas gibt es nicht. Es gibt nur eine nette lärmende Familie. Und Lärm erzeugt seinerseits Lärm. Und Nati kommt zurück, sie hat keine Zeit, sich um etwas zu kümmern, sie muss sich selbst auf dieses Treffen vorbereiten. Ihre Gedanken ordnen. Überlegen, was sie sagen soll.

Am Morgen nach Asias Anfall rief er früh an. Um kurz nach sieben klang seine Stimme am Telefon wach und hysterisch – obwohl ihr nicht klar war, worauf er abzielte, woher seine Hysterie kam –, und er überfiel sie mit Fragen: das Mädchen, die Untersuchung, was haben sie gesagt, was haben sie gemacht, was machen sie jetzt. Einzelheiten, die sie nicht liefern konnte, sie war viel zu geschockt, um die Ereignisse einzureihen. Er selbst sei gestern früh schlafen gegangen, sagte er, die Batterie sei leer gewesen, er habe nicht darauf geachtet, dass die Batterie seines Handys leer gewesen sei – ja, sagte sie, das habe ich mir gedacht, Asia geht es gut, alles in Ordnung –, seine beschissene Batterie sei leer gewesen, wiederholte er, er werfe dieses Handy in den Mülleimer, sobald er zurück sei, sagte er und hörte sich genau so an wie damals, als er zu Dida und Miep nach Galiläa gefahren war und mit einem Haufen Details zurückkam, die völlig überflüssig waren, und sie mit Antworten auf Fragen überhäufte, die sie gar nicht gestellt hatte, und er ganz verwirrt davon zu sein schien, dass sie nichts fragte, und mit aller Kraft an seiner Version festhielt. Denn im Gegensatz zu anderen, bei denen sich eine Geschichte, wenn sie sie wieder und wieder erzählen, aufbläst, waren Natis Geschichten Kopien ihrer selbst, immer wieder – eine großartige Eigenschaft für Zeugen bei einem Gegenverhör.

Und am selben Tag rief er noch fünf Mal an, und am nächsten Tag auch fünf Mal, und innerhalb von zwei Tagen teilte er mit, dass er seinen Flug um eine Woche vorverlegt habe, er könne es nicht mehr aushalten, dort zu sein, er habe die Nase voll, er sterbe vor Sehnsucht, er hinterlasse den Schweizern genaue Anweisungen und komme zurück. In jener Nacht hörte Nili nicht auf zu weinen.

Die Maschine der Liebe ruht

»Nili?«

Sie hebt die Augen zum Ursprung der Stimme: Dida? Ist es schon Morgen? Wie viel Uhr ist es?

Drei Nächte hat Nili nicht geschlafen, ist zwischen den Zimmern herumgewandert, hat sich in die Küche gesetzt, einen Tee gekocht. In zwei Tagen kommt Nati aus der Schweiz zurück.

»Es wird alles gut«, sagt Dida. Aber nach stundenlangem Weinen kann Nili kaum verstehen, was sie sagt, worüber sie dort redet, von der Tür aus, mit dem Licht, das aus dem Flur auf sie fällt und sie zu einem Schattenriss macht.

»Dida?« Der Schattenriss, fremd, eine Freundin aus einer anderen Welt.

»Papa wird immer zu uns zurückkommen«, sagt Dida.

Nili stellt ihre Teetasse ab. Ihre Hand zittert.

»Er wird heimkommen«, sagt Dida.

»Sprich nicht mit mir darüber.«

»Ich erinnere mich nicht«, sagt Dida.

»Dida ...«

»Es ist lange her. Ich erinnere mich nicht.«

»*Du* hast ihn gesehen, Jedida. Du hast ihn gesehen.«

»Ich erinnere mich nicht.«

»Aber du hast ihn gesehen.«

»Ich erinnere mich nicht.«

»Du ...«

»Vielleicht war es gar nicht Papa.«

»Er war es nicht?«

»Papa wird immer zurückkommen«, sagt Dida.

Damals, als sie ihnen gerade erst übergeben worden war, nach ihrer langen Wanderung durch den Schatten mit Miep, war ihnen klar, dass alle Schlüssel für Dida bei Miep geblieben waren. Wie bei einem Mädchen, das im Waisenhaus aufgewachsen ist und zu Adoptiveltern kommt und alle Fragen unweigerlich zu ihren ersten fehlenden Jahren führen.

Aber Nili hat das längst vergessen. Sie hat das Interesse verloren. Sie hat das Gefühl zu schweben.

»Geht es dir gut, Mama?«

»Ja.«

»Du bist heute seltsam, Mama.«

»Alles ist gut, As.«

»Heute habe ich keinen Traum geträumt, ich habe eine Geschichte geträumt.«

»Gut.«

»Willst du sie hören?«

»Ja«, sagt Nili. »Aber nachdem du gegessen hast. Los, iss. Wir sind spät dran.«

Im Leben einer literarischen Übersetzerin fangen viele Geschichten in der Mitte an. Sie muss sich sofort zurechtzufinden, in die Geschichte eintauchen, das ist ihre Stärke. Aber bei Kindern ist es anders, Kinder haben immer einen Anfang. Asia, das Baby. Was hatte sie nicht alles bekommen, als sie gerade auf die Welt gekommen war? Das Zimmer für Asia: Spielsachen, Mobiles bewegten sich, Geräte kontrollierten die Temperatur des Zimmers. Alles war da für sie. Aber Asia saß stundenlang im Garten und schlug Steine gegeneinander, als wüsste sie, dass das einem uralten Zweck dient. Sie wollte den ersten Regen berühren. Sie wollte Wäsche von der Leine nehmen und sie an verschiedenen Stellen in der Wohnung aufhängen. Sie wollte ihr Gesicht mit Tusche bemalen. Beim ersten Mal, als sie Kakao trank, strahlte ihr Gesicht, es war ein historischer Durst, die Zunge des Mädchens hatte sich von jeher nach Kakao gesehnt.

Asia wollte im Garten Steine durch Hände voll Erde sieben, sie wollte auf Töpfen musizieren. Sie fing alles ganz neu an, doch schon bald hatte sie das letzte Jahrhundert aufgeholt. Mit zwei sah sie die Welt im Fernsehen, saß auf Nilis Schoß und betrachtete Filmchen auf YouTube. Und sie war nie außerhalb des Hauses allein gelassen worden. Nie. Keinen Moment.

Nur dort, wo sie nach dem Sturz lag – nur dort war sie allein. Vier Tage vergingen für Asia an einem Ort, von dem keiner wusste, wo er sich wirklich befand und wie man dort hingelangen konnte. Eine Delegation von Freunden und Verwandten kam. Nili saß auf einem Stuhl neben Asias Bett und empfing die Besucher. Die Leute gaben von der Tür aus Zeichen mit der Hand, alles geschah flüsternd, und das war lächerlich – das Letzte, wovor man sich hüten musste, war, das Mädchen zu wecken. Aber dann kam sie zurück. Nach vier Tagen machte sie die Augen auf, und in ihren Augen war die Asia von vorher.

Aber Dida, was war mit Dida? Wie rutscht man aus der Mitte in eine Familie? Was kann den Platz des Anfangs ersetzen?

In den ersten Monaten plante Nili die Familienstunden. Aber Dida stellte die Puppen in einer Reihe auf, beschoss sie mit Kugeln aus einer Klopapierrolle. Sie zeigte kein Interesse am Backen. Sie wollte Geschichten lieber selber lesen. Außer wegen ihrer Fähigkeit, Sachen von hohen Regalbrettern herunterzuholen, schien Nili für sie nicht interessant. Der einzige Köder war ein Bündnis: Dida und Nili gegen Papa. Sie sprachen absolut frei, vergnügt über seine Körperbehaarung, über sein enttäuschtes Geschrei bei Basketballspielen im Fernsehen, wenn seine Mannschaft nicht auf seine Anweisungen hörte. Und Nati verzog beleidigt das Gesicht und zerfloss vor Vergnügen.

Am Anfang war alles in Ordnung. Ein besonderes Mädchen, nannte man Mädchen wie sie; anders, unangepasst. Irre, nannte Nati sie, ein Wirbelwind. Dida war damals viereinhalb und wollte ihre Kraft an Nili erproben; auf ihren Rücken springen, auf dem

Teppich raufen, als eine Art Umarmung. Nicht schlimm, sagte sie, wenn Nili sich vor Schmerz an die Wange griff, du bist tapfer. *Löwe und Tiger* nannte sie diese verzweifelten Aktionen auf dem Boden. Sie war der Löwe und Nili der Tiger, und sie kämpften. Und am Ende kletterte das Mädchen auf das Sofa, streckte die Arme zur Decke aus und rief: »Freunde, ehrt den Tiger!«

Oder sie machten zu dritt kleine Ausflüge: im Auto bis zum Wald Ben Schemen, dort fanden sie eine Lichtung, setzten sich auf den Boden und aßen Orangen; zum Hafen von Tel Aviv, dort lehnten sie sich über das Geländer und lauschten den Wellen; zum Fischteich, dort sorgte immer jemand dafür, dass es genug dumme Fische gab, die einen gelungenen Angeltag versprachen. Und wenn sie nach Hause zurückkamen, bereiteten sie gemeinsam das Abendessen vor: ein Stuhl wurde in die Küche gebracht, das Mädchen zog sich hinauf, sie schälte Knoblauch, schnippelte Salat. Zweimal schnitt sie sich in den Finger und Nili behandelte sie: Desinfektionsmittel, Pflaster. Einmal fiel sie vom Stuhl, ohne dass etwas passierte.

Und dann fuhr sie zu Miep, und ihr Zimmer sah wieder ganz anders aus, wenn sie nicht da war. Eigentlich war es ein anderes Zimmer.

Anfangs war es wichtig gewesen, es irgendwie bis zum Abend zu schaffen. Eine Station nach der anderen: aufstehen, hinausgehen, nach Hause zurückkommen, essen, gute Nacht. Und dann schlief Dida. Es war leichter, Kinder aufzuziehen, wenn sie schliefen.

Dida war auch eine Methode, Nati zu erobern, der selbst nicht wusste, wie er das Mädchen behandeln sollte, er beherrschte die Materie nicht, er brauchte Hilfe. Wenn Nili gut zu dem Mädchen war, war Nati gut zu ihr. Ihre Umarmungen des Mädchens verankerten Natis Liebe in ihr. Manchmal war es so einfach, die Strategie war so simpel, dass ihr alles wie ein Spiel vorkam. Und jetzt, welches Spiel können sie jetzt spielen?

»Ich habe heute Papa gesehen«, hatte Dida gesagt. Sie war sieben, noch ein Kind. Ein Lächeln mit einem fehlenden Schneidezahn oben.

»Was?«

»Papa. Ich habe ihn heute in der Stadt gesehen.«

»Aber ihr habt heute doch einen Ausflug gemacht, Dida.«

»Ja, ins Museum«, sagte Dida.

Ein Ausflug ins Museum – Nili atmete tief durch. Kinder außerhalb ihres natürlichen Habitats. Sie dachte daran, wie sie selbst in diesem Alter gewesen war. Das Chaos von Kindern im Minibus. Der Lärm. Die Leichtigkeit, mit der man zertreten werden konnte.

»Wen hast du gesehen?«, fragte Nili.

»Papa«, wiederholte Dida. Sie machte den Kühlschrank auf, holte Wasser heraus und trank direkt aus der Flasche.

»Wo?«

»In der Stadt. Aus dem Busfenster.«

»Aber er ist beim Reservedienst, Dida. Im Norden.«

»Gut.«

»Papa ist im Norden«, wiederholte Nili und legte die Hand auf den Bauch. In der letzten Zeit spürte sie, wie sich das Baby umdrehte. Und dieser Hunger die ganze Zeit. »In der Stadt?«, fragte sie.

»Ja.« Dida machte die Flasche zu, stellte sie in den Kühlschrank. Und mit dem Rücken zu Nili sagte sie: »Mit einer Frau, die kannte ich nicht.«

»Was?«

Dida drehte sich um.

»Mit einer Frau?«, sagte Nili.

»Ich kenne sie nicht. Eine Frau in einem Mantel.«

»Einem Mantel?«

»Einem weißen Mantel«, sagte Dida. »Lang, schön.«

Das war vor Jahren.

»Mama, ich glaube, ich habe meinen Cornflakespunkt überschritten«, sagt Asia.

»Was?«

»Ich bin müde, ich kann schon nicht mehr essen«, sagt Asia und legt den Löffel hin.

Die selektive Geschichte von Familien, denkt Nili. Was fotografiert wird, woran man sich erinnert, was man überarbeitet. Wer kontrolliert das alles? So viele Illusionen saugen der Familie das Blut aus, und bei Familien ihrer Art sind die Knochen dünn und brüchig.

Sie hat sie einmal gehört, vor langer Zeit. An einem Abend. Sie hörte die Mädchen in Asias Zimmer sprechen. Stimmen wanderten unter der Türritze durch, und unter den Teppichen quoll die Schwärze auf.

»Willst du was hören?«, fragte Dida ihre Schwester.

Asia nickte. Sie wollte immer alles wissen. Wirklich alles.

»Weißt du, was du mal gemacht hast, vor langer, langer Zeit?«

»Ich?«

»Du bist geflogen.«

»Was?«

»Du bist geflogen wie ein Vogel.«

»Ich bin geflogen?«

»Du hast in meinem Bett geschlafen, und dann haben sie dich draußen gefunden, im Hof.«

»Was?«

»Sie haben gesagt, du bist runtergefallen. Aber niemand hat es gesehen und niemand kann es beweisen. Und ich sage dir, du bist nicht gefallen, du bist geflogen.«

»Wie ein Vogel?«

»Ganz richtig.«

»Ich bin geflogen«, bestätigte Asia.

»Sehr richtig. Wenn du gefallen wärst, wärst du nicht mehr da. Niemand kann mitten in der Nacht so fallen und am Leben bleiben. Nicht einmal eine Katze.«

»Ich bin geflogen«, sagte Asia.

Dida hat Nati in der Stadt gesehen, denkt Nili. Vor Jahren, sie weiß es nicht mehr genau. Ein paar Sekunden lang – von hinten, von weitem – hat sie ihren Vater gesehen. Ein großer Mann in einem vertrauten grauen Hemd. Ein großer Mann, der eine fremde Frau in einem langen weißen Mantel umarmt. Ihr Vater.

Ihr Herz klopfte. Sie wusste nicht genau, was sie sah. Was hatte sie gesehen? War es für ihre Augen bestimmt?

Der Mann drehte sich um.

Vielleicht war es gar nicht Nati, sondern ein anderer Mann, vielleicht sah er ihm gar nicht ähnlich. Vielleicht ohne Brille, mit einem Bart. Aber die Idee blieb. Die Möglichkeit. Der Mann drehte sich um und der Vater verschwand, aber das Wichtigste war geschehen.

Sie hat es nicht geplant, denkt Nili. Sie hat die Wirkung nicht überblickt. Als ihr die Worte aus dem Mund geschlüpft waren – noch während sie vor Nili stand und es ihr erzählte –, haben sich die Grenzen bereits verwischt. Sie glaubte sich schon selbst, und das, was sie sagte, war bereits die Wahrheit. Das Mädchen verstand nicht genau, was sie sagte, aber sie wusste, dass sie Unfrieden stiftete. Sie wusste, wie man den Mechanismus der Zerstörung in Gang setzt. Wie man sie, Nati und Nili, Schritt für Schritt voneinander trennt. Wie man die Chance herstellt, das Schicksal zurückzudrehen. Nili geht, Mama kommt.

Und am Schluss, denkt Nili, am Schluss der Geschichte war die Wahrheit. Vielleicht war es nicht eine Frau in einem langen weißen Mantel, sondern eine andere Frau in einem anderen Mantel. Oder es waren Frauen ohne Mäntel. Was spielte das für eine Rolle?

Jahre sind vergangen, Dida ist sich nicht mehr sicher.

Sie haben nicht mehr darüber gesprochen. Nicht an jenem Tag, nicht am Tag danach. Und als Nati aus der Schweiz zurückkommt, fahren sie zu dritt zum Flughafen, um ihn abzuholen.

Nili betrachtet die Mädchen im Rückspiegel, versucht zu lächeln. Sie müsste Asia eigentlich besser kennen, denkt sie. Sie ist ihre Tochter. Als ihre Mutter ist sie die erste Zeugin ihres Lebens. Und trotzdem ist es, als würde sie sie überhaupt nicht kennen. Wie viel bleibt hinter der geschlossenen Kindergartentür zurück, und nachts, unter der Decke, in den Schätzen der unschuldigen Freundschaften, die sie knüpft. Es scheint, als würde sich alles Wichtige außerhalb von Nilis Blickfeld abspielen.

Sie muss sich für Asia an alle Details erinnern, denkt sie. Kleine Mädchen wissen nicht, wie wichtig Erinnerungen sind. Warum? Sie haben keine Ahnung, was von alldem sie später brauchen werden. Asia ist viereinhalb, das Leben ist da, wo sie sich gerade befindet. Sie lebt weder rückwärts noch vorwärts, sie ist sich des Flusses der Zeit noch nicht bewusst.

»Mama, kannst du die CD wechseln?«, fragt Asia.

»Ja«, sagt Dida. »Gibt es etwas mit weniger Geigen?«

Erst ignoriert Nili die Bitte und wartet noch ein bisschen. »Na gut, fahren wir doch einfach in aller Stille«, sagt sie. »Einfach nur fahren. Zur Abwechslung.«

Sechster Teil

Der Pi-Annäherungstag

In den letzten Jahren passiert es manchmal, dass Nati schon nachmittags nach Hause kommt, mit Kopfschmerzen. An solchen Tagen geht er ins Schlafzimmer, lässt die Rollläden herunter, ganz, bis auf die schmalste Ritze – seine Träume sind wie hochempfindliche Filme, sie lassen sich nur in vollkommener Dunkelheit entwickeln. Und dann, gegen Mitternacht, wacht er auf und organisiert sich ein ganzes Leben, während der Rest der Familie schläft.

Aber an normalen Tagen kommt er abends nach Hause und ist unbelastet. Er ist ein Luftballon, er ist für sie und die Kinder da, für das Leben.

Heute ist so ein Tag. Als Nili die Tür aufmacht, ist er schon da, und die Tatsache, dass sie diese Woche ohne die Mädchen sind, hat in seinem Kopf ein Gefühl wie am Vorabend eines Festes bewirkt. Er hat ihr Blumen mitgebracht und sie in eine Vase gesteckt. Er hat eine Flasche Wein aufgemacht und sie auf den Wohnzimmertisch gestellt. Rotwein und zwei Kristallgläser. Eine Tochter ist in Amsterdam, die andere in Eilat. Er selbst wartet auf ein Tennisspiel im Fernsehen, und als Nili in der Wohnzimmertür erscheint, lacht er ihr entgegen – der Länge nach auf dem Sofa ausgestreckt, die Hände über der Brust gefaltet, den Kopf mitten auf dem Kissen. So drapiert man Tote zu Beerdigungen im offenen Sarg, die Symmetrie ist wichtig.

Nili zieht ihre Sandalen aus und sinkt in einen Sessel. Sie kann aufatmen. Sie hat den Besuch bei Hanna hinter sich, der heiße Wind hat sich gelegt, und die Blumen und der Wein lassen ihren letzten Widerstand schmelzen.

»Für wen sind wir?«, fragt sie. »Für den mit den Rastalocken?«

»Natürlich für die Rastalocken, klar. Aber der Schweizer wird gewinnen. Gegen ihn kann man nichts ausrichten.«

In ihrem ersten Jahr mit Nati waren sie zu dem für studentische Liebschaften üblichen Hin- und Herwandern gezwungen gewesen. Mit Zahnbürste von der einen Wohnung zur anderen, Tüten mit Unterhosen zum Wechseln, Strümpfe, Blusen – immer musste man etwas mit sich tragen, etwas suchen. Sie trafen sich abends, vor allem bei ihm, sie hatte eine Mitbewohnerin, und da dies Verabredungen waren, die man koordinieren musste, weil sie noch nicht mit der Automatik des Alltags vernetzt waren, bestand ihre Beziehung darin, dass sie unter einem Dach waren, in einem Raum. Ein Jahr verging, bis sie in eine größere Sandkiste wechselten: Sie zog zu ihm. Und das schien das Problem zu sein, ein Mangel an Gleichgewicht. Es war eine Falle. Sie brauchten eine neue Wohnung.

Im letzten Winter fing Nati wieder damit an: Das Gleichgewicht, sagte er. Oder sprach er über die Störung des Gleichgewichts? Als gehöre Dida ihm und Asia ihr, und so wären sie stabil. »Noch ein Kind würde das Gleichgewicht stören«, sagte er.

Er sprach über sein eigenes Alter – in sechs Jahren würde er fünfzig! Fünfzig? Kapierte sie das? – und über Kinder, die von vornherein dazu verurteilt wären, frühzeitig zu verwaisen. Er sprach über die Beruhigung innerhalb des Hauses, die sie mit größter Anstrengung geschafft hätten.

Im Chemieunterricht hatte sie das verzaubert: die Tatsache, dass ein bestimmter Kern dazu bestimmt ist, sich in radioaktive Teile zu spalten, und dass es keine Methode gab, zu wissen, wann diese Kernspaltung passieren würde, nur wie groß die Wahrscheinlichkeit war, dass der Kern sich in einer vorgegebenen Zeit spalten würde. Aber was sie beide betraf, sah sie das anders. Schließlich unterschied sich das Gewicht der einzelnen Menschen deutlich voneinander. Und zu Nati sagte sie: »Aber manchmal wiegt ein einzelner Mensch wie drei, nicht wahr?«

Die Zuschauer auf der Tribüne des Tennisspiels im Fernsehen lassen ihre Augen von einer Seite zur anderen springen. Nach links, nach rechts, nach links, nach rechts. Die beruhigende Tonspur der Schläge auf dem Lehmplatz – das wirkt fast wie Medizin, findet sie.

»Jeder hat manchmal einen schlechten Tag«, sagt Nili. »Vielleicht ist der Schweizer heute schlecht gelaunt, vielleicht versagt er.«

»Er ist ein Schweizer, Nil. Die Schweizer haben keine Launen. Das kann man sich abschminken.« Der Seufzer in Natis Stimme ist echt, sein Leben als treuer Anhänger des Sportkanals ist anstrengend. Manchmal tut er ihr leid, weil er so ist, er schreit und fuchtelt den kleinen Menschen im Fernseher zu, ohne die Möglichkeit, Einfluss zu nehmen, und trotzdem völlig gefangen von dem, was passiert. Manchmal sieht sie, wie die Enttäuschung auf ihn losgaloppiert, und weiß nicht, wie sie sie aufhalten soll.

»Der einzige Trost«, sagt er, »ist, dass der Spanier den Schweizer am Schluss schlagen wird.«

»Schön«, sagt Nili, »dann setzen wir darauf.«

Nati nickt bedeutungsvoll. Wenigstens einmal am Tag schaut er sich im Internet die weltweiten Sportergebnisse an, sammelt Wissen, das genauso entsteht, wie es wieder verschwindet; Wissen, das er jetzt braucht, nur weil es verfügbar ist.

Endlich richtet er sich auf. »Wein, meine Schöne?«

Der Wein wird in die Kelche gegossen. Sie geht hinüber zum Sofa, lehnt sich leicht an ihn, nimmt seinen Geruch wahr, der immer so gut ist, frisch und männlich, um jede Tageszeit; sie nimmt den tiefen Klang seiner Stimme wahr, die immer dazu führt, dass sich die Frauen in seiner Umgebung aufrichten. Sie erinnert sich, wie Hanna in den Jahren, als sie die Existenz anderer Menschen noch wahrnahm, immer dahingeschmolzen ist. Es gibt solche Momente, in denen sie sich seiner sicher genug ist, um es ihm zu zeigen. Das Problem ist, dass dieses Gefühl ebenso schnell vergeht, wie es gekommen ist.

»Wie war es mit deiner Erz-Pischuf?«, fragt er.

»Langweilig.«

»Das Mädchen hat angerufen«, sagt er.

Nili fährt hoch. »Asia? Wann?«

»Ein paar Minuten, bevor du gekommen bist. Sie hat sich angehört, als hätte sie Superlaune. Ich habe auch mit Uma gesprochen. Alles ist in Ordnung.«

»Uma? Was hat sie gesagt?«

»Was weiß ich, alles Mögliche. Uma eben. Nicht schlimm. Asia scheint gut auf sie aufzupassen.«

»Und Asia?«

»Geht es gut.«

»Hast du Uma gefragt?«

»Nein. Es ist alles prima, Nil. Dem Mädchen geht es gut. Deiner Schwester geht es gut. Für ihre Verhältnisse, meine ich.«

Nili trinkt das Weinglas in einem Zug leer. Nati hat keine Geschwister, er kann sie nicht als Strafe betrachten, als Störfaktor, als drohende Gefahr. Ein solcher Lärm ist um seine Existenz nie entstanden. Sie hält ihm das Glas hin.

»He«, sagt er, ohne zu lächeln. »Ich habe heute noch etwas vor mit dir.«

Aber sie muss die Sache beschleunigen. Sie hätte sich nicht auf Uma verlassen dürfen. Sie hätte nicht so weit gehen dürfen, Uma zu demonstrieren, dass alles in Ordnung ist. Dass es ihnen gut geht. Sie hätte ihre Tochter nicht benutzen dürfen, man darf Kinder nicht benutzen, um jemandem etwas zu beweisen.

»Gab es noch Anrufe, von denen ich wissen sollte?«

»Ehrlich gesagt, ja. Meine Mutter wollte wissen, ob wir am nächsten Schabbat kommen. Sie braucht Hilfe beim Marmeladekochen, und außerdem hat sie Sehnsucht nach uns, hat sie gesagt.«

»Und was hast du gesagt?«

»Ich habe ja gesagt.«

»Wenn du ja gesagt hast, dann hast du ja gesagt.«

»Dann habe ich ja gesagt.« Er lächelt sie an. Heute wird ihm nichts die Laune verderben. Und nachdem der Schweizer sowieso führt, stellt er den Fernseher leiser, dreht sich zu ihr und legt seine warme Hand an ihren Hals.

Ihre Hochzeit war eher klein, nur für Nahestehende, wie es üblich ist bei der zweiten Runde (so sagten die Freunde tröstend zu Nati: Hoffentlich schaffst du es in der zweiten Runde).

Mit Miep war es eine Hochzeit für einmal im Leben, mit allem Drum und Dran und mit großem Tamtam; mit einer Gästeliste, die immer länger wurde. Aber bei zweiten Eheschließungen sind solche Sachen eher beschämend, stehen im Ruch der Scharlatanerie. Die Größe des Kandidaten, seine Entschlossenheit gehen unter dem Wissen in die Knie – dass er sich schon einmal geirrt hat. Es gibt keinen Grund anzunehmen, dass es seine letzte Hochzeit sein wird.

Nili, in einem einfachen weißen Kleid und wenig Schmuck, suchte Nati mit den Augen. Eine Gruppe junger Mädchen in Schwarz lief zwischen den Gästen herum, mit Türmchen aus Pilzen und Oliven, mit kinetischen Häppchen, die aussahen wie die Dinge, die man im Werkunterricht der Schule gebastelt hat. Aber die jungen Mädchen in Schwarz sahen zornig aus. Nilis Hochzeit war ihre Miete, ihre Studiengebühr, ihr Schichtdienst. Sie hatten keinerlei festliche Gefühle. Und wenn sie das kleine Mädchen anlächelten, die Tochter des Bräutigams, taten sie es ohne Freude.

Ach, da war Nati! Nili durchquerte den Hof des Festplatzes, und während sie das tat, fühlte sie sich wie in einem Aquarium. Dann, unter dem Hochzeitsbaldachin, war sie, für eine Sekunde nur, wie gelähmt. Wie wenn man ein Kind sieht, das sich über ein hohes Geländer beugt – man brauchte die weichen Bewegungen einer Katze, um sich ihm zu nähern, ohne es zu erschrecken. Ein Augenblick der Gedankenlosigkeit, der mangelnden Konzentration, ein Blick zur Seite, und es wird zerschmettert auf dem Boden landen. Sie lächelte den Rabbiner an. Danach lächelten Nati und sie für den Fotografen. »Lächelt, als hättet ihr eine Zukunft«, sagte der Fotograf. Das war ein Witz.

Uma kam direkt aus London zur Zeremonie – ein Taxi vom Flughafen, ohne Vorwarnung und mit einem rasierten Kopf, und als Nili sie erschrocken anschaute, sagte sie: »Lass, es gibt verschiedene Versionen, ich erzähle sie dir später.« Und sie küsste Nili, küsste sie noch einmal, zu fest, zu aggressiv, und sie war wieder sie selbst, die alte Re'uma, die Re'uma, die, ohne zweimal nachzudenken, in Weinen ausbrechen konnte, und in dieser Minute, in dieser erschreckend langen Minute, dachte Nili, das ist es, das ist das Ende, jetzt wird sie zusammenbrechen, wenn sie sie so sieht, so glatzköpfig, Hanna wird auf der Stelle sterben. Aber noch aus der Entfernung, als ihre Mutter auf sie zuschritt, winkend und überschwänglich, erkannte Nili plötzlich, dass sie die Einzige war, die nicht Bescheid gewusst hatte, Hanna war eingeweiht.

Auch Hanna war in Höchstform. Sie lief zwischen den Gästen herum, erhitzt von ihrer eigenen Bedeutung, und erzählte allen, wie wunderbar Nati war. Sie hatte all ihre Tanten eingeladen, ihre Veranstaltungstanten – sie hatte sie seit Asarjas Beerdigung nicht mehr gesehen; sie suchte sich die wichtigsten Gäste aus und führte sie an der Hand herum, zeigte ihnen das Buffet, bevor es von den Gästen geplündert werden konnte. Gleich nach dem Baldachin zog Uma einen Schuh aus, goss Champagner hinein, hob ihn am Absatz hoch und leerte ihn in einem Zug.

Nili hätte sie am liebsten geschlagen. Ins Gesicht geschlagen, wo ist das Blut? Sie wollte es sehen, wie damals, das glänzende Blut, wie eine Krankheit – nur die Angst vor dem Blut hatte sie verrückt gemacht, als Re'uma durch den Hof gestolpert war, echtes rauschendes rotes Blut, das glänzend aus der Nase strömte, und Re'uma hatte geweint, sie hatte sofort die ganze Macht des Bluts verstanden und wohin die Schuld floss, und um Re'uma zu beruhigen, hatte Nili ihr ihren Keks gegeben, sie hatte ihr das Gesicht mit einer klebrigen Serviette abgewischt und war ins Haus gegangen, um noch einen Keks zu holen, und als sie zurückgekommen war, war Re'uma nicht mehr da. Re'uma war nicht mehr da. Sie war lange nicht mehr da, bis sie an derselben Stelle auftauchte, in derselben Kleidung, ohne Blut, mit einem klebrigen Lutscher in der Hand und einem glattrasierten Kopf. In denselben Kleidern, aber einen anderen Geruch verströmend.

Die Hochzeit war früher als erwartet zu Ende. Der menschenleere Garten sah irgendwie zerstört aus, hässlich wie eine Baustelle, doch es lag eine gute Stille über ihm. Dida war nicht mehr da – Gäste aus Carmiel hatten sie mitgenommen, um sie zu ihrer Mutter in den Norden zu bringen. Und als Nati und Nili nach Hause kamen, sagte sie: »Gute Nacht, mein Mann«, und er antwortete: »Gute Nacht, meine Frau«, und das brachte sie beide zum Lachen. Sie hielten sich für verbündet. Und zwei Wochen später, als die Fotos fertig waren, beschloss Nili, den Moment zu zelebrieren. Sie betrat ein Café, bestellte sich eine Tasse Kaffee, zündete eine Zigarette an, und erst nachdem sie sie geraucht hatte, öffnete sie den Umschlag.

Da war sie, im Brautkleid und der hochgesteckten Frisur, sie sah aus wie in Zellophan verpackt. Oder wie einer der Springbrunnen, in den die Menschen Münzen werfen. Und da war Hanna, sie lächelte nicht, schien jemanden mit den Augen zu suchen. Und da war Nati, und er hatte recht: Auf keinem Bild sah man seine Schuhe. Aus Sicht des Fotografen hätte er barfuß herumlaufen können. Eine Gesamtaufnahme des Festsaals – der klassische Blick aus der Entfernung.

Sie hatte gedacht, dass der Zauber der Fotos nach dem ersten Betrachten nachlassen würde; man heiratete nur einmal, und nur einmal funktionierte der Zauber der Hochzeitsfotos. Aber sie brauchte noch drei oder vier Runden, bis sie sich beruhigte.

Als sie nach Hause kam, betrachtete sie sie auf der Stelle noch einmal, und am Abend, als Nati heimkam, betrachteten sie sie noch einmal gemeinsam.

»Eine schöne Braut«, sagte er. Obwohl sie sich in Zukunft nie einig werden konnten, auf welchen Fotos sie hübscher aussah und auf welchen etwas weniger.

»Findest du?«

»Nein, das finde ich nicht, es *ist* so.«

Dida hatte auf allen Fotos halb geöffnete Augen. Oder halb geschlossene. Das allein konnte einen verrückt machen.

Und dann …

Was war dann?

Sie waren zufrieden mit ihrer Hochzeit und hielten an dieser Version fest. Das richtige Leben erwartete sie noch, aber das war ein leises Warten, ein Lauern.

Natis Hand an ihrem Hals. Die Kleider an ihrem Körper. Die Ohrringe. Die Haare. Die ganze Luft.

»Was ist, meine Schöne?«, fragt Nati. »Was geht dir durch den Kopf?«

Der Gedanke, dass die Dinge zu Ende gehen können.

Er küsst sie.

Als sie mit Asia schwanger war, kurze Zeit nachdem Dida ihr von ihrem Vater in der Stadt erzählt hatte, hatte Nati die Hand an ihren Hals gelegt und ihr einen Kuss auf die Stirn gegeben. »Viel Vergnügen, meine Schöne«, hatte er gesagt. Sie war auf dem Weg, um sich mit Alfa zu treffen, und Nati wünschte ihr viel Vergnügen, sie sollten es sich gut gehen lassen.

Sie kam in dem Bistro an, setzte sich, wartete. Mit normalem Gesicht. Mit ruhigem Atem. Aber als Alfa endlich kam, wollte er sofort wissen, was passiert sei. »Was ist los?«, fragte er mit begierigen Augen. Sie saßen erst zwei Minuten zusammen, vielleicht nur eine, sie hielten die Karten in Händen, und schon fragte er: »Los, was ist passiert?«

»Was soll passiert sein?«

»Deine Schwester hat mich gestern angerufen«, sagte er, »sie hat gesagt, dass es dir nicht gut geht.«

»Uma? Sie hat dich angerufen?«

»Sie hat gesagt, dass sie sich Sorgen um dich macht. Dass ich herausbekommen soll, was los ist.«

»Blödsinn.«

Plötzlich hob er den Blick von der Karte: Zwischen tausend verschiedenen Möglichkeiten, sie anzuschauen, war sein Blick ein warmer Schauer aus Überraschung und Enttäuschung. Keine Überraschung, Erstaunen. Kein Erstaunen, Entsetzen.

»Ich glaube es nicht«, sagte er. »Du hast nicht vor, es mir zu erzählen?«

»Was?«

»Okay«, sagte er. »Okay, das ist verrückt. Wir sind seit fünfzehn Jahren Freunde. Wenn etwas passiert, möchte ich das wissen.« Sein Gesicht veränderte sich, er wurde vom Bittsteller zum Wohltäter. Sein Drama war voll guter Absicht. Er sprach jetzt langsamer: »Deine Schwester hat gesagt, dass man nicht mit dir sprechen kann. Dass du die ganze Zeit weinst.«

»Also wirklich.«

»Sie sagt, sie glaubt, dass etwas mit Nati passiert ist und dass du es ihr nie im Leben erzählen wirst. Deshalb, weil sie dich liebt, hat sie mich angerufen und mich darum gebeten.«

Nili lehnte sich zurück. Aber im siebten Monat war ihr Bauch schon riesig, die Luft um sie herum war eng wie ein Korsett, sie war gefangen. Gefangen auf dem Autositz, auf der Kloschüssel, im Bett, zwischen Tisch und Stuhl, ihr Sauerstoff war gefangen in dem engen Bereich ihres Zwerchfells.

»Meine Schwester ist psychisch krank«, sagte sie. »Das weißt du doch.«

Alfa nickte. Die Positionen waren klar. »Du willst es mir nicht erzählen.« Er staunte wieder, genau wie vorher. »Ich glaube einfach nicht, dass du es mir nicht erzählen wirst.«

Ihr fester jährlicher Punkt, das Nest ihres Treffens, hieß *Bistro d'Isaac*. Bei seiner Eröffnung hatte es geglänzt wie ein Schatzkästchen, hatte etwas übertrieben Mondänes ausgestrahlt.

»Ein Bistro in Jerusalem«, hatte Alfa damals gesagt, »ein Ereignis.«

Aber vier Jahre später war Alfa schon weniger hochmütig. Er sprach wie einer, der das Richtige sagt. »Uma hat gesagt, sie habe dir immer wieder Nachrichten hinterlassen. Und du hättest nicht geantwortet. Dabei wäre am Anfang der Schwangerschaft alles in Ordnung gewesen, hat sie gesagt, aber jetzt ...«

»Mir ist heiß«, sagte Nili.

»Und ich möchte wissen, was los ist. Deine Schwester ist gaga, okay, aber sie ist nicht dumm und nicht blind.« Er schaute Nili ermutigend an. Mehr als das, mit warmem Herzen. Und im nächsten Moment floss ihr das Blut aus dem Kopf – sie war einer Ohnmacht nahe. Nein, keine Ohnmacht, sie brauchte ein bisschen Wasser. Wasser und Zitrone.

Er rief den Kellner, streichelte ihr Haar.

»Vor dreißig Jahren hatte unser Vater eine Romanze«, sagte sie, und er nickte, besorgt von ihrer Blässe. »Vor dreißig Jahren ungefähr, mit der Frau aus dem Haus gegenüber.«

»Okay«, sagte er. »Solide.«

»Und seine Geliebte – sie hat Uma entführt.«

»Was?«

»Sie war wütend auf ihn. Er hatte mit ihr Schluss gemacht, keine Ahnung, oder er wollte Schluss machen. Eines Tages hat sie Uma entführt, sie hat sie einfach aus unserem Garten geholt.«

»Was?«

»Und hat sie erst nach längerer Zeit zurückgebracht.«

»Das …«

»Nach sechs, sieben, acht Stunden, ich erinnere mich nicht. Mit einer Glatze. Sie hat sie kahlgeschoren zurückgebracht.« Sie hielt inne, goss sich etwas Wasser aus dem Krug in ein Glas. »Und jetzt hat Nati eine Geliebte.«

»Was?«

Sie nahm einen Schluck. »Er hat eine andere. Nati hat eine andere. Und in einem solchen Fall ist die Frage, was tut man? Wen entführt man?«

Vier Jahre zuvor, bei ihrem ersten Treffen im *Bistro d'Isaac,* war Alfa in einem steifen Mantel bis zu den Knien und einem langen Seidenschal erschienen, als würde ihm das eine zusätzliche Autorität verleihen, unser Gesandter in Europa, obwohl er damals schon nach Brüssel gezogen war, das mit Paris nicht zu vergleichen ist.

»Weißt du, was ein Bistro ist?«, hatte er sie damals gefragt, als sie sich setzten, und sofort die Antwort gegeben: »Das ist russisch. Noch etwas, was wir von Mütterchen Russland geerbt haben. Bistro heißt ›schnell‹ auf Russisch. Anfang des neunzehnten Jahrhunderts, als die Russen in Paris geherrscht haben, kamen ihnen die Franzosen so langsam vor. Deshalb schrien sie, die Kosaken, die Kellner an, ›bistro, bistro‹.«

Und was konnte Nili dazu sagen? Es musste etwas Gutes sein, etwas Anerkennendes. Sie sagte: »Dass du solche Sachen immer weißt.«

Gesims, blauer Samt, holzvertäfelte Wände, Lüster von oben. Alfa und sie in einem Bistro in Jerusalem, wer hätte das gedacht.

Und obwohl sie große Teile ihrer gemeinsamen Vergangenheit noch nicht bearbeitet hatten – er hatte sie verlassen, warum hatte er das getan? –, hatten sie dic neuen Bedingungen schon geklärt: das Ritual ihrer Freundschaft. Unumwundene gegenseitige Anerkennung. Das Gegenteil von dem, was sie geschafft hatten, als sie noch zusammen waren.

Aber in ihrem vierten Jahr im Bistro schwieg er. Sie war im siebten Monat, Nati hatte eine Geliebte, und Alfa schwieg.

»Woher weißt du das?«, fragte er schließlich.

Woher wusste sie es. Als würde das Problem darin liegen, ob es wahr war oder nicht.

Wieso wusste sie, dass Nati sie betrog?

Doch auch dafür hatte sie eine Antwort. Eine ausgezeichnete Antwort. Eine Antwort, die für sich selbst eine Geschichte war.

»Dida hat ihn gesehen.«

»Dida?«

»Sie war mit der Klasse auf einem Ausflug im Museum. Und sie hat ihn gesehen, mit einer Frau.«

»Gesehen? Was hat sie gesehen?«

Es war so ermüdend, das zu erklären, um Glaubwürdigkeit bei einem Publikum zu werben, das Wohlwollen verströmte. Wohlwollen um jeden Preis. »In der letzten Woche war Nati beim Reservedienst«, sagte sie. »Jedenfalls hat er zu mir gesagt, er wäre beim Reservedienst. Und Dida hat ihn in der Stadt gesehen. Mit einer Frau. Er hat die Frau umarmt. Sie haben sich umarmt.«

Wieder schwieg Alfa. Und als er wieder sprach, hörte er sich an wie ein Philosoph, wie ein Ontologe, als ginge es um ein Gleichnis: »Und hat er gesehen, dass sie es gesehen hat?«

Nili schaute ihn fragend an.

»Hat Nati gesehen, dass Dida ihn gesehen hat?«

»Ach«, sagte sie, »nein, das hat er nicht.«

Und eigentlich waren sie sich ähnlich, dachte sie. Uma und Alfa waren sich ähnlich. Ihre Absichten waren nie ganz klar. Was sie von ihr wollten, welche Aufgabe sie ihr zugedacht hatten. Zu oft überfluteten sie sie mit einer Zuneigung, der sie nur schwer entfliehen konnte.

Vor Jahren, auf der Rückfahrt vom Norden, hatten Hanna, Re'uma und sie an einer Tankstelle angehalten. Sie waren durstig, müde von den zwei Wochen weg von zu Hause. Zwei Wochen ohne Vater, ein verschwommenes Spiel. Re'uma ging als Erste aufs Klo, dann kam Nili und am Schluss Hanna. Sie ließ die Tür einen Spalt offen und bat sie, bat sie beide, einen Fuß vorzuschieben, beide. Damit sie die ganze Zeit wisse, sagte sie, dass sie nicht verschwanden. Und auch später, Monate danach, hatte sie, wenn sie unter die Dusche ging, ihnen befohlen, draußen vor der Tür zu singen. Laut, sehr laut. Damit sie sie unter der Dusche hören konnte. Und von Zeit zu Zeit drehte sie das Wasser ab, um sich zu vergewissern, dass sie noch sangen. Nur wenn sie schliefen, sei sie ruhig, erklärte sie ihnen. Damit sie Ruhe finden könnte, müssten sie schlafen, sagte sie.

Irgendwann hatte Nili die Nase voll davon. Sie standen vor dem Badezimmer, da sagte sie zu Re'uma, Schluss, mir reicht's. Wir hören auf zu singen. Und Re'uma hörte sofort auf.

Und sogar dafür – für den Gehorsam, die Treue, für das frömmelnde »Alles, was der Herr gesagt hat, das wollen wir tun und gehorchen« einer kleinen Schwester – musste Nili sich endlich einmal von ihr erholen. Sich von ihr entfernen. Sie hatte keine Wahl.

Das ist einfach, dachte sie damals, als sie im Bistro saßen. Uma und Alfa – beide waren ehrenvoll. Dida war ein Kind. Während Nati so etwas wie ein Rohstoff war. Zumindest wie Salz: durchsichtig in seinen grundsätzlichen Absichten. Sogar an jenem Abend, bevor sie das Haus verließ, um sich mit Alfa zu treffen, hatte er sie auf die Stirn geküsst. »Viel Vergnügen, meine Schöne, lasst es euch gut gehen«, hatte er gesagt.

Er ließ sich durch Alfa nicht beunruhigen. Sogar Alfas Appetit war in seinen Augen zweifelhaft. Einen Petit-Fours-Typ nannte er ihn, einen Anhänger von Mikroästhetik, der keine Ahnung davon hatte, was hinter dem Tellerrand passiert. Die Art, wie Alfa über Essen gesprochen habe, als er bei ihnen gewesen war, habe ihn ermüdet. Man könne unmöglich aus jeder Kleinigkeit so eine Affäre machen, sagte Nati.

Bevor sie das Haus verließ, hatte sie ihn so zärtlich wie möglich angelächelt und sich in ihren Mantel gewickelt, der sich im siebten Monat nicht mehr schließen ließ, sie hatte sich in ihrer groben Baumwollunterhose beengt gefühlt, und sie dachte daran, dass sie bei ihrer Hochzeit keine Unterhose getragen hatte. Das sollte den ganzen Abend über ihr kleines Geheimnis sein. Hatte sie es ihm verraten? Sie konnte sich nicht erinnern.

Der Kellner fragte, ob sie mehr Zitrone brauche. Vielleicht ein paar Eiswürfel? Im vierten Jahr ihres Treffens mit Alfa war das Bistro schon nicht mehr so strahlend wie am Anfang, doch noch immer achtete man auf gute Manieren. Sie würde sich über Eis freuen, alles, was sie munter mache – plötzlich hatte sie das Gefühl, als wäre ihr Gehirn isoliert, wie ein Fisch am Meeresgrund, Wasser von allen Seiten, plötzlich – plötzlich – hatte sie das Gefühl, das Streben bestimmter Algen nach Licht nachempfinden zu können.

»Wie alt ist Dida jetzt?«, fragte Alfa, und der Sinn seiner Fragen erinnerte sie daran, dass sie noch immer verhört wurde; dass viele Fragen schon immer dazu dienten, die innere Kohärenz ihrer Antworten zu bestätigen.

»Sieben«, sagte sie. »Sie ist sieben. Sie versteht sehr gut, was sie gesehen hat.« Konzentriere dich, dachte sie, du musst verstehen, was du sagst und was zu dir gesagt wird.

Er fragte: »Hast du mit Nati darüber gesprochen?«

»Nein.«

»Du hast nicht mit ihm gesprochen?«

»Nein.«

»Kein Wort?«

»Nein.«

»Wann wirst du es tun?«

Sie schwieg.
»Du hast nicht vor, mit ihm darüber zu sprechen?«
»Nein.«
Er schaute sie an. Er fing an, das Ganze als Spiel zu betrachten, das ihn etwas anging. Ein Spiel zwischen ihnen.
»Was wirst du tun?«
»Mal sehen«, sagte sie. Schließlich wusste sie, was passiert, wenn man zu schnell handelt.
»Wie kann ich dir helfen?«, fragte er.
»Du?«
»Kann ich dir helfen?«, fragte er.
Sie lehnte sich zurück. Sie hatte nicht mit Nati darüber gesprochen, das war nicht nötig. Er würde es ohne Worte verstehen: Es gibt die, die sofort verlassen, und es gibt andere. Sie halten an der Beleidigung fest, klammern sich an sie wie an ein Versprechen, wie an den Zahlschein einer Inkassofirma. Sie werden die Schuld langsam abverlangen. Langsam. Das ganze Leben lang.
»Küss mich«, sagte sie.
»Was?« Alfa schaute überrascht auf.
»Küss mich«, wiederholte sie, und jetzt war sie überzeugt, das Richtige getan zu haben, dass eine schnelle Reaktion ihr ganzes Leben hätte zerstören können. Als Dida ihr erzählte, dass sie Nati in der Stadt gesehen hatte, hatte Nili gesagt: Sprich nie mehr darüber, verstehst du? Nicht mit mir und nicht mit deinem Vater, nie, verstehst du?
Alfa hatte noch immer den Blick auf sie gerichtet – mitleidig? Besorgt? Verzaubert? Sie war sich nicht sicher. Trotzdem beugte er sich nicht zu ihr, ein Kuss war in seinen Augen eine zu einfache Lösung. Unter dem Tisch spürte sie seine Hand, erst auf ihrem Knie – das war überhaupt nicht vernünftig, diese Berührung war überhaupt nicht vernünftig.

Der Schweizer gewinnt in drei Sätzen und küsst seinen Schläger. Nati zappt zwischen den Sendern – Quiz. Quiz. Quiz. Das ist die Ära des eklektischen Wissens, das goldene Zeitalter der kleinen Fragen. Eine-Million-Dollar-Fragen, die einmal sehr groß waren, sind jetzt sehr klein. Das Leben der Menschen kann sich innerhalb eines Moments verändern, sie müssen nur zur richtigen Zeit am richtigen Ort sein, mit der richtigen Antwort auf die richtige Frage.

Wer hat den Rubikon überquert?

Nach wessen Namen ist das »Amber Alert« benannt?

Was für ein Tier ist ein Olepa schleini?

»Julius Cäsar.«

»Amber Hagerman.

»Ein Nachtfalter.«

Nati weiß alles. Der Abstand zwischen ihm und dem großen Gewinn ist nur technischer Natur. Das Einzige, was ihm fehlt, ist die Gelegenheit: Warum fragt niemand *ihn*?

»Pi-Annäherungstag!«, fährt Nati fort.

»Beta-Lactamase!«

Sie steht auf und geht zur Toilette. Sie hat ihn im Verdacht, dass er, wenn er allein fernschaut, die Antworten laut herausschreit, um jeden Zweifel zu vertreiben.

»Neunzehn Tage«, ruft er, als sie zurückkommt.

»Was ist neunzehn Tage?«, fragt sie.

»Jigal Allon, die kürzeste Zeit eines Ministerpräsidenten in Israel.«

Als das Quiz zu Ende ist, schalten sie zu den Nachrichten um. Die Eltern von Denis Bukinow sprechen wieder in die Kamera. Sie beten, die ganze Zeit beten sie. Sie tun Nili leid, bei jedem ihrer Worte empfindet sie Mitleid, bei jedem Mienenspiel. Aber Nati prüft die Situation auf Herz und Nieren, und wieder erklärt er ihr, was er ihr vorher schon erklärt hat – Fernsehinterviews sind das reinste Theater, die Vorbereitung eines Auftritts vor Gericht, man dürfe keinem auch nur ein Wort glauben.

Sie rutscht von ihm ab. Das Bild wechselt zur Moderatorin, ein Sachverständiger wird gezeigt, ein Doktor für irgendwas, mit einem seltsamen Scheitel, der mit hoher Stimme spricht. Es stellt sich heraus, dass die Anweisungen an Eltern, die ihre Kinder nicht finden, klar sind: Sucht im Haus, in Schränken, in Truhen, schaut in die Waschmaschine. Geht hinaus auf den Hof, fragt die Nachbarn. Wenn das alles zu keinem Erfolg führt, macht eine Vermisstenmeldung. Zögert nicht. Die ersten Stunden nach dem Verschwinden eines Kindes sind kritisch.

»Und danach?«, fragt der Reporter.

»Das kann man nicht wissen, was danach ist«, erklärt der Sachverständige.

Und das ist richtig, denkt Nili. Was danach ist, kann man nicht wissen.

Man kann zu vorsichtig sein, das weiß Nili. So vorsichtig wie Hanna. Wie eine Löwin vor dem Eingang der Höhle patrouillierte sie vor dem schwarzen Loch – den Stunden, in denen Nora Re'uma festgehalten hatte, sie wusch, sie versorgte, mit ihr sprach, ihr den Kopf rasierte, bevor sie sie zu Asarjas Frau zurückbrachte –, Stunden, in denen alle Wege zum Herzen Re'umas gebahnt wurden. Alles in der Dunkelheit. Und deshalb wird Uma sich immer im Ungewissen bewegen, sie wird verschwinden und auftauchen, ohne Erklärung.

Am Schluss kehrten sie aus dem Norden zurück. Am Schluss hat Asarja es zugegeben oder auch nicht. Nora wurde in ein Krankenhaus eingeliefert oder hat sich zurückgezogen. Vielleicht wurde sie eingesperrt. Kurze Zeit später zogen sie selbst dort weg und sahen Nora nicht mehr wieder, und alle zwei, drei Jahre zogen sie weiter: eine andere Wohnung, eine andere Straße, ein anderes Viertel, immer zur Miete, und das Leben ging unverändert weiter. Wie seltsam, denkt Nili, dieses Fehlen jeder Perspektive. Das tiefe Geheimnis der Kindheit. Die langen Jahre, in denen wir ohne jeden Maßstab in der Welt herumlaufen. Wir sind da, ganz und gar da und können das Material doch kaum beherrschen.

Der nächtliche Sachverständige spricht immer noch, während die Bilder zum Haus der Familie Bukinow umschwenken. Dort steht eine Menge vor dem Haus, Nachbarn und Neugierige und Medienvertreter, eingehüllt vom narkotisierenden Nebel der Tragödie, die aus dem Haus auf die Straße dringt.

Menschen pflegen zu sagen: Ich bin nicht derselbe Mensch, der ich vor dreißig Jahren war. Und sie haben recht, Nilis Ansicht nach. Die Zeit ist nicht nur Zeit. Sie betäubt nicht nur den Schmerz, sie schafft Veränderungen.

»Okay«, sagt Nati plötzlich und setzt sich mit einer raschen Bewegung auf. »Ich habe darüber nachgedacht. Er braucht bestimmt irgendeinen Gefallen, der Dicke. Wir schulden ihm schließlich etwas, also wird er uns um einen Gefallen bitten.« Schon hat er die Fernbedienung in der Hand, und klick – der Bildschirm wird schwarz. Kein Fernsehen mehr, es ist still. »Kommst du ins Bett?« Seine Stimme klingt heiter.

Sie wird ins Bett kommen, obwohl diese Nacht in ihren Träumen kein Ende findet. In ihren Träumen ist der Sturz ewig. Asia stürzt, stürzt, stürzt, die Arme des Wunders sind nicht ausgebreitet, um sie aufzufangen.

Sie schütteln die Kissen auf, knipsen die Leselampen an. Schon seit Jahren verbringen sie ihr Leben im Bett mit Worten und Druckerschwärze: Zeitungen, Aufsätze, Bücher. Aber in den letzten Wochen liest Nati Lia Pischuf, den ersten Band der Trilogie, manchmal lacht er laut. Das macht sie verrückt. Was bringt ihn zum Lachen? Was findet er so komisch? Sie hat keine Ahnung, was daran komisch sein soll.

Die Bücher Lia Pischufs gehören zu dem zwielichtigen Bereich zwischen Lesefutter und Literatur. Ihre Bücher haben immer zwischen zweihundertzwanzig und zweihundertsechzig Seiten, was ihnen das Label »geeignet für Flüge« verleiht. Die Einbände sind immer glänzend, Collagen, auf der einen Seite das Gesicht einer Frau, die einen Mann anschaut, der seinerseits zum Horizont blickt. Der Titel ist mit silbernen oder goldenen Buchstaben gedruckt, entweder hochgeprägt oder eingelassen. Das Wort Schwanz taucht häufig nach der hundertsten Seite auf, und nie allein, immer mit einem Adjektiv: warm, stark, dick, gierig, hart, groß. Ein einfacher Schwanz, nur als Körperteil, wäre, wie wenn man jemandem eine Spielzeugpistole an den Kopf hält.

»Ich liebe den Kopf dieser Pischuf«, sagt Nati, und das ist auch als Nachricht an Nili gemeint. Ein Zeichen der Zuneigung, eine Bestätigung ihrer Arbeit. »Das ist ein tolles Buch.«

Was Nili weiter reizt.

Sex ist das Wichtigste, was bei Lia Pischuf passiert. Gedruckter Sex – darin zeichnet sie sich vor allem aus. Es gibt Menschen, die ihre Bücher nur deshalb kaufen und sofort zu den Stellen vorblättern. Büchereiexemplare liegen oft unterm Bett, immer die gleichen Seiten aufgeschlagen; die Bindung gelockert.

Einmal hatte sie sich bei Nili beklagt: »Ich kann alles, was fehlt, auf meine Einkaufsliste schreiben, ich kann angeben, wie man hartnäckige Flecken in der Wäsche entfernt, niemand würde sich dafür interessieren.« Sie klang bitter, als sie das sagte. Und als Nili widersprach, wehrte sie ab: »Bücher als Onaniervorlage, das bin ich. Und dafür gibt es einen großen Markt.« Aber als dieser Satz im Raum verklang, blieb ein verborgenes Echo zurück, so etwas wie Stolz.

Für Pischufs Sexszenen gibt es ein paar eiserne Regeln, und um diese Regeln herum eine Grauzone, in der sie manövrieren und variieren kann. Zum Beispiel: Ihre Protagonisten begehren einander, bevor sie sich bekommen. Sie begehren sich heftig, bevor sie sich bekommen (heftig bekommen). Und noch eine Regel: Das erste Mal passiert es nie im Schlafzimmer. Sondern in Flugzeugtoiletten, Zugabteilen, Aufzügen, Treppenhäusern ... und wie. Und es ist besser, die Dinge beim Namen zu nennen: Schwanz, Möse, Arschloch, Titten. Und wenn die Begriffe eingeführt sind, ist es besser, weniger zu reden und mehr zu tun.

Was gibt es da zu lachen? Nati lacht darüber, für ihn ist das witzig. Was bedeutet das? Er selbst mag es, beim Ficken zu sprechen, zu ermuntern, zu erforschen. Aber ohne eine Antwort zu erwarten.

Jetzt ist nur das Geräusch der Seiten beim Umblättern zu hören, das Rascheln der Decke. Die Stille der Wohnung bei Nacht – man kann ihr gegenüber nicht gleichgültig bleiben. Die Möglichkeit, dass dieses Leben immer so weitergeht, im Vergleich zur Alternative. Anhalten, von einer ganz anderen Richtung aus neu beginnen. Wenn Nati noch einmal in sich hineinlacht – dann ist Schluss. Sie klappt das Buch zu, das sie gelesen hat, legt es laut auf ihren Nachttisch und macht ihr Licht aus.

Freitag

Der Freitag beginnt mit einem Wetterumschwung. Als sie morgens aufwachen und die Vorhänge im Schlafzimmer zurückziehen, dringt nur das schwache Licht eines trüben Morgens herein. Es ist kalt, ein düsterer Tag, und nach den Vorhersagen im Radio wird er Regen und Hagel bringen, Verkehrsunfälle, Staus, lange Warteschlangen in der Ambulanz. Kleine Tiere verschwinden in Ritzen, Frösche vergraben sich im Schlamm. Viele Menschen verbarrikadieren sich in ihren Höhlen, schalten einen Gang runter und überlassen die Welt den Gewalten der Natur.

»Wieso hat man nicht vorher gewusst, dass es so kommen wird?«, fragt der Reporter und gibt dem Meteorologen die Möglichkeit, näselnd von Tiefdruckgebieten und hohen Wolken zu schwadronieren, in einer Sprache, die kein normaler Mensch versteht. Es stellt sich heraus, dass man es nicht immer wissen kann. Es stellt sich heraus, dass sich, trotz der Hunderte von Apparaten und Messgeräten in den Wetterstationen der Welt, in den Weiten des Alls noch viel Unerklärliches verbirgt.

Je weiter der Morgen fortschreitet, desto drastischer werden die Vorhersagen: Es wird Sturm geben. Im Morgenprogramm von Kol Israel warnt man, das sei nur der Anfang. Der erste Höhepunkt sei in der Nacht zu erwarten. Ein weiterer Höhepunkt morgen Mittag. Unwetter vom Zentrum des Landes Richtung Norden. Die Hörer werden gebeten, ihre Gartenmöbel festzubinden und Blumentöpfe von den Balkongeländern zu nehmen. »Ein Sinken des Barometers über Jerusalem«, betont der Sprecher, »und das alles Anfang Juli!«

Auch Nati kommt in Schwung: Ist das ein Witz? Stürme gibt es überall dort, wo die Natur, wie soll man es ausdrücken, etwas spontaner ist. Neuseeland, zum Beispiel, oder Thailand. Orte, an denen die Natur voller Überraschungen steckt. In einem Moment sonnst du dich am Strand und gleich darauf stürzt ein Regen auf dich nieder. Orte, an denen dich eine herabfallende Kokosnuss auf einer Schnellstraße umbringen kann, wenn sie vom Baum auf deine Fahrbahn fällt. Aber in Israel? Im Juli? Ein bisschen Wind draußen, ein paar Regentropfen – und gleich bricht allgemeine Hysterie aus! »Verblüffend«, murrt er, »wirklich erstaunlich, diese Sucht nach Naturkatastrophen, ausgerechnet in einem Land, in dem es mehr als genug menschliche Faktoren für Katastrophen gibt.«

Sie stehen in ihrem kalten Schlafzimmer am Fenster und schauen hinaus – in Erwartung dessen, was ihnen bevorsteht. Sie verfolgen mit den Augen eine Nachbarin von gegenüber, Ruthi Rockenfeld, die mit großen Schritten das Haus verlässt, in den Hinterhof geht und dort zwischen den Tonnen verschwindet. Im letzten Sommer, an einem Schabbat, hatte sie bei ihnen an der Tür geklopft und sie gebeten, ihr einen Putzlappen zu leihen, und ein paar Stunden später hatte sie ihn zurückgebracht, sorgfältig zusammengelegt und noch ein bisschen nass.

»Sie müsste man vielleicht festbinden«, sagt Nati und gibt damit beiden das Gefühl eines vorübergehenden Bündnisses. Sie sind vergleichsweise vernünftig in einer Welt, in der sich Menschen allzu schnell verrückt machen lassen. Und jetzt, in dieser guten Stimmung, die sich auf Kosten anderer bei ihnen eingestellt hat, sagt er: »Ich setze Teewasser auf, möchtest du welchen?«

Nili möchte. Sie schaut nur noch einen Moment aus dem Fenster, und als sie sich umdreht, denkt sie – nicht mit Worten, mit einer winzigen Gehirnbewegung, in der Sprache des Traums –, dass Nati sich irrt. Dass er an alles nur in binarischen Begriffen eines Computerfachmanns denkt. Und dass das eigentlich immer sein Hauptproblem war. Sie erinnert sich so gut wie er an den letzten Herbst, im Hagel der Gerüchte zogen sie Stühle fort und pappten Klebstreifen auf alle Fensterscheiben, und am Morgen entdeckten sie, dass sie eine Strumpfhose von ihr auf der Wäscheleine vergessen hatten. Die Strumpfhose hatte die Nacht unbeschadet überstanden, ohne Wäscheklammer. Sie erinnert sich, wie sie die Klebstoffreste von den Scheiben gekratzt und sich geschworen hatten, nie wieder in diese Falle zu tappen. Aber im Gegensatz zu Nati weiß sie auch, dass es keine Verbindung zwischen den Dingen gibt. Diesmal wird es anders sein. Etwas rollt von fern auf sie zu, eine große, schwarze, trichterförmige Wolke, die von weit her gebracht wird, um ihre Pläne zu vereiteln.

Sie sitzen in der Küche um ihr Teestövchen. Nati holt aus dem Schrank eine Packung Kekse, öffnet sie und dreht sich zu ihr: »Biskuit?«

»Ja, gern.«

»Aber in Eilat bleibt es ruhig«, sagt er.

»Hat man das gesagt?«

»In Eilat ist alles anders«, sagt er. »Es gibt keine Mehrwertsteuer, es gibt keine Stürme.«

»Hoffen wir's«, sagt sie. »Man muss beten.«

Es gab eine Zeit, da waren die Freitage immer der Zeit hinterhergelaufen, doch seit sich die Arbeitswoche auf fünf Tage verkürzt hat, ist ein leerer Raum geblieben. Freitags machen sie in der Küche Schränke auf, die sie im Lauf der Woche nie anrühren. Sie sitzen um den Tisch und essen Kekse. Wozu sind diese Vormittage eigentlich gut?

Während des Schuljahrs ist es einfacher. Man muss Asia in den Kindergarten bringen, Dida in die Schule fahren, alles aufräumen. Aber jetzt, zu Ferienbeginn, sind die Kinder fort, Nebel hängt über der Stadt und hüllt alles unwirklich ein. Wenn es einmal eine Invasion von Marsmenschen geben würde, müsste das an einem Tag wie diesem geschehen.

Nili steht vom Tisch auf. Sie müssen die Verabredung mit Duclos absagen. An einem Tag wie diesem darf man sich nicht verabreden. In der Spüle steht Geschirr – es sollte gespült werden, nicht hinausschieben. Sie wählt wieder Umas Nummer, und es dauert einen Moment, bis ihr klar wird, dass am anderen Ende jemand dran ist, dass jemand drangegangen ist.

»Wo seid ihr?«, schreit sie.

»In Eilat«, antwortet Uma ebenfalls schreiend.

Nili dreht durch. »Weißt du, wie oft ich versucht habe, euch zu ereichen? Wo seid ihr?«

Aber der ganze Druck, der sich bei ihr in den letzten Tagen aufgestaut hat, wird von Uma gelassen aufgenommen. Alles ist wunderbar, sie haben viel Spaß. Asia? Natürlich geht es ihr gut. Aber im Moment ist sie nicht zu sprechen, sie schläft noch oben im Zimmer. Uma ist runtergegangen in die Lobby, um einen ersten Kaffee zu trinken. Sie liest gerade so ein wunderbares Buch, dass sie sich nicht mehr beherrschen konnte, sie musste einfach aufstehen und weiterlesen.

»Asia ist allein im Zimmer?«, fragt Nili. Es klingt jämmerlich.

Und wieder schiebt Uma Nilis Sorgen mit beiden Händen zur Seite, sie fügt sogar noch eine neue Einsicht hinzu, etwas zum Thema elterlicher Kontrolle. »Wir sind erwachsen«, sagt Uma, »wir sind verantwortlich für diesen Irrsinn, dieses unvernünftige Aufschieben des Alters, in dem ein Kind für sich selbst verantwortlich ist.« Jetzt, in Eilat, hat sie das plötzlich verstanden. Sie hat verstanden, dass sie großes Glück hat, dass sie mit einem so praktischen Mädchen wie Asia hier ist, die so gut auf sie aufpasst, wer weiß schon, wohin sie abgetrieben wäre. »Du hast keine Ahnung, was für eine weltkluge Frau sie ist«, sagt sie zu ihrer Schwester, »es ist kaum zu fassen.«

Nili lässt sie schwören, dass sie anrufen wird, sobald Asia aufwacht. Sie verlangt von Uma, dass sie es ausspricht, ich schwöre. Dass sie das Wort »schwören« sagt. Sie sollen sie auf dem Handy anrufen, sagt sie. Sie wird das Haus bald verlassen, aber per Handy bleibe sie erreichbar.

»Ich schwöre«, sagt Uma.

»Schwöre *bei etwas*«, sagt Nili. Es muss etwas sein, was Uma keinesfalls gefährden möchte. Gibt es so etwas?

»Nili«, sagt Uma mit einer Stimme, die sich plötzlich gelangweilt und fremd anhört, die Stimme einer vernünftigen Schwester, die

Nili selbst so oft gegen sie einsetzt. »Ich habe dir gesagt, dass wir anrufen, und damit genug.«

Auf Anraten der Meteorologen fährt Nili gleich jetzt, noch vor dem Sturm, zum Supermarkt. Heute Morgen fahren alle zum Supermarkt, die Straßen sind voll. Die Gesichter in den Autos neben ihr verabscheuen ihren Anblick, so wie sie den Anblick der anderen verabscheut – man könnte fast glauben, ein Krieg stehe bevor, wo fahren sie alle hin? Der Fuß löst sich vom Gas, das Auto rollt noch ein Stück weiter und bleibt stehen. Ihr Blick wandert umher, hört zu spät auf und wendet sich wieder scharf nach rechts – Alfa? Kann das sein? Die Kälte beginnt wie immer in den Füßen. Sie fährt vor, so weit sie kann, schiebt den Kopf nach vorn, schaut wieder. Aber der Alfa im Wagen neben ihr ist viel jünger als der richtige Alfa. Das ist natürlich Quatsch. Sie weiß doch, dass Alfa in Brüssel ist. Wie konnte sie nur glauben, dass er es hätte sein können.

Gestern, bevor sie schlafen gingen, schaute sie noch ihre E-Mails an – Nati war im Badezimmer, eine gute Gelegenheit zu sehen, ob Alfa geantwortet hatte. Die Antwort kam in dem Moment, als sie guckte. Keine neuen Nachrichten, dann kam die Mail hereingeflogen, der kleine Umschlag blinkte. *Danke, meine Seele*, schrieb er. *Ich hoffe, dass der Himmel auch morgen noch über mir ist. Morgen unterschreiben wir im Rathaus. Morgen befreien wir uns voneinander. Drück mir die Daumen*. Mit einem Klick übertrug sie ihm über tausend Kilometer hinweg: *Ich drücke die Daumen, sowohl an den Händen als auch an den Zehen.*

Es gibt keinen Parkplatz, keinen Parkplatz, keinen Parkplatz. Da ist einer, Gott sei Dank. In wenigen Minuten quillt ihr Einkaufswagen über. Hundert Schekel. Zweihundert. Dreihundert. Vierhundert. Von ökonomischem Kochen hat sie noch immer keine Ahnung. Die Kleinigkeiten lassen die Rechnung in die Höhe schnellen, die Pinienkerne, die sie an alles tut, die Walnüsse, die Pekannüsse, die Sahne, der Wein.

Als Hanna noch rechnen konnte, litt sie wirklich unter der Leichtigkeit, mit der ihre Tochter einkaufte – leichtsinnig, leichtfertig, sie missachtete Hannas eigene Geschicklichkeit. Ihre Tochter brachte kein Interesse dafür auf, Preise zu vergleichen, die bescheidenen Triumphe des kleinen Verbrauchers; ihre Tochter verstreute einen wahren Schatz an Schekel, die sie, Hanna, mühsam wieder in ihre Tasche zurückmanövrierte. »Kein Wunder, dass du nichts sparen kannst«, sagte sie immer wieder zu Nili. »Wenn ich wie du einkaufen würde, wäre ich schon längst bettelarm.« Aber als Hanna erkrankte, war das Erste, was sie verlor, ihre gewitzte Einkaufsmethode. Sie legte in ihren Einkaufswagen Lebensmittel, die sie nie zuvor gekauft hatte, und wenn sie dann nach Hause kam, geschah es oft, dass sie die Tüten auf den Küchenboden stellte und dort vergaß.

Vor Nili wartet eine gebückte alte Frau mit roten, mit Lippenstift aufgemalten Flecken auf den Wangen. Die Alte zittert im gelben Neonlicht, legt zitterndes Brot aufs Band, zitternde Joghurtbecher, drei rote zitternde Äpfel. Die alte Frau öffnet ihr Portemonnaie, greift zitternd hinein, wühlt verzweifelt darin herum. Sie legt zwei Zehn-Schekel-Münzen auf die Theke, verabschiedet sich mit einer langen Berührung von ihnen und streckt sofort die Hand aus, wartet lange, die gekrümmte Hand ausgestreckt. Dann rafft sie das Wechselgeld aus der Hand der Kassiererin und entfernt sich Richtung Ausgang, bevor sie stehen bleibt und das Geld nachzählt.

Nili bezahlt, unterschreibt auf dem weißen Kassenbon, der sich sofort zusammenrollt, greift nach ihren Tüten. Die alte Frau steht noch immer dort und zählt. Nili richtet sich auf und verlässt den Supermarkt, kämpft gegen den Drang an, sich noch einmal umzuschauen.

Die neuesten Nachrichten über Denis Bukinow hört sie, als sie wieder im Auto sitzt, auf der Rückfahrt, und es dauert ein paar Sekunden, bis sie versteht, was passiert ist: Hat man ihn gefunden? Tot oder lebendig? Aber das Nachmittagsprogramm, das auf ständig wechselnde Zuhörer eingestellt ist, lässt sie nicht lange uninformiert. Der Junge ist noch immer verschwunden, der Vater hat sich aufgehängt. Die Polizei verhört die Mutter und die Schwester.

Im Auto hängt wie immer der Geruch von Narzissen. Narzissen blühen am Amulett, das an ihrem Spiegel baumelt, und trotz der deklarierten guten Absichten ist das, was das Radio in ihr Auto bringt, schmutzig.

Der Vater – und das teilt die Polizei erst jetzt der Öffentlichkeit mit – hat seit Jahren an Depressionen gelitten. Vom ersten Augenblick an war seine Lage in der ganzen Geschichte verdächtig, und an diesem Morgen fand man ihn aufgehängt im Badezimmer der kleinen Wohnung.

Die Reporterin gibt den Hörern eine Zusammenfassung der Ereignisse um das Verschwinden des Jungen. Mit einer Aufregung, die fast an Ekstase grenzt, berichtet sie von Aussagen der Arbeitskollegen der Eltern, von Denis' Klassenkameraden, von Nachbarn. Die Aussagen der Kinder erregen sie besonders. Kinder können erkennen, wenn Erwachsene leiden. Von dem Tag an, an dem die Familie Bukinow eingezogen ist, haben sie gewusst, dass mit Oleg etwas nicht stimmte.

Vergiftete Worte strömen in ihr Auto. Teile alten Wissens ordnen sich neu. Oleg Bukinows Gesicht verschwimmt vor ihren Augen: Jetzt, da sie ihn vor ihrem inneren Auge sieht, hat er keine Augen mehr. Die Nasenwurzel verschwimmt, die Kinnspitze ist abgehackt. Natürlich stimmte etwas mit ihm nicht, aber was? Bedeutet sein Tod (im fernen Gerichtssaal himmlischen Gerichts) eine Wiederherstellung des Gleichgewichts, das zerstört worden war, oder vertieft es die Tragödie, deren Ausmaß niemand hatte voraussehen können?

Sie betritt die Wohnung, stellt die Tüten auf den Boden. Nati ist im Wohnzimmer, mit dem Rücken zu ihr, tippt schnell etwas in den Computer. Er weiß, dass sie da ist – er weiß es immer, wenn sie da ist –, aber er hört nicht auf zu tippen.

Schließlich spricht er, ohne sich zu ihr umzudrehen: »As hat angerufen. Sie hat gesagt, Tante Uma habe gesagt, sie solle gleich nach dem Aufstehen anrufen.«

Nilis Augen füllen sich mit Tränen. »Sie hat angerufen? Sie hat zu Hause angerufen? Wann? Ruft sie später noch mal an?«

»Darum geht's«, sagt Nati. »Sie hat gesagt, der Akku ist gleich leer, also mach dir keine Sorgen, wenn sie nicht antworten.«

Siebter Teil

Der Gesandte

Manchmal ist es schwer, den Eindruck eines unschuldigen Herzens aufrechtzuerhalten.

Als sie durch die Lobby des *King David* schreiten, auf dem Weg zum Restaurant des Hotels, lässt sie ein Gedanke nicht los: In den Augen eines unbeteiligten Betrachters könnten sie auch Unbefugte sein, Typen, die in prachtvolle Hotels eindringen, um dort die Toiletten zu benutzen. Sollten sie zu der Angestellten am Empfang gehen und erklären, dass sie sich aus gutem Grund hier befinden? Oder im Gegenteil, sollten sie ganz selbstverständlich durch das Hotel gehen, gleichgültig gegen die großen Säle rechts und links, gegen den Marmor und den Samt und die Fenster, deren Scheiben so durchsichtig waren, dass sie unwirklich wirkten?

Sie geben sich den konzentrierten Anschein von Menschen, die zu einer Verabredung gehen, oder von normalen Reisenden, die mit ihren lächerlichen Besitztümern am Zoll vorbeigehen, erfüllt von dem Bewusstsein jedes einzelnen Schrittes, den sie tun, und obwohl sie ja tatsächlich hierher eingeladen sind, müssen sie sich anstrengen, wie eingeladen auszusehen.

Gehen sie in die richtige Richtung? Sie wollen sich nicht verlaufen. Aber da erhebt sich in der Ferne eine Gestalt – ein heller Fleck vor purpurrotem Hintergrund – und winkt ihnen zu, und auf ihren Gesichtern breitet sich ein zögerndes Lächeln aus. Duclos legt die Zeitung zusammen, die er gelesen hat, und kommt ihnen entgegen. Die offene Freude, mit der er sie empfängt, ist tröstlich. Er verbirgt seine Aufregung nicht, er hat sie erwartet.

»Schön, dass Sie gekommen sind«, sagt er in seinem konsonantenbetonten Englisch. »Ich hätte beinahe schon meine Zeitung gegessen.«

Ihr Weg von zu Hause hierher war voller Vorzeichen. Zwei kaputte Ampeln, gedankenloses Fernlicht von Fahrern, die ihnen entgegenkamen. Die Frage war nur, wie Nili diese Zeichen deuten sollte.

Und gerade als sie das Haus verließen, was für ein Regen! Sie hatten mit gebeugten Köpfen rennen müssen – die Sekunden, die es dauerte, bis der Schlüssel im Autoschloss steckte, wurden auf der unendlichen Skala mit Tropfen und noch mehr Tropfen gemessen – und als sie endlich saßen und die Türen zuschlugen, spürten sie, wie sich die schweren Tropfen einen Weg durch ihr Haar bis auf die Kopfhaut bahnten, von dort zum Hals, unter die Kleidung. Die Sorgfalt, mit der sie sich zu Hause zurechtgemacht hatten, wirkte mit einem Mal lächerlich. Ihre Aufmachung war dahin.

Und die Serviette – noch ein Zeichen. Die rote Serviette mit der goldenen Aufschrift, die Nili entdeckte, als sie in die Tasche ihres Jacketts griff, die Serviette mit der Aufschrift *Bistro d'Isaac*. Wie hatte sie so unvorsichtig sein können? Es gibt Dinge, die Nati wissen muss, und Dinge, die er nie zu erfahren braucht. Nilis Sorge war, dass sie aus lauter Dummheit die beiden Dinge verwechseln und damit einen unabsehbaren Schaden anrichten könnte. Sie schloss die Hand um die Serviette und schob sie zurück in die Tasche.

Stille breitete sich aus, als Nati auf dem dunklen Parkplatz den Motor ausstellte. Sie klappte die Sonnenblende mit dem Spiegel herunter – im schwachen gelblichen Licht sah ihr Gesicht wie eine topografische Karte aus.

»Steigen wir aus?«

Sie leckte über die Zähne, zog die Augenwinkel zusammen. »Einen Moment.«

Sie waren umgeben von dunklen Autos, umgeben von imaginären Augen, die auf sie gerichtet waren.

Es passiert dann sehr schnell. Stärker als jeder andere Sinn ist das Gehör fähig, die Grenzen der Zeit zu überspringen. Als Duclos' Stimme zu ihnen dringt, versetzt er sie sofort ins Geschehen. Natürlich hört er sich genauso an. Natürlich redet er genauso. Alle Zweifel, die mit der Zeit aufgekommen sind, verschwinden und machen einer einfachen Sicherheit Platz: Er hätte nie im Leben anders sein können.

In einem weißen Anzug. Wie eine Gestalt von einer Gartenparty geleitet er sie zum Tisch. Die Speisekarten liegen bereit. In einem Eiskübel erwartet sie der im Voraus gewählte Weißwein.

Sie setzen sich, und Duclos reibt sich die Nase. »Meine Tränendrüsen«, sagt er, »sind löchrig. Statt Flüssigkeit ins Auge abzugeben, tropfen sie bei mir in die Nase.« Schon seit zwei Jahren, erzählt er, müsse er sich alle paar Stunden künstliche Tränen in die Augen träufeln, wohingegen seine Nase einer gründlichen Reinigung bedürfe. »Aber das war eine große Erkenntnis für mich«, sagt er. »Mir war vorher nicht bewusst, wie das autonome Nervensystem funktioniert. Erröten, blass werden, beschleunigtes Herzklopfen, das alles. Und wie wenig wir das beherrschen. Was möchten Sie essen?«

Das Glück in Restaurants ist die Notwendigkeit, eine kleine Geschichte in eine große zu flechten. Sie müssen mit dem Kellner in eine Beziehung treten, bestellen, sich integrieren. Es gibt einen Fokus. Aber dieser Segen liegt nur in den ersten Minuten, denn als der Kellner sie mit der Bestellung verlassen hat, richtet sich Duclos auf seinem Stuhl auf und räuspert sich. Jetzt ist die offizielle Eröffnung gekommen, eine Eröffnung ohne Ausflüchte. Er sei in der Hauptsache und vor allem hier als der Gesandte Paulines, sagt er.

Pauline? Lautlos wiederholen sie den Namen, mit runden Augenbrauen, mit zitterndem Atem. Was hat sie damit zu tun?

Nun also, sagt Duclos, es sei Pauline gewesen, die ihnen das Portemonnaie weggenommen habe. Das sei die letzte Zeile der Geschichte, die er ihnen jetzt erzählen werde, und er würde sie sofort als Erstes vorlegen, vielleicht in der Hoffnung, den Stachel zu neutralisieren. Pauline habe ihnen das Portemonnaie weggenommen, ein paar Minuten, nachdem sie das Lokal betreten hatten. *Geklaut*, sagt er, um Genauigkeit bemüht. Und von diesem Moment an habe er einen

Weg finden müssen, es ihnen zurückzugeben, ohne dass sie erführen, was passiert war.

Er sei als Vertreter von Pauline hier, wiederholt er. Ihre Gesundheit lasse nach, die Ärzte sprächen von wenigen Monaten, deshalb möchte sie sie um Verzeihung bitten. Er sei hier, um ihr Bedauern auszudrücken und in ihrem Namen um Entschuldigung zu bitten. Aber nicht nur das, betont er. Er suche auch ihre Vergebung für seinen Anteil an der Geschichte, und deshalb müsse er ihnen eine Geschichte erzählen, sagt er, und seine Stimme scheint zu zittern – aber da kommt der Kellner mit den Getränken, und der Moment ist verloren. Als sie wieder allein sind, hebt Duclos sein Glas: »Auf das Wohl kostenlosen Alkohols.« Und er lacht sein Blasebalglachen. »Nein?«

Sie lächeln.

»Nicht schlecht«, sagt er und bewegt den Wein in seinem Mund hin und her, »nicht schlecht.« Und plötzlich schüttelt er sich: »Der Sturm«, fragt er, »ist das etwas Ernstes?« Können die Menschen hier in dieser Nacht ihre Häuser verlieren? Er kenne Stürme, sagt er. Zweimal sei er in einen Hurrikan geraten, und einmal habe ein Tornado sein Auto in den Straßengraben geworfen. Aber das sei lange her, sagt er beruhigend. In seiner Jugend sei er durch die Welt gereist, habe sich in Gefahr begeben und alles Mögliche getrieben.

»Die Erde ist rund und dreht sich«, sagt er. »Man muss vorsichtig sein, um nicht zu fallen.«

Und während er spricht und spricht, hat Nili für einen Moment das Gefühl, sie wären wieder dort, vor Jahren, einander fremd und ohne Schutz, aber auch das ist falsch. Nichts an diesem Essen gleicht dem Essen von damals. Gar nichts. Denn letztlich verändert die Zeit die Menschen. Sie tut es zwar langsam, sehr langsam und geschickt wie ein Taschenspieler, niemand wird sie dabei ertappen, aber sie verändert alles, und das ist die Wahrheit.

»Das ist die Sache, der blinde Fleck«, spricht Duclos weiter und führt den Gedanken aus, den er vor ein paar Minuten angefangen hat. »Jeder hat einen blinden Fleck. Das heißt, ihr seid diese ganzen Jahre zusammen und kennt euch sehr gut, aber ich bin überzeugt, dass …«

»Entschuldigung.« Nili unterbricht ihn. »Es tut mir leid, aber wir müssen heute Abend früh gehen, bevor der Sturm beginnt. Also erzählen Sie, was Sie erzählen wollten.«

Und Duclos lächelt. »Das ist vernünftig«, sagt er. »Das ist sehr vernünftig.«

Es geschah, als er noch jung war, fängt er an. Als er noch keine besonders gute Menschenkenntnis hatte. Als er noch in Bergbahnen stieg, um zu lernen, wie man die Angst besiegt. Als er das Vertrauen, das ihm das Universum schenkte, wegwarf, wie man Ballast von einem sinkenden Boot wirft.

Was er tat? Nicht viel. Gar nichts. Er beobachtete, das war alles.

Aber er erzählt das, als handle es sich um eine Geschichte, als sei die Wahl der Worte wichtiger als alles andere.

Er hielt an einer Tankstelle an, sagt er, er wartete, bis sein Tank voll war. Er war, nach einem langen Tag, auf der Heimfahrt. Am folgenden Tag wollten er und seine Frau Marie für ein Wochenende in den Süden fahren, der letzte Urlaub vor dem Winter und der bevorstehenden Geburt – alles stand kurz bevor.

Der Mann von der Tankstelle, ein schwarzer, großer junger Mann mit einer gespaltenen, aber gut korrigierten Lippe und einem hartnäckigen Lächeln, betrachtete bewundernd sein Auto. Er fragte etwas, aber Duclos bedeutete ihm mit einer Handbewegung, einen Moment zu warten. Er war mitten in einer Telefonkonferenz, er sprach in den Lautsprecher, der über seiner Sonnenblende hing, mit zwei Japanern und einem Amerikaner. Die Japaner waren zu weit vom Mikrophon entfernt, und das nervte ihn. Sie hörten sich an wie ein schlecht eingestellter Radiosender.

Der Schwarze von der Tankstelle streichelte die Motorhaube des schwarzen Jaguars, dieses Dramas aus Metall.

»Wir übergeben die Dokumente dem Rechtsanwalt und warten ab, was wir von ihm hören«, sagte einer der Japaner in einem Englisch, das sich anhörte wie Japanisch.

»Ja«, sagte Duclos. Er lehnte den Kopf an die Nackenstütze des Fahrersitzes. Ein langer Tag, eine lange Woche, ein langes Jahr. »Das hört sich an, als wären wir in der Spur.«

Er sah die Frau mit dem Kind in dem Moment, als sie aus der Raststätte kamen. Sie blieben einen Moment stehen – etwas am Schuh des Kleinen verlangte ihre Aufmerksamkeit –, die Frau bückte sich und band die Schnürsenkel, und als sie sich wieder aufrichtete, strich sie ihm über den Kopf, dann gingen sie weiter. Der Kleine hüpfte mit beiden Füßen vom Gehweg auf die Straße, dann mit beiden Füßen von der Straße auf den Gehweg. Die Frau blieb neben einem Getränkeautomaten stehen. Sie hatte lange schwarze Haare, einen langen Körper und trug eine große weiße Sonnenbrille. Es war schwer, sie zu übersehen.

»Natürlich, Paragraph 1.2.1 wird man ändern müssen«, sagte der zweite Japaner. Der Amerikaner ließ sich über diesen Punkt aus. Der Junge lief in Richtung Tankstelle, verschwand für einen Moment hinter einem weißen Ford, der vorn an einer Zapfsäule tankte, und tauchte wieder auf. »Für zwanzigtausend Dollar pro Einheit bekommt man heute kein Haus«, sagte der Amerikaner.

»Sie können sich auf uns verlassen«, sagte Duclos. Der Junge sprang jetzt auf ihn zu, blieb stehen und betrachtete einen Moment lang die glänzende kleine Tierfigur vorn am Auto und fuhr dann fort zu hüpfen. Die Frau schlug mit der Faust gegen den Automaten, dann trat sie mit dem Fuß dagegen. Sie achtete auf nichts. Sie achtete vor allem nicht auf ihren kleinen Jungen.

»Gehen Sie noch einmal Paragraph 1.2.1 durch«, sagte Duclos, »dann können wir weitermachen.« Der Junge begann die Straße zu überqueren. Die Frau stand noch immer mit dem Gesicht zum Automaten, mit dem Rücken zu allem anderen. Von hinten war das bekannte Klacken zu hören, ein Zeichen, dass der Einfüllstutzen herausgenommen wurde.

»Okay«, sagte der erste Japaner. Er fragte Duclos nach dem Zeitplan. Man muss den Jungen zurückhalten, dachte Duclos und antwortete dem Japaner. Ich sollte das Fenster herunterkurbeln und der Mutter eine Warnung zurufen.

Die Frau trat wieder gegen den Automaten. Der Junge erreichte die andere Straßenseite, dann drehte er sich um und lief zurück. Der Tankwart steckte den Einfüllstutzen in seine Halterung, dann wandte er sich dem Jaguar zu und rieb sich die Wange.

Das alles geschah am Anfang seiner Karriere. Das glänzende Auto, in dem er saß, war auch für ihn noch ganz neu. Der Geruch des

Leders, gemischt mit dem konzentrierten Geruch nach Kokos, dem Geschäft, vor dessen Abschluss er stand, Marie, die bevorstehende Geburt – alles war neu.

Das Auto, das um die Kurve bog, malte einen großen Bogen in die Welt. Der Junge flog ein paar Meter durch die Luft, wie eine kleine Dose, die auf einen Stein geworfen wird. Die Mutter drehte sich mit einem Ruck um.

Danach, sagt Duclos, versuchte er jahrelang, sich einzureden, dass er ebenso gut nicht hätte dort sein können. Aber er war dort. Das war alles.

Duclos holt aus seiner Jacketttasche ein kleines Fläschchen. »Mein Tränenfläschchen«, sagt er, macht es auf und tropft sich etwas in die Augen, dann verschließt er es und steckt es wieder ein. Er hatte nicht vorgehabt, ihnen das alles zu erzählen, sagt er. Aber, sagt er plötzlich überrascht, sie hätten vom Moment ihres Eintretens an eine angenehme Atmosphäre verbreitet. Auf einmal fällt es ihm leicht, es zu tun. Sie teilhaben zu lassen, zu erklären. Er habe sich gefreut, das zu tun, sagt er, denn jede Geschichte, die ein Mensch weitergibt, nimmt einen Teil der Last von ihm, nicht wahr? Er hoffe natürlich, sie damit nicht zu belasten. Belastet er sie?

»Reden Sie weiter«, sagt Nili.

»Jede Geschichte hat einen Protagonisten«, sagt Duclos. »Einen Helden! Und das stimmt. Das ist richtig. Man *muss* ein Held sein, um die ganze Geschichte auf seinem Rücken zu tragen, auch wenn sie nur Fiktion ist. Also, was kann man über uns sagen?«, fragt er. »Wie soll man uns nennen? Superhelden? Superhelden, die sich selbst besiegen, weil wir auf unserem Rücken unsere eigene Geschichte schleppen? Unsere Geschichte, die keine Fiktion ist. Oder vielleicht doch?«

»Weiter«, sagt Nili. Übertreibt sie? Das ist ihr egal. »Erzählen Sie weiter. Kommen Sie zum Punkt.«

Duclos räuspert sich. Als er zu Marie nach Hause kam, sagt er, hat er nichts davon erzählt. Sie war damals im achten Monat ihrer

Schwangerschaft. Sie war eine zarte Frau, still, eine Seifenblase. Er war außerstande, ihr zu erzählen, was passiert war. Erst dachte er, es würde im Lauf der Zeit besser werden, aber noch Monate danach konnte er sich nicht dazu bringen, sie anzuschauen, sie zu streicheln. Weder sie noch das Kind, das geboren wurde. Und nicht lange nach dem ersten Geburtstag des Kindes verließ er das Haus.

»Marie hat Ihnen ähnlich gesehen«, sagt er nun wieder zu Nili. »Sie erinnern mich an sie. Aber ich schweife ab«, fügt er hinzu, als er ihren Blick sieht, und schüttelt den Kopf.

Eines Tages, sagt er, sah er sie, die Frau von der Tankstelle. Er sah sie, wie sie rasch die Straße entlanglief. Es hatte angefangen zu regnen, und sie beeilte sich, ihr Ziel zu erreichen, und ohne darüber nachzudenken, machte er sich daran, ihr zu folgen. Als sie am Haupteingang des Bazar de l'Hôtel de Ville. vorbeikamen, dem riesigen Kaufhaus im vierten Arrondissement, war zu sehen, dass ihr etwas einfiel, dass ihr eine Idee kam, denn sie blieb plötzlich stehen, drehte sich auf dem Absatz um und betrat das Geschäft.

Es war nicht besonders schwer, einem Menschen im ersten Stock dieses Geschäfts zu folgen, ohne bemerkt zu werden, sagt Duclos. Es ist eines der größten Geschäfte der Welt, ein perfekt ausgestatteter Kosmos von Konsumgütern; so viele Leute laufen die ganze Zeit darin herum, man kann sich bequem auf sein Ziel konzentrieren und ihm zwischen Regalen und Verkäuferinnen hinterherlaufen. In jeder Ecke konnte man sich verstecken. Doch die Frau von der Tankstelle fuhr ein Stockwerk höher, dann noch eines. Sie nahm nicht den Lift, sondern die Rolltreppen, bis hinauf zum fünften Stock. Dort ließ das Gedränge nach – es gab Kurzwaren, Lampen, Dinge, die ältere und weniger freundliche Frauen brauchen –, dazu lief sie jetzt langsamer, und auch das machte es ihm schwerer. Anfangs lief sie nur zwischen den Regalen herum, es machte den Eindruck, als schaue sie die Dinge nicht wirklich an, sie schien zu streunen, doch dann blieb sie vor einem Ständer mit Mänteln stehen. Mäntel? Duclos reckte den Hals. Windjacken. Karierte Windjacken. Karierte Windjacken für Kinder, so sah es aus. Sie nahm eine in die Hand, streichelte sie. Sie sah zögernd aus, ängstlich. Sie berührte die Jacke, als könne sie die Berührung erwidern.

Er wartete. Er fand eine bequeme Ecke hinter einem halbhohen Regal, und kurze Zeit später hängte sie die Jacke zurück und ging zur Rolltreppe. Er folgte ihr, und ohne dass er wusste, was er tat, beschleunigte er die Schritte, bis er genau hinter ihr war und ihre Schulter berühren konnte …

Der Kellner taucht neben dem Tisch auf. »Alles in Ordnung?«

Sie schauen ihn an, alle drei, wie einen Deus ex Machina. Sie nicken. Ja, es ist alles in Ordnung.

»Wenn Sie einen Wunsch haben – ich stehe zu Diensten«, sagt er und entfernt sich, und es vergehen einige Sekunden, ohne dass einer von ihnen ein Wort sagt.

Er berührte ihre Schulter, fährt Duclos schließlich fort. Er berührte ihre Schulter, und die Frau von der Tankstelle drehte sich erschrocken um. Natürlich wusste er nicht, was er zu ihr sagen sollte. Er wusste nicht, wie er sich vorstellen sollte. Und was er sagte, war vermutlich ziemlich blöd – er kenne sie, sagte er, er sei dort gewesen, er wisse, was passiert sei –, und vermutlich sah er selbst ziemlich erschüttert aus, wie er so da stand, mitten im Kaufhaus, und stotterte, denn sie drehte sich sofort um und begann zu rennen, und als er ihr nachrief, sie solle warten, rannte sie noch schneller.

Er versuchte noch, ihr auf der Straße hinterherzulaufen, aber schon bald hörte er auf. Er war vernünftig, er fühlte sich schlecht.

In den drei Jahren danach, sagt er, vertiefte er sich in die Arbeit. Er verließ das Haus früh am Morgen und kehrte spät in der Nacht zurück. Sein Vermögen war damals schon groß genug, dass er hätte aufhören können zu arbeiten und es bis an sein Lebensende gereicht hätte, aber er machte weiter. Einen großen Teil des Geldes überwies er Marie und dem Mädchen – Marie und das Mädchen waren zumindest in dieser Hinsicht abgesichert –, aber darauf beschränkte sich seine Beziehung zu ihnen. Und eines Tages traf er sie wieder.

»Wie heißt das Mädchen?«, unterbricht ihn Nili.

»Entschuldigung?«

»Sie sagen die ganze Zeit, Marie und das Mädchen, wie heißt das Mädchen?«

»Das Mädchen?«, sagt Duclos, er sieht verwirrt aus. Es scheint, als sei ihm etwas an ihrer Frage unklar, als er antwortet: »Francine. Francine Antoninette Duclos.« Aber er kannte sie damals nicht, betont er. Als sie ein Kind war, kannte er sie nicht. Das heißt, Marie und das Mädchen wohnten nur ein paar Metrostationen von ihm entfernt, aber er fuhr nie hin, um die Kleine zu besuchen, und er traf sie auch nie zufällig auf der Straße, so war es eben. Und diese Tatsache war für ihn ein klarer Wink, ein Wink von oben, erklärt er. Er hatte recht daran getan, sie zu verlassen. Er hatte sich von ihnen entfernen müssen.

Verstehen Sie, sagt er, er glaubt an Lohn und Strafe, an Sühne.

Er wusste, dass die Strafe kommen würde. Er erwartete sie. Es gab keinen Weg, der Strafe zu entgehen. Und je mehr Zeit verging und je reicher er wurde, umso größer wurde auch die Angst. Er wusste nicht, wie groß die Strafe sein würde, die ihn erwartete. Ob sie sich vorstellen könnten, wie schrecklich dieses Warten gewesen sei, fragt er. Ob sie das verstünden?

Drei Jahre nach dem Tag, an dem er die Frau von der Tankstelle verfolgt hatte, traf er sie wieder, und diesmal war sie es, die ihn ansprach. Damals, im Kaufhaus, habe sie ihn sofort erkannt, sagte sie. Sie sagte, sie sei an jenem Tag so erschrocken – als er ihre Schulter berührte, sei sie so überrascht und erschüttert gewesen, als sei sie plötzlich mitten auf einer belebten Straße aufgewacht –, aber dann habe sie sich sofort erinnert. Die Polizisten, die nach dem Unfall kamen, hatten Aussagen von allen Anwesenden gesammelt, auch von ihm, sie erinnerte sich, wie er mitten in der Menge gestanden habe, der Mann mit dem schwarzen Jaguar, und sei deshalb verschwunden. Aber jetzt … Gut, da sei sie nun, und wie gehe es ihm?

Duclos schweigt lange. Er scheint einem komplizierten Gedanken zu folgen, den er weitergeben will, bevor er verschwindet, doch dann richtet er sich plötzlich auf seinem Stuhl auf.

Das war seine Gelegenheit, sagt er. Er bekam noch eine Möglichkeit, es ihr zu erzählen, ihr zu sagen, dass er das Geschehen hätte verhindern können. Dass er gesehen hatte, was bevorstand, und nichts unternommen habe. Und dass ihn das all die Jahre verfolgt hatte. Dass sie selbst ihn all die Jahre verfolgt hatte. Das war seine Chance, sie anzuflehen, ihn frei zu geben. Doch das Einzige, was er herausbrachte, war ein Jammern. Er brach in Weinen aus, sagt er. Er stand vor ihr und weinte, und sie streckte tröstend die Hand aus und nahm ein Taschentuch aus ihrer Tasche und reichte es ihm, bevor sie sagte, sie müsse gehen, sie habe es eilig. »Pass auf dich auf«, sagte sie zu ihm, »ich bitte dich, pass auf dich auf.«

Eines Tages rief ihn das Mädchen an, erzählt Duclos. Ihre Stimme überraschte ihn, er hätte sich nicht vorgestellt, dass sie so eine Stimme haben würde. Sie rief ihn an und stellte sich vor. Sie sagte: »Guten Tag, ich bin Francine.« Und nach einiger Zeit rief sie wieder an, und plötzlich wurde es zu einer regelmäßigen Sache – kleine, bedrückende Gespräche, meist überhaupt nicht klar, aber im Vergleich zu vorher hatte er jetzt das Gefühl, es sei in Ordnung, es handle sich um ein vernünftiges Risiko, er könne von Zeit zu Zeit mit ihr sprechen, und nach einigen Monaten sagte sie, sie wolle ihn treffen, sie wolle sein Haus sehen.

Das Mädchen und er knüpften eine Beziehung, sagt er. Von Zeit zu Zeit kam sie zu ihm und blieb zum Abendessen oder sie gingen zusammen ins Kino, aßen Crêpe, Eis, und je mehr Zeit verging, umso entspannter wurde er, unvorsichtiger. Manchmal begleitete er sie nach Hause, und bei einer dieser Gelegenheiten ging er sogar mit ihr hinauf in die Wohnung und wechselte ein paar Worte mit Marie. Ein andermal nahm er ihre Einladung auf einen Schlummertrunk an – warme Schokolade für das Mädchen und mit Kognak für Marie und ihn –, und am Wochenende danach war es ganz natürlich, dass sie ihn zum Abendessen einluden, und er sie eine Woche später in ein Restaurant, und ab da war es schon nicht mehr aufzuhalten. Sie wurden zu einer Dreiergruppe. Und ein Jahr nachdem ihn das Mädchen zum ersten Mal angerufen hatte, fuhren sie zusammen in den Urlaub, nach Süditalien, in eines seiner Sommerhäuser – damals hatte er bereits sechs Sommerhäuser in verschiedenen Regionen in Europa, das Geld blieb förmlich an ihm kleben, es schien, als könne er stehen, wo er wolle, er brauche nur den Kopf zu heben und entdecke einen Haufen Goldmünzen –, und obwohl jeder von ihnen dort ein eigenes Zimmer hatte, waren sie wieder eine Familie. Eine Familie, ja. Und das war gut. Das war sehr gut. Das war eine sehr gute Zeit.

Aber er wusste, dass ihre Zeit begrenzt war, daran gab es keinen Zweifel. Und einige Monate später, bei einem ihrer Ausflüge zu dritt – sie machten einen Spaziergang im Park Monceau, das Mädchen fuhr Fahrrad –, war ihm klar, dass es vorbei war. Er spürte es in allen Knochen.

Im folgenden Winter war Marie schon sehr krank, und nach einigen Wochen im Krankenhaus starb sie. Sofort danach schickte er das Mädchen weit fort. Sie war nun acht, und er wählte für sie das beste Internat in der Schweiz, so weit entfernt von ihm wie möglich. Praktisch gesehen, war das sehr leicht – es gab ein dickes Bankkonto auf ihren Namen in der Schweiz, einen Finanzverwalter, bis sie achtzehn wurde, einen Vormund. Zweimal schrieb sie ihm Briefe, die er nicht beantwortete. Er hat keine Ahnung, wo sie sich heute aufhält.

Er gründete keine Familie mehr, sagt er. Nach Marie und dem Mädchen hatte er keine Familie mehr. Es gab noch Frauen, Berge von Geld, alle möglichen Sünden. Aber keine Familie. Und das Essen natürlich. Im Jahr nach dem allem verdoppelte und verdreifachte er sich. Er aß ausschweifend. Er fürchtete sich vor nichts mehr. Keine Vorsicht, vor nichts, egal um was es ging.

Pauline lernte er erst Jahre später kennen, sagt er, in einem seiner Büros in Paris. Sie war eine jener Sekretärinnen, die einen von Kopf bis Fuß kennen, eine jener Frauen, die nach kürzester Zeit alles über dich wissen, die dich mit ihrer Fähigkeit, jeden deiner Schritte vorauszusehen, hypnotisieren – und eines Abends passierte es, dass er mit ihr im Büro saß und sich mit ihr unterhielt, lange nachdem die anderen schon gegangen waren. Auch sie hatte einmal eine Familie gehabt, auch sie hatte ihre Familie verloren, das erzählte sie ihm. Und er erzählte ihr alles.

»Alles«, wiederholt er, »ich habe ihr alles erzählt.«

Natürlich hatte sie viele Probleme, sagt Duclos. Selbstverständlich. Die Kleptomanie zum Beispiel. Und all diese Geschichten, die sie sich über Menschen ausdachte, die sie kaum kannte. Sie war nicht im Einklang mit der Welt, das wusste er. Aber sie wollte auf keinen Fall noch einmal eine Familie – und das passte ihm. Und sie fragte ihn nie mehr nach dem, was passiert war. Sie zeigte keinerlei Interesse an Seelenerforschung. Und sie liebte ihn, irgendwie. Und manchmal, wenn sie sich in eine problematische Situation gebracht hatte, holte er sie wieder heraus. So gut er konnte. Das heißt, er musste Zeit für sie aufbringen, und manchmal war es ermüdend, aber meistens schaffte er es.

An dem Tag, an dem sie sich in *La Soupière d'Or* trafen, sagt er, in dem Moment, als er die Aufregung an ihrem Tisch bemerkte, habe er sofort gewusst, was passiert war. Er regte sich schon nicht mehr über derartige Vorfälle auf, sie fingen sogar an, ihm Spaß zu machen. Sie erinnerten sich bestimmt, dass es ihm auch mit ihnen Spaß gemacht habe, sagte er. Es habe ihm die Möglichkeit gegeben, jenem Kellner einen Streich zu spielen, den er schon lange auf dem Kieker hatte, und dann konnte er sich auch einen Spaß mit ihnen machen – er hatte ihre Hilflosigkeit genossen, er hatte den Gedanken genossen, dass sie den ganzen nächsten Vormittag in Unruhe verbringen mussten, in gespannter Erwartung. Er selbst sei verdorben, sagt er, das wisse er genau. Und auch dafür bitte er sie natürlich um Entschuldigung. Er bitte sie um Entschuldigung, obwohl er sich nicht mehr vor einer Strafe fürchte, sagt er. Er fürchte sich vor nichts mehr. Aber was Pauline betreffe – da seien die Dinge komplizierter. Ausgerechnet jetzt, sagt er, ausgerechnet jetzt habe ihre Krankheit eine tiefe Klarheit mit sich gebracht. Schon seit Jahren habe sie die Dinge nicht mehr so klar gesehen wie jetzt. Und sie habe ihn gebeten – sie habe ihn angefleht –, wenn er in Israel sei, solle er versuchen, jenes Paar zu treffen. Jenes nette Paar. Sie bat ihn, ihre Hände zu ergreifen und in ihrem Namen um Verzeihung zu bitten. Sie wolle sich reinigen, sagte sie. Er solle sie bitten, sagte sie, dass die beiden für sie beten. Dass sie ihr verzeihen und für sie beten.

Duclos streckt die Arme über den Tisch, mit offenen Handflächen, schließt die Augen. Sie haben solche Dinge schon im Kino gesehen – um einen Esstisch, ganze Familien mit geschlossenen Augen, ausgestreckten Händen –, sie wissen, was sie zu tun haben. Um zu verzeihen, müssen sie ihn berühren, müssen die Hände über den Tisch ausstrecken und ihn berühren.

Seine Hände sind warm und weich, die Berührung erschreckend lebendig. Aber sie dauert nur ein paar Sekunden.

Der Sturm

»Einen Moment«, sagt Nili.

Der Parkplatz umhüllt sie mit seiner tiefen Stille; das Licht von ihrem Auto blinkt auf.

»Einen Moment«, wiederholt sie, »warte einen Moment auf mich, ja?«

»Was ist los?«, fragt Nati.

»Warte einen Moment.«

Sie muss noch einmal hinein. Sie hat keine Zeit zu verlieren, sie muss Duclos erwischen, solange er noch im Restaurant ist, vielleicht ist er schon auf dem Weg in sein Zimmer, im Flur, in der Lobby, im Aufzug – wenn sie jetzt rennt, kann sie gerade noch hinterherspringen und die Türen des Aufzugs aufhalten.

»Ich muss auf die Toilette«, sagt sie zu Nati, wie leicht es ist, ihn zu belügen. »Ich bin gleich wieder da. Halte einen Moment …« Sie drückt ihm ihre Tasche in die Hand. Sie kann sich vorstellen, wie er sich in der beißenden Kälte ans Auto lehnt, unschuldig und auf seine verzweifelte Art sicher, wie er sich eine Zigarette ansteckt und auf sie wartet, während sie den Pfad zum Hotel hinüberläuft, durch die Drehtür stürmt und auf der anderen Seite herauskommt. Nati wird auf sie warten, so lange es nötig ist. Sie geht schnell, sucht mit den Augen die großen Säle ab, die Pracht aus Marmor und Seide, vielleicht ist er noch dort, vielleicht sitzt er da, sie hat sehr lange auf diesen Moment gewartet, viel zu lange, sie beschleunigt ihre Schritte, eilt in den Speisesaal …

Duclos sitzt noch da, wo sie ihn zurückgelassen haben, nickt ihr entgegen. Es scheint auf sie gewartet zu haben. Selbstverständlich hat er auf sie gewartet. Sie geht auf ihn zu. Sie sucht nach den richtigen Worten, sie versteht etwas von Geschichten. Sie erkennt das Muster; alle Fäden, alle groben Knoten. Es gibt viel wichtigere Dinge als Anfang, Mitte und Schluss. Die Zeit ist gekommen.

Sie ist ein paar Schritte von ihm entfernt, als er die Hand hebt, etwas flattert in seinen Händen, ein graues Pelztier, es sieht aus, als würde er es ihr entgegenwerfen – sie erschrickt, erstarrt auf der Stelle.

»Ihre Handschuhe«, sagt Duclos mit dem freundlichsten Lächeln, das ihm zur Verfügung steht. »Ich habe erwartet, dass Sie zurückkommen.«

Sie streckt die Hand aus, ergreift die Handschuhe. »Ja«, sagt sie, »gleich beginnt der Sturm.«

Das Radio in Natis Auto schaltet sich automatisch ein, wenn es angelassen wird, und auch diesmal fällt es in der Dunkelheit über sie her.

Denis Bukinow ist gefunden worden.

Sie sitzen starr im Auto. Die Stimme der nächtlichen Moderatorin erschlägt sie mit ihrer Lebendigkeit, ihrer Euphorie.

Denis Bukinow ist in den frühen Abendstunden von einem Suchtrupp der Polizei gefunden worden. Sein Zustand sei ernst, aber stabil. Einzelheiten dürften noch nicht bekannt gegeben werden.

Nati streckt die Hand nach ihr aus. Sie würde es vorziehen, er täte es nicht, trotzdem löst sich unter seiner warmen Berührung ihre Nervosität. Woran soll sie in diesem Moment denken? Sie muss sich konzentrieren, sie wird es brauchen.

Denis Bukinow ist gefunden worden. Er ist gefunden worden. Man hat ihn gefunden. Die Sprecherin redet und redet, Kommentare von allen möglichen Sendern rollen ihnen entgegen, wenig Fakten in vielen Sätzen, wieder und wieder.

Die Straße vor ihnen ist fast leer, die Leute verkriechen sich in ihren Häusern, um ihre feiertäglichen Kochtöpfe und Esstische und vor den Fernsehapparaten, aus denen das Wissen wie aus einer unendlichen Röhre in die Welt fließt und fließt und fließt, und plötzlich hebt Nili die Hand und macht das Radio aus. Genug. Es reicht.

Sie fahren nach Hause.

»Was für ein Idiot, dieser Duclos, nicht wahr?«, sagt Nili endlich, und ihre Stimme überrascht durch ihre Festigkeit. »Was für ein Schauspieler. Was für ein Affentheater.«

Nati schaut sie an.

»Schuld und Strafe.« Sie imitiert seine bedeutungsschwangere Stimme. »Die Lehre von der Sühne. Was für ein Geschwätz. Ich glaube ihm kein Wort.«

Nati lacht. Vielleicht hüstelt er auch. »Nein?«, fragt er.

»Diese Leute lügen die ganze Zeit, Nati. Überall. Sie haben ihre Gründe.«

Sie spürt seinen Zweifel, ein altes männliches Zögern: weiterfragen oder an dieser Stelle aufhören? Sie ist ihm immer noch ein Rätsel.

»Ich bin ihm eben noch einmal begegnet«, sagt sie. »Er hat wieder gesagt, ihr seid gute Menschen. Ich hätte ihm am liebsten eine Ohrfeige verpasst. Er hat gesagt, passt gut aufeinander auf. Was für ein Idiot!«

»Er hat verschwitzte Hände«, sagt Nati. »Ich hasse verschwitzte Hände.«

»Er ist geisteskrank. Ich habe ihm gesagt, er soll uns nie wieder anrufen.«

»Was?«

»Ich habe ihm gesagt, er soll uns nie wieder anrufen. Das ist alles.«

Zu Hause gehen sie noch einmal durch die Wohnung und kontrollieren alle Fenster. Sie sind geschlossen, aber überall gibt es kleine Ritzen, sie kennen es von früheren Winternächten, die kleinen Ritzen, durch die der Wind die ganze Nacht heult.

Ihr Bett ist breit und gut. Die weiße Federdecke voller Entendaunen. Die Leselampen werfen volles, weiches Licht in die Mitte der Kissen.

Sie sitzen im Bett, schauen einander an, lächeln seltsam verlegen. Sie strecken sich aus, schauen an die Decke, ihre Hände bewegen sich tastend und treffen aufeinander. Solche Nächte hatten sie früher einmal, das erinnert sie an etwas.

»Eine gute Idee«, sagt Nili.

»Was?«

»Eine Nacht des Verzeihens«, sagt sie.

»Was ist das?«

»Wir können eine Nacht des Verzeihens daraus machen«, sagt sie. »Wir können es ganz groß machen. Eine Nacht, in der alle allen verzeihen. Möchtest du mich um Verzeihung bitten?«

»Was soll das heißen?«

»Bekennen. Bekennen und Verzeihung erlangen.«

Sein tiefes Lachen erinnert sie an den Nati von früher. Er ist nicht sicher, ob er die Situation ganz versteht: Meint sie es ernst? Macht sie sich einen Spaß? Was will sie?

»Los, erzähl«, sagt sie. »Erzähl mir etwas. Etwas Neues. Etwas Glitzerndes, Schlimmes.«

Wenn er ihr etwas wirklich Schlimmes erzählen würde, könnte sie ihm von Alfa erzählen, denkt sie. Oder wie sie einmal, vor langer Zeit, vor Duclos gestanden und ihn nicht zurückgehalten hat. Wie sie da stand und ihn gewähren ließ.

»Egal was?«

»So ist das Abkommen.«

»Alles?«

»Alles.« Und obwohl ihre Gesichter zur Decke gerichtet sind, haben sie noch nie so direkt miteinander gesprochen wie jetzt.

»Und was ist dann?«

»Nichts. Wir verzeihen uns alles und dann werden wir schlafen.«

»Fragen aus dem Publikum?«

»Ohne Fragen.«

»Und dann werden wir schlafen«, wiederholt er. »Wir erzählen alles, verzeihen uns alles und dann werden wir schlafen.«

»Genau.«

Das Haus versinkt in tiefer Nacht. Die wunderbare Decke umhüllt sie. Nicht alle haben solche Decken, solche Bedingungen, eine geschützte Wohnung.

Watte ist ein weiches Wort. Auch *Feder*. Das Wort *Asia* ist unvergleichlich weich, aber auf eine andere Art. Das Wort *Dida* ist voller Luft, matt und leicht wie Mondlicht. Sie würde jetzt gern aufstehen und durch den Flur gehen. Nur einmal. Nur noch eine einzige Möglichkeit zurückzuschauen, die Kindheit hinter dem Vorhang zu betrachten.

Asia wird in zwei Tagen zurückkommen. In zwei Tagen wird sie hier sein. Nili kommt in den Sinn, alles für sie aufzuschreiben. Sie wird die Stoppuhr in Asias Erinnerungen sein. Sie wird alles genau aufschreiben – alles, alles, alles –, sie wird gut aufpassen, und wenn Asia groß ist, wird sie ihr das ganze Wissen als Geschenk überreichen.

Aber viele Menschen würden auf diese Möglichkeit verzichten, zumindest im gleichen Maß, wie sie sie ersehnen.

Nati dreht sich ihr zu. Die Bettfedern sind heute Nacht stumm, die Bewegung ist nur als eine Art Luftzug spürbar. Vermutlich schaut er sie jetzt an. Das tut er manchmal, liegt da und betrachtet sie.

»Wer fängt an?«, fragt sie.

»Du?«

»Ich?« Mit dieser Verrücktheit anzufangen ist das Schlimmste, was passieren kann, sie muss die Sache umdrehen. Und wenn es nicht geht – dann vorwärts, dann los.

»Du«, sagt Nati.

»Bist du sicher?« Es gibt viele Möglichkeiten, sie wird auswählen müssen.

»Nein, ich bin nicht sicher«, sagt er. »Aber so soll es sein.«

Ruhige Familien

»Erinnerst du dich daran, als Dida ins Bett gemacht hat?«

»Natürlich«, sagt er. »Klar erinnere ich mich. Es war ein Albtraum.«

»Das war in ihrem ersten Jahr bei uns, weißt du noch? Nachdem du mit ihr bei Miep gewesen warst.«

»Da war nichts mit Miep. Darüber haben wir gesprochen.«

»Nun, darum geht es nicht. Es geht nicht um Miep. Erinnerst du dich an den Streit, den wir an jenem Morgen hatten?«

»Kann man den vergessen? Du hast eine Flasche Whisky nach mir geworfen. Das passiert mir zwar manchmal, aber …«

»Fängst du jetzt damit an?«

»Ich?«

»Fang nicht damit an.«

»Black Label, wirklich schade …«

»Du lieber Gott, Nati.«

»Gut«, sagt Nati, »mach weiter.«

»Als wir stritten, war Dida auf der Terrasse, erinnerst du dich? Es war Chamsin. Sie hat dort mit dem Schlauch gespielt, hat all ihre Wasserpistolen gefüllt, und irgendwann, nach dem Geschrei und dem Weinen und allem, hast du gesagt, du willst laufen, um dich zu beruhigen. Du hast gesagt, du würdest in einer halben Stunde zurückkommen, du müsstest dich abregen, und du hast gesagt, es wäre gut, wenn auch ich mich abrege. Und ich habe dich gehasst. Ich habe dich dafür gehasst, dass du weggehst. Ich war diejenige, die hätte gehen sollen. Ich habe dich gehasst. Nachdem du weg warst, bin ich hinausgegangen. Dida stand dort, ganz und gar nass. Sie hat mich mit einem Blick angesehen … einem Blick wie … keine Ahnung, vielleicht war es einfach nur ein Blick, aber ich bin explodiert.

Ich habe sie gefragt, was sie für ein Problem hat. Warum sie mich so anschaut? Sie gab keine Antwort. Vielleicht hat sie auch geantwortet, vielleicht hat sie ›nichts‹ gesagt und weiter mit ihren Pistolen gespielt. Ich erinnere mich nicht. Aber es hat mich noch mehr geärgert, ich habe zu ihr gesagt: ›Wenn du etwas zu sagen hast, dann sag es. Aber schau mich nicht so an.‹ Und dann hat sie es mir gesagt. Die Sache mit den Fröschen.«

»Mit den Fröschen?«

»Hör zu. Sie ist zu mir gekommen, sie hat sehr ruhig ausgesehen, du kennst sie ja. Sie sagte: ›Weißt du, was einem Frosch passiert, wenn man ihn in kochendes Wasser setzt?‹ Erst verstand ich nicht, worüber sie sprach. ›Was?‹, sagte ich. Ich hatte keine Kraft für so etwas, für ihre unsinnigen Einfälle. Aber sie hat nicht lockergelassen. Sie sagte: ›Ein Frosch, den man in kochendes Wasser setzt, weißt du, was mit ihm passiert?‹ Ich dachte, ich werde verrückt. Ich hasste dich, ich hasste euch beide. Ich sagte: ›Er kocht, was denn sonst. Er kocht, wie ein Ei kocht.‹ Und da sagte sie: ›Nein, das stimmt nicht. Ein Frosch, den du in kochendes Wasser setzt, springt sofort heraus. Aber wenn du ihn in kaltes Wasser setzt und anfängst, es langsam zu erhitzen, wird er einfach sterben. Er wird zu Tode gekocht. Ein Frosch kann einen langsamen Temperaturwechsel nicht erkennen.‹

Im ersten Moment verstand ich sie nicht. Ich sagte etwas Ähnliches wie: ›Was redest du da?‹ Doch dann kapierte ich plötzlich, was sie mir sagen wollte. Wie blind ich dem gegenüber war, was du mir antust, wie ich mich langsam, langsam verliere und es nicht merke.

Ich dachte, ich würde platzen. Ich sagte: ›Warum erzählst du mir das?‹, und sie gab keine Antwort. Ich schrie: ›Warum erzählst du mir das?‹, und sie schaute mich an, sie sah erschrocken aus, sie sagte: ›Das habe ich in einem Buch gelesen. Nur so.‹

Ich war entsetzt. Entsetzt wegen der Demütigung. Wie kam sie dazu, mir, kaum dass du mir den Rücken gekehrt hattest, ins Gesicht zu schlagen? Ich sagte, das sei das Ekelhafteste, was man einem Menschen sagen könne. Es sei böse. Sie sei böse. Und dann ging ich ins Haus. Ein paar Minuten später kam ich wieder heraus, eine Kamera in der Hand. Ich sagte zu ihr: ›Ich möchte ein Foto von diesem Tag, zur Erinnerung. So werden wir uns immer an den Tag erinnern, an dem ich verstanden habe, was du bist. Was du wirklich bist.‹ Sie war so verwirrt, sie verstand es nicht. Sie lächelte verwirrt, und ich knipste. Dann sagte ich, sie solle in ihr Zimmer gehen.«

Sie kann den Schmerz in Natis Atemzügen hören. Seine Brust hebt sich mühsam – er wartet noch einen Moment.

»Das ist alles?«

»Nein. Nicht alles. In derselben Nacht hat sie zum ersten Mal ins Bett gemacht.«

Wieder atmet er schwer. »Und du glaubst, es ist wegen dem, was du zu ihr gesagt hast?«

Sie schweigt.

»Es könnte etwas mit dem zu tun haben, was zwischen uns passiert ist«, sagt Nati. »Zwischen mir und dir. Für ein siebenjähriges Mädchen war das ein sehr schlimmer Streit, den wir damals hatten.«

»Ja, nein. Hör zu. Hör bis zum Ende zu. Natürlich habe ich mich bei ihr für das entschuldigt, was ich gesagt habe. Aber das war lange danach. Zu lange.«

»Aber du hast dich entschuldigt.«

»Hör zu, Nati, hör einfach zu.« Ihre Stimme wird heiser, bricht – dann ist sie wieder da. »Ich sagte, dass ich jenen Tag sehr bedauere und mir sei klar, dass sie mich nicht habe verletzen wollen. Ich sei so gekränkt gewesen, dass ich alles nur als Affront gegen mich habe sehen können.«

»Und hat sie dir verziehen?«

»Ja. Sie sagte, sie verzeihe mir. Sie könne sich kaum mehr erinnern, sagte sie.«

»Dann hast du deine Vergebung schon. Was willst du jetzt?«

»Das ist nicht alles.«

»Was ist nicht alles?«

»Das ist nicht alles, was passiert ist. Sie hat an jenem Tag nicht wirklich ins Bett gemacht.«

»Was heißt das, sie hat nicht ins Bett gemacht? Monatelang hat sie nachts ins Bett gemacht, erinnerst du dich nicht, wie oft wir beim Arzt waren und nichts ...«

»Ja, aber nicht an jenem Tag. Nicht an dem Tag, an dem ich sie fotografierte und ihr befahl, in ihr Zimmer zu gehen. Ich war so wütend auf sie, auf dich, auf mich selbst. Sie nahm ihre Wasserpistolen mit in ihr Zimmer. Am Abend schlief sie im Wohnzimmer ein, und ich trug sie ins Bett. Ihre Wasserpistolen lagen auf dem Bett. Eine von ihnen war offenbar ausgelaufen, denn das Bett war ganz nass. Auch das machte mich wütend auf sie. Ich erinnere mich, dass ich dachte, wenn sie nicht genug Verantwortungsgefühl aufbringt, ihre Wasserpistolen nicht auf das Bett zu legen – dann ist das ihr Problem. Ich hatte genug davon, mich um euch zu kümmern. Ich legte sie in ihr Bett, so wie sie war, und verstaute die Wasserpistolen in der Kiste, das war's. Dann ging ich hinaus.

Mitten in der Nacht wachte sie auf und war ganz nass. Sie rief nach dir. Als du zurückkamst, hast du gesagt, sie habe ins Bett gemacht. Das war mitten in der Nacht, und ich erinnerte mich nicht gleich an die Wasserpistolen. Erst danach fiel es mir wieder ein.«

»Du hast mir nichts gesagt.«

Sie bewegt den Kopf auf dem Kissen, von einer Seite auf die andere, eine sehr kleine Bewegung.

»Nein, ich habe nichts gesagt. Ich habe gedacht, du sollst ruhig glauben, dass sie ins Bett gemacht hat, solltet ihr doch einen Scheißtag haben, von mir aus.«

»Aber sie hat monatelang ins Bett gemacht, Nili. Ein ganzes Jahr lang.«

»Das ist es ja gerade. Am nächsten Tag ist es von selbst passiert. Sie hat wirklich angefangen, ins Bett zu machen. Sie brauchte nur zu glauben, es könne ihr passieren, und es passierte. Ich wollte es dir schon damals erzählen. Ich wusste nicht wie.«

»Du wusstest nicht wie.«

»Ich wusste nicht wie.«

Die Worte schweben um sie herum. Ihr leiser Wellenschlag erstirbt. Die Luft ist leer.

»Und jetzt du«, sagt sie.

Als im Fenster ein blendender Blitz zu sehen ist, schweigen sie noch immer.

Das Haus erzittert wie ein voll aufgedrehter Lautsprecher, das Licht geht aus. Natis Körper verändert sich schnell in der Dunkelheit, sein Ohr, gespitzt und offen in ihre Richtung, wird riesig und weiß. Die Dunkelheit fließt durch den Raum und bedeckt alles, außer seinem Ohr. Ist er noch Nati? Er muss es sein. Aber die Dunkelheit wird schneller, sie kommt in anderer Frequenz auf sie zu. Sie dreht den Kopf zum Fenster.

Der Stromausfall ist die große Stunde der Finsternis – sie bläst sich blitzschnell zwischen ihnen auf und bedeckt das ganze Universum. Die Welt bleibt mit einem Schlag stehen, wie bei einer Party, die plötzlich stockt, sie atmet tief und schwarz, und dann fängt es an: Eine nach der anderen entzünden sich die magischen Laternen des unendlichen Universums.

Die Sterne sind die ersten, sie sind wie kleine Quecksilberkugeln. Die Ränder des Mondes spalten sich in glänzenden Kreisen. Der Himmel leuchtet in tiefen, welligen Abstufungen von Schwarz und Blau und Gold.

Bald wird sie aufstehen, sie wird die Zimmer der Mädchen betreten. Erst das eine, dann das andere. Sie wird die Decken auf den leeren Betten glattstreichen. Bald, denn jetzt ist Nati an der Reihe. Nati wird seine Geschichte erzählen. Aber was kann ihnen seine Geschichte nützen? Gefühle lassen sich nicht befehlen.

In zwei Tagen wird Asia zurückkommen. Dida wird zurückkommen. Alles wird weitergehen, es gibt keinen anderen Weg. Sie wird Dida umarmen. Wenn sie es kann. Sie hofft, dass sie es kann. Denn es ist möglich, dass die Wahrheit vorher da war und die Lüge erst hinterher kam.

Sie sind im Bett, die Dunkelheit und die Stille umschließen sie.

Der große Sturm hat angefangen. Sie hören alles, und trotzdem liegen sie schweigend da, eine lange Zeit, bis das Licht wieder angeht.

Dank

Ich danke allen meinen Freunden in Kinneret Zmora Bitan, ein großartiger Verlag, jeder von ihnen ein Fachmann. Danke an Eran Zmora und Yoram Rose, die mich ermutigten, diesen Weg unter ihrer Regie zu gehen, und an Thelma Aligon-Rose, die mich auch ohne Worte versteht.

Danke Dir, Vater, dass Du mir auch bei diesem Buch die Augen geöffnet hast.

Danke an meine teuren Freundinnen: Lilach Chilag (Lilu mon amour, merci beaucoup für das Französisch und das Französische), Rachel Dajan-Tal, Hilit Blum und Yael Canetti.

Danke an meine Agentinnen Deborah Harris und Ines Austern Gander dafür, dass Ihr immer fest an mich geglaubt habt und auf so vielerlei Art wunderbar seid.

Danke an Lila Abramowicz: Wäre ich ein Junge gewesen, ich hätte Dich heiraten wollen.

Danke an die geschätzte Zohara Zmora: Ich hörte auf alle Deine Ratschläge.

Außerordentlicher Dank gebührt Yigal Schwarz, meinem Lehrer und Führer – wie ein Bruder bist Du zu mir. Was für einen Kopf Du hast. Was für ein Glück, dass mich das Leben mit Dir zusammenbrachte.

An meine Familie und vor allem an meine Eltern, die lieben, mein Hafen. Danke.

Danke an Tom und Jonathan: Ich brachte meine Tochter in eine Welt, in der Ihr die großen Brüder seid – das ist ein gelungener Schachzug. Danke, Kinder, dass Ihr da seid.

An Gilad, Gilad, Gilad. Was hätte ich ohne Dich gemacht? Danke für Dein Herz, Deinen Kopf und Deinen Körper. Danke für alles, mein Liebster. Ich kann Dir nicht genug danken.

Quellen

Im Lauf der Jahre traf ich auf einige sehr gute Bücher, und nach dem Lesen bekam ich große Lust, sie selbst zu schreiben. Ich schrieb sie letztlich nicht, aber in dieses Buch sind einige von ihnen, als wären sie ein Stück von mir, hineingeflossen, darunter Simon Armitages *Little Green Man* und Margaret Atwoods *Katzenauge*. Außer diesen beiden hat auch Richard Wisemans wunderbare *Quirkologie: Die wissenschaftliche Erforschung unseres Alltags* eine wichtige Rolle gespielt und mir viele Anregungen gegeben. Das Buch der legendären Jessica Mitford, *Der Tod als Geschäft*, diente als Quelle für das Kapitel, in dem Dida über die Mumifizierung spricht, und das großartige Buch *Für jede Frage eine Antwort* von Isaac Levanon bereicherte Didas Leben an anderen Stellen. Das Motto des Romans stammt aus *Das Familientreffen* von Anne Enright. Drei Zitate zum Thema Leseerinnerungen und zu Nilis unkonzentriertem Hören haben sich mir eingeprägt, aber ich weiß nicht mehr, wo ich sie gelesen habe – dank an die Verfasser. Dank an das Internet, das mir ermöglichte, bequem von zu Hause aus so viele Informationen zusammenzutragen.